放蕩貴族を更生させるには

REFORMING LORD RAGSDALE

Carla Kelly

カーラ・ケリー

大空はるか[訳]

ラベンダーブックス

REFORMING LORD RAGSDALE
by Carla Kelly

わたしの姉妹の
カレン・ディオとリン・ターナーに――
家族はほかのなにものにも代えがたい
唯一無二の存在である。

まちがいを犯さぬよう、わが忠告を胸にとどめよ。
男に愛や憎しみを打ち明けられても、
心を隠して口を閉ざせ。
男に嫁いではならぬ。わが言葉を忘れるな。

——アイルランドの詩より
十七世紀

放蕩貴族を更生させるには

主な登場人物

ジョン・ステイプルズ　ラグズデール侯爵
エマ・コステロ　年季奉公人
レディ・ラグズデール　ジョンの母
ロバート・クラリッジ　ジョンのいとこ
サリー・クラリッジ　ジョンのいとこ。ロバートの妹
フェイ・ムーレ　ジョンの愛人
デーヴィッド・ブリードロー　ジョンの元秘書
クラリッサ・パートリッジ　ジョンが結婚を考えている女性
オーガスタス・バーニー　准男爵。ジョンの亡き父親の友人
ジョン・ヘンリー・キャパー　犯罪取締局の上級事務官
エイモス・フォザビー　銀行家
エヴァン・マナリング　ラグズデール家の領地の管理人

1

ぼくの愛人はなぜこれほど無知なのだろう。ラグズデール侯ジョン・ステイプルズは朝のブランデーをすすりながら、朝食のトレーの上にある、香水がぷんぷんとにおう手紙をじっと見て思った。there と their のちがいを、だれも彼女に教えてやらなかったのだろうか。それにこの言葉は、いったいなんだ？

ジョンは手紙を取りあげて、いいほうの目へ近づけた。「うーん、これだとぼくは軽率で、恩知らずで、無謀で、無責任だと書いてあるように読めるが、フェイがそんな言葉を知っているとは思えないし」

強烈な香水のにおいに頭痛がし始めたジョンは、手紙を丸めて、ほかの手紙であふれた机の横のくずかごへほうった。例によって狙《ねら》いは外れ、手紙はくずかごからだいぶ離れたところへ落ちた。「なあ、フェイ、どうして手紙にじゃこうの香水をふりかけるんだ？　ぼくを、かわうそとでも思っているのか？」彼はナイトテーブルの上でほほ笑む小さなフェイの肖像画に問いかけた。

そしてまたブランデーをすすり、ベッドの上で体をずらし楽な姿勢をとった。そりゃまあ、フェイを気に入ったのは、彼女が文法学者だったからではないが。彼女を愛人にしたのは、別の方面ですばらしい才能があったからだ。フェイ・ムーレは首尾一貫した文章をつづれなくても、ベッドの上でのふるまい方は心得ている。

一週間前だったら、そんな考えが浮かんだとたん、ジョンはカーゾン・ストリートにある自宅のベッドを飛び出て、歩いてすぐの距離にあるフェイのベッドへ駆けつけただろう。彼は目を閉じて考えにふけった。なぜこれほど短期間に変わってしまったのだろう。たぶん雨のせいだ。雨が降り続くと、いつも気分がむしゃくしゃして落ち着かなくなる——たとえ愛の営み《メイキング・ラブ》を期待できそうなときでも。

メイキング・ラブか。まったく奇妙な言いまわしがあるものだ。ジョンはそう思って目を開け、天井を見つめた。「おい、フェイ・ムーレ、ぼくはきみを愛しちゃいないぞ」彼は天井の漆喰《しっくい》の渦巻き模様に語りかけた。「なるほどきみはぼくの肉体に快感を与えてくれるが、そんなことはほかの者だってできる。そうとも、フェイ、ぼくはきみを愛してはいない」

ジョンはため息をつき、頭の下の枕《まくら》をどけた。そしてベッドへ仰向けに横たわり、ふたたび眠りの世界へ戻ろうとした。室内は涼しくて静かだったが、脳のなかを蛆《うじ》が這《は》いずりまわっているようで、なかなか眠れなかった。もちろん正午をとっくにまわっているせいもある。もうそろそろフェイに手紙を書いて、きっぱり縁を切るべきときではなかろうか。あまり落胆させては悪いから、相当な額の手切れ金を渡してもいいし、りっぱな紹介状を書いてやってもいい。ベッドの上であれほどみごとな技を駆使できる女性なら、たいして苦労せずに新しい侯爵や伯爵を捕まえることができるだろう。イングランドには好事家がわんさといる。

　ジョンはフェイの手紙について考えた。昨日の彼女の手紙には、新しい外出着が欲しいと書いてあった。なるほど美しく着飾った彼女と街をそぞろ歩きするのは楽しい。そんなとき、フェイの手は彼の腕に軽く、それでいてこの人はわたしのものだと言わんばかりに置かれている。しかし新しい衣装を買ってやるとなれば、午前中の大半を婦人服仕立人相手に見本の服を眺めて過ごさなければならなくなる。考えただけでうんざりする。フェイは彼が賛成しないものは買おうとしないので、一緒に店へ行って品物を見定めてやらなければならない。彼女は次々に持ちだされる衣装を見て、にこにこしたり驚きの声をあげたりしたあと、大きな青い目で彼を見て尋ねる。〝ねえ、あなたはどれがいいと思う？〟

「ねえ、あなたはどれがいいと思う？」ジョンはフェイの口調をまねて言った。ベッドのなかでさえ、フェイは同じ質問をする。やれやれ、フェイ、きみには自分の考えがこれっぽっちもないのか？　あなたはどういうやり方が好き？　普通、そんなことをいちいちきくか？

　ジョンは意地悪い考えをした自分に愛想を尽かし、起きあがってベッドを出た。そして鏡をのぞきこみ、そこに映っている寝巻き姿の自分に指を突きつけた。「ジョニー・ステイプルズ、おまえは卑劣な男だな。フェイの費用はおまえが払っている。だから彼女はなんでもおまえに従わなければならないんじゃないか。少しは恥を知れ」

ジョンはしばらく鏡のなかの自分を眺めたあとで、眼帯を探しにかかった。もうすぐメイドがひげそり用の湯を持ってくるだろう。彼女を怖がらせたところでいいことはない。眼帯を見つけた彼は、ひとりほくそえんだ。部屋へ入ってきたメイドが、いいほうの目に眼帯をしたぼくがにたにた笑いかけているのを見たら、どんなに大きな悲鳴をあげるだろうか。

残念ながら、今は社交シーズンの真っ最中。できれば社交界から逃げだして、友人の領地で過ごしたい——友人が今もいればだが。そうしたらわずらわしい眼帯を外して、見えない目に冷たい風を浴びながら、馬で草原を駆けまわるのに。しかしここはロンドンで、魅力的とは程遠いぼくの目は乳白色に濁っており、常に半開きの状態で、そのうえ醜い傷跡が残っている。酔っているときに、うっかり鏡をのぞいたら、ぼく自身でさえ震えあがるだろう。

ジョンは気持ちを奮いたたせてローブを羽織り、火かき棒で暖炉の石炭を突っついた。

ドアをノックする音がしたので、ジョンがぶつくさ応じると、メイドが湯を持って入ってきた。メイドが出ていったあと、彼は机に向かって座り、書類の山をうんざりしたように眺めた。ここにあるのは書斎に収まりきらなかったものだ。なぜ先月、秘書を首にしてしまったのだろう。彼は舌打ちをして、手紙をぱらぱらとめくって目を通した。それらの多くは、何週間も前に返事を出しておくべきだった招待状だ。「なぜって、ジョニー、あの秘書がおまえの金をくすねたからではないか」そう、それは事実だ。だが、あの秘書はぼくの仕事に精通していたし、まるでぼく自身が書いたかのように手紙を代筆することができた。惜しむらくは、彼がぼくの署名をそっくりまねできたことだ。

まあ、いいさ。あの小悪党は現在ニューゲート監獄で、流刑地へ送られる日を待っている。囚人船の悪臭漂う船倉《せんそう》での七カ月間を生き延びることができたら、やつはまたボタニー湾でだます相手を見つけるだろう。ジョンは乱雑な机を眺めてため息をついた。手紙でフェイと縁を切りたかったら、ぼく自身が書くしかない。

いや、フェイに手紙はまずいだろう。ジョンはふたたび眼帯を外し、石鹸《せっけん》を泡立てた。手紙なんかで縁を切ろうとしたら、フェイはぼくを軽率で、恩知らずで、無謀で、無責任だと思うに決まっている。それに手紙を書くのは骨が折れる。そのくらいなら新しい外出着を買ってやったほうがいい。きみにはもう飽きたのだとフェイを説得するよりも、はるかに楽だ。

ジョンの気分が最悪の状態になりかけていたとき、母親がドアをノックする音がした。母親のノックはすぐにわかる。彼女の費用もまた彼が払っているのだと、彼に思いださせるようなおずおずしたノックだからだ。彼はシャツの裾《すそ》をたくしこんでズボンのボタンをはめ、フェイをどうしようかと考えた。彼女を訪ねて直接話したほうがいいかもしれない。少なくともそのほうがすっきりした気分で別れられるだろう。

「どうぞ、母さん」ジョンは不機嫌そうに聞こえないよう気をつけて言った。彼が金持ちであることも、亡き父親のばかげた遺言によって母親が息子に縛りつけられていることも、彼女のせいではないのだ。母が個人的収入を得られるよう、ぼくが計らうべきではなかろうか。彼はそう考えながらベストに手をのばした。どうして父はそうしなかったのだろう。父はどんなときもまちがったことをしなかった。死があまりにも早くやってきたので、〝待ってくれ。まだわたしは用意ができていない〟と言う暇がなかったのだろうか。

母親が軽やかな足取りで入ってきたのを見て、ジョンの気分がわずかに軽くなった。ぼくの母はなんて上品なのだろう。ぼくとは大ちがいだ。若々しくて、三十にもなる息子がいるとはとうてい見えない。彼は母親が頰にキスできるよう少し身をかがめた。予想どおり母親は彼のネックロスを軽くたたき、少し左へ引っ張った。

「また曲がっていた?」ジョンは尋ねた。「おかしなことに片目だとどうしてもずれてしまうんだ。こんなに年月が……」少し考えて続けた。「そうか、もう十年もたつんだね」

「十一年になるんじゃないかしら」母親が言った。「でも、両目を失うよりはよかったわ」

ジョンはうなずいた。いつも感心するのだが、実際的で分別に富む母は、ぼくの気持ちを引き立てるのが実にうまい。なぜぼくはそうした母の性格でなく、憂鬱《ゆううつ》になりがちな父の性格を受け継いだのだろう。

「そうだね」ジョンは同意し、母親に手伝ってもらって上着を着た。「とにかくアイルランド人なんか、くたばっちまえばいいんだ」

母親が眉をひそめたのを見て、ジョンは彼女の手をとった。

「わかっているよ、母さん。そんなことを口にしてはいけないな」ジョンは母親の機先を制して言った。「母さんに犬を蹴飛《けと》ばすなと教わったっけ。やつらはまさに犬だ。ごめん」

ジョンがキスをすると、母親はにっこり笑った。「いいわ。さあ、急いで靴を履きなさい。あの子たちが到着したの」

ジョンは母親を見つめ、靴を探し始めた。「あの子たちって？」

母親が大きなため息をついたので、彼は探すのを中断して尋ねた。「いったいなんのこと？　話してもらったのに、ぼくはまた忘れてしまったのかな？」

「アメリカのあなたのいとこたちよ、ジョン。彼らが到着したの」

彼は困惑して一瞬動きをとめた。どうやら母親にとってはとても重要なことらしいのに、ぼくときたら忘れてしまったのか。「ぼくのいとこたちが」とつぶやく。

「ジョン、あなたってどうしようもない子ね」母親は息子の手をとってドアのほうへ引っ張っていこうとした。「ヴァージニア州にいるわたしの妹の子供たちよ！　覚えていないの？」

ようやく彼は思いだした。それどころか、そのためにひと冬かけて改築した舞踏室や一階の居間の請求書のことまで思いだした。それからオックスフォードがどうしたという話もあったのでは？「思いだしたよ、母さん。たしかひとりはオックスフォードへ行って、もうひとりは母さんの強力な後ろ盾のもとに社交界デビューすることになっているんだっけ」

「そのとおりよ！」母親がほめた。「あなたもその気になれば有能さを発揮できるんだわ」

「ほんのたまにだけど」ジョンはつぶやいて、母親と一緒に階段をおりていった。「それはそうと、秘書をできるだけ早く雇わなくてはならないんだ。ぼくが忘れていたら、定期的に思いださせてほしいな」

「そのことなら、しょっちゅう言ってきたじゃない。それに従者も必要だし、もうそろそろ妻ももらわなくてはって」

母親があまりに真剣な顔をしているので、ジョンは思わず笑い声をあげた。「その三つのうちで、ぼくにいちばん必要なのはどれでしょう？」彼は母親について豪奢《ごうしゃ》な応接室のほうへ進んでいきながら尋ねた。そこは堅苦しい行事や、さほど懇意でない親戚《しんせき》をもてなすための部屋だ。

「妻よ」母親が即座に答えた。応接室の前に控えていた執事のラスカーがドアを開けた。

「まあ！　なんて疲れた様子をしているの？　長旅だったものね。あなたがたのいとこを紹介するわ。こちらはラグズデール侯ジョン・ステイプルズ。ジョン、こちらがロバート・クラリッジで、そちらがサリー・クラリッジよ。ふたりはヴァージニア州のリッチモンドから来たの。さあ、ふたりともこちらへ来て挨拶《あいさつ》なさい。大丈夫、かみつきはしないから」

当たり前だ。犬じゃあるまいし、ぼくは人にかみついたりしない。ジョンはそう思いながら歩みでて、ロバートと握手をした。サリーには頬へキスをしたほうがいいだろうかと迷ったが、彼女が眼帯を見ておびえているようなので、やめておくことにした。サリーはまるで彼が海賊かなにかで、今にも短剣を振るって飛びかかってくるのではないかと思っているようだ。ジョンはただうなずいて挨拶の言葉をかけるにとどめた。「どうぞよろしく」そして、早く〈ホワイツ〉へしけこんで上等な酒を浴びるほど飲みたいものだと考えた。

　母親は気まずくなりかけた雰囲気をやわらげようと、如才なさを発揮して盛んに新しい客人に話しかけている。ジョンは一歩さがって彼らを眺めた。兄も妹もなかなかきれいな容姿をしている。サリー・クラリッジの髪は彼の母親と同じ銀色がかった金髪で、容貌《ようぼう》は美しい。青い目がいくぶんうつろな表情をしているのは、絶えずゆれる船の上であまり眠れなかったせいだろう。安定したベッドでひと晩ぐっすり眠ったら、目に輝きが宿るかもしれない。

　一方、ロバートの目は、なにひとつ見逃すまいとするかのように室内を見まわしている。ここにある家具や小物類を売り払ったらいくらになるだろうと計算する事務弁護士みたいだ。わが家がきみのお眼鏡《めがね》にかなえばいいが、といくぶん愉快な気持ちでロバートを眺めていたジョンは、サリーにソファへ座るよう手招きし、室内にいる五番めの人物に注意を向けた。

　どうやら彼女はサリー・クラリッジのメイドらしい。そうとわかれば、普段のジョンなら一瞥《いちべつ》しただけですませるところだが、なぜかこのときは自分でも驚いたことに興味をそそられ、彼女を念入りに観察した。

　ジョンは自ら認めているように、女性の大きな胸に目がない。どの階層の女性を見ても、まず胸に視線がいく。今、目の前にいる女性に対しても、例外ではなかった。彼女はいまだに少々みすぼらしいマントをまとっているが、その上からでもりっぱな胸の持ち主であることが見てとれた。いつもなら彼は長々と視線をそこへとどめて、いったいどのくらい大きいのだろうなどと想像をたくましくするのだが、このときは彼女の威厳ある姿勢に注意を引かれた。彼女は背すじをぴんとのばしてあごを引き、頭を高くあげて立っている。豪奢な応接室にまったく気後れした様子がない。ジョンはその堂々たる態度に魅了された。

それでも、彼女は疲れているにちがいなかった。ソファへ腰をおろしたサリー・クラリッジは、なにが起ころうと絶対に立ちあがりたくないかのようにぐったりしているし、ロバートはまだ立ってはいるものの、椅子の背に寄りかかっているからだ。だが、目の前のメイドは疲れた様子を示さなかった。まるで女王みたいに、威厳のある態度を崩さない。ジョンは大いに興味をかきたてられた。

「で、そこのきみは……」彼は言いかけた。

ロバートがきゃしゃな椅子にどしんと腰をおろした。椅子がきしるのを聞いて、ジョンの母親が息をのむ。「それはエマ、サリーの侍女《ウェイティング・ウーマン》です」ロバートが言った。「エマ、ぼくのマントを持っていてくれ。それに、ほら、サリーのも。どうしていちいち指示しなくちゃわからないんだろうな」

エマと呼ばれた女性はなにも言わずに歩みでて、ふたりのマントを受け取った。どちらのマントも彼女がまとっているものよりずっと重そうだが、彼女は上品に腕にかけて、後ろへさがり、女侯爵のように背すじをのばして立った。

ジョンはあたりを見まわし、戸口に立っている執事を見つけた。「ラスカー、マントを受け取りなさい。きみのも渡せばいい……エマ、だっけ？」

彼女はうなずき、ジョンに向かってかすかにえくぼを見せた。

「やれやれ、エマ、なんて気がきかないんだ！　せめて〝ありがとうございます〟くらい言えないのか？」ロバートがしかりつけた。

「ありがとうございます」エマは頬を真っ赤に染めてささやいた。

「そんな必要はないよ」ジョンは年下のいとこに向かって穏やかに言った。

室内に漂った気まずい沈黙を、いつものように母親が言葉たくみに破った。「ロバート、それにサリー。わたしの妹の様子を教えてちょうだい。あなたがたが疲れているのはわかるけど、どうしても早く知りたいの」

サリーはジョンを恥ずかしそうにちらりと見て、彼の母親に小声で説明を始め、ロバートは手紙を出そうとベストのポケットを探りだした。ジョンは背中で両手を握りしめ、ロバートがウエイティング・ウーマンと呼んだ女性をもう一度じっくり見た。

ウエイティング・ウーマンとはまた変わった呼び方をしたもので、ジョンは一度も耳にしたことがないけれど、エマにぴったりだと思った。母親が若いふたりと会話を続けるあいだ、彼女は待つ《ウェイティング》ことに慣れた人間のように、身じろぎもせず辛抱強く立っていた。目は緑色で、心はどこか遠くにあるような表情をしている。一瞬ジョンは、いったいこの女性はなにを考えているのだろうといぶかしんだあとで、そんなことを考えた自分自身をあざわらった。おい、ジョニー、なぜメイドが考えていることを気にするんだ？　おまえらしくもない。

「ねえ、ジョン、それでいいわね？」

彼がびっくりして母親を見ると、彼女は非難と愛情のいりまじった目で息子を見ていた。

「ごめん、母さん、よく聞いていなかったもので。悪いけど、もう一度言ってください。それでいいわねって、なんのことです？」

少しふざけた口調で問い返したジョンは、エマがまたえくぼを見せたのを目のすみでとらえた。サリーは顔になんの表情も浮かべなかったし、ロバートは退屈しているように見えた。

「ジョン、ときどきあなたは頭がおかしいのではと思えるときがあるわ」

それを聞いたサリーが目を白黒させてあえぐように言った。「ステイプルズ伯母様ったら、彼は侯爵なのですよ！」

「称号があるからって頭がいいとは限らないわ」ジョンの母親が手厳しく言った。「それを肝に銘じておきなさい、サリー。なにしろあなたはこのシーズン中に社交界デビューして、多くの殿方に会うのですからね」ふたたび息子のほうを向く。「ロバートの入学手続きをするために、みんなでオックスフォードへ行きましょうって話していたの。そうすればサリーやロバートが、おばあ様のホワイティカーに会う機会ができるでしょ。ふたりともまだおばあ様に会ったことがないの」

「だったら、きみたちは相当気を引き締めてかかったほうがいい」ジョンはウエイティング・ウーマンが身内の会話をどう思って聞いているだろうかといぶかしみながら言った。「会うのはいい考えだと思うよ。わが一族のゴルゴン（ギリシア神話に出てくる、頭髪が蛇の女怪獣）に会ったら、一刻も早くカロン（死者の国への案内人、渡し守）の漕《こ》ぐ舟に乗ってステュクス河（死者の国を取り巻く河）を渡り、ブレイズノーズ校（オックスフォード大学のカレッジの一つ）の中庭へ逃げこみたくなるだろう」

　きょとんとしているロバートを見て、ジョンは内心ため息をつき、早く一杯やりたいものだと思った。彼の母校はまた、救いがたい愚か者をひとり引き受けることになるのだ。

「ミスター・クラリッジが船賃をお持ちならばよろしいのですが」

　それはあまりにも低い声でささやかれたので、エマの言葉がジョン以外の耳に達したとは思えなかった。彼は賞賛の笑みを浮かべた。「うがったことを言うね。なかなか学がある」ささやき返した彼は、エマの顔にまたもやかすかなえくぼができるのを見た。ここにいるのは何者だ？　ギリシア神話やシェイクスピアに造詣《ぞうけい》が深いメイドなのか？

　しかしエマの低いささやき声には、ジョンのうなじの毛を逆立てる、ほかのなにかがあった。彼女の言葉づかいのかすかな訛《なま》りは、彼の知っているものだった。

「エマ、きみはどこの生まれだ？」不意に尋ねたジョンの声が静かな室内に大きく響いた。

　ジョンにはそれが不適切な質問であるとわかっていたし、祖母のホワイティカーについてサリーに説明している母親の邪魔をするのは無作法であることもわかっていた。しかも彼がメイドにそのような個人的な質問をしたことは、思いだせる限り一度もなかった。それなのに今、彼は自分でも驚いたことに、早く答えろと険しい顔で迫っているのだ。

エマはジョン以上に驚いていた。顔からえくぼが消え、まるで叱責《しっせき》されるのを待っているかのように、困惑した表情でロバートとサリーを見比べている。

「どうした？　難しい質問ではないだろう」ジョンは心のなかの悪魔からそそのかされたように声を荒らげた。まるで一個部隊に号令をかけていた昔に戻ったかのようだ。母親が非難の表情を浮かべて近づいてくるのが見えた。彼は片手をあげて母親を押しとどめた。「きみの出身地と名前を知りたい」

今やメイドの顔から血の気がすっかり失《う》せていた。エマは何度かごくりとつばをのみこんだが、その態度はかえって威厳を増したようだ。彼女はジョンの目をまっすぐ見て――これも彼がメイドからされたことのない経験だ――はっきりした口調で言った。

「わたしの名前はエマ・コステロ、生まれはウィックロー県です」

「くそっ、きみも、仲間のアイルランド人もくたばってしまえ」ジョンは吐き捨ててくるりと向きを変え、部屋を出た。そのまま玄関へ行き、引きとめる母親を無視して家を出ると、歩道をすたすた歩いていった。気持ちが動転していて、フェイのところへ行く気になれなかった。〈ホワイツ〉へ行って、ブランデーをひと瓶開けよう。いや、ふた瓶にしようか。

2

昼下がりの〈ホワイツ〉は比較的静かだったが、そうした雰囲気も、メイドに暴言を吐いたことへの後悔と恥じらいからくるジョンの高ぶった気持ちを静めてはくれなかった。彼が広間へ行ってみると、ちょうどゲームのあいまと見えて、ビリヤードに興じている客たちがぶらぶらしたり、晩の賭《か》け試合に法外な金額を設定したりしていた。彼はすぐにそこを出て読書室へ行き、お気に入りの革張りの椅子に座ってため息をついた。いつもつくづく不思議に思うのだが、普通の家庭では、なぜこうした素朴な喜びを味わえないのだろう。彼はそう思いながら『タイムズ』を広げ、その背後に隠れた。

いつもの彼なら興味を引かれるはずの記事がいくつか載っていた。ナポレオンがスペインにおけるフランス陸軍の指揮をスルト元帥に任せ、そのスルト元帥が、すみやかに撤退しようとしていたジョン・ムーア将軍率いる英国軍をラコルーニャへ追いつめたとある。

「なんたることだ！」ジョンはうなり声を発してページをめくった。そこにはナポレオンがふたたびパリに入り、老獪《ろうかい》なタレーランとよりを戻そうとしている旨の記事があった。「フランス人なんかみんなくたばってしまえ！」侯爵はつぶやき、結婚や婚約の記事へ目を移した。そうとも、フランス人などくたばればいいんだ。そう毒づきながら、かつての友人たちがとうとう人生に屈して結婚生活に入ることを列挙した記事に、たんねんに目を通していく。前世紀にフランスがアイルランド問題に首を突っ込んで反乱の機運をもたらさなかったら、ぼくは今も両目で新聞を読めるのだ。そればかりか陸軍での昇進を続けているだろう。

彼は新聞をたたんで胸の上に置き、少しでも分別を取り戻そうとした。まったくおまえってやつはどうしようもないばかだな、ジョン。メイドの前であんな醜態を演じるとは。彼は母親の顔に浮かんだショックの色や、ロバートのあけすけな視線を思いだして、顔をしかめた。ラスカーは優秀な執事ぶりを発揮し、なにも聞かなかったふりを装っていた。だが、ラスカーが口をつぐんでいるのは、地階の使用人たちの食堂で夕食が始まるまでのことだろう。いったんラスカーの口から主人の粗野なふるまいに関する噂《うわさ》が広まったら——執事は眉をつりあげて、故ラグズデール卿《きょう》なら断じてあのような見苦しいまねはしなかったはずだ、と悲しそうな口調で言うだろう——数日間は家事万端が順調に運ばなくなることを覚悟しなければならない。使用人たちが仲間のひとりに加えられた不当な仕打ちから立ち直るまで、朝早く石炭を持ってくるメイドはジョンが寝ているそばで石炭入れを必要以上に大きく鳴らすだろうし、ひげそり用の湯はぬるいだろうし、ネッククロスには焦げ跡ができているだろうし、ベアルネーズソースは水っぽいだろう。それが無力な人間たちのとるたくみな仕返しの方法なのだ。

応接室を飛びでる寸前にちらりとエマ・コステロへ視線を向けたジョンは、彼女の顔に困惑の色が浮かんでいるのを見た。言葉による攻撃ではなくて、不意にげんこつを見舞われたとしても、あれほど驚いた表情は浮かべなかったのではなかろうか。彼はエマとウィックロー県について考え、愚かな行為に出た自分をののしった。自宅にいる時間をほとんど二階で過ごす彼は、使用人たちの噂話を耳にする機会がないけれど、彼らのあいだでの階層がどうなっているかくらいは知っている。エマは使用人たちの居住区兼仕事場である地階で、いい扱いを受けないだろう。アイルランド人を好いている者はいない。彼女を怒鳴りつけたのはまずかった。

ジョンはふたたびため息をつき、見えないほうの目の上の額をもんだ。今ではめったに痛まないが、そこをもむのが癖になっている。まだ傷が癒《い》えなかったころは、小鬼に脳みそをかきまわされている感じがして――それは大量のアヘンチンキのせいだったかもしれない――どうしてももまずにはいられなかった。強くもんだら視力が戻るのではと期待すらしたが、もちろん戻りはしなかった。痛みが薄らいだあとも、もむ習慣だけは残った。

自分をののしっているうちに、ジョンは落ち着かなくなり、舌打ちをして立ちあがると、暖炉の前へ歩いていって火を見つめた。また降りだした雨が窓をたたいている。彼の気分にふさわしい陰鬱な天候だ。

雨があがり次第、カーゾン・ストリートの屋敷へ戻って母とロバート・クラリッジに謝ろう、とジョンは考えた。ロバートの妹に謝る必要はないだろう。サリーは目をみひらき、事態をすぐにはのみこめない者特有のぼんやりした表情で成り行きを眺めていた。もちろんメイドに謝る必要はない。エマにはなにも言わないでおこう。

食事を〈ホワイツ〉で済ませたジョンは、家へ帰る途中にフェイ・ムーレのところへ寄った。彼がいつものように二度ノックすると、フェイがにこやかな顔でドアを開け、フランス語と英語のちゃんぽんで隣近所の出来事をしゃべくりながら、彼が外套《がいとう》を脱ぐのをいそいそと手伝った。最初のころは二カ国語での彼女のおしゃべりを楽しいと感じ、性的な興奮さえ覚えたものだが、今ではマフラーをとられて体をべたべたさわられても、いらだちしか覚えなかった。話をするならどちらかの言語にしろ。きつい言葉が口を出かかったが、ジョンはぐっとのみこんだ。彼が支払いをしてやっている人間に、これ以上ふてくされてもらっては困る。フェイがふてくされたら、ぬるいひげそり用の湯よりもはるかに始末が悪いだろう。彼はいらだちを隠してフェイにキスをし、彼女に手を引かれるまま寝室へ歩いていったが、なかへ入ったところで気が変わった。

ジョンはフェイと並んでベッドに腰かけ、用心深く彼女の膝へ手を置いた。「いや、今日はやめておくよ、フェイ」

彼女がすねていつものように下唇を突きだした。それを見た彼は、なぜこんな表情を魅力的だと感じたのだろうと首をかしげた。少しは大人になれ。そう怒鳴りたいのをこらえて彼女の手をとったジョンは、指がきれいな形をしていることと、爪の先端が丸く整えられていることに気づいた。おそらくフェイは午後をその作業に費やしているのだろう。

ジョンはフェイと真正面に向きあって尋ねた。「なあ、フェイ、ぼくがいないあいだ、きみはなにを考えているんだ？」

さまざまな表情が彼女の顔をよぎったが、繰り返し表れたのは漠然とした当惑だった。ジョンの気分はますます沈んだ。フェイは彼がどんな答えを望んでいるのか探るように、彼の顔をただ見つめている。

「実際のところ、フェイ」ジョンは強い語調でさっきの質問を繰り返した。「ぼくらが一緒にいないとき、きみはいったいどんなことを考えているんだ？」

ふたたび返ってきたのは沈黙。そりゃまあ、ぼくはきみが考えることにまで金を払ってやってはいないからな。ジョンは思わず額をもんだ。

「読書はするのか？」彼はやさしい口調できいた。

「読書ですって、ジョン？」

「そうさ、フェイ。読書というのは、本を開いて、そこに書かれている言葉の意味を解釈しながら読み通し、内容を検討することを言うんだ。ある者は自己啓発のため、またある者は楽しみのために、それをする」彼は内心いらいらしながら辛抱強く説明した。

フェイは黙ったままジョンの手のなかから手を引き抜いて横を向いた。「わたしが考えるのは、次はなにを着ようかしら、とか、髪型をどうしようかしらってことよ」やがて彼女はぱっと顔を明るくして言った。「御用聞きが食料品を持ってきたときなど、冗談を交わしたり、政治についての考えをきかれたりするわ」

「で、きみはどう答えるんだ?」

フェイが完璧《かんぺき》な顔をこちらへ向け、目を大きくみひらいて彼を見た。「あら、ただ笑って応じるだけよ」彼女は実演してみせようと、容貌と同じくらい愛らしい笑い声をあげた。

ジョンはにっこり笑って彼女を引っ張り立たせ、その尻を軽くぶった。「すまない、フェイ、つまらない質問をしてしまったね」

フェイの手がネックレスを外そうとのびてきたが、ジョンはそれを押しとどめて外套を着た。「また今度にしよう」彼女がふたたびフランス語まじりの英語でぺちゃくちゃしゃべりだしたが、彼はかまわずに外へ出て静かにドアを閉めた。

夕方になって降りだした雪のなかを、ジョンは家へ向かって足を急がせた。愛人と会いはしたけれど、気分はよくも悪くもならなかった。自宅へ帰り着いて、ラスカーに外套を脱がせてもらっているとき、突然、頭にある考えがひらめいた。留守にしたままのノーフォークの領地へ、久しぶりに帰ってみるのも悪くないのでは。あそこにはたしか大きなワイン貯蔵庫があったはず。ジョンは帰るか帰るまいか決めかねて玄関広間に立ち尽くし、母親はどこにいるのだろうと考えた。

「奥様はトランプをしておいでです」ラスカーが言った。

「ラスカー、きみにはいつも驚かされるよ」ジョンはささやいた。「こちらがきかなくても答えを教えてくれるんだからな」

「そうですとも、だんな様」ラスカーが応じ、主人と一緒に居間へ向かって廊下を歩いた。

ラグズデール卿はドアを開けて居間へ入り、そっとドアを閉めた。

ひとりでトランプをしていたレディ・ラグズデールが顔をあげ、かたわらの椅子をたたいて座るように促した。ジョンは首を横に振って母親の背後に立ち、トランプを見おろした。

「母さん、またごまかしているね」

「当然ですよ」母親は落ち着き払って認めた。「トランプのひとり遊びでごまかさなかったら、勝てるはずがないもの」不意に息子の手をとってキスをする。「この数日間、あなたは様子が変だけど、どうかしたの？」

ジョンは椅子に座って背もたれに寄りかかり、長い脚を前へ投げだした。「別にどうもしないよ」

母親はほほ笑んで息子を横目で見やり、ふたたびトランプの手をごまかした。「今のあなたは、なにかをしでかそうとたくらんでいる人間に見えるわ」

彼は母親にほほ笑み返し、彼女が置いたばかりのカードを引っくり返した。「オックスフォード時代に、ぼくがこんないかさまをしたら、ブレイズノーズ校の学寮長に階段から蹴落とされただろうな！」ふたたび椅子の背にもたれて天井を見あげる。「それはともかく、母さんの言ったことはあたっているかもしれない」

「そう思うならいいわ。さあ、もう寝にいきなさい」

「ああ、そうする」ジョンは立ちあがってのびをした。「また雪が降りだしたよ」

彼が見ていると、母親は不用なカードを元へ戻した。「たとえ雪が降っても、明日はオックスフォードへ行きますからね」

「わかったよ、母さん」ジョンはかすかにほほ笑んだ。言葉で謝りはしなかったけれど、母は理解してくれたのだ。彼は感謝の念とともに、落ち着きのある美しい母親をじっと見つめた。幸運に恵まれたら、いつかぼくにもこの母親そっくりの娘ができるだろう。

ドアを開けて振り返った彼に、レディ・ラグズデールが投げキスをした。「ジョン、明日、あなたには今日の償いをする機会があるわ」

「えっ、どうして？」

「わたしの着付け師の体調が悪くて、旅に同行できないの。代わりにエマ・コステロが同行して、サリーとわたしの世話をしてくれることになったのよ」

ジョンは額へやりかけた手をおろしてため息をついた。「だったら、ぼくは馬に乗っていくよ、母さん」きっぱり言って部屋を出た。

ジョンがロバート・クラリッジの部屋のドアをたたいたとき、年下のいとこはまだ起きていたものの、眠ろうとしているところだった。「どうぞ」という眠そうな声を聞いてジョンがドアを開けると、ロバートは気をつけの姿勢をとろうとするかのように、慌ててベッドの上へ起きあがった。

「いいよ、いいよ、そのままで！」ジョンはそう言ってドアを閉め、ベッド脇《わき》の椅子に腰をおろした。「ぼくらはいとこ同士なのだから、そう緊張しなくていい。今日のふるまいを許してもらいたくて来たんだ。すまなかったね、ロバート」

ロバートは頭をかき、枕をたたいて膨らませると、ふたたびベッドへ仰向けに寝そべって年上のいとこを見た。「そんなことは気にしなくていいですよ。ステイプルズ伯母さんに、あなたがアイルランド人を憎んでいる理由を聞きました」

「うん、憎んでいるのはたしかだ」ジョンはそう認めると同時に、年下のいとこたちとの関係がまずくならないよう計らってくれた母親に感謝した。「しかし、だからといってきみたちのメイドに無礼な仕打ちをしていいことにはならない」

ロバートの目が閉じようとしていた。「そんなの、ちっともかまいませんよ。どうせ相手はエマですからね。彼女にはときどき聖人でさえいらいらしたくなるくらいです」

「ぼくは聖人ではないからな」ジョンはいとこがまったく気にしていないようなのでほっとした。そして脚を組んで椅子の背にゆったりもたれた。「なあ、ロバート、どういういきさつでアイルランド生まれのメイドを雇ったんだ？」

ロバートは目を開けた。「ぼくが十四か十五のときに、父さんがノーフォークの競売場で彼女を買ったんです」

「買った？」ジョンは椅子の上でまっすぐ座りなおした。「買ったなんて噓《うそ》だろう？」

「いいえ、本当です。エマは年季奉公人なんです。船長が競売場になっている小屋へ年季奉公人の一団を連れてきたとき、ぼくは父さんと波止場にいました」

ジョンは目を閉じた。そういう話を耳にしたことはあるが、『タイムズ』の記事と同じで、現実のものととらえたことはなかった。「彼らは……鎖につながれていたのか？」

「いいえ、まさか」ロバートはすっかり目が覚めたと見えて、また起きあがった。「しらみだらけで服はぼろぼろだけど、あれほど無害な連中はいません。みんながりがりにやせていました」いったん言葉を切る。「それが今のアメリカの流儀なんです。根掘り葉掘りきかずに売り買いするんです」彼は記憶を掘り起こそうとするかのようにしばらく考えにふけった。「なんでもダブリンで反乱があったとか。父さんならよく知っているんだけど」

要するに英国はアイルランドの反乱分子どもを植民地へ厄介払いし、それによってアメリカは安い労働力を得ている。つまり持ちつ持たれつというわけだ。そうジョンは思ったが、アメリカ政府の偽善について意見を述べる前に、ふたたびロバートが話し始めた。

「父さんは計算のできる事務員を探していました。どうするかというと、ほかの買い手たちと並んで、どんな人間が欲しいか大声で呼ぶんです。〝お針子〟とか〝蹄鉄工《ていてつ》〟〝靴職人〟などと呼ぶ声があちこちであがっていました。だけどアイルランド人は無知な連中と見えて、呼ぶ声に応じる者はひとりもいませんでしたよ」

「全員がアイルランド人だったのか？」

「ええ、そうです」

「それなら説明がつく。たしかにアイルランド人ほど無知な連中は、この地球上のどこを探してもいないからな。彼らにできることといったら、鼠《ねずみ》みたいに子を産むことだけだ」

「ま、そこまでは知りませんけど」ロバートが言った。「とにかく父さんが半ばあきらめながらも、これが最後とばかりに〝事務員〟と呼んだら、エマが歩みでたんです」ロバートは思いだし笑いをした。「ぼくは彼女をばかだと思い、彼女に注意を向けた父さんをもっとばかだと思いました」彼はため息をつき、またベッドへ仰向けに寝そべった。

「それで？」ジョンは先を促した。

「彼女が着ていたのはシュミーズだけで、髪は汚れ放題、足ははだしでしたが、父さんが足し算をしてみろと言って早口で数字を並べると、彼女は暗算で答えを出したんです」ロバートの目がふたたび閉じた。「彼女はしらみだらけだったので、父さんは馬車へ乗せようとせず、家までずっと馬車の後ろを歩いてこさせました」

　ジョンは頭を振った。今日の午後、応接室で見たエマは、まとっている服はみすぼらしくても、まちがいなく上品な物腰の女性だった。今日はなんと不思議な一日だったことか。

「じゃあ、彼女はきみのお父さんの事務員だったのか?」

ロバートがすぐには答えなかったので、ジョンはいとこの肩をつかんでゆさぶりたい衝動に駆られた。「いいえ。母さんが反対したんです。雇い人だろうとだれだろうと、女が煙草《たばこ》倉庫で計算や帳簿付けをするのは体裁が悪いし、ちょうどサリーにメイドが欲しかったところだと言って。そんなわけで、彼女がうちへ来て五年になります。契約書を確かめればはっきりするけど、たしか年季が明けるまで、あと二年くらいあるんじゃないかな」

今知った事実についてジョンが考えをめぐらすうちに、ロバートが寝息をたて始めた。ほかにもききたいことはあるが、後にしよう。「おかしなこともあるものだ」彼はつぶやき、年下のいとこをしばらく眺めてから、ろうそくの火を消し、静かに部屋を出た。

鍵《かぎ》を手にしたラスカーが玄関広間にいて、主人を見ておじぎをした。「おやすみなさいませ、だんな様。ほかに必要なものがございますか?」

ジョンはかぶりを振った。エマにどの部屋をあてがったのかきこうとしたが、やめておいた。執事の仕事に口出しするようで気が引けたのだ。エマが石炭置き場で寝ようと、それがどうだというのか。

ジョンは部屋へ入ってブーツを脱ぎ、手をつけていないブランデーの瓶を一本抱えてベッドに入った。もう一本はナイトテーブルに載せてある。書類であふれている机は見ないようにした。時刻は遅い。瓶から直接ブランデーをひと口、ふた口と飲むうちに、気持ちがだんだんゆったりして、悟りの境地に近づいた。大都会を脱出したい気持ちは消えないものの、あと二、三カ月残っている社交シーズンを、なんとか我慢しながらロンドンで過ごしてもいいと思い始めた。

ぼくには社交場へ母とサリーに付き添っていく義務がある。その義務を果たす際に、〈オールマックス〉やほかの高級社交クラブに出入りする女性たちを吟味できるだろう。運がよければ、あまり高望みをしない若い女性を見つけて、結婚を申し込むことができるかもしれない。ぼくにはくさるほど金があって、失った目を除けば五体満足だし、たいていの知人よりも頑健だ。「ああ、そうとも、ぼくは結婚市場でどの男よりも値打ちがあるぞ」天井に話しかける。「結婚相手を見つけるのはそれほど大変なことではあるまい」

ジョンはブランデーをまたひと口、ふた口飲んで、瓶を慎重に床に置いた。驚いたことに瓶が倒れた。なお驚いたことに、一滴もこぼれなかった。彼はベッドから身をのりだして瓶を見つめた。酒屋にごまかされるなと、ラスカーに忠告しておこう。どうやらラスカーは以前よりも小さな瓶を買わされているようだ。

二本めの瓶は最初の瓶よりも早く空になった。ジョンは下の貯蔵庫へ取りにいこうかと考えたが、やめておいた。部屋がせばまってドアから出られない気がした。なんて奇妙な現象だ。彼はそう思いながらズボンのボタンを外し、ネッククロスをゆるめて目をつぶった。

3

翌朝、目覚めたジョンはたいへんな二日酔いで、胃がむかむかし、波にもてあそばれる船に乗っている気分だった。起きあがったときにものすごい頭痛がして、哀れっぽい声をもらした。耐えきれずにふたたびごろりと横になる。昨夜のうちに雪が三メートルくらい積もって、今日の旅行はとりやめになればいいのだが。

そんなジョンの願いを、神は聞き届けてくださらなかった。石炭を持ってきたメイドが、主人が目覚めているのを見て陽気な声で挨拶した。「おはようございます、だんな様」その大声が室内を満たし、彼の空っぽの頭蓋骨《ずがいこつ》のなかで反響した。メイドはやけに大きな音をさせて石炭を暖炉の火格子に載せ、窓のカーテンを勢いよく開けた。カーテンレールが甲高い悲鳴をあげる。

「今朝はよく晴れあがって、最高の旅行日和です」メイドの声は、ハリケーンのなかで号令をかける甲板長の怒鳴り声のようだった。

ジョンはメイドに向かって弱々しくほほ笑み、まぶしい日差しから守ろうと目に手をあてた。おまえがあとひとことでもなにか言ったら、ぼくは死んでしまうぞ。幸い、メイドはそれ以上なにも言わずに出ていったが、ドアをたたきつけるように閉めたので、そのすさまじい音に胃がひくひくし、彼は歯をくいしばってうめいた。

ようやく彼がベッドから両脚を垂らしたとき、まるで破城槌《つい》でどんどんたたくような音をさせたあと、母親がドアを細めに開けた。

「ジョン、一時間ほどしたら出かけたいんだけど」母親はそう言って息子をしげしげと見た。「まあ、ジョン！」

三時間後、彼は手すりにつかまって階段をおり、玄関先で辛抱強く待っていた馬にまたがった。荷造りの手伝いも、青白い顔のひげをそるのも、ラスカーが部屋へよこした使用人の男がしてくれた。頭髪用の香油を頭へ振りかけたときは、とうとう我慢できなくなって、ふらつく足取りで洗面台へ行き、吐いた。そして、もう二度と酒は飲まないぞと誓った。

二月の冷え冷えとした空気が心地よく、ジョンは冷たい空気を胸いっぱいに吸った。それから帽子を深くかぶり、乗馬用の外套の胸元をぴったり閉じた。母親は馬車に乗るよう主張したが、彼はかたくなにかぶりを振り、手綱をゆったり握って、エマ・コステロが最後の荷物を馬車へ運びこむのを待った。

エマが馬車へ乗ろうとしたときに、マントがドアの取っ手に引っかかった。手がふさがっていた彼女は、体をゆすって外そうとしてから、助けを求めるようにジョンを見た。

馬をおりたら吐き気をこらえきれそうになかったので、ジョンは困惑して首を横に振った。エマは辱めを受けたかのようにさっと目を伏せて顔をそむけ、マントを外そうと奮闘し続けた。そのうちにロバートが舌打ちをして馬をおり、マントを外してやった。エマは急いでなかへ入ってドアを閉め、座席のすみっこに小さくなった。

やれやれ、出だしからこれでは先が思いやられる。ジョンはため息をついて馬を通りへ進ませた。頼む、お願いだ、今年のロンドンの社交シーズンが早く終わってくれ。

旅を続けるうちに、午後も半ばを過ぎたころから厚い雲が空を覆い、身を切るような寒風が吹きだした。途中まで馬を並べていたロバートは、旅の道連れとしてけっこう愉快な相手であることがわかった。話し好きで、かってにしゃべらせておけば、おもしろい話をいくらでも続ける。相槌《あいづち》を打ったり言葉をはさんだりする必要はないので気が楽だ。ジョンは煙草の栽培や、アメリカでますます盛んになりつつある奴隷売買、連邦主義者との軋轢《あつれき》などについて、興味深いことをいろいろと知った。ロバートのやわらかな声とゆっくりした話しぶりを耳に快く感じていたジョンは、いとこが天候に屈して馬車へ乗りたいと言いだしたときは、はなはだ残念に思った。

快適な馬車のなかへロバートが姿を消すやいなや、ジョンは残りの数時間を耐えきれるだろうかと不安になった。気温はいっこうにあがらず、空からは今にも雨が落ちてきそうだ。先へ進めば進むほど、気分は悪くなる一方だった。これがひとり旅なら、すぐにでも静かな

部屋と清潔なシーツがありそうな宿屋を見つけて泊まるのだが、家族が一緒では弱音を吐く
わけにいかない。それなのに、また頭がずきずきし始めた。
　ジョンが負けを認めて御者に声をかけ、気分が悪いと訴えようとした矢先に、思いがけず
サリー・クラリッジから救いの手が差しのべられた。いよいよ彼が吐き気を我慢できなくな
りかけたとき、母親がガラス窓をさげて馬車の側面をこうもり傘でたたいた。御者は手綱を
引いて馬車をとめ、なにごとかと後ろを振り返った。レディ・ラグズデールがドアを開けて
身をのりだし、息子に話しかけた。
「ジョン、サリーが乗り物酔いで気分が悪くなったの。少しでも先へ進みたいのはわかるけ
ど、今夜は早めに宿をとれないかしら？」
　ジョンは危うく感謝の涙をこぼすところだった。偉いぞ、サリー、きみがいっぺんで好き
になった。兄に劣らず、きみもけっこう人間ができているじゃないか。そう思いながらもわ
ざと顔をしかめ、しぶしぶといった感じでうなずいた。
「仕方がないね、母さん」ジョンはいかにも残念そうに重苦しいため息をつき、すぐに後悔
した。胃から苦い液体がこみあげてきたのだ。「じゃあ、ぼくは先に行って、適当な宿屋を
見つけておきます」馬車のなかの人たちが気のきいた申し出と受け取ってくれることを願っ
て言ったが、本当のところは、彼らの前で醜態を演じる前に、早く目の届かないところへ行
って胃のなかのものを出してしまいたかったのだ。

レディ・ラグズデールがうなずいてサリーにその旨を伝えると、サリーは青白い顔をあげ、窓からジョンに投げキスをした。エマはと見れば、かたくなに彼を無視している。ジョンは馬車と距離をとろうと馬を走らせた。彼らに見えないところまで行ったら、安心して吐ける。

馬車が〈ノルマン・アンド・サクソン〉へ到着したときには、ジョンは完全な健康体を取り戻していた。その宿屋は悪天候ゆえに旅を中断したと思われる客であふれていたが、運よく彼は個人用の休憩室をひとつと寝室をふたつ確保できた。馬車の到着を待つあいだ、酒場でエールをちびちびやりながら、そこで行われているトランプの賭け試合を見て過ごした。彼らのくしゃくしゃの髪や、乱れた服装からして、ゲームは朝から続いているものと思われた。エールはなめらかに喉を流れ落ちて、胃にすんなり落ち着いた。トランプゲームはまったくジョンの心をそそらなかった。

馬車から母親を助けおろしたジョンは、彼女もまた気分がすぐれないことをすぐに見てとった。「かわいそうに」彼は腕へもたれてきた母親にささやいた。「でこぼこ道で馬車がゆれて気分が悪くなったんだね？」

母親はうなずいた。「わたしは旅が苦手だってことをつい忘れて、いつも出発してから気がつくの。ベッドの支度ができていればいいけど」

ジョンは有能な息子の役を果たせるのがうれしくて、母親の頬にキスした。「布団に湯たんぽを入れさせておいたからね。サリーと一緒に思いきりいびきをかいて寝たらいいよ」

母親を二階へ連れていったジョンがサリーを連れに一階へ引き返すと、彼女はエマにぐったりもたれて酒場のすぐ外の廊下に立っていた。

「手を貸そうか？」そう尋ねたジョンは、エマがうなずいたのを見てなぜか当惑した。サリーを彼に渡したエマは、壁のなかへ消えたがっているように見えた。ジョンはサリーの肩に腕をまわして階段のほうへ連れていこうとしたが、驚いたことに彼女は身をこわばらせた。

「ん、どうした？」彼はサリーの抵抗に不審を抱いて尋ねた。

サリーは答えなかったが、ジョンは彼女の視線をたどって酒場のなかをのぞいた。ロバートがグラスを片手に賭博《とばく》台の横に立ち、トランプゲームを見ていた。「お願い、兄にゲームをさせないでほしいの」サリーが言った。

ジョンは笑った。「行われているのは、たいして害のないゲームだよ」

「お願い、本気で頼んでいるんです」サリーの言葉に真剣さが感じられた。

彼はサリーを安心させようと、彼女の両肩をつかんで言った。「サリー、まずきみを二階へ連れていったら、あとはエマに任せて、ぼくはここへ戻ってくる。お兄さんがゲームに加わらないよう、ちゃんと見張っているよ。そんなの、ちっとも難しくない」彼女の不安をやわらげるために冗談めかして続ける。「見てのとおり、ぼくはロバートよりも体が大きい。いざとなったらそれにものを言わせてみせるさ」

サリーは弱々しくほほ笑み、ジョンに導かれてせまい階段をあがった。部屋のなかではレディ・ラグズデールがまだベッドの上に座っていた。荷物を抱えてついてきたエマが、いそいそとふたりの女性の世話を始めた。もう大丈夫だと確信できるまで、彼は戸口に立って様子を眺めていた。

「夕食を注文しておくね、母さん」ジョンは言った。「なにがいいかな？」

「おふたりにはスープとパンをお願いします」エマがはきはきした口調で言った。「ほかにはなにもいりません」

「で、きみは？」

そうきかれて、エマは驚いたようだった。レディ・ラグズデールの靴のひもをほどいていた彼女は、顔をあげて言った。「なんでもかまいません」顔はあげたものの、相変わらずジョンの目を見ようとしない。面倒をかけるのを恐れているかのようだ。

夕食を注文しに階下へおりたジョンは、ロバートが賭博台のそばをまったく動いていないことに気づいた。夢中でゲームを見ている。いとこの注意を引くのに、ジョンは何度も名前を呼ばなければならなかった。こちらへ来るよう促されて賭博台を離れるときも、ロバートはしぶしぶといった様子で、名残惜しそうに幾度も後ろを振り返った。

「フェローはぼくの好きなゲームです」酒場から連れだされるとき、ロバートが年上のいとこに打ち明けた。「だけどブラックジャックも好きだな。ねえ、あなたはトランプをしますか？」

「しない」ジョンはそっけなく答えた。「トランプなんか嫌いだ。今夜はきみのブレイズノーズ校入学の件について、ふたりでじっくり話しあうことになっている。知ってのとおり、そこはぼくの母校だ」彼は保護者然とした態度で年下のいとこを見つめた。「断っておくが、学期の途中で入学の手配をするのは大変だったんだぞ」

賭博台のかたわらを離れたくなかったことが態度からありありと読み取れたが、それでもロバートはおとなしく寝室へついてきた。ジョンはふたつのグラスにシェリー酒を注《つ》いだ。しかしロバートは手をつけようとせずに室内をそわそわと歩きまわった。「座ったらどうだ」ジョンは促した。「明日はまた半日も旅を続けなければならんし、そのうえおばあさんに会うのだから、体力をつけて気力を充実させておく必要がある。ほら、ここに食事の支度がしてあるぞ」

ふたりは黙って食事をした。今日の午後とちがって、ロバートはもはや楽しい話し相手ではなかった。なぜこの若者はこんなにそわそわしているのだろう、とジョンは不思議だった。まあ、いい、とにかく説明だけはしておこうと思い、ブレイズノーズ校の概要や輝かしい伝統について話した。だが、ロバートの心はどこかほかのところにあるのではないかという疑惑を、終始ぬぐえなかった。

話の途中でドアをノックする音がした。エマがスープを取りに来たのだ。「手伝おう」ジョンは彼女が重いトレーを持ちあげようとしているのを見て申しでた。

「ひとりで持てます」エマがそう言うのもかまわず、ジョンはトレーを奪い取った。「本当に大丈夫です」

たいしたことではないのに、彼はなぜか自分が有用な人間に感じられてうなずいた。「そりゃ大丈夫だろうが、こんなことでもしないと償いができないからね」

エマはちらりとジョンに視線を向けて、すぐにそらした。「ご迷惑をおかけしたくないのです」そうささやいて、彼のためにドアを開けた。

このような率直さにどう応じたらいいのかわからなかったので、ジョンが黙っていると、ふたたびおびえたような視線を向けられたが、今度もその視線はすぐにそらされた。ふたりは部屋の出口で体がふれそうなほど近くに立っていたにもかかわらず、エマはできるだけ彼から遠ざかりたがっているように見えた。ドアを支えている彼女の前をトレーを持って廊下へ出るとき、ジョンは奇妙なことに、自分がアイルランド人を憎んでいるのと同じくらい、エマ・コステロも英国人を憎んでいるのではないかという気がした。だとしたら、おあいこだ。それは彼が今までに抱いたことのない考えだった。

ジョンはトレーを置いて、母親におやすみのキスをし、部屋を出ようとした。サリーはもう寝ているだろうと考えたが、小さな声で呼びかけられて、まだ起きていたのだとわかった。エマと同じように、彼にどう思われるか不安がっているような、おずおずした声だった。

「お願い、お願いよ。今夜は絶対にロバートにトランプをさせないでちょうだい」サリーは懇願した。

　ジョンはサリーに笑いかけて、深々とおじぎをし、体を起こすときにウインクした。

「本気でおっしゃっているのですよ」そう言ったのはエマだった。アイルランド訛りがはっきり出ているその声は、厳しさを感じさせるほど断固としていて、聡明《そうめい》な大人にではなく、子供に話しかけているようだった。

　ジョンはドアのノブに手をかけて振り返った。「きみのその出しゃばりぶりが気に入らないんだ、エマ」ぴしゃりと言った。

「でしたら謝ります」エマがすぐに応じた。「でも、お願いですから、先ほどの……」

　ジョンがエマの言葉を聞こうともしないでドアを閉め、寝室へ戻ってみると、部屋は空っぽだった。奇妙な胸騒ぎを覚えて階下の酒場へ急いだジョンは、賭博台の椅子に座ろうとしているロバートを見つけた。

「来るんだ、ロバート。忘れたのか？　明日は朝早く出発するんだぞ」ジョンは声をかけ、ほかの賭け事師たちに向かってうなずいた。「申し訳ないが、われわれは失礼させてもらう」

「こんなことまでする必要はないと思うけどな」ジョンに追いたてられるようにして階段をあがりながら、ロバートが抗議した。「一度だけで終わらせるつもりだったんです」階段の途中で立ちどまり、懇願口調で続ける。「一度だけやったら、必ず部屋へ戻ってベッドへ入ると約束するから、下へ行かせてくれないかな」

「だめだ。いつまでもぐだぐだ抜かすな」ジョンは一喝《いっかつ》した。年下のいとこを見ていると次第に不安が膨れあがり、ふたたび頭痛がし始めた。これ以上、世話を焼かせるんじゃないぞ。そう思いながら服を脱ぎ、寝巻用のシャツを着た。おい、ロバート、両親がおまえを厄介払いしたがった理由がわかり始めたぞ。アメリカでどのくらいの借金をこしらえたんだ？　どうしてぼくがこんな問題児を引き受けなくちゃならないんだ？

ロバートはすねて口をへの字にしたまま服を脱ぎ、ジョンの隣のベッドへごろりと寝そべった。そのあとも長いあいだ黙っていたが、ついに口を開いた。「ほんとに意地悪だよな。ブレイズノーズ校へ入ったら、もうできないかもしれないんだから、せめてその前に一度くらいさせてくれたっていいのに」

「意地悪でさせないんじゃないぞ、ロバート」ジョンは言った。「さあ、もう寝ろ」

ジョンはベッドへ横たわり、ロバートがなにか言うだろうかと待った。そうして天井を眺めているうちに、ロバートの規則的で深い寝息が聞こえだした。安心したジョンは、ベッドの上で体と心の緊張を解いた。そのあとも三十分ほどロバートの寝息を聞いていたが、やがて彼自身も眠りの世界へ入っていった。

真夜中過ぎ、ジョンは目を覚ました。なぜそんな遅くに目が覚めたのか自分でもわからなかったが、とにかくそれまでぐっすり眠っていたのに突然目が覚めて、がばと起きあがった。

室内は闇《やみ》に閉ざされていた。ジョンは息をつめて耳を澄まし、ロバートの寝息を確認しようとした。ところがなにも聞こえない。

ジョンはそろそろと手をのばして隣のベッドを探った。「くそっ」ここ何年もなかったほど大きな胸騒ぎを覚えて悪態をつき、手探りでろうそくを探した。

室内には自分しかいなかった。狼狽《ろうばい》が収まったあと頭に浮かんだのは、もう一度寝ようという考えだった。ロバートが博打《ばくち》で金をすろうがどうしようが、ぼくの知ったことではない。なるほど母にいとこたちをオックスフォードへ連れていくと約束したが、二十歳にもなる男のお守りをする責任までは負わされていない。いとこたちは面倒をかけないと、母はきっぱり言い切ったではないか。実際のところ、このまま寝てしまえば、いとこたちの問題がぼくの問題になることはないだろう。世のなかの面倒事の半分は、他人の問題にくちばしを入れたがる者たちによって引き起こされるのだ。ロバートが博打で有り金を失おうと、それがどうだというのか。ぼくには関係ない。ジョンはそう結論づけて、ろうそくの火を吹き消した。

うとうとしかけたとき、眠りの霧のかなたに恐ろしい考えが浮かびあがった。いとこの賭けているのが、おまえの金だったら？　ジョンはふたたび起きあがってろうそくをつけ、高くかざして室内を見まわした。隣のベッド以外は、なにも変わった様子がない。椅子へかけておいた外套を見て、彼は首をかしげた。たしか服を脱ぐ前に、外套を椅子の背へ着せるようにかけたのではなかったか。

ジョンは急いでベッドを出て、外套のポケットを調べた。財布をつかむと、記憶にあるよりも薄い気がした。「くそっ、ロバートのやつ」財布を開けてみると、なかには説明書が二枚と通行料の伝票が一枚入っているだけだった。

ジョンはロバートの旅行用鞄《かばん》に目をやった。なんとなくかきまわされたような形跡がある。底のほうへしまっておいたものを取りだそうとしたかのようだ。もうひとつの革の鞄を開けてみると、なかに入っていたのはさまざまな法律関係の書類だが、それらは慌ててなかへ戻されたように見えた。

これはまずいことになりそうだ。ジョンはそう思い、ズボンをはいて寝巻用のシャツの裾をたくしこみ、ブーツを履いた。眼帯を探す手間を惜しんで、乱れた髪を指ですき、ドアをぐいと引き開ける。

驚いたことに、宿屋の主人が目の前に立っていた。はあはあと荒い息をしている。階段を二段飛ばしに駆けあがってきたみたいだ。

「いったいどうしたんだ?」ジョンは尋ね、顔をしかめた。主人が彼の損傷した目を見て、表情をこわばらせたからだ。

「お客様、すぐに下へ来てください。大変なことになっています。わたくしではどうにも手に負えない事態でして」

「なにをそんなに興奮しているんだ?」ジョンは主人について階段をおりながらきいた。

「ぼくの連れが賭けで有り金を失おうと、そちらには関係ないだろう。もしぼくの金まで賭けていたら、こっぴどくしかりつけてやるよ」

主人は階段の途中で足をとめ、ジョンの目をじっと見た。「賭けているのはお金だけではありません、お客様。ほんとに大変な事態になっているのです。どうかお急ぎください」

真夜中過ぎだというのに、酒場はさらに込んでいた。賭博台を囲んでいるのはさっきと同じ一団で、そこにロバートが加わっていた。そしてもうひとり、エマ・コステロがいた。

ロバートがジョンに気づいて手を振り、気をきかせて椅子を用意した。しかしジョンはそちらへは目もくれず、エマを注視した。ナイトガウン姿の彼女はロバートの椅子の後ろに立っていた。顔色は着ているフランネルのシュミーズと同じくらい青白く、赤褐色の髪が炎のように顔を囲っていて、燃えるような目はじっとジョンの目を見つめている。彼はエマが一度ごくりとつばをのみこんだのを見て、なにか言うだろうと思ったが、彼女はなにも言わずに目をそらし、反対側の壁を見つめた。彼女の顔には希望のかけらも浮かんでいない。というより、なんの表情も浮かんでいなかった。

ジョンは彼女から視線をもぎ離し、賭博台を凝視した。そこには印章とリボンのついた書類がひとつ載っていた。二階にある革の鞄から出してきたばかりのように、ふたつ折りになっている。もう一度エマを見て、ふたたび賭博台の上の書類へ視線を戻した彼は、胸に大きな怒りがわくのを覚えた。目の前で展開していることは、ジョンにはかかわりがない。それを考えれば、これほど大きな怒りを覚えるのは不思議でさえあった。

ジョンは怒りのあまり口をきくことができなかった。ロバートの横に座っている男が彼の脇腹をこづいた。「おまえさんの番だぜ。さあ引くがいい」男はそう言うと、エマににたりと笑いかけ、唇でみだらな音をたてた。

「カードに手をふれてみろ、ロバート。肉が裂けて背骨が折れるまで、むちで引っぱたいてやるからな」

おいおい、今のせりふはぼくの口から出たのか？　ジョンはわれながら驚いたものの、ずかずかと部屋を歩いていって、いとこの椅子の背後から身をのりだした。

もっと驚いたことに、ロバートはジョンを見て肩をすくめただけだった。「そんなに騒ぎたてることはないと思うな。ぼくは負けが込んで、あとはエマ以外に差しだすものがないんだ。ぼくが彼女の契約書をどうしようが、文句を言われる筋合いはないよ。それは法的に正式な書類だし、みんなも同意してくれたんだからね」

ロバートは賭博台のほうへ向きなおってカードへ手をのばした。ジョンはその手をこぶしで殴りつけ、ロバートを手荒に椅子からどかすと、いとこに代わって椅子に座り、顔を勝負相手の顔へ近づけた。「もっといい取引をさせてやろう」急に静まり返った室内で一語一語を区切って言い、年季奉公契約書を取りあげる。「ここを見るがいい。年季が明けるまであと一年半しかないことを、この男はきみたちに見せたのか？」

台を囲んでいる男たちが頭を寄せあって書類をのぞきこんだ。彼らの吐く息にまじるラム酒と煙草のにおいがあまりにきつく、ジョンは吐き気がして部屋を逃げだしたくなったが、なんとかこらえた。見えないほうの目が少しでも彼らをたじろがせられればいいがと願い、男たちを一人ひとりねめつける。「この契約書で、彼はきみたちにいくら要求した？」

「二百ポンドの負けをちゃらにしてほしいと」

「残り一年半の年季奉公契約書で？」ジョンは煙草の煙を避けようと椅子の背にもたれ、笑い声をあげた。「ふーむ、そのくらいなら……」言いかけてやめた。考えてみれば財布は空っぽだ。彼はいとこをにらみつけた。

相手の賭博師は肩をすくめて提案した。「その若造の代わりにあんたが払っても、こっちは全然かまわんよ」

「金は持っていない」ジョンはあっさり打ち明けた。

「へーえ。だったら、その娘っ子を賭けるしかないね」賭博師が言った。「あんたはさっさとベッドへ戻るがいい」

そうしようか、とジョンは思った。エマはぼくの所有物ではない。ジョンはロバートを見た。それにおまえがどうなろうとぼくの知ったことではない。腰を浮かせた彼は、エマの口から小さな声がもれたのを聞いた。ひょっとしたらそら耳だったのかもしれない。けれども突然、彼女をそこへ残して立ち去ることはできないと悟った。エマをこんな男たちの好き勝手にさせてはならない。いくらぼくが彼女を嫌っていようとも。ジョンはふたたび椅子に腰をおろした。

「そこの気難しいアイルランド女よりも、はるかにいいものがある」ジョンはまた賭博台の上へ身をのりだして、秘密を打ち明けるときの声音で言った。「ここの厩《うまや》に馬を二頭入れてあるんだ。一頭は栗毛《くりげ》、もう一頭は鹿毛《かげ》で、栗毛のほうは去年のニューポートの品評会で一等賞をとった。負けた分を払っても、たっぷりお釣りがくるはずだ。その二頭をやるかわりに、そこの女には手を出さないでもらおう」

ああ、なんてことだろう。ぼくを目にしたくないほど嫌っているアイルランド女なんかのために、めったに手に入らない駿馬《しゅんめ》を二頭も手放そうとしているのだ。ジョンは内心ほぞをかみ、賭博台を囲んでいる男たちをにらみまわした。

男たちは互いに顔を見合わせた。カウンターのそばにいた宿屋の若い馬丁が口を開いた。

「今日の午後、おいらがその二頭に馬ぐしをかけたけど、そこのだんなの言うとおりだよ」

馬丁は専門家としての意見を述べる機会ができてうれしかったのか、誇らしげに彼らを見まわした。

ジョンはロバートを無視して立ちあがった。年下のいとこは、さっき椅子から押しのけられてしりもちをついたきり、その場を動いていなかった。「それで貸し借りはなしになるんだろう？　ロンドンで最高の馬二頭と引き換えに、この書類はこちらへもらっていいね？」

男たちはうなずいた。「それで恨みっこなしにしよう」賭博師が言った。

恨みっこなしなものか、とジョンは苦々しく思い、ロバートを見おろした。いとこは床から立ちあがって、一瞬よろめき、契約書へ手をのばした。

ジョンのほうがすばやかった。彼がロバートの手から契約書を引ったくると、いとこはびっくりして飛びさがり、ふたたびしりもちをついた。「ロバート、この書類を取り戻したかったら、ぼくに五千ポンド支払うんだな。それだけの借りが、きみにはできたんだぞ」

エマのあえぎ声が聞こえた。ジョンは自分のしでかしたことに驚きながらも背後を振り返り、彼女の手をとって酒場から連れだした。ぼくはたった今ひとりの女を買ったのだ――たいして好きでもないアイルランド女を。ぼくを嫌っているらしいアイルランド女を。

エマは廊下へ出たところで膝をつき、両手で顔を覆った。ジョンが最初に覚えた衝動は、彼女をそこへ残してベッドへ戻りたいというものだった。しかし階段をあがりかけて気が変わり、引き返して、彼女のかたわらにひざまずいた。

「泣くんじゃない、エマ」

「泣いてなんかいません」エマが小声で言った。そして頬を伝い落ちる涙を手荒くぬぐった。

「それならいいんだ」ジョンは軽い口調で続けた。「なあ、エマ、きみに五千ポンドの値打ちがあればいいけどな」

4

ぐっすり眠ってさわやかな朝を迎えるはずだったのに、まったくひどい目に遭ったものだ。ジョンはいつまでも怒りを抑えきれず、〈ノルマン・アンド・サクソン〉のベッドのなかで息巻きながら、次第に白んでくる窓を眺めていた。部屋へ戻ってベッドに入ったものの、一睡もできなかった。考えれば考えるほど、自分は食い物にされたのだという思いが強くなる。

あれからしばらくして部屋へ戻ってきたロバート・クラリッジは、大量のラム酒を飲んできたと見えて、床へ倒れるようにして眠りこみ、今も大いびきをかいている。ジョンは片肘をついて上半身を起こし、床で眠りこけている年下のいとこを憎しみのこもった目でにらんだ。にらんだところでなんの効果もなかった。眠りたくても眠れなかったジョンをよそに、いとこは平然と安眠をむさぼっている。

こんな問題児を、会ったこともない英国の親戚に押しつけるとは。クラリッジ叔母夫婦の神経は、いったいどうなっているのだろう。ジョンは思いきり枕を殴りつけ、ふたたび仰向けになって考えた。これもまたアメリカ人が、つい数十年前まで敵対国だった英国に恨みを晴らす方法のひとつなのか。くそっ、ぼくはこんな厄介者を押しつけられる覚えはないぞ。

ジョンはエマ・コステロのことを考えた。あのときのエマは、トランプ勝負で彼女を売ろうとしているロバートの後ろにじっと立っていた。ジョンはうめき声をあげ、頭の下から枕をとって顔に押しつけた。そうすれば、彼女をじっと見つめていた彼女の目や穏やかな顔つきを脳裏から追いだせるとでもいうように。あれほど希望のかけらもない人間を、それでいながら勇敢に運命に立ち向かおうとしている人間を見たのは、はじめてだ。ジョンは顔から枕をどけて起きあがり、眠っているいとこをもう一度にらみつけた。

「これだけはたしかだぞ、ロバート」ジョンは声を低めようともしないで言った。「きみがしようとしたことは、冷酷極まりない主人だけが使用人にすることだ。エマがアイルランド人であろうとなかろうと関係ない。あれは卑劣な行為だった」

ロバートは唇で下品な音をたてただけで、なにも言わなかった。ジョンはため息をついて窓を見やり、早く明るくなってくれと願った。まだ二月なので、太陽は顔を出すのを遠慮しているのだろうか。

七時には服を着替え終えたジョンは、ロバートの体をまたいで室内を行ったり来たりした。またぐたびに、いとこを思いきり蹴飛ばしたい衝動を覚える。とうとう衝動に屈したジョンは、ロバートが目を覚ますほど強く、あばらのあたりを蹴った。

それともその時間には、ロバートは自分で起きるつもりでいたのかもしれない。目を開けたロバートは蹴られたことにはふれず、年上のいとこをうれしそうに見あげて言った。「おはようございます。よく眠れました？」

ジョンはロバートの図太さにあきれ、岸へ打ちあげられた魚のように一、二度、口をぱくぱくさせて、まじまじといとこを見つめた。そして心の底で、たった今この若者を絞め殺しても、正義と真実を重んじる十二人の陪審員は、ぼくを有罪にはしないだろうと考えた。それからベッドへ腰をおろして、さらにいとこをにらみつけた。

「昨夜のことをなにも覚えていないのか？」ジョンは言いかけてやめた。耳にたこができるほど聞かされた言葉を自分自身が発したことに気づき、苦笑する。穴居人の時代から口にされてきたであろう、この陳腐な質問を、存命中の父親は朝の会話の前置きみたいに、しばしばジョンに向かって発したものだ。こんな質問は意味がない。そう思ったので、いとこに厳しい視線を向けて続けた。「ロバート、きみは見下げ果てたやつだな。自分の金ばかりか、ぼくの金まですったあげくに、どこのだれともわからない男にメイドを売ろうとするとは。その結果、ぼくは彼女を買い戻すために、五千ポンド相当の馬を失わなければならなかった。悪くすればきみは胸をぐさりとやられて、川へ放りこまれたかもしれないんだぞ」

ロバートはげっぷをし、起きあがって顔をしかめた。「夜中にそんなことがあったんですか？」頭痛がするのか両手で頭を抱えている。

「あった。そのおかげで、ぼくらの財布はすっからかんだ。母がいくらかでも金を所持していればいいが、さもなければ宿代を払うために、ぼくらは皿洗いや便所掃除をしなければならないぞ！」ジョンはわざとらしい笑い声をあげた。「いや、悪いのはきみだから、きみに仕事をさせて、ぼくらは眺めていようか」

ジョンはしばらくいとこを見ていたあとで立ちあがった。「顔を洗って休憩室へ来なさい。きみやサリーには話すべきことがたくさんあるだろう」

それからドアをたたきつけるように閉めた。なかでロバートのうめき声がするのを聞いて満足の笑みを浮かべ、もう一度大きな音をさせてドアを閉めてやろうかと考えた。それにしても面倒なことになったものだ。人生は思いがけないときに突然、難問を突きつけてくる。ジョンは内心舌打ちをして母親の部屋へ行き、ドアを軽くノックした。

三人の女性はすでに服を着替え、そのうちのふたりは部屋へ入ってきたジョンを不安そうに見つめていた。ふたりのうちでもサリー・クラリッジのほうが明らかに落ち着きがなかった。こちらを見たとたんに彼女がびくっとしたので、もしかしたら眼帯をつけ忘れたのかもしれないとジョンは思ったが、そうではなかった。眼帯はちゃんと悪いほうの目を隠している。不思議に思って彼が見ていると、サリーは顔を真っ赤にし、ハンカチを出してすすり泣きを始めた。ジョンはうめいた。

「サリー、泣くのはまだ早いよ」ジョンが声をかけると、サリーのすすり泣きがいっそう激しくなった。手にした小さなハンカチは、すでに涙で濡《ぬ》れそぼっている。彼はうんざりしてエマのほうを向いた。「涙をいくら流したところで問題は解決しないと、サリーに言ってやってくれ」

「涙にはなんの価値もないことを、わたしはさんざん経験してきました」エマは言って、サリーに大きなハンカチを渡した。「さあ、泣くのはおやめなさいまし。さもないと目が腫《は》れて、二十歳の女性の顔みたいになってしまいますよ」

ジョンは思わず笑いだしそうになった。エマの軽く弾むようなアイルランド訛りが、このときは耳に快く響き、彼女の分別が頼もしく感じられた。彼はエマに感謝した。涙に暮れている女性はひとりでたくさんだ。ことに朝食前は。彼が母親のほうへ目をやると、窓ぎわの椅子に座っている彼女がにっこりほほ笑み返した。

「なにか問題でも、ジョン?」母親が尋ねた。その熱っぽい口調から、彼は母親が身内の騒動を楽しんでいるような印象を受けた。

「そんなにうれしそうな顔をしないでください、母さん」彼は強い語調で言った。「どうやらいとこたちは問題をたくさん抱えているようです」

サリーの泣き声がますます大きくなった。このままだとヒステリーを起こしかねない。ジョンはうなじの毛が逆立つのを感じると同時に、堪忍袋の緒が切れそうになった。助けを求めてエマ・コステロのほうを見ると、驚いたことに、彼女がきっとにらみ返してきた。

「問題をわざわざ難しくしなくてはいられないのですか、ラグズデール卿?」エマがきいた。

今までジョンにこのような口をきいた使用人はいない。激しい言葉が出かかったが、自分でも驚いたことに、彼はそれをぐっとのみこんだ。エマの言うとおりだ。燃え盛る火に油を注ぐのは愚か者のすることだ。彼は唇をかんでエマをにらみ返し、注意を母親に戻した。

ジョンの単なる思い過ごしかもしれないが、レディ・ラグズデールは目の前の展開をおもしろがっているように見えた。「やけに楽しそうな顔をしていますね、母さん」唇をとがらせて言う。「だけど、ぼくの話を聞いたら、そんな顔はしていられませんよ。向こうの部屋にいる母さんのかわいい甥《おい》っ子は、賭博で自分の金ばかりか、ぼくの金まで残らずすってしまったんです。宿代を母さんが持っていればいいが、さもなくば警察へ突きだされないよう、こっそり逃げださなくちゃならない。おい、サリー、いいかげんにしてくれ！」いとこがいつまでも泣きやまないので、彼は腹立ちまぎれに怒鳴った。

レディ・ラグズデールが涙に暮れている姪《めい》に投げキスを送った。「ジョン、心配しないで。旅に出るとき、わたしはいつも現金を持って出ることにしているの。ここの宿代くらい、なんとかなるでしょう」

「よかった。それならひと安心だ。ひょっとしてぼくの馬を買い戻せるだけの金を持っていたら、なおうれしいんですが」

「いくらなんでも、それは無理よ」母親はそう言って、残念そうに頭を振った。

ジョンはがっかりしてため息をついた。「母さん、あの二頭はそんじょそこらにいない優秀な馬だったんだ」それ以上はやめておいた。なんだか子供が母親に泣きついているような気がしたのだ。

「それはそうでしょうね」レディ・ラグズデールは慰めるように息子の手をとった。「ただ、あなたにひとつききたいんだけど」

「なんです?」母親がじっと顔を見つめているので、ジョンはじれったくなって問い返した。

「一週間か二週間たっても、まだあなたはそれを残念に思うかしら?」

「もちろんです!」彼はぴしゃりと言った。

「どうして?」母親が穏やかに問い返した。

ジョンは答えられなかった。もちろん残念に思うにきまっている、と叫びたかったけれど、どうしてもその理由を思いつけなかった。金ならうなるほどあるし、優秀な馬ならほかにもたくさんいるだろう。彼は、しゃっくりのあいまにハンカチで涙をぬぐっているサリーに目をやり、続いてエマを見た。そして、なぜぼくはエマがなにを考えているのか気にするのだろう、と自分の胸に問いかけた。

その分析をしている暇はなかった。ロバートがやってきて、ドアをそっとノックした。まるで迷惑をかけるのを恐れているかのように、おずおずしたノックの仕方だ。それとも大きな音をさせたら、二日酔いの彼自身の頭に響くからかもしれない。ジョンはロバートがドアにもたれていればいいのに、などと意地悪なことを考えながら、ドアを勢いよく引き開けた。

「ロバート！」ジョンの大声に、ロバートがたじろいで顔をゆがめた。それを見てジョンは愉快になった。「やっと来たか。さあ、そこに座るといい」

　ロバートは助けを求めるようにサリーを見てから腰をおろした。彼女はハンカチに顔をうずめているきりで、兄の力になろうという気はもうとうなさそうだった。だれも口をきかなかった。ジョンを大いに困惑させたのは、この場を取り仕切るのは当然ながら彼だと言わんばかりに、全員が彼を注視していたことだ。

　ジョンは背中で両手を握りしめて窓辺へ歩いていった。しばらくそこに立って体を前後にゆらしていたが、やがていとこたちのほうを向いて言った。「きみたちのどちらでもいい、なにがどうなっているのか教えてくれ」

　サリーはいっそう深くハンカチに顔をうずめた。ロバートはただ室内をきょろきょろ見まわしている。ジョンはため息をついてふたたび口を開いた。「きみたちのご両親から頼まれたのは、ロバート、きみをオックスフォードへ入学させることと、サリー、きみをロンドンの社交界へデビューさせることだ」

　ふたりとも黙りこくっていた。ジョンは二、三歩、いとこたちのほうへ歩み寄り、また窓辺へ戻った。「アメリカにもすぐれたカレッジがいくつもあるはずだ」彼はサリーに目をやった。「それにヴァージニアの社交界だって、春には楽しい催しがいろいろあるだろう。だとしたら、なぜわざわざ海を渡ってこちらへ来たのか。ぼくにはそこが不思議でならない」

「まあまあ、ジョン」レディ・ラグズデールがささやいたとたん、サリーのすすり泣きがまた激しくなった。

「そう、実に不思議だ」ジョンは繰り返し、窓の前を行ったり来たりした。「ひょっとしたら、ロバート、きみはもう家にいられなくなったんじゃないのか？　きみのせいで家族が崩壊したとか？」

長い沈黙が続いたものの、ジョンには沈黙を破る気がなかった。窓の前に立って外を眺め、答えを待つ。そして、こうなったらこの世の終わりまでも待つぞ、と心を決めた。この部屋のなかで全員が老いさらばえようと、かまうものか。

「いくらなんでもそこまでひどくはないですよ」ようやくロバートがすねた口調で言った。彼はもっとなにか言おうと口を開いたが、サリーがぱっと立ちあがってすたすたと窓辺へ歩み寄り、年上のいとこと向かいあった。

「それよりもずっとずっと悪いんです」サリーは低いけれども激しさのこもった声で言った。「兄が賭博で巨額の借金をこしらえたため、土地も家も抵当にとられてしまい、父は奴隷の半分を売らなければならなかったし、今後二年間の煙草栽培の収益は、兄の債権者たちへの支払いに当てられているんです」

ジョンは思わず口笛を吹いた。「すごいことをしでかしたものだな、え、ロバート」大声で言う。「きみはどうしても賭け事に手を出さなきゃいられないのか？」

いったん話し始めたサリーは途中でやめられなくなったらしい。「そうなの、いられないの！」泣くのも忘れて熱っぽい口調で叫ぶ。「今では郡内でロバートが顔を出せる場所はほとんどないんです」彼女はふたたび顔を曇らせた。「それに、わたしの結婚をとりもってくれる人だっていません。だって、ロバートがたかるにきまっているもの」

サリーがあまりにも悲しそうだったので、ジョンは肩に腕をまわして抱き寄せ、自分のハンカチを差しだした。「正直に話してくれてありがとう、サリー」彼女の高ぶった気持ちが少し落ち着いたところで言った。

サリーがジョンの母親そっくりな青い目で彼を見た。「わたしたちをどうなさるつもり？」

ジョンはやさしくほほ笑みかけた。「きみのご両親に頼まれたとおりのことを」それから今度は厳しい視線をロバートに向けた。「きみは予定どおりオックスフォードへ行くんだ。そこで一度でもトランプに手をふれてみろ、軍隊に入れて、スペインの戦場へ送ってやる。そこの連隊長に知り合いがいるから、頼めばいくらでもきみをむち打ってくれるだろう」

「そんなのひどいよ！」ロバートが悲鳴をあげてゆっくり立ちあがった。「エマの年季奉公契約書でもう一度勝負をさせてくれたら、きっと……」

「まだ懲りないのか！」ジョンは怒鳴った。〈ノルマン・アンド・サクソン〉のほかの宿泊客にどう思われようとかまわなかった。「エマは今ではぼくのものだぞ。ぼくは自分の財産をぞんざいに扱いはしない。サリー、きみがなるたけりっぱな社交界デビューができるように計らうよ。ぼくの知り合いのなかに、財産よりもかわいらしい顔を好む人間がだれかいるにちがいない」彼はサリーから腕を離して母親のほうを向いた。「さてと、母さん、できたらすぐにでも支払いを済ませて、さっさとこの宿とおさらばしたいんですが」

レディ・ラグズデールは息子に金を渡し、彼の腕を軽くたたいた。「よくやったわね、ジョン」と低い声でほめた。

「だれかがしなくちゃならなかったんです」ジョンはそっけなく言った。そしてドアのほうへ歩きかけてくるりと振り返り、ロバートに向かって指を振った。「さっき言ったことは本気だぞ。一度でも賭け事に手を出したら軍隊へ放りこむ！」彼はドアをぐいと引き開け、かたわらに静かに立っているエマを見て、彼女を廊下へ引っ張り出すと、ドアを音高く閉めた。

「きみにちょっと話がある」ジョンは険しい声で言った。

エマはなにも言わなかったが、つかまれていた手を引き抜き、体の前で両手を握りあわせ、話をうかがいましょうという態度で待った。その目はまっすぐジョンの目を見つめている。普通、使用人はそのようなことをしない。ジョンは冷静な彼女の凝視に耐えられなくなった。

「くそっ。おい、エマ」彼はいきりたって言った。「昨夜はなぜロバートの言いなりになって階下《した》へ行ったんだ？　母を起こすなり、ぼくの部屋のドアをたたくなりすればよかったじゃないか。けしからんことにロバートのやつは、もう少しできみをあの醜悪な客のひとりに売るところだった。きみはそれでかまわなかったのか？」

エマはなかなか答えなかった。目を伏せて自分の両手を見つめる。そのときになってジョンは、彼女のまつげがずいぶん長いことに気づいた。そして、近くで見る彼女の肌が、遠くから見るときと同じくらい美しいことや、鼻に愛嬌《あいきょう》のあるそばかすが散っていることにも。香水はつけていないが、肌からは清潔な石鹸のにおいがする。ようやく彼女は目をあげて彼を見た。

「あなたがどうにかしてくださるとは夢にも思わなかったものですから」エマは答えた。

ジョンは雷に打たれたように彼女を見つめ返した。「きみは……きみは、ロバートがきみを売るのを、ぼくが黙って見ていると思ったのか？」甲高い声できいた。声変わりをして以来、それほど高い声を出した覚えはなかった。

「はい、きっとそうするだろうと」エマは小さな声で言った。

だれかがジョンを完全に打ちのめそうと半年かけて計画を練ったとしても、これ以上の方法は思いつけなかっただろう。彼は冷水を浴びせられた気がし、エマをいつまでも見つめ続けた。辱められた気がした。見損なうなと怒鳴りたかった。これほど屈辱的なことを言われたのははじめてだ。しかもメイドごときに言われるとは。だが、エマを見つめているうちに、不意に彼女の言うとおりだという気がした。

「ああ、エマ」ジョンにはそれしか言えなかった。

「もうよろしければ、部屋へ戻って荷造りのお手伝いをしたいのですが」

ジョンはうなずき、廊下を自分の部屋へ歩いていった。ドアのノブに手をかけたところで振り返ってみると、エマはその場を一歩も動かずに、じっと立って彼を見ていた。やがて彼女は部屋のなかへ入って静かにドアを閉めた。

オックスフォードへの旅は果てしなく続くように思われた。馬さえあれば道を駆けさせていくらでも気晴らしができるのにと思うと、今さらながら馬を失った悔しさが身にしみた。生まれつき活動的なジョンは、座席にじっと座っているのが苦痛だった。馬車のなかを歩きまわることができたら、そうしていただろう。しかし現実はといえば、いつやむともしれぬサリーのすすり泣きと、ときどきこちらを盗み見る彼女のおびえた視線に耐えて、じっと座っていなければならない。二日酔いのロバートは青い顔をしてすみっこに座っている。気分が悪いのは自業自得。安いラム酒をがぶ飲みするからだ。ロバートはなにか言おうとして一、二度口を開いたが、言葉が出てこなかった。

レディ・ラグズデールは旅を楽しんでいるように見えた。息子の向かい側の座席のすみに座って本を読んでいた。サリーの鼻をすする音以外に馬車のなかでしているのは、一定の時間をおいてページをめくる音だけ。エマ・コステロは窓の外を眺めて考えにふけっている。まったく表情のない顔は完全にメイドのものだ。

きみが最初からメイドでなかったことくらいわかるぞ、とジョンは彼女を見て思った。そして子供のころに聞いた、よこしまな使用人によってメイドにされた王女のおとぎ話を思いだした。ばかばかしい。自分をあざ笑った彼はドアを開けて地面へ飛び降り、馬車と並んで走りたい衝動に駆られた。アイルランドに住んでいるのは、子供をつくることしか能のない汚らわしい人間ばかりだ。どうやったら早くエマを厄介払いできるだろうか。

オックスフォードへ近づくにつれて、ふたたびジョンの注意はエマ・コステロに引かれた。サリーとロバートは互いにもたれあって眠っているが、エマは顔に驚きと感嘆の色を浮かべて窓の外に目を凝らしていた。いったいなにがそれほど彼女の注意を引いたのだろうと、ジョンは彼女の視線の先をたどった。

「あれはモードリン塔だ」彼は言った。そうだぞ、ジョン、たとえ相手がアイルランド人でも、少しは会話をするように努力しろ。そう思って言葉を続けた。「モードリン校の鐘楼だ。今が夏ならよかったのだが。青々と茂る木々のなかにそびえているさまは、それはみごとだよ」そうそう、これなら会話の糸口として申し分ないだろう。エマにつまらん男だと思われてもしゃくだ。

エマは塔を見つめたままうなずいた。「きっとあのような形をしているだろうと想像していました」彼女はささやいた。

ジョンはエマにほほ笑みかけたが、彼女を嫌いながらも優越感に浸りたいという思いに逆らえない自分を、偽善者のように感じた。「モードリンがアメリカの使用人たちのあいだで話題になっていたとは知らなかったな」

卑劣なせりふであることは、ジョン自身わかっていた。エマが彼の目を見た。ジョンは恥ずかしくて体をもぞもぞさせそうになった。

「父がモードリン校の出なのです」エマはそう言うと、これ以上の会話はごめんだといわんばかりに視線をまた窓の外へ向けた。

ジョンは顔が赤くなるのを感じた。やれやれ一本とられてしまった。彼の当惑は、母親が目をきらきらさせて眼鏡の縁越しにこちらを見ていることに気づいたとき、いっそう膨らんだ。彼がにらむと、いまいましいことに母親はウインクをした。

「もうたくさんだ」ジョンは大声で言った。そしてガラス窓をおろし、窓から身をのりだして御者に命じた。「馬車をとめろ」

馬車がとまった。母親は読みかけの箇所に指を置き、愉快そうに見ている。エマがジョンの考えを推し量ろうとするかのように、エメラルドグリーンの目で彼をまじまじと見た。

ジョンは馬車から飛び降りた。「おばあさんの家まで歩いていくよ」母親に向かって言う。

「いいわ、ジョン。ゆっくり来なさい」

彼はその場に立って馬車が去っていくのを見送りながら、なぜエマではなくてぼくが歩いていかなきゃならないんだ、と苦々しく思った。

最初のうち、ジョンは怒りに任せて早足で歩いたが、昔懐かしいせまい通りへ入ったとたん、あちらこちらへ目が行って、おのずと歩みが遅くなった。学生時代の友人たちが現れて、並んで歩きながら愚痴をこぼしたり、おだてたり、学生の本分とはなにかと議論をふっかけたり、居酒屋へ寄って一杯やろうと誘ったりしそうな気がした。彼は立ちどまって、エマがしたようにモードリン塔を感嘆のまなこで見あげた。「この塔を見ると、あのころはぼくにも人生の目的があったことを思いだす」大声で言った。

人々が通り過ぎていく。オックスフォードでは大声で独り言を言っても、だれもじろじろ見はしないことを、ジョンは思いだした。十年たった今も、彼はそうした雰囲気の庇護《ひご》下に置かれている感じがして心を慰められた。足取りがますます遅くなる。今では人生の目的がなんであったのか思いだすことすらできないが、この街を歩いているだけで心が安らぐ。

ジョンは〈ウォルシンガムズ〉へ寄って一杯やろうかと考えたが、やめておいた。そのかわりにブレイズノーズ校の中庭へ入り、祖母に会う心がまえができるまで散歩をして過ごすことにした。外廊下をぶらぶら歩いていって、頭上の黒ずんだ梁《はり》に目をとめて立ちどまった。彼の顔に、その日はじめて笑みが浮かんだ。手をあげて〝ジョン・ステイプルズ〟の文字を指でなぞる。二学年の終わりに刻みつけたものだ。やがて顔から笑みが消えた。あのころのぼくは今とちがった。もっとましな人間だった。

5

　ジョンが祖母ホワイティカーの屋敷へ着いたのは、夕闇が迫りつつあるころだった。長いあいだ門の前に立って、いつものように石造りの建物を賛嘆のまなざしで眺める。正面の壁の石はオックスフォードのほかの建物の多くと同じ採石場から切りだしたもので、夕日を浴びたときなど、この世のものとは思えない蜂蜜《はちみつ》色の輝きを放つ。けれども二月の今、石壁を這う蔦《つた》は枯れて、彼がアイシス川の橋を渡るころに降りだした霧雨が壁を濡らしていた。

　ジョンがここをわが家と思ったことはなかった。自分の家で得られるはずの安らぎを、この家では一度も得られなかった。「今ではカーゾン・ストリートの家でも、めったに安らぎを得られはしない」考えを声に出した。いったいぼくの家はどうなってしまったのだろう。たしかに母は昔どおりあの家を美しく保ってはいるが、もはやあそこでは心の平安が得られない。そしてそれは、ここでも同じだ。

　ジョンが雨に打たれて立っているうちに、家のなかで明かりがいくつかついた。彼はなかへ入りたくなかった。きっと祖母が待ちかまえていて、ぼくを見るなりしかりつけるだろう。

なぜか祖母はしかる理由を常に蓄えている。サリーはぼくを見て、また泣き始めるかもしれない。ロバートは虐待されたかのようにむくれるだろう。母はなにもかもわかっているわよと言いたそうに、ほほ笑みかけてくるにちがいない。そしてエマは？　ああ、まいった。

ぼくはいったいどの時点で人生を踏み外してしまったのだろう。なにもかも面倒になって、努力するのが苦痛に感じられだしたのは、いつからだろうか。ジョンは考えにふけりながら、うつむいて玄関のほうへ歩きだした。いよいよ祖母に会うのだと思うと、降り続く雨で濡れそぼったかのように、心が重くなった。

ふたたび家を見たとき、窓辺にエマが立っていることに気づいた。いつものように体の前で両手を握りあわせている。彼女を嫌っているにもかかわらず、ジョンはエマの穏やかなたたずまいに胸を打たれた。表情は見えなかったけれど、彼女であることはたしかだった。

ジョンが見ていると、エマが片手を少しあげて挨拶をしたように思えた。薄暗くて定かではなかったので、彼は挨拶を返さなかった。それになんといっても彼女はメイドなのだ。

ぼくのメイドだ！　自分に思いださせ、ドアのノッカーへ手をのばす。執事のアップルゲートがドアを開けた。以前より髪が白くなったとはいえ、この執事の人を見下したような態度は昔と変わらないようだ。ロバートがエマを賭けの対象にしようとしたとき、なぜぼくはほうっておかなかったのだろう。ロバートが勝つ可能性だってあったではないか。よけいな口出しをしなかったら、たとえ勝とうが負けようが、二頭の馬は今も手元にあったはずだ。

「えっ、なんだって？」考えにふけっていて執事の言葉を聞きもらしたジョンは、当惑して問い返した。

「お待ちしていたと申しあげたのです」アップルゲートの口調は、どちらかといえば、ジョンの記憶にあるよりもさらに横柄に聞こえた。

「ああ、そうか」ジョンはそっけなく言った。「ぼくはいつもの部屋でいいのかい？」

「もちろんですよ」執事の口ぶりは、まるで頭の鈍い子供に話しかけているようだった。

「ですが、その前に大奥様が会いたがっておられます。わたくしがご案内しましょうか？」

「できれば会いたくないな」ジョンは正直に言った。だれかが後ろから近づいてきて、濡れた外套を脱ぐのを手伝った。

エマだった。「おばあ様はどうしてもお会いしたいとおっしゃって、〈青の間〉でお待ちになっておられます」彼女は執事の言葉を裏づけ、帽子を受け取ろうと手を出した。

ジョンは帽子を渡した。「悪人には息を継ぐ暇も与えないってことかい、エマ？」不機嫌な声できいた。

「あなたの場合はちがいます」エマが即座に答えた。

ジョンがエマをにらみつけたのを見て、アップルゲートが咳払《せきばら》いをして視線をそらした。

ジョンは手袋を彼女の手へたたきつけるようにして渡した。「きみを〈ノルマン・アンド・サクソン〉へ置いてくればよかったよ」彼はささやいた。

「なぜそうならなかったのか不思議でなりません」エマが軽く歌うような調子で応じた。

ジョンは彼女に向かって指を振り、怒りの言葉を投げかけようとした。だがふたたびアップルゲートが咳払いをしたので、ジョンはぐっと言葉をのみこみ、執事について廊下を歩いていった。一度、険悪な目でにらんでやろうと振り返ったら、エマはいつもと同じように静かに立ってこちらを見ていた。くそっ、きみにはまったくいらいらさせられる。

ほっとしたことに〈青の間〉で待っていたのは祖母だけだったので、サリーの涙にもロバートのふくれっつらにも煩わされずに済んだ。できればウイスキーのグラスが欲しかったが、祖母が手渡してくれたのはティーカップだった。

「ジョン、なにか言いたいことがあるんじゃない？」メイドが逃げるように部屋を出ていくと、祖母がさっそく尋ねた。

ジョンは紅茶をひと口すすって、薄いとこぼした。それから黙って祖母を見つめているうちに、あまのじゃくの性質がむくむくと頭をもたげた。「どうしてぼくの顔を見るたびに同じ質問をするんです？」いつまでも祖母を怖がってはいないぞ、と決意して言う。「まるでぼくが悪いことをして、その弁解をしなくちゃならないみたいだ。小さなころから、ほかの言葉をかけてもらった覚えがありません」彼は祖母の隣の椅子に腰をおろした。「アメリカのいとこたちがどうしようもないほど情けない連中なのは、ぼくのせいじゃありませんよ」

どうだ、反撃してやったぞ。ジョンはそう考えてほくそ笑み、ふたたび紅茶をすすって祖母をじっくり見た。そして、ホワイテイカー側の家系の女性は、祖母からサリーに至るまで、みなかわいらしい顔をしていると思った。なぜそのことに今まで気づかなかったのだろう。彼は不思議に思って、また紅茶をすすり、祖母にウインクしてティーカップを置いた。もちろんエマみたいな気品のある顔ではないが——おい、この紅茶になにか入っているのか？

ぼくは頭がおかしくなったのにちがいない。きっとエマにアイルランドの呪《のろ》いをかけられたのだ。ジョンはティーカップをのぞきこんだ。にわか仕込みの落ち着きを急速に失いつつあった。

孫がこの〈青の間〉で気がふれようとしているのに、祖母は気づいていないようだった。紅茶にむせて、孫をにらみつける。「ウインクするなんてお行儀の悪い、ジョン」

ジョンは祖母の油断につけこめたことに満足し、落ち着きを取り戻して内心にんまりした。「クラリッジ家のあのふたりをどう思います、おばあ様？」思いがけず愛情のこもった呼び方をされて、祖母がまたむせた。彼は愉快だった。

彼女はジョンに向かってしかめっつらをした。「ほんとに情けない子供たち！」孫の顔の前で、指輪がいくつもはまっている手を振る。「娘があのアメリカ人と結婚すると言いだしたとき、わたしはきっとこうなるだろうと忠告したのよ」彼女は腹立たしそうに鼻を鳴らした。「サリーはここへ着いてからずっと泣いているし、ロバートはおまえにひどい仕打ちをされたとこぼしてばかりいたわ」

「ぼくがばかだったのかな」ジョンは言った。「ロバートが博打で負けてメイドを好色漢に渡そうとした。それを見過ごせなかったんです」言葉を切って、祖母をひそかに、しかしじっくり観察する。祖母の気分を推し量るのはいつだって難しい。このときも彼女がどんな気分でいるのかわからなかったが、彼は思いきりにこやかな笑顔で続けた。「ところで、この家では新しいメイドはいりませんか？」

祖母は甲高い笑い声をあげた。「そう簡単にはいかないわ！　エマはおまえのものよ、ジョン！　娘の話では、エマのために値の張る馬を二頭も手放したそうじゃない」

「そうする以外になかったんです！」無念さがよみがえってきて、ジョンは大声を出した。

「あーあ、ぼくはエマ・コステロをどうしたらいいんだろう」

「しゃきっとしなさい、ジョン！」祖母がしかった。「泣き言を言うなんて、男らしくない」

彼女は紅茶を飲み干して、近くのポットから半分だけ注ぐと、そのカップを彼に渡し、反対側の壁ぎわにある桜材の戸棚を頭で示した。「おまえの母親が戻ってくる前に、ブランデーを一滴入れなさい」と命じる。「おまえがホワイテイカー卿の孫息子なら、エマの使い方くらい考えつかなくてはね。それに彼女は、おまえの愛人よりもかわいらしいじゃないの」

ジョンは戸棚へ行ってブランデーの瓶を出し、祖母のティーカップに数滴垂らした。「ぼくがエマ・コステロと寝るくらいなら、豚が空を飛ぶでしょう」自分の空のティーカップにブランデーをたっぷり注いだ。

祖母はティーカップを受け取ってひと口すすり、満足そうにうなずいた。「おかしいったらありゃしない。おまえは愛人のことを考えて、思わず豚という言葉が口を出たのね」

ジョンは憤慨して祖母をにらんだ。このか弱い老人相手に、なぜぼくはいつも言い負けてしまうのだろう。「フェイはけっこう美人です」さもプライドを傷つけられたように、それでいながらフェイには飽き飽きし始めていることを悟られないように言う。「ぼくはどちらかというと肉付きのいい女性が好みなんです」それは事実だった。エマ・コステロみたいなほっそりした女性に欲望を覚えたことはない。とはいえ、彼女が好ましい体形の持ち主であることは否定できなかった。

しかし、今はそんな考えにのんびりふけっているときではない。ジョンはティーカップのブランデーを長々とすすってから、考え込むように言った。「助けてくれるつもりがないなら、せめて助言をしてください。母は早くもサリーのメイドに別の女性を手配しようとしています。エマよりも英国での暮らしやロンドンの事情に通じている女性を。それに断言しますが、いくらエマがぼくをいらだたせようと、彼女をロバート・クラリッジのそばに置いておく気はありません」

「エマはキッチンに置いておけばいいわ、ジョン」祖母はまた紅茶をすすり、ティーカップを差しだしてブランデーを催促した。「アイルランド人にふさわしい場所よ」と言い、くっくっと笑った。

「エマには向いていません」エマはぼくの雇っている使用人たちと地階でうまくやっていけるだろうか、とジョンは思った。それにエマを嫌ってはいるが、彼女の聡明さと、均整のとれた体つき、どちらも無視できなかった。そう、キッチンはエマのいるべき場所ではない。いくら彼女を目の届かないところへ追い払いたくても。

「困ったな。いったいどうしたものだろう」ジョンはつぶやき、ふたつのティーカップにブランデーを注ぎ足した。「エマとベッドをともにする気はないし、母もサリーも彼女を必要としていない。キッチンにもいないほうがいいとなれば……」窓辺へ歩いていったときに部屋がぐらぐらゆれている気がし、窓枠をつかんだ。「そうだ、エマにもしょうじなら、いや、掃除ならできるでしょう」舌がもつれた。

祖母はなにも言わなかった。ジョンは肩越しに振り返ってほほ笑んだ。祖母がうなだれて、小さくいびきをかき始めている。彼はため息をついて窓枠に頭をもたせかけた。いったいエマをどうしたらいいだろうか？

翌朝、ロバート・クラリッジがブレイズノーズ校へおとなしくついてきたので、ジョンは大いにほっとした。早くも大勢の学生が行き交うオックスフォードのせまい通りを、ふたりは黙々と馬で進んだ。むっつりしているロバートを学寮長に引きあわせるとすぐ、ジョンはいとこに背を向けた。そしてロバートが連れ去られたあと、いとこの行状や問題点について学寮長と長時間話しあった。

「まったく困ったやつです」ジョンは最後に言った。「あれほど見下げ果てた男だと知っていたら引き受けはしなかったし、学期の途中で入学を認めてくださるよう無理なお願いをすることもなかったでしょう」

学寮長は愉快そうな顔でジョンの話を聞いていた。「きみはまだお子さんはいないのかね、ラグズデール卿？」

「ええ、いません」

学寮長がジョンにほほ笑みかけた。「じゃあ、それと似たようなせりふを、わたしが何度聞かされたか想像もできないだろうな」

学寮長の意味ありげな表情を見て、ジョンは悟った。「ぼくの父も同じようなことを言ったのですね？」口元にかすかな笑みを浮かべて尋ねた。

「そう、そのとおり。しかし当校は、なんとかきみを世に受け入れられる人間にすることができた。あのアメリカ人の若者も、必ずやまともな人間に変えることができるだろう」

ラグズデール卿はにやりとした。「ブレイズノーズ流のやり方で？」

「そのとおり。学業に追いまくられれば、賭け事に手を出す暇はないだろう」学寮長は立ちあがって手を差しだした。「それでもロバートが学内で賭け事に手を出すようなら、一兵士として戦地へ送られるのがいかに危険か、じっくり言い聞かせてやりますよ。では、また」

親切にも祖母のホワイテイカーが馬を一頭と鞍《くら》を貸してくれたので、ロンドンへ戻るときはせまい馬車のなかで息のつまる思いをせずにすんだ。気温はいっこうに上がらず、昨日と同じくらい寒かったが、ありがたいことに雪も雨も降らなかった。祖母が貸してくれた馬はかなり老いているものの頑丈で、馬車の横を落ち着いた足取りで進んだ。馬車のなかでは、母親は読書にふけり、サリーは居眠りをし、エマは例によって窓の外を眺めている。ジョンはエマの処遇を執事に任せようと考えた。銀器を磨いたり下水溝の掃除をしたりするくらい、彼女にもできるだろう。どんな仕事をさせられようとこちらの知ったことではない。

一行がカーゾン・ストリートへ入るころには、ロンドンの街を霧が覆い、街灯がともっていた。玄関先で馬車がとまったときも、ジョンは馬をおりなかった。「ぼくは〈ホワイツ〉へ行きます」と母親に告げた。長旅の疲れで青い顔をしているレディ・ラグズデールは、エマの手を借りて馬車をおり、息子を見てうなずいた。そのとき玄関ドアが開いて、ラスカーが出てきた。その後ろに、先日ひげそりや荷造りを手伝った使用人の男と、母親の着付け師が従っていた。

ジョンは馬の向きを変えて屋敷をあとにし、セントジェームズ・ストリートがすいていますようにと願いながら〈ホワイツ〉へ向かった。朝からブランデーのことばかり考えていたが、通りがあまりに混雑しているようだと、なかなかブランデーにありつけない。〈ホワイツ〉へ着いたらお気に入りの椅子に身を沈め、面倒事がひとつ片づいたことを祝って思う存分酒をあおろう。そのあとでフェイのところへ寄ってやれば喜ぶにちがいない。そのときにまだ不快な気分が残っていたとしても、彼女が経験に富んだやり方で取り除いてくれるだろう。そのために金を与えているのだ。

〈ホワイツ〉の店先で馬をおりたジョンは既視感に襲われた。そういえば一昨日も、そしてその前の日も、これと同じことをしたのだ。自分の生活や世のなかに大異変が起こらない限り、明日も、その次の日も、ぼくは同じことを続けるだろう。そう考えたとたん、軽い恐怖とめまいに襲われ、馬を預かろうと待っていた店のボーイを無視し、手綱を握りしめた。

ジョンの顔に苦悩の色が浮かんでいるのを見て、ボーイが声をかけた。「だんな、ねえ、だんな、どうかしたんですか？」

ジョンはわれに返って小柄なボーイを見おろし、馬をおりて手綱を渡した。「大丈夫だ」嘘だった。気分は最悪だ。のろのろと踏み段をあがって広い店内へ入ったとき、たとえここで酒を飲んでも気分はよくならないだろうと思った。それどころか、明日も、その次の日も、この不快感を抱えて生きていくにちがいない。それがぼくの人生なのだ。ああ、情けない。

ジョンがカーゾン・ストリートの屋敷へ帰ってきたのは、すでに牛乳配達人が家々をまわっているときだった。いつものように頭はもうろうとしている。〈ホワイツ〉でブランデーを鯨飲したあと、フェイのところへ寄って愛の営みに及ぼうとしたが、体が言うことを聞かず、大いにばつの悪い思いをした。いらだったフェイがなにかつぶやいたので、彼はなにを言ったのか繰り返してみろと迫ったが、彼女は繰り返すことを拒んだ。

家は暗くて静かだった。あと一時間もしたら、キッチン担当の使用人たちがあくびまじりに目をこすりながら今日の仕事にかかり、上階担当のメイドたちが呼び鈴に応《こた》えて紅茶や湯を運び始めるだろう。ジョンはふらつく足取りで廊下をゆっくり階段のほうへ進んだ。眼前に階段が立ちはだかった。どこまでも続いていて、とうていあがりきることはできそうにない。ここに座っていれば、そのうちにいつもの大きさに戻るだろう。彼は前後左右にゆれる手すりにしがみつき、下から二番めの踏み段へそろそろと腰をおろし始めた。ほっとしたことに踏み段は逃げていかなかった。ジョンは安心して腰をおろし、手すりに寄りかかって目を閉じた。

そしてすぐに開けた。階段にいるのは彼だけではなかった。だれかが近くに座っている。ラグズデール卿はゆっくりと首をまわした。物取りだったらどうしよう。それならまだいいが、一家皆殺しにきた殺人鬼だったら？　ジョンは達観したようにため息をつき、殺したければ殺すがいいと思って、ナイフが胸へ突きたてられるのを待った。警察は階段の下に転がっている死体を見て、ジョンが家族を守ろうとして死んだと考えるだろう。彼はおかしくなって忍び笑いをもらした。

「いいとも、やるならさっさとやれ」ジョンは声を出してあたりを見まわした。

暗さに目が慣れてきた。階段のてっぺん近くにひとりの女性が腰をおろし、手すりに寄りかかって眠っていた。ジョンはよくよく見て、またため息をついた。やれやれ、疫病神のエマ・コステロではないか。あんなところでいったいなにをしているんだ？　まさかぼくが帰ってくるのを起きて待っていたのではあるまい。

突然、ジョンは悟った。エマには寝る場所がなかったのだ。たしか母はサリーのために新しいメイドを雇うつもりだと話していた。きっとそのメイドがやってきて、化粧室のなかのエマの寝場所を奪ったのだ。それにしても母は、なぜなんの手も打たなかったのだろう。そういえば馬車をおりたときの母はずいぶん青い顔をしていた。疲れきっていてエマのことにまで考えが及ばず、あのままベッドへ行ったにちがいない。

「エマ」ジョンはそっと呼びかけた。驚かせて、彼女が階段を転げ落ちてはまずい。

何度か呼びかけるうちに、ようやくエマが目を覚まし、首が痛むとばかりにゆっくりと頭をもたげた。しばらく黙っていたあとで、確信がなさそうに小声で尋ねる。「お呼びになりました？」

「ああ、呼んだ」ジョンは言った。「エマ、どうして階段で寝ているんだ？」

彼女がいつまでも返事をしないので、また眠りこんでしまったのだろうかとジョンは思った。「申し訳ありません」ようやくエマは言った。「わたしったら、いつも謝ってばかりいるみたいですね。寝る場所がないのです」

ジョンはなにも言わなかった。しばらくしてエマが立ちあがり、スカートの乱れを直した。

「裏手の階段へ行って寝るところを探します」とぼそぼそ口にした。

なぜそんなことをしたのか自分でもわからなかったが、ジョンは手を差しのべて彼女を引きとめた。「待ってくれ、エマ。ぼくを二階の部屋へ連れていってくれないか」

彼女は無視して立ち去ることもできた。おそらくぼくは朝の光のなかで、これは酒による幻覚だったと考えるだろう。ほかのだれかがぼくを見つけて、二階のベッドへ連れていってくれるにちがいない。そういうことは、これまでたびたびあった。あと幾夜か、エマが階段で寝ていれば、母が気づいて寝る場所を手配するだろう。ぼくが気にすることではない。

ジョンが手を引っ込めようとしたとき、エマが階段をおりてきてその手をつかみ、ぐいと引っ張って彼を立たせた。そしてふらふらしているジョンの腰に腕をまわし、しっかりしないと命令口調で言った。その威圧的な声が頭のなかでがんがん響いたので、彼はめそめそ愚痴をこぼしてすみへ縮こまりたかった。しかし彼女に命じられるまま片足ずつあげて階段をあがり、部屋の前まで歩いた。

「ここまで来れば大丈夫だ。もう行ってもいい」

これまでもほかの使用人たちに部屋の前まで連れてきてもらったことがある。経験上、ドアからベッドまではひとりで行けることを知っている。ジョンはエマの腕から自由になろうとしたが、その上へ身を投げだして昼過ぎまで寝ていよう。ジョンはエマの腕から自由になろうとしたが、彼女は放そうとしなかった。頭はもうろうとしていたが、彼は突然、今までとは勝手がちがうのだと悟った。

「ベッドへお連れします」エマの声は低いけれども断固としていた。それが、まだ頭のなかで反響しているさっきの声と増幅しあった。「明日になって、意地の悪いアイルランド人のメイドに手荒く扱われたなどと、だれかれ言いふらされてはたまりませんもの。いくらあなたが手荒に扱われて当然であっても」

エマに支えられてベッドへたどり着いたジョンは、その上へ仰向けに倒れこんだ。すぐに靴が脱がされて、毛布がかけられた。

「これなら朝になっても寒くはないでしょう」エマが言った。

ジョンの頭は信じられないほど激しくうずいていた。傷ついた動物のようにじっとしたまま、エマが早く出ていってくれることを願う。ところがいまいましいことに、彼女は出ていくどころか、室内を見まわして書類の散らばっている机を目にし、その乱雑ぶりにあきれて頭を振った。

ばかみたいにエマを見ていたジョンは、なぜか急におかしくなって忍び笑いをもらした。片肘をついて上半身を起こそうとしたが、体に力が入らない。そこでただ彼女を見ているだけで満足することにした。「ぼくを更生させてごらん、エマ」そう言い、しゃっくりをした。

「あなたって、どうしようもない方ですね、ラグズデール卿」エマが一語一語区切って辛辣《しんらつ》に言った。かぶりを振り、先を続ける。「あなたほど役立たずで、そのうえだらしがない人は見たことがありません」彼女の言葉がジョンの頭のなかでがんがん鳴り響いた。エマは机へ行って、しばらくその上をかきまわしていた。彼が頭をもたげて見ていると、彼女は机に向かって座り、その上の一部を片づけてインクと紙を用意した。

エマは紙になにか書いて丸め、次の紙も丸めて捨てたあと、机に両肘をついて、長いあいだベッド上のジョンを眺めていた。それからふたたび羽根ペンにインクをつけてさらさらと紙に書きつけ、薄暗い光のなかで自分が書いたものを読みなおした。そして満足そうにうなずいて立ちあがり、その紙とインクのついている羽根ペンを持ってベッドへ来た。

「なあ、エマ、早く部屋を出ていってくれ」その声はジョン自身にも弱々しく聞こえた。

「これに署名していただくまでは出ていきません」エマはそう言ってベッドに腰かけた。

「ここに」ジョンの鼻先へ紙を突きつけた。

ジョンは振り払おうとしたが、エマは引きさがらなかった。「なんだ、それは？」彼は仕方なく尋ねた。「せめてそれくらいは教えてくれ」

「先ほどあなたがおっしゃったことに関係しています。あなたのおかげで、わたしはこの考えを思いついたのです。さあ、署名を。そうしたらすぐに出ていきます」

おっしゃっただと？　ぼくはなにか言ったか？　ジョンは必死に考えをめぐらしたものの、思いだせなかった。こりゃ、やっぱり酒をやめなきゃいかん。彼は目をつぶったが、エマが耳元で紙を鳴らした。

酔っ払っているのをいいことに、そんなものは無視して眠ってしまえば、そのうちにエマはあきらめて出ていくだろう。そうしたところでなにも変わりはしない。夕方になればいつものように〈ホワイツ〉へ出かけて酒を飲むかフェイのところへしけこむかし、またいつものようにみじめな気分で帰ってくる。眠りかけたジョンは、エマが髪にふれるのを感じた。彼女は汗ばんだ彼の顔から髪をなであげ、そのまま頭へ手を置いていた。「さあ、署名を」エマは穏やかではあるけれども決意のこもった口調で言い、ペンを差しだした。

ジョンはペンを握ってどうにか名前を走り書きした。エマが立ちあがった。ジョンは彼女のほうへ手を差しのべて言った。「エマ、それがきみをあの忌まわしい年季奉公から解き放ってくれる書類ならいいな。そうしたらきみは自由になってどこへでも行けるし、ぼくはきみがいなくなって万々歳だ」それは彼が今夜口にしたなかでいちばん長いせりふだった。

エマが笑いだした。ジョンは急に不安を覚えた。もしかしてぼくは全財産をこのアイルランド娘に譲る書類に署名したのでは？　そのときエマがしゃべりだしたので、彼は耳に神経を集中した。

「わたしはあなたに五千ポンドの借りがあります。その借金はお返しするつもりです」

「どうやって？」それだけ口に出すのにジョンは大変な努力を要した。

「あなたを更生させることによってです。ここに、あなたが同意したことを示す書類があります。これはあなたの考えなのですよ。では、おやすみなさいませ」

6

エマが目を覚ましたのは、キッチンでの仕事を始めようと裏階段をおりてきた皿洗いメイドにつまずかれたからだ。変な格好で寝ていたため、首がすごく痛んだ。手すりにしがみついてエマをにらんだメイドは、彼女の様子を見てあざ笑った。

「寝る場所がなかったのかい？」メイドが軽蔑《けいべつ》したように言った。「石炭小屋へでも行って寝な」メイドは笑い声をあげ、エプロンのひもを結びながら急いで階段をおりていった。

エマは膝を抱き寄せてメイドの後ろ姿を見送った。「いいえ、そのうちにもっといい寝場所を見つけるわ」だれにも聞こえないほど小さな声で言った。

だれかがエマの声に聞き耳を立てていたわけではない。使用人たちに指示を与える執事の声が、裏階段に座っている彼女のところまで聞こえてくる。もうじき上階担当のメイドたちが、湯の入った重たい容器やティーポットを持って階段をあがってくるだろう。ラグズデール家の一日が始まったのだわ、とエマは考えて、握りしめている紙に目を落とし、それを踊り場の床に広げた。昨夜の自分の行動が信じられなかった。わたしときたら、よくもまあ、あんな無謀なことができたものだ。彼女はラグズデール卿の乱れた署名がある書類を見て首を振った。わたしはきっと頭がどうかしていたのだ。

最初の上階担当メイドが湯の入った容器をさげて階段をあがってきたので、エマはすみっこへ小さくなった。五年前だったら――それともあれから六年になる？――わたしはあのような大胆な行動には出なかった。あれができたのは、恐ろしい体験をくぐり抜けてきたからだ。人にどう思われようと気にしてはいられない。慎重に書類をたたんだエマは、レディ・ラグズデールの部屋はどれかしらと考えた。

上階担当メイドの後をつけていったエマは、すぐにその答えを知った。最初の閉まっているドアは、昨夜の一件でだれの部屋なのかわかっている。あと数時間はだれもその部屋へ出入りしないだろう。そのふたつ向こうのドアは、わたしの記憶が正しければ、サリー・クラリッジの部屋だ。ほら、やっぱり。ドアを開けたのは、新たに雇われたサリーのメイド。そのメイドは、オックスフォードへ行く前の夜にわたしが寝た化粧室の一すみを横取りした。ロバートが寝たのはその隣の部屋だ。そして今、湯を持ったメイドがその向こうのドアをたたいている。背の高いやせた女性がドアを開けて、冷たい笑みを浮かべた。あれはレディ・ラグズデールの着付け師だ。

エマは最初、メイドが去るのを待ってドアをノックしようと思ったが、すぐにその考えを捨てた。着付け師はエマを室内へ入れさせないだろう。エマは大きくひとつ深呼吸をし、メイドについて室内へ入った。驚いたメイドが振り返ってエマをにらんだ。

「ここはあなたの入るところじゃないわ」着付け師が言った。その冷たい目はエマに、こうして手に紅茶のトレーを持っていなかったら、わたしがあなたをつまみ出すところよ、と語っていた。けれども手のふさがっている着付け師は目でエマを非難するしかなかった。エマは、その日の最初の紅茶を待っているレディ・ラグズデールのベッドへ駆け寄った。

「エマ、なにをしに来たの？　それにどうして服装や髪がそんなに乱れているの？」レディ・ラグズデールが予期せぬ朝の訪問者をじっと見て尋ねた。

「寝るところがなくて階段で寝たものですから」エマは答え、両手を前へ突き出した。「もちろん奥様にお頼みすれば手配してくださることは知っていましたけど、昨日は長旅でたいそう疲れていらっしゃるようでしたので」エマがベッド上の貴婦人に明るくほほ笑みかけると、笑みが返ってきた。

「ありがとう、アクトン」レディ・ラグズデールが着付け師に言ってトレーを受け取った。アクトンはその場を去らずに、エマをにらみつけて立っている。「もうさがっていいわ。座りなさい、エマ。家のなかがごたごたしていてごめんなさいね。今夜はちゃんと寝る場所を確保するよう、ラスカーに命じておくわ」

エマはベッドの近くの椅子にちょこんと腰かけ、激しく打っている心臓の鼓動が静まるように祈ってしばらく黙っていたが、やがて例の紙をレディ・ラグズデールに差しだした。

ラグズデール卿の母親は紙を受け取り、息をつめているエマの前で目を通した。エマが大いにほっとしたことに、レディ・ラグズデールは笑いだした。彼女は膝の上のトレーにティーカップを置き、枕に寄りかかってさんざん笑いこけてから、シーツの端で涙をふいた。「エマ、あなたときたら、なんてずる賢いのでしょう！　それにしても、どうしてこんな大それた計画を考えついたの？」彼女は書類を返して尋ねた。

エマは慎重に言葉を選んで答えた。「わたしはラグズデール卿に大きな借りができました。それを返すつもりです。それに、これはあの方自身が考えついたことです」

レディ・ラグズデールはきまりが悪くなるほど長いあいだエマを見つめ続けた。エマはどうか理解してくれますようにと祈って彼女を見つめ返した。この計画には協力者が必要だ。そうでなければ成功はおぼつかない。ああ、お願い、レディ・ラグズデール、理解してちょうだい。

エマはただ祈っていても仕方がないと身をのりだした。「レディ・ラグズデール、息子さんが人生を無駄に費やしているのを見ても、気にならないのですか？」

「そりゃ気になるわ」未亡人は静かに答えて紅茶をすすった。「ジョンはとても頑固なの。わたしの力だけではどうにもできやしない。父親がなくなってからというもの……」言葉が途切れた。レディ・ラグズデールが懸命に気持ちを奮い立たせているのが、はた目にも見て取れた。「残念ながら息子は、わたしにあれこれ言われるのが嫌いみたい」彼女はため息をついた。「片目を失ったことへの恨みが消えず、いつまでも心が休まらないのね。あの子に必要なのは、りっぱな妻なのだわ。わたしは折にふれてそれをほのめかすんだけど」また紅茶をすする。「母親の言葉になど耳を傾けようともしない」

エマは椅子に深く座りなおした。「わたしの考えはこうです、レディ・ラグズデール。昨夜、ラグズデール卿はわたしに、ぼくを更生させてごらんと言いました。わたしはそれを実行するつもりです。あの方の署名があるこの契約書によれば、彼が酒を断って、まともな生活に戻り、そのうえ願わくは結婚すれば、わたしの年季奉公が終わったと認めてくださることになります。わたしにしても、負債は返し終えたと思えるでしょう」

「それは、あの子がその契約書を有効と認めたらの話よ」レディ・ラグズデールが警告した。「しらふのジョンと酔っ払っているときのジョンは、まるきり別人なの。そんな契約は知らないと言い張って、あなたの言葉に耳を貸さなかったら、どうするの?」

エマはレディ・ラグズデールの目をまっすぐ見つめた。「そのときは、あの方が認めるまでうるさくつきまとってやります」

その具体的な方法は、エマ自身にもわからなかった。ラグズデール卿が彼女を無視することに決めたら、エマにできることはなにもない。しかし、期待のこもった視線をエマに注いでいるレディ・ラグズデールを見て、エマは味方ができたことを知り、深々と息を吸った。

「最初にしたいのは、この家のアルコール類の保管室に鍵をかけることです」

レディ・ラグズデールが目を大きくみひらいた。「あなた、本気なのね」

エマは立ちあがって窓辺へ行った。雨が激しく降っている。人が改心するのにもってこいの天候だわ。「ええ、本気です。あなたの息子さんを矯正し、それと交換に年季が明けたことを証明する書類を手に入れるつもりです」エマは一瞬ためらってから先を続けた。「わたしにはロンドンでしなければならないことがあります。こうしてロンドンへ来たからには、それをするための自由が必要なのです」

長いあいだ互いに相手を見つめていたあとで、レディ・ラグズデールが手を差しだした。エマはほんの一瞬ためらったあとで握手をした。レディ・ラグズデールがにっこり笑い、アクトンを呼んだ。エマは着付け師が化粧室からすぐに出てきたのを見て、彼女がドアの陰で聞き耳を立てていたことを確信した。

「アクトン、ラスカーにここへ来るように言ってちょうだい。錠と鍵の件で話があるの」

着付け師が出ていったので、エマは椅子へ戻って言った。「どういうわけかラグズデール卿はわたしを見ることに耐えられないようです。なぜでしょう？　わたしはあの方になにも悪いことをしていません」

レディ・ラグズデールが膝の上のトレーをどかすように指示したので、エマは従った。未亡人はベッドの上で楽な姿勢をとった。窓の外の雨はますます激しさを増している。「あなたが悪いんじゃないの。あの子はアイルランド人すべてを憎んでいるのよ」

「なぜです？」

その単純な質問がいつまでも宙に漂っているように思われた。エマはレディ・ラグズデールの表情が外の天候と同じくらい暗くなるのを見て、どうしても理由を知る必要があると考えた。レディ・ラグズデールはシーツの端でふたたび目元をぬぐい、両手を膝の上で組んで、エマを見つめた。

「わたしの一族の本拠地がメドフォードの近くにあったせいで、夫はイーストアングリア歩兵連隊を指揮していたんだけど、一七九八年にアイルランドへ送られて、コーンウォリス卿の部隊と連携して反乱を鎮圧することになった。あなたは九八年のことを覚えている？」レディ・ラグズデールはエマの目を見て尋ねた。

エマは目をそらした。ああ、あのときのことは忘れられるわけがないわ。「ええ、覚えています」彼女は小さな声で答えた。

レディ・ラグズデールがもの問いたげな目でエマを見た。このときばかりは、エマは自分が使用人であることを感謝した。ベッドの上の貴婦人は、使用人ごときの身辺事情に興味を示すべきではないことをわきまえていて、それ以上は尋ねなかった。

「ジョンはオックスフォードで第二学年を終えたばかりだったわ。夫が息子のために連隊の大尉の地位をお金で買い、ふたりしてアイルランドのウェックスフォード県に配属されたの。ふたりはとても仲のいい父子だったのよ、エマ」

レディ・ラグズデールはそれきり黙りこんだ。エマは椅子の背にもたれて考えた。そのあとどうなったのかは、おおよそ想像がつく。「だんな様はヴィネガーヒルでお亡くなりになったのですね？」彼女はそっと尋ねた。

レディ・ラグズデールはうなずき、気持ちが落ち着くのを待って口を開いた。「夫は暴徒に捕まって刺し殺されたの。ジョンの目の前で」

ああ、なんてことだろう。わたしが想像していたよりもずっと悪いわ。「息子さんはそのときに負傷なさったのですか？」レディ・ラグズデールがいつまでも黙っているので、エマはきいた。

レディ・ラグズデールは上掛けのペイズリー模様を見つめたままうなずいた。「息子は殺される寸前に部下たちによって助けだされたけど、片目を失った。わたしの夫は……」彼女は声をつまらせ、やがておいおい泣きだした。「ああ、エマ、夫の遺体はほんの少ししか回収されなくて、埋葬すらできなかったのよ」

レディ・ラグズデールがシーツに顔をうずめてすすり泣くあいだ、エマは黙って座っていた。「夫は殺され、ジョンは大怪我《けが》をして帰ってきた」長い沈黙のあとで、ようやくレディ・ラグズデールが話を再開した。「わたしは息子まで失うのではと絶望的な気持ちになったわ。そしてついに怪我が癒えたとき、息子もまた、わたしの手の届かない地獄へ去ったことを知ったの」

「レディ・ラグズデール、申し訳ありません。お尋ねしたわたしが悪かったのです」エマは目に涙を浮かべて言った。

驚いたことに未亡人は手をのばして、エマの腕をぎゅっとつかんだ。「あなたは知る必要があったのよ。ジョンはこの家にアイルランド人の使用人を雇い入れたことがないの。一日じゅうふさぎこんで、すぐに腹を立てるし、毎日お酒ばかり飲んでいる。軽薄にも愛人なんかにうつつを抜かし、人のことなど考えようともしない。ただ利用するだけ」レディ・ラグズデールはエマの腕を放した。「あなたにとてもひどい暴言を吐くかもしれないわ」

わたしがかつて英国人から投げられた暴言に比べたら、きっとどうってことないわ、とエマは思った。それにラグズデール卿は暴力に訴える人には見えない。「言葉は、奥様、言葉にすぎません。では、わたしに手を貸していただけるのですね？」

「ええ、できるだけのことをするわ」レディ・ラグズデールはシーツの端を目に押しあて、ドアが開く音を聞いて顔をあげた。「ああ、ラスカー、呼びつけて悪かったわね。ちょっと相談に乗ってもらいたいことがあるの。ワイン貯蔵庫に鍵をかけられるかしら？」

わたしが英国人から受けた辱めに比べたら、こんなのは全然どうってことないわ、とエマはラグズデール卿の部屋の外に立って考えた。十字を切って短い祈りを唱え、ドアを開けた。すえた酒のにおいに襲われて、思わず一歩後ろへさがる。しっかりしなさい、エマ。彼女は気持ちを奮い立たせて部屋へ入り、ドアをぴったり閉めた。

室内は暗い。エマはすたすたと窓辺へ行って厚いカーテンを開けた。いつのまにか雨はあがっていた。彼女は窓を押し開いて新鮮な大気を室内へ入れ、さわやかな空気を胸いっぱい吸って、ベッドを振り返った。ラグズデール卿は上掛けの上で仰向けになって眠っている。昨夜、彼女が残していったときのままの格好だ。

「あらあら、ジョニー、なんてだらしのない格好をしているの」エマはつぶやき、忍び足で近づいていって、青白い顔をして眠っているラグズデール卿を見おろした。窓から差しこむ光がまぶしいのか、見えるほうの目のまぶたがぴくぴく震えている。半開きの白濁した目はじっと彼女を見つめていた。酒臭い息が彼女のところにまで届いてきたので、エマはふたたび後ろへさがった。夜中に吐いたと見えて吐瀉《としゃ》物まみれだ。

エマは頭を振った。なんとしても年季奉公から解放される必要があるんだもの、この程度の我慢はしなくては。彼女は自らを励まして、持ってきた湯にタオルをつけて絞ると、ベッドの端にそうっと腰をおろし、ラグズデール卿の額から髪をかきのけて顔をふき始めた。彼がいやがって顔をそむけようとする。

「じっとしていてくださいね」エマはささやきかけ、ラグズデール卿が動かないように押さえつけて、顔をきれいにふき終えた。「そろそろ目を開けてください。もう朝ですよ」激しい嫌悪感を覚えたにもかかわらず、ほほ笑んだ。「もう何年も朝のすがすがしさを味わったことがないのでしょう」

　エマは返事を期待していなかったし、事実、返事はなかった。彼女はタオルを湯ですすぎ、嘔吐物の跡が完全になくなるまで首や胸元をふいた。そしてラグズデール卿を見おろし、自分の家族に大酒飲みがいなかったことを感謝した。父も兄たちも夕食時にシェリー酒を一杯飲むか、クリスマスに卵酒をやる程度だった。「堕落した生活を送っているんですね、ラグズデール卿」

　驚いたことに彼が目を開けた。「ああ、そのとおりだ」と同意する。そして横たわったままエマを見つめ続けた。まるで必死に論理的思考力を取り戻そうとしているかのようだ。努力は成功しなかったと見え、酒臭い息を吐きながら、ふたたび目を閉じた。

　そのあさましい姿に、エマは嫌悪感を覚えてもいいはずだった。エマがベッドに腰かけて見ていると、ラグズデール卿はため息をつき、彼女の脚へ頭をすり寄せてきた。思わず彼の肩に手を置いたエマは、顔から髪をかきあげてやった。「あなたは他人を利用する冷酷な人なのね？」彼女はささやいた。「わたしも冷酷な人間だわ。だって、あなたを利用するつもりですもの」

　エマの物思いは、ドアをそっとノックする音で中断された。「どうぞ」彼女が声をかけると、ドアが開いて、使用人の男と、湯の入ったバケツをさげている数人のメイドが入ってきた。男は化粧室から浴槽を引きずりだしてきて、暖炉の前に据えた。エマは乱雑な室内の様子にあきれて立っているメイドたちにうなずいた。「浴槽に湯を入れてちょうだい。湯加減は大丈夫、ハンリー？」

彼はうなずき、こらえきれずに顔をにやにやさせた。「だんな様が昼前に起きたところなど、見たことないな」

エマはハンリーにほほ笑み返した。この家のなかに彼女を無視したり見下したりしない人間が、少なくともひとりはいることがわかってうれしかった。エマはメイドたちを見て言った。「もっとお湯がいるわ」

メイドたちが出ていくと、エマはまたラグズデール卿を見おろした。彼は目を開けて、用心深げにエマを見ていた。

「きみをこの部屋へ呼んだ覚えはないぞ」ラグズデール卿が言った。

「ええ、呼ばれてはいません」エマは認め、彼のシャツのボタンを外しにかかった。「ですが、約束は守っていただくつもりです」

ラグズデール卿がいつまでもエマを見つめ続ける。その顔にさまざまな表情がよぎるのを見て、彼女は大声で笑いだしそうになった。彼はいらだたしそうな顔をしてエマの手をつかんだ。「ぼくのシャツにさわるんじゃない、エマ・コステロ」

彼女はラグズデール卿の手を振り払ってボタンを外し続けた。「シャツを着たままお風呂に入りたいのならかまいませんけど、いくら英国人でも、あまりにこっけいではありませんせんか?」

ラグズデール卿はエマをにらみつけようとしたが、それだけでも頭が痛むようだった。

「だれが風呂に入ると言った?」彼は額をもみだした。

「わたしです」エマはきっぱり言った。「あなたのみっともない姿は見るに耐えません。それに今日は一緒にすることがあります。さあ、シャツを脱いで」

「いやだ」

「脱いでください」

驚いたことにラグズデール卿はシャツを脱いだ。メイドたちが湯を運んできて浴槽へ注ぎ足し、驚きに目を丸くしてそそくさと出ていった。ハンリーはタオルを腕にかけて浴槽のかたわらに立っている。おかしくてにやにや笑いをこらえきれないようだ。「さあ、だんな様」機嫌をとるように言う。「ちょうどいい湯かげんです」

ラグズデール卿はまたベッドへ仰向けになってエマを見あげた。「昨夜のことを思いだしてきたぞ。なにかの書類に署名した気がする。エマ! なにをしているんだ?」

「ご自分でやる気がないようなので、わたしがズボンのボタンを外してあげるんです」エマは声も手も震えませんようにと願って言った。「あなたは更生させてくれとわたしに頼み、その旨を記した書類に署名までなさったのですよ。じっとしていてください。それともご自分で脱ぎますか?」

ラグズデール卿はぱっと起きあがってベッドから出ようとしたが、ふらついて転びかけ、慌ててベッドに腰をおろして両手で頭を抱えた。「エマ、こんなのばかげているよ」

「わたしにはあなたの署名入りの書類があります。あなたが更生したら、わたしは年季奉公から解放されるのです。さあ、ズボンを脱いで浴槽にお入りください」エマは立ちあがりドアへと向かった。「ここにいるハンリーが、あなたの従者になってもいいと申しでてくれました」

「その前に酒が欲しい」ラグズデール卿が言って、化粧室のほうを見た。その目に物欲しげな色がありありと浮かんでいた。それから彼は懇願するような視線をエマに向けた。

「じゃあ、そこにしまってあるのですね」大声をあげてすたすたと化粧室へ入ったエマは、入口付近にほうりだしてある汚れた衣類やブーツに足をとられそうになった。ブランデーの瓶を二本と飲みかけのワインを見つけ、それらを小脇に抱える。

ベッドから見守っていたラグズデール卿は、彼女が瓶を抱えて出てきたのを見て、うれしそうに顔をほころばせた。「ここへ持ってきてくれ、エマ」

エマはひとつ深呼吸をすると、開いている窓へ行って下を見おろし、通行人がいないことを確かめてから、瓶を一本ずつ捨てた。瓶が歩道に落ちて割れる。

その音を聞いて、ラグズデール卿の青白い顔がいっそう青くなった。哀れっぽい声で意味不明の言葉をつぶやき、まるで銃弾で撃たれたかのようにベッドへ仰向けに倒れこむ。そうして長いあいだ黙ったまま横たわっていたが、やがて使用人のほうへ手を振った。

「ハンリー、地下の貯蔵庫へ行ってブランデーを持ってこい」

ハンリーは笑顔をつくって首を横に振った。「それができないのです、だんな様。鍵をかけられていますので。そう指示したのは、だんな様ご自身だとか」

「なんだと？」ラグズデール卿が甲高い声でわめいた。

「そのとおりです」エマが口をはさんだ。「昨夜、あなたは書類に署名なさった。わたしはあなたを更生させなければなりません」

「そんなことはさせるものか！」

エマはベッドへ戻ってふたたびラグズデール卿のズボンを脱がせにかかった。「年季明けまでお仕えしなければならないのなら、わたしたちのどちらかが変わらなければなりません。そしてそれは、断じてわたしではありません」

「ぼくに変われというのか。まったくアイルランド人というのは、なんて厚かましいんだ」

エマは笑いたいのをこらえた。「さあ、ご自分でズボンを脱ぎます？　それともわたしに脱がせてもらいたいですか？」

「やれるものならやってみろ、エマ」ラグズデール卿はふたたび立ちあがって、ボタンの外れかかったズボンを片手でつかみ、もう一方の手でベッドの支柱にしがみついた。

エマは幼い弟を思いだしてため息をついた。「ラグズデール卿、あなたときたら、まるで子供ですね。ほら、動かないで」彼女はボタンを外してズボンをさげた。ラグズデール卿は仕方なく片足ずつあげてズボンを脱いだ。

「これでいいわ」エマはつぶやき、ベッドの支柱にもたれているラグズデール卿を見た。残っているのは腰につけている小さな下着だけだ。「あとはハンリーがしてくれるでしょう」

頭を振ったラグズデール卿は頭痛に見舞われ、うめき声をあげて頭を抱えた。「いいや、だめだ、エマ・コステロ」かみつくような口調で言う。「きみが始めたのだぞ。最後までやってもらおう。最初に背中を流してくれ」

エマが驚いて見ていると、彼は下着を脱いで、彼女に向かってみだらなしぐさをし、ふらつく足で浴槽へ向かった。彼女はおかしくなった。

ラグズデール卿がぶるっと体を震わせて彼女を振り返った。「せめて窓を閉めたらどうだ。尻に鳥肌が立ってたまらん」

「鳥肌くらいで死にはしません」エマはまじめな顔をして言ったが、実際は廊下へ走りでて死ぬほど笑い転げたかった。

彼はじっとエマを見つめてから、慎み深さを示して股間をタオルで隠した。「エマ、きみはレディじゃないな。ほんとなら気絶をしなくちゃいけないところなのに」

「それを言うなら、あなただって紳士じゃありませんね」エマはやり返した。「気絶なんかして、これほど愉快な場面を見逃したんじゃ損ですもの」

ラグズデール卿は湯気の立っている湯のなかへゆっくり体を沈めた。

「ぼくが溺《おぼ》れたら、きみのせいだぞ」

「そんなことにはなりません」エマは洗いだわしと石鹸を手にとった。「さあ、前かがみになって」彼女はラグズデール卿の背中で石鹸を泡立て、そんなに手荒にしないでくれという懇願も無視して、洗いだわしでごしごしこすった。背中が済むと、タオルに石鹸をたっぷりつけて顔へあてた。

「あら、石鹸が目に入っちゃったかしら？」エマはきいた。ラグズデール卿が体をよじって彼女の手を押しのけようとしたのだ。「わたしったら、なんて不注意なんでしょう。あとはご自分でなさったほうがよさそうですね。ほら、頭を湯につければ石鹸がとれます」

彼女はラグズデール卿の頭を湯のなかへ押しこみ、これ以上はまずいと思えるまで押さえつけていた。頭をあげた侯爵が湯を吐いたり悪態をついたりするのを見て、ハンリーは笑いをこらえるのにタオルの端を口へ押しこまなければならなかった。

「きみをニューゲート監獄送りにしてやる！」すっかり酔いの醒《さ》めたラグズデール卿が怒鳴った。

エマはさっと立ちあがって、ラグズデール卿の手の届かないところへ飛びのいた。「そうしていただければ願ったりかなったりです。ちょうど今日の午後は、そこへ行く予定でした」彼女がそう言ったとき、ついにこらえきれなくなったハンリーがげらげら笑いだした。

「なにがそんなにおかしいの、ハンリー！　ラグズデール卿、お母様からお聞きしたのですが、前の秘書がそこに投獄されているそうですね。わたしは彼の助言を受けにいこうと思います」

「とうてい本気とは思えん」ラグズデール卿は立ちあがってタオルに手をのばした。

「いいえ、本気です。あなたの秘書になるのなら、前任者から仕事の引き継ぎをしなければなりません」腰にタオルを巻いたラグズデール卿がにらんだのに対し、エマはほほ笑みで応じた。「お金をくすねる手口は引き継ぎませんので、ご心配なく。そんなことより、あなたを矯正する仕事のほうがはるかにおもしろそう。それでは昼食後に、ラグズデール卿」

「まったく身勝手な女だ。きみなんかと一緒に出かけてたまるか」

「まあ、なんて頭の固い方でしょう」エマは応じた。「では、わたしはひとりで行きます。なにか用事がありましたら、わたしは出かけるまで書斎で請求書の整理をしていますので」

「きみにできるわけがない！」ラグズデール卿は彼女に向かって指を振りながらわめいた。

「まあ見ていてごらんなさい」

7

エマは午前中の残りを書斎で過ごした。机の上には埃《ほこり》をかぶった請求書が山積みになっていて、その多くは封さえ切られていなかった。古いものから日付順に整理していった彼女は、よくぞラグズデール卿はニューゲート送りにならないですんでいるものだと不思議に思った。請求書は支払うものだという考えが、あの人にはないのかしら。彼女は顔をしかめ、酒屋や、家畜の餌《えさ》の業者や、ドレスの仕立人から送られてきた請求書に目を通していった。

ドレスの仕立人？　その請求書を目の高さに掲げて穴の開くほど見つめたエマは、オックスフォードのレディ・ホワイティカーが愛人について話したことを思いだした。ふーん、その愛人はなかなか流行に敏感なのね。エマはそう思い、服飾品販売業者や、婦人用帽子店、靴の修繕屋、香水の販売店などから来た請求書を別々の山に分けた。絹の靴下の請求書を手にしたときは、わたしも昔は絹の靴下を一足持っていたんだっけ、と感慨にふけった。そういうことは考えないようにしなくては。

しかし、考えずにはいられなかった。椅子の背にもたれて、紙についたかすかな香水のにおいをかいだとき、エマの脳裏に故郷のことが浮かんだ。わたしたちの家に、今はどんな人が住んでいるのだろう。あまり手を加えていなければいいけど。母はとても趣味がよかったから。

「ばかね、エマ、母のことを考えてはいけないって、わかっているじゃない」声に出して言い、その紙を置いた。ほかのことを考えるようにしなくては。そこで彼女はふたたび家のことを考えた。もちろん陶磁器は残っていないだろう。一家が玄関から引きずりだされるときに最後に聞いたのが、家捜しをする兵士たちによって陶磁器を割られる音だった。

だけど風景は今も同じだわ。いくら英国軍の兵隊でも、ウィックロー山脈を動かしたり平らにしたりはできないもの。エマは目をつぶって、なだらかな緑の丘や青い山脈を思い浮かべた。故郷を見ることは、たぶん二度とない。でも、ヴァージニアは第二の故郷といえる土地だ。この煩わしい年季奉公を勤めあげたら、晴れやかな気分でヴァージニアへ帰れるだろう。彼女は手にあごを乗せた。ヴァージニアののどかな春。咲き乱れる花蘇芳《はなずおう》や花水木やアザレアの花。ただ、いくら美しいヴァージニアでも、生まれ故郷のような色合いをした緑の草原はない。

だから忘れなくては。エマはそう自分に言い聞かせて、別の請求書の束をとりあげた。この家の堕落しきった侯爵を更生させようと思うなら、思い出にふけっている暇はない。

「ねえ、ハンリー、ラグズデール卿はなぜ債権者に訴えられないの？　本当ならとっくに監獄送りになっていてもおかしくないのに」一時間後、様子を見ようと顔を出した従者にエマは尋ね、机の上のきれいに整頓《せいとん》された請求書を指し示した。「少なくとも過去三ヵ月間、一度も支払いをしていないわ。仕訳帳も会計帳簿も見つからないけど、どこに保管してあるのか、あなた知らない？」

ハンリーはきれいに片づいた室内を賞賛するように見まわした。「へーえ、その机の天板が木でできているって、はじめて知ったよ」彼は冗談を言った。

エマはにっこり笑い、机の横の椅子を示した。「ラグズデール卿が訴えられない秘密はなに、ハンリー？」

「簡単なことさ。侯爵はものすごい大金持ちだから、業者たちはいつか金を払ってもらえるだろうと思っている。待ちきれなくなったら、取引銀行に泣きつけばいいんだ」

「考えられないほどいいかげんな生活ぶりね」エマはぶつぶつ言った。

ハンリーが肩をすくめた。「ぼくやあんたが支払いを忘れたら、えらいことになるね」

エマは同意してうなずいた。「ほんとにそのとおりよ」机に両手を置く。「ハンリー、あれからラグズデール卿はどうなったの？」

「ああ、あんたが出ていったあと、すっかりきれいになったよ」ハンリーは笑った。「だけど、あんたとは仲が悪そうだね」

エマは頭を振った。「これからだって仲よくなんかなれやしない！　急激になにかを変えようとすれば、いつだってそれなりの代償を払わなければならないわ」それから話題を変えた。「ハンリー、ここからニューゲート監獄への行き方を知っている？」

「まさかわざと監獄へ入ろうなんて考えているんじゃないよね？　そうなら、教えないよ」

答えようとしたエマは、ハンリーが彼女の左手を見ていることに気づいた。エマはわずかに顔を赤らめて左手を膝へ置いた。「どうしてもそこへ行かなくてはならないの」ハンリーが手のことをきかなければいいがと思って言った。「デーヴィッド・ブリードローといったかしら、その人がそこの監獄で流刑地へ送られるのを待っているんだけど、彼に会ってラグズデール卿の会計のことをいろいろ教えてもらおうと思って。侯爵の秘書を務めるなら、これまでの経緯を知っておく必要があるでしょ」

それを聞いて、ハンリーの目が大きくなった。「あんたがだんな様の秘書になるのかい？　そんなことは聞いたことがないよ」

エマはまた顔を赤らめた。「それがわたしの年季奉公の契約の一部なの。そんなに顔をしかめないで。あなた、ラグズデール卿の取引銀行を知っている？　それと事務弁護士の名前を。彼の会計帳簿について相談しなくちゃならないの」

ハンリーは立ちあがって、着ているベストを引っ張った。「そんなことは知らないな」

エマはため息をつき、膝の上の書類を机へ戻した。「ラグズデール卿本人にきくしかないのかしら。そんなの、死んでもいやだわ」

ハンリーが大声で笑った。「今日のだんな様にきいても無駄だよ」戸口まで行って用心深げに廊下をうかがう。「あんたに伝えておくよう、だんな様に言われたんだ。たとえ豚が空を飛んでも、あの女のためになにかをする気はないって」

「まあ、そんなことを言ったの？」エマは鉛筆とメモ用紙を探した。「二階の全能の神がそんなに怒っているんじゃ、尋ねるわけにいかないわね。やっぱり前の秘書を訪ねなくては。お願い、ニューゲートへ行く道を教えてちょうだい」

ハンリーはエマをまじまじと見てかぶりを振った。「聞いていなかったのかい？　あんたがそこへ行くのは無理だよ」

エマは彼の言うとおりだと思った。監獄がどういうところであるかは、わたし自身がつらい経験をとおして知っている。ニューゲート監獄の壁が、プレヴォットの監獄の壁よりも厚ければいいけれど。壁をとおして聞こえる苦悶《くもん》の声。あんなものは二度と耳にしたくない。

「でも、やっぱり行かなくては」きっぱりと言う。「侯爵の帳簿を整理するには、そうするしかないわ。ほかに方法があったら教えてちょうだい」

「そんなこと、知らないよ」ハンリーの声は頼りなかった。

エマはそこで敗北を認めて手を引くこともできた。書類や請求書の山を仕分けするにとどめておこう。そう言おうと思ったが、ハンリーを見ているうちに考えが変わった。いいえ、このまま進めよう。協力を拒むことで優位に立ったとラグズデール卿が考えているとしたら、わたしが彼を矯正することは永久に不可能だろう。いつまでもここで年季奉公を続けるつもりはない。

「ハンリー、あなたが教えてくれないなら、途中で人に道をききながら行くことにするわ」

従者は青くなった。「そんなのだめだよ。ああ、もう、仕方がないな」

ハンリーに道を教わったエマは、正午前にカーゾン・ストリートの屋敷を出た。従者はシティまで馬車で行くほうがいいと助言したが、彼女は金を持っていなかった。わたしはもっと長い距離を歩いたことがある。そう思って、マントをしっかりまとい、きびきびした足取りで歩きだした。幼い弟を背負ってウィックロー県からダブリンまで歩きとおしたんですもの。それに比べたら、こんなの楽勝よ。

寒い日で、冷たい風を避けるために、エマは下を向いて歩いた。もっと厚いマントや、首に巻くマフラーがあったらいいのに。周囲の人たちはみな毛皮のついたマントやマフに、丈夫な靴を履いている。この高級住宅街で、わたしの姿はいかにも場ちがいに見えるだろう。このみすぼらしい身なりが警官の注意を引かなければいいけれど、と彼女は思って足を急がせた。手入れのいい馬たちが規則正しい足並みで、最新流行型の二輪馬車や四輪馬車を引いていく。エマは行き交う女性たちのボンネットをほれぼれと眺めたかったが、曲がり角へ来たときだけ目をあげて、正しい道をたどっていることを確認し、あとは歩道に視線を据えて黙々と歩き続けた。

瀟洒《しょうしゃ》な家の立ち並ぶメイフェアの広い道路が終わって、さらに広いピカデリーに入った。エマは周囲に目をこらし、ストランドへ、さらにはその先のフリート・ストリートへ至る道路を見落とさないように注意した。寒さが身にしみた。冷たい風に乗って、テムズ川から汚水のにおいが漂ってくる。彼女は出てきたことを後悔し始めた。

「おーい、エマ・コステロ、わざと聞こえないふりをしているんじゃないだろうな。もう一回呼んでも知らんぷりしていたら、この寒空の下へほうりだして帰ってしまうぞ」

エマはびっくりして肩越しに振り返り、ふたたび歩道へ視線を戻した。落ち着きなさい、落ち着きなさい。ロンドンでわたしを知っている人はいない。今のはそら耳よ。そう自分に言い聞かせて足を速めた。

「エマ！」

その横柄な声は聞きまちがえようがなかった。今度はエマは足をとめて道路を見た。厚い外套を着たラグズデール卿が、膝掛けをかけて、二頭立ての二輪馬車に座っていた。流行のお仕着せを来た黒人の少年馬丁が座席の後ろで震えている。主人が馬車をとめると、馬丁はひょいと歩道へ飛び降りて、エマを馬車へ助け乗せようとした。

エマは驚いて馬丁とラグズデール卿を交互に見たが、結局手を貸してもらって馬車に乗った。少年の馬丁はエマの膝にも膝掛けをかけて、座席の後ろの寒い持ち場へ戻った。ラグズデール卿が手綱を振るって、ふたたび馬車を進めた。

しばらくどちらも口をきかなかった。数ブロック進んだところで、エマは勇気を奮い起こして言った。「わたしはニューゲートへ行くところです」

驚いたことにラグズデール卿がほほ笑んだ。「いっそそこへ収監されたらどうだ、エマ」そうつぶやいてから、はっきりした声で続ける。「ハンリーに聞いたよ。なあ、エマ、きみの頭には脳みそがつまっているのかい？　きみが行こうとしているのは、ロマでさえ行きたがらない危険な地区なんだよ」

侯爵の言葉を聞いているうちに、エマは自分の計画の愚かしさに気づいた。ラグズデール卿が話し終えると、彼女は昂然《こうぜん》と頭をあげて彼の目を見た。

「わたしはあなたの請求書や受領書を整理するのに役立つ情報が欲しかっただけです」自分でもばかなことをしたものだと感じて、エマは膝の上の手に視線を落とした。

「きみの旺盛《おうせい》な精力には驚かされっぱなしだ、エマ」ラグズデール卿が辛辣な口調で言った。「それにしてもこんな寒い日に、なぜ手袋もボンネットもマフラーもしないで出てきたんだ？」

「そんなものはどれも持っていません」エマは困惑が声に表れないよう、できるだけさりげない言い方をした。それから数ブロック進むあいだ、ラグズデール卿は黙りこくっていた。

「だったら、あたたかい季節になるまで待てばよかったのに」ようやく彼がつぶやいた。

「請求書の支払いを今まで待たせたんだ。もうしばらく待たせたところで、どうということもあるまい」ふたたび黙りこんで、道路だけに視線を据える。

エマはちらりとラグズデール卿を見て、この人があまり腹を立てていませんようにと願った。わたしはなんとしてでも彼とうまくやっていかなければならない。そんな彼女の考えをよそに、ラグズデール卿はたくみに馬を操って、混雑した道路に馬車をすいすい進めていく。

侯爵が馬に声をかけて手綱を軽く引き、肩越しに振り返った。「引き返すんですか？」エマは尋ねた。

「ちがうよ、エマ」ラグズデール卿が答え、馬車は角を曲がってベイリー・ストリートへ入った。「実を言うと、デーヴィッド・ブリードローに会えるのを心待ちにしているんだ。あいつにひとこと文句を言ってやらなくちゃ」

ほんとにそうなの？　それって、単なる口実でしょ？　そう考えると、エマの顔に思わず笑みが浮かんだ。

ラグズデール卿が横目で彼女を見て馬車をとめた。「なにをそんなににやにやしているんだ、エマ？　監獄はそんなに楽しいところか？」

エマはすぐ真顔に戻り、冷たくなった手をマントのなかへ入れた。「ちっとも楽しいところじゃありません」その言葉は意図したよりも強く響いた。

ラグズデール卿はせせら笑って、エマがおりるのに手を貸すよう馬丁にうなずいた。「まるで監獄がどういうものか知っているような口ぶりだな、エマ・コステロ」

彼女は答えるつもりがなかったのに、なぜか言葉が口をついて出た。「そりゃ、知っていますもの、ラグズデール卿」馬丁のほうを向いて、差しだされた手を握る。

歩道で侯爵を待つあいだ、エマは眼前の大きな灰色の建物を見あげた。じゃあ、これがニューゲート監獄なのね。彼らはこのなかにいるのかしら。建物がぼやけたので、彼女は自分が涙を浮かべていたことに気づいた。慌てて涙をぬぐい、こちらをいぶかしげにじっと見ているラグズデール卿の視線を強く意識した。からかいか叱責の言葉を投げられるだろうと覚悟したが、侯爵は黙ってエマの腕をとり、門のほうへ歩きだした。

「このあたりは空気が悪いね」彼はポケットからハンカチを出してエマに渡した。

低い入口の横に守衛が立っていた。ラグズデール卿がうなずきかけると、守衛がなかへ入るよう身ぶりで示した。「頭に気をつけなさい、エマ」侯爵は注意を促し、体をかがめて石造りの門をくぐった。

ラグズデール卿についてなかへ入ったエマは、牢屋《ろうや》の悪臭が襲ってくると予想して息をとめた。前方の頑丈なオークの扉が開いていて、上に忍び返しのついている鉄格子が見えた。あのような扉が閉じるときにたてる音を想像し、彼女は一瞬、前へ進むのをためらった。

ばかね、とエマは自分をしかりつけた。さっきとは別の守衛が扉の脇に立っていて、目のすみでラグズデール卿の立派な服装を眺め、続いてエマのみすぼらしい身なりをみだらな目つきで見た。守衛がウインクしたので、彼女は驚いて後ずさりした。守衛はさらに唇でキスの音を出したが、ラグズデール卿が振り返ってにらみつけたので、慌ててやめた。

「なんてひどい場所だ」エマが追いつくのを待って、ラグズデール卿が言った。「知りたいことがあったなら、なぜぼくにきかなかったんだ、エマ？」

エマは目をみひらいて彼を見た。「ハンリーから、あなたはわたしに手を貸す気はないって聞きましたよ」

彼女は侯爵がほほ笑んだのを見たように思ったが、待合室はランプがひとつともっているだけで薄暗かったので、たしかなことはわからなかった。

「もちろんハンリーの言ったとおりだ」ラグズデール卿は守衛を手招きした。「しかし、一日か二日待てば、たぶんきみの知りたいことを教えてやっただろう」

侯爵が返事を期待しているとは思えなかったので、エマは黙っていた。あまりの悪臭に我慢できなくなり、ラグズデール卿のハンカチを鼻にあてる。そして、英国の監獄もアイルランドの監獄と同じにおいがすると思った。腐敗した食べ物、不潔な体、汚い寝藁《ねわら》、蔓延《まんえん》する病気。絶望にもにおいがあるのかしら？　ええ、きっとあるにちがいない。エマはラグズデール卿の横に立って、そう結論づけた。

「所長にラグズデール侯ジョン・ステイプルズが会いたがっていると伝えてくれ」侯爵が守衛に言って手を鼻にあてた。

守衛はうなずいて姿を消したが、すぐに戻ってきた。「少々お待ちくださいとのことです」エマに視線を移す。「こちらの女性もご一緒ですか?」守衛はきいた。

「残念ながら、そのとおりだ」

守衛がエマににたにたと笑いかけた。「だったら、奥へ進む前に、そこの看守に身体検査をしてもらわなきゃなりません」

エマが守衛の指さした方角に目をやると、やせた青白い顔の女性がドア枠にもたれて立っていた。その女性看守がドア枠から体を離して近づいてきた。エマは思わずラグズデール卿に身を寄せた。

「身体検査などする必要はない」ラグズデール卿がエマの前へ歩みでてぴしゃりと言った。

「そうはおっしゃいますが、女ってのはスカートの下にいろんなものを隠して持ちこもうとするんで、油断できないんです」守衛が反論した。「さあ、娘さん、おとなしく彼女についていきなさい。さもないと、ここであんたのスカートをまくらせなきゃならないよ」

エマは大きく息を吸って決意を固め、前へ歩み出ようとした。こんなの、どうってことないわ。前にもこれと同じことをされたんだもの。じれったそうに手招きする女性看守を見て、そう思った。

「身体検査をする必要はない」ラグズデール卿の落ち着き払った声がした。「エマ、きみの手提げ袋を開けて、なかを見せてやりなさい」

彼女が手提げ袋を開けると、最初にラグズデール卿がなかをのぞいた。「うーむ、危険なものといっても、メモ帳に、鉛筆に、あとは手紙らしいものしか入っていない。さあ、これで納得したかね？」と女性看守にきいた。

　女性看守も手提げ袋をのぞき、侯爵を見あげて言った。「それでもやはりスカートの下を確かめなくては」

「その必要はないよ。エマはすぐに人をいらだたせるし、頭は半分以上狂っているが、危険人物ではない。スカートの下にあるのは彼女の二本の脚だけだ。ぼくが保証する」

　守衛が手の陰で忍び笑いをもらした。女性看守は彼をじろりとにらみ、突然、側頭部へげんこつを見舞った。小柄な守衛はがっくりと膝をつき、うめき声をあげた。エマはぎょっとして飛びすさり、ラグズデール卿にぶつかった。彼はエマの肩に腕をまわして女性看守の手が届かない場所へ移動した。

　女性看守がもう一度殴ろうと手をあげたとき、所長室のドアがさっと開いた。

「ミセス・マルフレイ、いいかげんにしろ！」戸口に姿を現した男が怒鳴った。あごの下にナプキンをはさんでいる。男は侯爵のほうへ歩いてきた。エマは彼のシャツの前が脂で汚れていることに気づき、あれではナプキンをしている意味がないのに、どうして、と不思議に思った。

　女性看守は小さくなって廊下の壁に張りついた。ニューゲート監獄の所長は、やはり脂で光っているズボンに手をこすりつけ、その手を侯爵に差しだした。ラグズデール卿はうなずいて挨拶するにとどめた。

「どんなご用件ですかな、閣下?」所長がきいた。「朝の正式訪問には少々遅すぎますが」

そう言って笑ったが、本人にしかわからない冗談だった。

「仕事の件でデーヴィッド・ブリードローと話をしたいのです」ラグズデール卿が言った。

「彼はぼくの金を横領し、現在、流刑地へ送られるのを待っています」

「ブリードロー、ブリードロー、ブリードロー、と」所長は繰り返しながら、ふたりに室内へ入るよう促した。机の上にはさまざまな書類にまじって、マトンの脚や練り菓子や古い食事の残りが載っている。「ちょうど食事のさいちゅうだったもので」所長は言い訳をした。

「いつも自分の部屋でとることにしているんです」椅子に腰をおろし、打ち明け話でもするように身をのりだす。「ご存じですか? 昨年、ロンドン市長がわたしの名前をあげて、効率化の手本と言ったのです」

「あなたなら、そう言われて当然でしょう」ラグズデール卿は小声で応じた。椅子に座るよう促されたが、首を横に振る。「長居はしません。デーヴィッド・ブリードローのところへ案内願えますか?」

所長は名残惜しそうにマトンを見て笑いだした。「その前にそいつの居場所を調べなくては。そうでしょ?」

「まだ遠方へ送られてはいないようだ」ラグズデール卿は所長にではなくエマに言った。所長は征服王ウィリアムの時代からありそうに見える古い本が並んでいる棚へ行って、いちばん新しい台帳をとりだし、「ブリードロー、ブリードロー」とつぶやきながらページをめくった。

しばらくして所長は待合室へ首を出し、守衛を呼んだ。ふたりが話しあっているあいだ、エマはさも不快そうに室内を見まわしているラグズデール卿のそばにいた。まもなく戻ってきた所長が侯爵におじぎをしてドアを示した。

「あの男についていってください。面会室でブリードローに会えるはずです」

「行こう、エマ」ラグズデール卿が言った。「この魅力的な場所がどれほど愉快なところか見てやろう」

所長は笑い声をあげて侯爵にウインクした。「また帰りにお寄りください」

「できるものなら遠慮したいところです」ラグズデール卿が応じ、ふたりは守衛についてせまい廊下を進んでいった。ところどころにろうそくがともっているだけで、たいそう暗い。

「エマ、どうしてぼくはこんな目に遭わなくちゃならないんだ?」

彼女は足を急がせて侯爵を追いかけながらにっこりした。「こんな目に遭わされたおかげで、このところお酒のことを忘れていられたでしょう」

ラグズデール卿が大きな笑い声をあげたので、びっくりした守衛が立ちどまって振り返った。侯爵は守衛を機嫌よさそうに見ただけだった。「驚くことはない。人間だれしもおかしいときは笑うものだ。さあ、さっさと案内してくれ。いつまでもこんなところに立っていたら息がつまる」

彼らはせまい通路を何度も曲がって建物の奥へ進んだ。エマは守衛に見捨てられたら二度と外へ出られないだろうと不安になった。男女の囚人が大勢一緒に入れられている監房がいくつもあった。赤ん坊の泣き声が聞こえたとき、彼女の心は沈んだ。自分で気づかずに息をのんだか、なにか言ったにちがいない。ラグズデール卿が後ろへ手をのばしてエマの手を握った。彼女はぎゅっと握り返した。

一行はオークのドアをいくつも通り、とうとう鉄で縁取りしたドアの前へ出た。暗い通路を何度も曲がって方向感覚がおかしくなったエマは、きっと入口へ戻ってしまったのだわ、と思った。守衛が腰にさげた鍵のなかからひとつを選んだ。

「どうぞ」守衛がドアを大きく開けて言った。「ブリードロー、面会人だ」

エマは目を細めて暗い室内を見まわした。ベンチに女性の面会人が数人座っており、その向かい側に鎖で手を壁につながれた囚人たちがいる。囚人の多くは藁を敷いた床に座り、まるで質問があるかのように、鎖でつながれた腕を頭上へあげていた。

「いちばん向こうに立っているのがブリードローです」

「知っている」ラグズデール卿が言った。

その自信なさげな声に、エマは驚いて侯爵を見た。それから羊皮紙のように青白くやせ細ったブリードローへ視線を移した。彼は立っている力さえないのか、徐々に床へ沈んでいった。その目が侯爵の姿をとらえたとたん、さめざめと泣きだした。

急に泣き声がしたので、面会室で交わされていた低い会話が一瞬やんだ。ブリードローが泣き続けるうちに、岩を洗う流れのような話し声がふたたび始まった。あれほど哀れっぽい泣き声を聞いても、だれひとりかわいそうとは思わないのね、と思いながらエマはラグズデール卿の元秘書を眺めた。そう、ここはアイルランドの監獄にそっくりだ。こういう雰囲気には慣れている。ベンチのほうへ進んでいったエマが振り返ると、侯爵は入口に立ったままだった。

「ラグズデール卿？　わたしの話は長くかかります。あなたの秘書に言いたいことがあったら、お先にどうぞ」

返事はなかった。「ラグズデール卿？」エマは繰り返した。そして侯爵の顔を見て思った。怒りに駆られて警察に突きだしはしたけれど、その結果を見てたじろいでいるのだろう。

「あの、ラグズデール卿、わたしはあとでかまいませんので、先に話してください」

「いいや、エマ」ついに侯爵は言った。「ぼくは廊下で待っているよ」部屋を出てドアを閉めた。

エマはブリードローの前のベンチに腰をおろし、侯爵のハンカチを差しだした。「少し濡れていますけど」

ブリードローはハンカチを受け取って涙をぬぐい、エマを見た。

「わたしはラグズデール卿の新しい秘書です」彼女は言った。「あなたに手を貸してもらいたくて来ました。実はわたし、ラグズデール卿を更生させなくてはならないんです」

8

　一時間は瞬く間にすぎた。エマはすらすらとメモをとり、とりきれないものは記憶することにした。ブリードローはラグズデール卿の仕事を処理する方法について、いろいろと有益な情報を与えてくれた。「あんたもたぶん侯爵に手紙の代筆を頼まれるだろう」ブリードローは続けた。内側のドアの横にいる看守が小さな笛を吹いた。「侯爵を喜ばせるのはたいして難しくない」ブリードローは言葉を切って、看守のほうへ視線を走らせた。「ラグズデール卿があれほど怠け者でなければよかったのに。そうしたら、わたしだって誘惑に負けはしなかった……」ベンチの女性たちが立ちあがり始めたので、彼は話すのをやめた。

「あなたが移送されるまで、あとどのくらいかしら？」エマは彼のためになにかできることがあればと思って尋ねた。

「たぶんもうすぐだろう」ブリードローは最後にもう一度涙をふき、ラグズデール卿のハンカチを返そうとしてためらった。「これ、もらっておいていいかな？」

　エマは不思議に思ったけれどもうなずいた。「なぜ持っていたいの？」

ブリードローがうなだれたのを見て、エマはその質問がいっそう大きな屈辱を与えたことを知った。「売れば食べ物を買えるからね」彼は目をあげてエマを見た。「あんたにはわからないだろうが、ひもじくて死にそうなんだ」

「いいえ、わかるわ」エマがささやいたとき、看守がふたたび笛を鳴らした。「そのハンカチ、持っていてちょうだい。あげられるお金があればいいいんだけど」

ブリードローはかぶりを振って力のない笑みを浮かべた。「あんたに来てもらえてうれしかった。はじめての面会人だ。姉は遠くに住んでいて訪ねてこられない」涙があふれてきたので、目をそらす。「もう二度と姉に会えないだろう。それもたった二十ポンドのために」

ふたりは黙りこんだ。エマは身をのりだして手提げ袋に手を入れた。「あの、ミスター・ブリードロー、ひとつお願いを聞いてもらえないかしら?」

元秘書はぼんやりとエマを見た。「こんなわたしになにができるだろう?」

「あなたに手紙をお預けしたいの。それをオーストラリアへ持っていって、ある人に渡してもらえないかしら」看守が女性たちを細い部屋の反対側へ集めだしたので、エマは声を低めて言った。

ブリードローは首を横に振った。「それはやめたほうがいい。手紙は看守に破り捨てられ、わたしはあとで殴られるだろう」

「もしかしたらと思っただけ」エマは言って、手提げ袋から手を出した。「ミスター・ブリードロー、幸運を祈るわ」

それに対してブリードローがなにか言おうとしたとき、ドアの近くにいた女性のひとりが悲鳴をあげて気絶した。ほかの女性たちが彼女を取り囲んで騒ぎたて、看守たちがそちらへ向かって駆けていく。

「さあ、早く」ブリードローがそう言って、エマのほうへ手を出した。

彼女はまた手提げ袋へ手を入れて手紙を出し、全員の注意をそらした予期せぬ出来事に感謝して、ブリードローに手紙を渡した。彼はすばやく手紙を隠した。

すぐに秩序が回復して、看守がエマにドアのほうへ行くよう指示し、ブリードローを壁につないでいる鎖の錠に鍵を差しこんだ。

「ご幸運を、ミスター・ブリードロー」エマは立ちあがってふたたび言った。「その手紙をどうかなくさないで」彼女は小声でささやき、ドアのほうへ歩きだした。ほかの女性たちが泣きながら部屋を出ていく。エマはドアの手前で振り返り、元秘書が連れ去られるのを見送ってから、ため息をついて廊下へ出た。

ラグズデール卿は待っていた。懐中時計をぱちんと開いて言う。「知りたいことは全部教えてもらえたかい？　ほかにニューゲートで会いたい人はいないだろうね。待っているうちに、ここのいやなにおいが外套にしみついてしまった」

「ええ、ほかに会いたい人はいません」エマはラグズデール卿の後ろを歩きながら答えた。

「ただ、帰りがけに所長室へ寄っていただけないでしょうか」

「そんなことは死んでもごめんだ」侯爵はきっぱり言って足を速めた。

「ミスター・ブリードローが飢えないように、所長にお金を少し渡していただきたいのです」エマはそう言って息をつめ、雷が落ちるのを待った。

ラグズデール卿が立ちどまって彼女の腕をつかみ、激しくゆさぶって怒鳴った。「エマ、やつはぼくの金をくすねたのだぞ！」

わたしはなぜこんなことをしているの、とエマはいぶかしみつつも、気持ちを奮い立たせてラグズデール卿の目を見つめた。侯爵は彼女より少なくとも三十センチは背が高く、厚い外套を着ているせいか、とてつもなく大きく見えたが、エマは引きさがらなかった。

「ミスター・ブリードローはあなたのお金をたった二十ポンド盗んだだけで、一生を流刑植民地で送らなければなりません」エマは自分の無鉄砲さに驚きながらも続けた。あなたなんか怖くないわ。そう自分に言い聞かせると、本当に怖くなくなった。

「当然だ」ラグズデール卿が冷静さを取り戻して言った。そして彼女の腕を放し、長い通路をすたすた進んでいった。

エマはラグズデール卿が所長室に立ち寄るとは期待していなかったが、彼はドアの前で立ちどまってノックした。所長がマトンのにおいのする部屋へ招じ入れた。

「これはデーヴィッド・ブリードローの食費です」侯爵は所長の机の上へひと握りの硬貨を

ほうり、エマに向かって顔をしかめた。

「ありがとうございます」エマは礼を述べ、所長が乱雑な机の上をかきまわして受取帳を探しているあいだに、台帳の並んでいる棚へ近寄った。そしていちばん新しい台帳をとりだし、過去五年間に投獄された囚人の名前を指でたどった。数は膨大で、そのうえ所長の字は汚くて判読しづらい。これでは全部目を通すのに最低一時間はかかる。でも、わたしにはそんなに時間がない。所長が受取帳から受領書を破りとる音を聞いて、彼女はあせった。

「さあ、行こう、エマ」突然、すぐ横でラグズデール卿の声がしたので、名前の羅列に目を走らせていたエマはびっくりして飛びあがった。「慈善行為の今日の分は、これで最後に願いたいものだ」

彼女はしぶしぶ台帳を閉じた。

「身内の名前を調べていたのかい？」ラグズデール卿がきいた。「きっと近しい身内なのだろうね」

エマには彼がからかっているのだとわかった。「ええ、そうです」彼女は即座に答えた。侯爵には好きなように考えさせておけばいい。

ふたりは所長室をあとにし、監獄の建物を出た。ラグズデール卿が黒人の少年馬丁にうなずくと、馬丁は馬から毛布をとった。彼らは黙って出発した。早くもたそがれがせまっており、ニューゲート監獄は大きな黒い影にしか見えなかった。エマは体を震わせた。どうか今夜、悪夢を見ませんように。

「二度と元秘書を訪ねていく必要のないことを祈るよ」

「ええ、そうですね」エマは言った。「でも、明日は取引銀行へ行って、支払いの済んでいない請求書を調べなければなりません。ブリードローの話では、あなたの取引銀行が元帳を保管しているそうです」

「それは明日でなくてもいいだろう、エマ」ラグズデール卿がこぼした。

「だめです。あなたの財政管理が早くきちんとなれば、わたしがあなたを悩ませるのも早く終わるのです」

「早くそうなってほしいものだ」彼は熱っぽい口調で言った。「そうと決まれば、今夜もきみにつきあうよ」

ふたりのあいだに沈黙が漂った。肩がふれそうなほど近くにいながら、何キロも離れた場所にいるようだった。エマは口をつぐんでいるべきだとわかっていたが、ブリードローの顔が鮮明に脳裏に浮かんで、どうしても消えなかった。

「ミスター・ブリードローに、お金を盗んだ理由をききました?」

「いや、理由なんかどうでもいい」

侯爵の口調があまりにも断固としていたので、エマはそれ以上続けるのはまずいと思ったが、抑えがきかなかった。まるで悪魔にそそのかされ、だれもいない舞台へ躍りでて、敵意に満ちた観衆の前で演じている気分だった。

「お姉さんのだんなさんが亡くなり、お葬式代とお姉さんの一年分の家賃に二十ポンドが必要だったのです」

ラグズデール卿が振り返ってエマを見たが、暗くて表情がわからなかった。

「どうでもいいと言っただろう。盗みは盗みだ、エマ」

彼女は前方に視線を据えてかたくなに続けた。「今朝、机の上を整頓していたら、あなたが七十五ポンド賭けた証文が出てきました。夕方の混雑したセントジェームズ・ストリートを、ランダー卿が鼻でピーナッツを押しながら渡れるかどうかという賭けで、渡れないほうに賭けたんですね」

「ぼくの金だ。なにに使おうと勝手だろう、エマ」ラグズデール卿の声が静かだっただけに、かえってそれ以上刺激するのは危険だとわかった。

「ええ、当然です」

「きみはまったくしゃくにさわる女だ！」彼の声は低いけれども張りつめていた。「家へ帰ったら、うっかり署名した契約書を見つけて破り捨てる。きみはキッチンで五年間、皿洗いをして過ごせばいいんだ。ぼくを更生させる？　ばかばかしい！」

ほらみなさい。身の程をわきまえないから、こういうことになるのよ。エマはほぞをかんで、侯爵からなるたけ体を離し、深まりゆく夕闇に目を据えた。ああ、なぜわたしはいつまでたっても忍耐強くなれないのだろう。すべてを台なしにしてしまった。

屋敷に着くと、ラグズデール卿は馬車から飛び降りて、手短に馬丁に指示を与え、玄関先の階段を二歩で駆けあがった。エマはマントをしっかりまとってゆっくり玄関へ向かった。マントのにおいをかぐ。なるほどラグズデール卿の言ったとおりだ。生地にニューゲート監獄の悪臭がしみついている。

侯爵がエマの顔の前でドアをたたきつけるように閉めた。彼女は気をとりなおしてドアを開け、家のなかへ入った。レディ・ラグズデールはわたしの寝る場所を見つけてくれたかしら。今夜も階段で寝るのはつらい。

イブニングドレスをまとったレディ・ラグズデールとサリー・クラリッジが、玄関広間でラグズデール卿と話をしていた。エマにうなずきかけたレディ・ラグズデールが、エマのマントのにおいをかいで顔をしかめた。エマはゆっくりマントを脱いだ。

「今夜はジョンと一緒に舞踏会へ行くのを、サリーもわたしも楽しみにしていたの。ところがジョンときたら、これからあなたと書斎で仕事をすることになっていると言うじゃない。本当なの？」

エマは驚き、母親のすぐ後ろに立っているラグズデール卿を見やった。彼はエマを見つめ返してゆっくりウインクした。完璧に理解したエマはおかしくて笑いだしたかったが、残念そうにため息をつき、レディ・ラグズデールに向かって頭を振った。

「はい、その予定になっています」エマは申し訳なさそうな口調のなかにも決意をこめて言った。「息子さんのお仕事が軌道に乗るまでは、わたしにおつきあいいただかねばなりません。たぶん社交シーズンが終わるまでには、社交場へご一緒できるのではないでしょうか」

ほっとしたことにレディ・ラグズデールはうなずいた。「わかったわ、エマ。行きましょう、サリー。どのみちテナント卿夫妻は息子の出席を期待してはいないでしょう」

母親の頬にキスをしたラグズデール卿があまりにも見え透いた後悔の表情をしたので、エマは顔がほころぶのを隠すため横を向かなければならなかった。これほど複雑な性格をした男性ははじめてだ。侯爵はロンドンじゅうの美しい女性が集まる場に行かれないのは残念だと言って母親といとこを送りだし、ドアを閉めた。そして息をつめているエマを振り返った。

「書斎へ行こう、エマ」ラグズデール卿が外套をラスカーに渡すと、執事は顔をしかめて外套を遠くへ離して持った。「燃やしてしまえ、ラスカー」侯爵は命じ、廊下を進みだした。「ほらほら、早く来るんだ！　きみと一緒に一時間か二時間を書斎で過ごすのは地獄の責め苦だが、ロンドン一のおしゃべり夫婦の家で十五分過ごすよりはましだ。現代のガイ・フォークス（一六〇五年の火薬陰謀事件の責任者）がテナント卿夫妻の屋敷を爆破してくれたら、全国民が感謝するだろうよ」

「そう言ってもらえて、わたしは感謝すべきなのかしら」エマは疑わしそうに言った。

「きみでも役に立てることがあるってことさ、エマ」ラグズデール卿は彼女のために書斎のドアを開けた。「さてと、ぼくは二階へ行って、机の上の書類を持ってくるとしよう」

「ええ、お願いします」エマは机の後ろに座ってインクつぼへ手をのばした。「種類別に分けて束ね、明日の朝、荷馬車を頼んで〈フォザビー・アンド・サンズ〉へ運びましょう」

「エマ、ぼくをこき使おうとしているね」侯爵はドアのノブに手をかけて言った。

「当然です。急いで仕事を片づければ、テナント卿夫妻のお屋敷に駆けつけて、今夜の責任を果たせるんですもの」

「一刻も早くぼくを厄介払いしたいんだな？　そうは問屋が卸さないぞ。やれやれ、ほんとに人使いの荒いアイルランド娘だ」ラグズデール卿はつぶやき、部屋を出て静かにドアを閉めた。驚いたことに、階段のほうへ遠ざかっていく口笛の音が聞こえた。

あの人、頭がどうかしちゃったんだわ。エマはそう考えながら立ちあがり、暖炉へ行って石炭を足した。ふたたび腰をおろしてから、机の上で両手を組み、ミスター・ブリードローのことを考えた。無事に向こうへ着いたら、彼は手紙のことを思いだすだろう。そうしたら父か兄の手に渡るかもしれない。彼らが手紙を読んだら、返事をくれるだろう。エマは変形した左手の爪を見つめた。でも、期待はしていない。彼らはダブリンの石灰坑へ埋められたかもしれないのだ。

そのことは考えないようにしよう、とエマは自分に言い聞かせ、頭を机に乗せて目を閉じた。そしてすぐにドアのノブがまわる音を聞き、頭をあげた。

「見たぞ、エマ、さぼっていたな」ラグズデール卿がささやき、両腕で抱えてきた書類を机の上へどさどさと置いた。「それで思いだした。ラスカーが恩着せがましい態度で、きみを皿洗いメイドと一緒に寝かせていいと言った。最上階の右側のふたつめの部屋だ」エマの隣の椅子に座る。「さあ、効率的な仕事のやり方を教えてくれ」

広間の時計が夜中の十二時を打ったとき、ジョンは立ちあがってのびをした。仕分けされて束ねられ、床や机の上にきちんと置かれた請求書を見て、またもやわれながらよくもためたものだと思った。エマ・コステロはまだメモ用紙の上に身をかがめ、かなりきれいな筆跡で熱心に請求書を書き写している。ときどき彼女は疲れたように目元をもんだが、不平ひとつこぼさないで作業を続けた。

延々と続く夜、ふたりは仕事をしながら活発に議論を交わした。ジョンはアイルランド人を憎んでいるにもかかわらず、気がついてみるとエマとの会話を楽しんでいた。彼女の生まれながらの機知に接していると、こちらの脳まで活発に働き始める気がする。一度や二度は彼女の鋭い舌鋒《ぜっぽう》に傷つけられたものの、それ以上に元気を与えられた。エマほどウイットやユーモアに富む人間はあまりいない。彼の母親は愛らしい女性ではあるが、話すことはいつも同じなので、あくびが出そうになる。フェイ・ムーレはどうか？　眠気をこらえて書類を書き写しているエマにジョンは目をやった。フェイはたとえ気のきいたせりふやしゃれを言われても、それと気づかないだろう。

その夜、ふたりが戦わせた最も激しい議論は、フェイに関するものだった。婦人の装飾品仕立屋やチョコレート店や手袋職人などからの大量の請求書を前にし、エマはとうとうジョンをじっと見つめて、彼の顔の前で送り状を振った。

「ミス・ムーレが小さな軍隊を装備させられるだけの手袋を持っていること、あなたはご存じ？」エマは非難がましい口調で言った。「それに、こんなに大量の香水をどうするのかしら？」

「ぼくの愛人に関することは、きみに関係ないと思うね」ジョンは冷たい口調で応じ、机の端に腰かけた。そういう言い方をされれば、たいていの使用人は黙りこむ。ところが、エマはまるで彼の言葉が聞こえなかったかのように続けた。

「あなたを更生させるのがわたしの仕事だとすれば、彼女はわたしに関係があります。あなたはおいくつですか？　二十九？　三十？」

「三十だ」ジョンはエマがどこへ話を導こうとしているのか不審に思いながら答えた。「少なくともきみと同い年だ」彼女をいらだたせようとして言い添えた。

エマは議論の仕方も知らない子供を相手にしているかのようにほほ笑みかけた。その晩、ジョンがはじめて見た彼女の笑顔だった。「じゃあ、あなたは三十歳なのですね？」

ジョンはうなずいた。エマにほほ笑み返したかったが、真顔を保ち続けた。

「お母様に、もうそろそろ結婚して子供をもうけるべきだと言われません？」

彼はまたうなずいたが、さっきよりも気のない仕草だった。「よく言われるよ」

エマは膝の上で両手を組んだ。「愛人と別れたほうが、あなたにふさわしい女性の心をとらえる機会は多くなります。わたし個人の考えを言わせてもらえば、愛人のいる男性とは絶対に結婚しません。偽善のにおいがします」

「妻に知られないようにすればいいさ」ジョンは答えをはぐらかし、フェイが芸術にまで高めた女性の魅力について考えた。もちろんフェイのそうした魅力に心のときめきを覚えなくなって久しい。最近は彼女と一緒にいると退屈する。だが、それをエマに話す必要はない。

「フェイがいることは秘密にしておく」

「だとしたら、よっぽど頭の鈍い女性と結婚しなければなりませんね、ラグズデール卿」エマがささやいた。「それに言うまでもありませんが、優秀な頭脳の子供をもうけたいと思ったら、両親の少なくとも片方は頭のいい人でなければだめです」

「きみの口の悪さには恐れいったよ、エマ」ジョンはわめいた。「ぼくが更生するには、なにもかもあきらめなければだめなのか？」

エマは黙ってジョンを見つめ続けた。彼女がなにも言わないので、愛人の存在を認めてくれたのだろうと彼は思ったが、すぐに考えちがいであることがわかった。

「まちがっていたらごめんなさい。わたしの受けた印象では、あなたはその女性との関係を楽しいと思っていないのではありませんか？」

たとえかつらとガウンを身につけた法廷弁護士であっても、このアイルランド娘ほど的を射た意見を述べることはできなかっただろう。ジョンは言葉を失って彼女をまじまじと見つめ、手のなかの請求書へ視線を落とした。エマは一覧表に注意を戻し、口を魚のようにぱくぱくさせている彼を無視して、転記作業を再開した。

彼女のふさふさした赤褐色の髪がほつれて額に垂れ、目がときどき眠たそうに閉じられるのを、ジョンは見た。そうか、きみは昨夜、階段で寝たんだったね。いい気味だ。おい、いくらアイルランド人が嫌いだからって、そんなふうに思うのは卑しいぞ。ああ、そうとも、きみの言うとおりさ、エマ。しかし、断じてきみには認めない——最近はフェイといてもまったく楽しくないことを。

「ぼくはフェイと別れるべきだと思うんだな？」ジョンはぞんざいにきいた。

エマがうなずいて目をこすった。

「考えておこう。ベッドへ行きなさい、エマ。そんな状態で仕事をしても、はかどらないよ」

彼女はなにも言わずに部屋を出ていった。ラグズデール卿はエマが座っていた椅子に腰をおろし、彼女が書いた一覧表の未払い金額を頭でざっと足し算した。ニューゲート監獄の壁に鎖でつながれたデーヴィッド・ブリードローの姿が、脳裏を離れなかった。彼に二十ポンド貸すくらい、なんでもなかったはずだ。彼の家族の苦難を、なぜぼくは思いやらなかったのだろう。父ならきっとそうしたにちがいない。どうしてぼくはそうしなかった？

ジョンは眼帯を外して机の上へほうり、額をもんだ。「アイルランド人め」父親の最期の姿を思い浮かべて悪態をついた。暴徒に襲われた父親は仰向けに倒され、槍《やり》や剣でめった切りにされた。「きみもだ、エマ・コステロ。きみも、きみの残忍なアイルランドの親戚も、みんなくたばっちまえ」

二階の自室へ戻ったジョンは、寝る前にせめてシェリー酒を一杯やりたいものだと思った。そして酒をいっさい禁じたエマが恨めしくなり、昼前に彼女が部屋へ入ってきたらブーツを投げつけてやろうと考えた。ところがいまいましいことに、彼は九時に目が覚めた。空腹で、頭はさえざえとしている。今日もエマ・コステロと仕事をしながら議論を戦わせようと意欲満々だった。すっかり従者に収まったハンリーが紅茶を持ってきて、主人のひげそりと着替えを手伝った。ジョンがハムとベーコンのにおいに誘われて朝食室へ行ってみると、ちょうど母親といとこが食事を終えようとしているところだった。

レディ・ラグズデールは息子を見て驚き、小さな懐中時計を出して指先でたたいた。「わたしたちと出かける気になったの、ジョン？」サイドボードから皿へ料理を取り分けている息子に尋ねた。

ジョンはほがらかに笑った。「母さん、ちがいます、わかっているでしょ！　ぼくだってたまには朝食をとりたくなるんです」スクランブルエッグをじっと見ても胸がむかつかない。

「じゃあ、鶏は今も卵を産むんですね」

レディ・ラグズデールは笑った。「そうよ、偉いでしょ」サリーを見て続ける。「ねえ、サリー、あなたのいとこにしつこくせがんだら、一緒に婦人服仕立屋へ行ってもらえそうよ。どんなのが似合うか、男性の意見を聞かせてもらったらいいわ」

げっ、そんなことをさせるつもりなのか、とジョンはスクランブルエッグを口に運びながら思った。かんでいるあいだにじっくり口実をひねりだそうと考えたが、スクランブルエッグはかみごたえがなかった。幸い、今度もエマが救出に来た。彼は口のなかのものを飲みこんで母親にほほ笑みかけた。

「言い訳がましく聞こえるかもしれないが、今日はエマと銀行へ行かなきゃなりません。彼女は請求書をきちんと整理したんです。母さんが見たら、びっくりしますよ」

ほっとしたことに、母親はうるさく迫らなかった。「そう、仕方がないわね、許してあげる」そして姪のほうを向く。「そういうことだから、サリー、今日もふたりきりよ。そのかわり、思いっきり散財しましょうね。ジョン、請求書はあなたのところへ送られるのよ。お金の使い方に口をはさみたかったら、今のうちに考え直しなさい」

卵料理を食べ終えたジョンは鷹揚《おうよう》に手を振った。「請求書が届いたらエマに渡してください。彼女は種類別にとじているようです」彼が紅茶を飲むのと母親の立ちあがるのは同時だった。「母さん、婦人服仕立屋へ行くのなら、ひとつお願いがあるんだけど」

母親は息子に用心深い視線を向けた。フェイのドレスを頼むのではないかと考えたのだろう。ジョンは愛人と別れるべきだというエマの助言を思いだした。「エマのためにあたたかなマントを注文してもらえませんか？　焦茶色をした実用的なのを。今年はいつ春になるのかわかりませんからね」

「毛皮の襟つき？　飾りひもボタンが絹でできているの？」母親がからかった。

母さん、ニューゲートで震えていたエマを見たら、そんな軽口はたたけませんよ。「いいえ、実用的であることが最優先です。そうだ、ウールのドレスもあったほうがいいな。レースの襟がついているのが」目を丸くしてこちらを見ているサリーに、ジョンは視線を向けた。「彼女の背格好はきみと同じくらいだよね、サリー？」

サリーはうなずいた。不意にやさしい言葉をかけられ、驚きのあまり口をきけなかったのだ。

「だったら、ちょうどいい。サリーを見本にしてください、母さん。悪いけど、サリー、きみをじっくり観察させてもらうよ。うーむ、エマは腰がきみより少し細くて、背が四、五センチ低いといったところかな。ドレスを二着お願いします、母さん。秘書にも着替えがなくては」

母親が部屋を出ていったあとも、ジョンはまだにやにやしていた。そうだ、ボンネットも頼めばよかった。やはりぼくはうかつな人間だな。それと手袋。フェイを説得して、彼女に買い与えた手袋の一部を譲ってもらえるだろうか。手は二本しかないのだから、あんなに数多くは必要ないだろう。彼は立ちあがってシナモン入りのパンをとりにいき、サイドボードの前で立ったまま食べた。いや、やめておこう。一度にあまりたくさん与えると、エマはぼくが休戦協定を結びたがっていると考えるかもしれない。手袋やボンネットがなくても、彼女は不満に思わないだろう。

適度な満腹感を覚えたジョンがのんびりした足取りで書斎へ行くと、請求書の束を鞄へつめているエマが彼を見てにっこりした。

「おはようございます」彼女は挨拶をして作業を続けた。「これを銀行へ持っていって、照合と支払いの手続きを済ませたら、今日はもうあなたを煩わせません」

ジョンはエマに向かって眉をつりあげ、鞄につめる作業を手伝った。「ずいぶん寛大じゃないか。きみにも思いやりがあったんだね」

「もちろんです」エマは即座に応じた。「わたしは銀行からあなたの残高帳を渡してもらって、午後は記帳をして過ごすつもりです」彼女は鞄を閉じた。

「もっといい考えがある」ジョンは鞄を受け取って言った。「きみにフェイ・ムーレのところへ行って様子を見てきてもらいたいんだ」

「なんですって！」エマが叫んだ。うろたえているのがありありとわかる。

ほーら、驚かせてやったぞ。ジョンは顔がにやけそうになるのをこらえて続けた。「きみに言われたことを考えてみた。フェイとぼくの関係は、ここらで終わりにするのがいいと思うんだ。で、どんな条件なら彼女が別れる気になるかを、きみにきいてきてもらいたい」彼女の顔にかたくなな表情が浮かぶのを見て言い添える。「それが、ぼくの秘書としてのきみの役目だ」

「わかりました」エマが言った。彼女の声に疑惑と不安の色がにじんでいたので、ジョンは〝どうだ、まいっただろう〟と言いたかったが、やめておいた。彼女の落ち着きを失わせてやれただけで満足することにした。

「今夜は〈オールマックス〉で母やいとこと過ごすことになるだろう」ジョンは〈フォザビー・アンド・サンズ〉へ向かう馬車のなかで言った。「たまには付き添いを務めなくてはならないし、今年、社交界デビューした若い女性たちにも会いたいからね」エマの脇腹をこづく。「教えてくれ。聡明な女性をつかまえるにはどうしたらいい？」

エマは大きな笑い声をあげた。本当におかしそうな高笑いだ。女性のそうした笑い声に慣れていないジョンは、最初びっくりした。客間における忍び笑いや、扇子の陰でのくすくす笑いとちがって、心の底からわきでる伝染性の笑いだった。彼は一緒になって笑った。

「つかまえる方法がわかったよ、エマ。ぼくがピタゴラスの定理を暗唱し始め、続きを女性が言えるかどうか見ればいいんだ」

エマがふたたび笑った。「それからダンテの『神曲』の一節を暗唱させるとか」

ジョンは銀行の建物の前で馬車をとめた。「エマ、きみには見かけ以上のなにかがある」

そう言ったあとですぐに後悔した。エマはまるで横面を張られたかのようだった。彼女の目から輝きが消え、ふたりのあいだにふたたび厚いカーテンがおりた。今のエマは、酒場でのトランプ勝負によって運命を決せられるのを待っていたときと同じだ。その顔には希望のかけらさえない。ついさっきは心底楽しそうだったのに、不可解なほどの変わりようだった。

エマはなにも言わずにマントをしっかりまとい、ため息をついて足元の鞄へ手をのばした。ジョンが鞄を持った。

なにか言ってくれ、エマ。ジョンはそう思いながら彼女について建物に入り、そこからは先に立って廊下をエイモス・フォザビーの事務所へ歩いていった。ぼくがアイルランド人を憎んでいることは自他共に認める事実だが、なぜかきみには興味をそそられる。ぼくは見かけ倒しの人間だが、きみは逆に見かけ以上の人間だ。

ジョンがエマを紹介すると、銀行家のフォザビーは最初びっくりしたが、すぐに立ち直った。彼女が複式簿記に通じていると聞いて感心したフォザビーは、エマが椅子を引き寄せて腰をおろし、袖《そで》をまくりあげて請求書や一覧表を鞄から出すと、ますます感心したようだった。ジョンが後ずさりで部屋を出るときも、銀行家は目をあげようとしなかった。

「地下の貴重品保管室にいるからね、エマ」ジョンは声をかけた。「終わったら、そこへ来てくれ。きみの意見を聞きたいんだ」

仕事に熱中しているエマはうなずいただけだった。ジョンはひとりほくそえみ、資産や帳簿や預金残高を気にかけてくれる人がいることを神に感謝した。戸口でしばらくエマを眺め、母親に頼んだ彼女のマントは焦茶色ではなくて深緑色にすればよかったと思った。彼はドアを閉め、廊下をぶらぶらと貴重品保管室へ歩いていった。

一時間後、美しい赤褐色の髪を乱したエマが貴重品保管室へ来た。ジョンは彼女を見てくっくっと笑った。

「エマ、きみはなにかに熱中すると髪を引っ張るくせがある。自分では気づいていないね」

彼女は顔を赤らめて、ほつれた髪を後ろへなでつけた。「あなたの勘定書はめちゃくちゃです。小売店主や業者からミスター・フォザビー宛《あて》に支払依頼書が届いているのですが、二度払いをしないようにすべて照合しなければなりません」

「それはきみに頼んでいいのだろう？」

「ええ、もちろんです。今後は請求書を全部わたしに回してください。そうしたらわたしが確認して、ミスター・フォザビーに回します。あなたへの請求書を、わたしが支払うことはできません。女で、カトリック教徒で、アイルランド人のわたしには、事務弁護士の資格がありませんので」

「それが制度だとしたら、大変な偏見だよな」ジョンは冗談を言った。

「ええ、ほんとに。法律でこのような偏見が認められているなんて」エマが同意した。「今あげた三つのうちで、どれがいちばん好ましくないのか知りませんが」

彼女の声に恨みがましい響きはまったくなく、完全に事務的な口調だったので、ジョンは有能な人間に仕事を任せることができたと安心した。エマはすっかりくつろいでいる。まるで湯上がりか、楽しいパーティを終えたばかりのようだ。財務の仕事に喜びを覚える人間がいるのだと驚きながら、ジョンは彼女に椅子を示した。

「そこに座りなさい。どのネックレスをフェイにやったらいいと思う？」ジョンはきいた。

「きみが彼女を訪ねるには贈り物を持っていくほうがいいと思ってね」目をそらして咳払いをする。「どうせ縁を切るのだから、安物でもかまわないだろう」

ジョンはネックレスをいくつか出して、エマの膝の上に置いた。彼女は請求書を調べるときと同じくらい熱心に調べたあとで、エメラルドのついている控えめなネックレスをとりあげた。「これです。断然これにすべきです」その目は今まで見たことがないほどきらきら輝いている。

エマが貴重品保管室の天井の明かりに照らしてよく見ようとネックレスを高くかざしたとき、それが彼女の首にかかっていたらどんなに優雅に見えるだろうとジョンは思った。ネックレスをエマの手から受け取って、ベルベットの内張りがある箱へ戻すとき、エメラルドが彼にウインクしたように思えた。

「いや、それはやめておこう。フェイは貪欲《どんよく》な女だから、どうせ別れるならと金目のものをもらいたがるかもしれない。この三つのうちから選んでくれ」その言葉を口にしてはじめて、五年間におよぶフェイ・ムーレとの関係に自分が本当にけりをつけようとしているのだとジョンは悟った。貪欲な女？　なぜ今までその事実に気づかなかったのか。彼が自問している前で、エマが眉根を寄せ、ダイヤモンドとルビーが交互にはまっている、とりわけ派手で俗っぽいネックレスをとりあげた。

「それがいい！」ジョンはほかのものを箱へ戻し、すぐ後ろに控えている銀行の担当者に渡した。そしてエマの選んだネックレスをベルベットの小袋に入れ、彼女に渡して言った。「これをフェイのところへ持っていって、ぼくの挨拶の言葉と一緒に渡してくれ。そして、どのような条件なら別れてくれそうか、あとできみの印象を聞かせてほしい」彼はため息をついた。「フェイがぼくに未練のあることは知っているが、きみの言ったように、そろそろ生き方を改めなくてはならない」

「わかりました」エマは言った。そして宝石を金庫へ戻そうとしている銀行の担当者のところへ行き、シンプルな金のネックレスを手にとった。「これはあなたにとって貴重なものですか、ラグズデール卿？」彼女は尋ねた。

「いいや。欲しいのか、エマ？」ジョンはからかった。

エマは顔を赤らめてかぶりを振り、深く息を吸って言った。「これをニューゲート監獄の所長に送れば、デーヴィッド・ブリードローの待遇が少しはよくなるだろうと思ったのです」ジョンの気分を推し量るように彼を見る。「さもなければ、彼のお姉さんに送ってあげてはどうでしょう。彼の話では、名前をメアリー・ロニーといって、マーケット・クウェイヴァーズに住んでいるそうです」

ジョンはエマの手から金のネックレスをひったくるようにとって箱へ戻した。エマときたら、厚かましいにも程がある。「だめだ。言い返しても無駄だぞ！　いくらぼくでも、そうそう博愛精神を発揮してはいられない。さあ、とっとと家へ帰って、記帳なり残高照合なりをしたまえ。フェイのところへ行くのは明日の朝にすればいい」

エマはそそくさと貴重品保管室を出ていった。衝動的に提案したことで辱めを受けたのではたまらないとでもいうように。彼女がいなくなると、ジョンは金のネックレスと、もうひとつ別のネックレスを取りだして、銀行の担当者に渡した。「これを別々に包んで、ひとつをニューゲート監獄の所長に、ひとつをメアリー・ロニーに送ってくれ」ジョンは言った。「この件については、ぼくがフォザビーの事務所宛に手紙を書いておく」

いいか、エマ、と彼は胸のなかでつぶやいた。ぼくは本当は善良な人間なのだぞ。あとはフェイがきみのもたらす知らせに、いつまでも不平をこぼし続けなければいいのだが。

9

翌朝、エマがカーゾン・ストリートの屋敷を出たときは、昨日よりも気温がさらに低かった。いったいいつになったら春になるのだろう。寒風がスカートの裾を舞いあがらせて、彼女の足首をあらわにし、縁石の修理をしている道路人夫たちを喜ばせた。エマはマントをしっかり身にまとった。吹きすさぶ風がマントにしみついたニューゲート監獄のにおいを薄めてくれるのが、せめてもの救いだ。エマを同じ部屋へ寝かせることにしぶしぶ同意した皿洗いメイドは、それほど潔癖性ではなかったが、それでもエマが室内へマントを持ちこむことを断固拒否した。

今回わたしに課せられた任務に比べたら、ニューゲート監獄訪問のほうがはるかにましだったわ、と考えながらエマは足を急がせた。「ラグズデール卿、あなたなんか生まれたときに溺れ死んでしまえばよかったのよ。こんないやな仕事をわたしに押しつけるなんて」小声で悪態をつく。あなたのために監獄へ足を運ぶのはまだいい。でも、あなたと愛人との関係を終わらせる汚い仕事を、わたしにさせるのはひどすぎる。それが秘書の役目ですって？

なによ、冗談じゃないわ！　あなたはなにひとつ自分でしようとしない。根っからの怠け者。いつかそれを面と向かって言ってあげなくてはね、ラグズデール卿。

エマは手提げ袋を探ってネックレスがあることを確かめ、こんなけばけばしいものを着けるのはどんなに悪趣味な人だろうと首をかしげた。夜中にいたずらな妖精《ようせい》がネックレスを隠してしまわなかったことに安堵《あんど》し、彼女は角を曲がってフォートナム・ストリートへ入った。いいえ、あなたを責めるのはよしましょう、ラグズデール卿。いくらあなたが非難に値する人間だとしても。せめてわたしとあなたが休戦状態にあると思えるあいだは。

昨晩、書斎でラグズデール卿と過ごした時間は、エマにとって考えられないほど楽しいひとときだった。最初に侯爵はラスカーに命じて自分の食事を書斎へ持ってこさせたが、ひとりでは食べようとせず、一緒に食べようと彼女を誘った。さすがに侯爵だけあって、トレーには豪勢な料理が載っていた。長いあいだそのような贅沢《ぜいたく》な食事を前にしたことのないエマは、手を出すのがためらわれた。そんな彼女を見て、ラグズデール卿がからかった。「なあ、エマ、そのローストビーフをニューゲートの元秘書にこっそり持っていってやろうと考えているのなら、無駄だからやめたほうがいいよ。あの女性看守が見逃すはずがない」

そう、たしかにわたしはミスター・ブリードローのことを考えていた。エマは顔を赤らめて、皿の料理を口へ運んだ。とろけるようなヒレ肉をかみながら、ラグズデール卿がわたしの考えていることを気にするなんて驚きだと思った。

ラグズデール卿はそれきり口をつぐみ、長い脚を机に乗っけて、腹の上に置いた皿の料理をじっと見つめていた。エマはこっそり侯爵を眺めて思った。あなたはトーガをまとって長椅子にゆったり腰かけているべきなのよ。彼の横顔は力強く、鼻はローマ人みたいではないものの、容姿全体が高貴な雰囲気を漂わせている。エマはそっとほほ笑んで目をそらした。いくらラグズデール卿のかもす雰囲気が感銘を与えるほど高貴でも、わたしは昨日の朝、彼のだらしない二日酔いの姿や裸を見たんだもの、今さらどうってことないわ。

「ぼくがおかしいのかい、エマ？」ラグズデール卿がきいた。

エマはびっくりして顔をあげたが、彼の目に愉快そうな光がきらめいているのを見てほっとし、こういうときは率直に答えておくに限ると思った。

「ええ、あなたを見ていると楽しくなってくるんです」エマはそう答えて指を組み、ラグズデール卿の性格を読み誤っているのでなければいいがと思いながら、彼の目を見つめ返した。「だって、昨日の朝からあなたがどんなに変わったか考えてごらんなさい。きっと更生があなたに合っているんです」

「そうかもしれないね」ラグズデール卿は認め、腹の上の皿をテーブルへ置いたが、机に乗せた脚はそのままで、ゆったりした姿勢を保ち続けた。「酒を断ち、クラブへ行かなくなって、まだ二日しかたたないのに、ぼくは役立たずの元秘書のために金を出し、明日は愛人と縁を切ろうとしている。このあときみはぼくに、やれ教会に行け、賭け事をやめろ、たまの楽しみの煙草もあきらめろ、迷い犬を引き取れ、などと命じるんじゃないか」

エマは笑った。「そのすべてをしていただくつもりです」

ラグズデール卿は懐中時計を出して時間を見た。「来週あたりハイドパークへ一緒に出かけたら、ぼくが水の上を歩くのが見られるだろうよ。さあ、エマ、仕事を片づけてしまおう。今夜は早くベッドに入りたい。明日は早起きして、冴《さ》えた頭できみを苦しめる方法を考えださなくちゃならないからね」

あなたときたら、本当にそうするんですもの。エマは苦々しく思いながら通りを急いだ。わたしはこれからあなたの愛人のところへ行って、あなたがたがお互いに後くされなく別れられるよう交渉しなければならない。ああ、どうかひと悶着起こりませんように。こういう問題はどう処理したらいいのだろう。

エマはラグズデール卿が書いてくれた住所を見た。がっかりしたことに、瀟洒な家の立ち並ぶ通りに面したその細い家は、彼が書き記したとおりの場所にあった。家が消えてなくなっていればいいと願っていたの？　エマは自分をしかりつけて、もう一度住所を確認し、ドアのノッカーに手をのばした。

ドアを開けた女性は明らかにメイドだった。メイドはエマに向かっておじぎをしかけたが、彼女のみすぼらしいマントや破れた靴を見てやめた。

「使用人なら裏口へまわってちょうだい」メイドは言って、ドアを閉めようとした。

エマは足をドアのすき間へはさんだ。「ラグズデール卿の使いで来ました」細く開いているドアのすき間に向かって言う。「フェイ・ムーレにお渡しするようにと、侯爵からお預かりしてきたものがあります」

「ミス・ムーレと言いなさい」メイドはきつい口調で応じてドアを離れ、すぐに戻ってきた。メイドの後ろに盛りを過ぎた女性が立っていた。明らかに染めているとわかる色の髪と、大きな青い目、そして〝赤〟という平凡な言葉では言い表せない色の唇をしている。

ドアのすき間から足を抜いたエマは、大声で笑いたい衝動を懸命にこらえた。なんてことでしょう、ラグズデール卿。これがあなたにとっての美の理想像だとしたら、徹底的に矯正する必要があるわ。エマはふたたび手提げ袋のなかのネックレスをさわり、これなら目の前の女性によく似合うだろうと思った。

「わたしはラグズデール卿の秘書です。侯爵からあなたにお渡しするようにと預かってきたものがあります」エマは繰り返した。

「あなたが彼の秘書であるはずないわ」フェイと思われる女性が言った。「侯爵の秘書は、たしかニューゲートの監獄にいるはずよ」

エマはにっこり笑い、せばまりつつあるドアのすき間へ手を入れた。「ミス・ムーレ、侯爵はトランプの賭けゲームでわたしの年季奉公契約書を手に入れ、そのあと、わたしが彼の女性関係を清算するという取り決めをしたのです」

口をついて出た言葉に仰天し、横を向いて咳払いをした。そして気持ちが静まるのを待ってドアのほうへ向きなおり、どうしたらフェイ・ムーレの関心をかきたてられるだろうかと考えて、手提げ袋からネックレスを出した。

「あなたにお渡しするようにと侯爵からお預かりしてきたのは、これです」エマは言って、けばけばしい俗悪な品物を、相手の手が届かないところへぶらさげた。

ドアがさっと開いて、エマは文字どおり室内へ引きずりこまれるのを感じた。ネックレスが手からひったくるように奪い取られ、マントがメイドによって脱がされた。次に気づいたとき、エマはフェイ・ムーレと腕を組んで居間へ歩いていくところだった。ラグズデール卿の愛人は次々とメイドに指示を与えた。さあ、早く紅茶の用意をして。あのケーキを出すのよ。暖炉にもっと石炭をくべなさい。

居間を見まわしたエマは、ラグズデール卿が愛人に金の出し惜しみをしなかったことを見て取った。値の張りそうな家具や、豪華なカーテン、くるぶしまで沈みこみそうなほど上等なじゅうたん。彼女は靴を蹴り脱ぎ、やわらかなじゅうたんの上をはだしで走りまわりたい衝動に駆られた。けれどもすぐに顔から笑みが消えた。その部屋にひとつだけそぐわないものがあったのだ。若い男がソファに座っていた。

ひそかにエマの視線をたどったフェイの目に、かすかな不安の色が浮かんだ。

「ミス……」フェイがエマに話しかけようとした。

「コステロです」エマは名乗った。

フェイはソファの人物を手ぶりで示した。若い男は今にも部屋から飛びでていきたそうに、ソファに浅く腰かけている。「こちらはわたしの……弟なの」フェイが言った。

この人があなたの弟さんなら、わたしはロンドン市長よ。エマはそう思ったものの、若い男に礼儀正しくうなずいて言った。「はじめまして。ロンドンにミス・ムーレの身内の方がいるのは、とても心強いでしょう」

だれもどう応じたらいいのかわからなかったらしく、気まずい沈黙が漂った。若者の頬がフェイの唇の色に負けないほど赤くなった。彼はぱっと立ちあがって、仕事があるとか人と会う約束があるとか口走り、部屋を飛びでていった。フェイはいとおしそうに彼の後ろ姿を見送ったが、すぐもとの表情に戻ってネックレスをもてあそんだ。

「わたしをこれほど気にかけてくださるなんて、ラグズデール卿はほんとに親切な方」フェイはフランス訛りの強い英語で言った。「そこへ座るといいわ、ミス・コステロ。一緒に紅茶をいただきましょう」

エマは暖炉の近くの椅子に座ってティーカップを受け取り、ゆったり後ろにもたれて、罪深い贅沢な生活につかのま身をひたした。放蕩《ほうとう》貴族の愛の巣でくつろいでいるわたしを母が見たら、きっと仰天するにちがいない。それはともかく、フェイは大量の手袋をどこへしまっているのかしら。彼女は今、熟練した宝石商みたいにネックレスを念入りに調べている。

そのうちに宝石商がよく用いる拡大鏡を出してきて目にあてがうのではないかしら。エマはフェイの様子を眺めてため息をつき、皿のマカロンに一度、二度と手を出した。フェイ・ムーレにこのような贅沢きわまりない暮らしをやめさせるのは容易ではなさそうだ。わたしなら絶対に安楽な生活をみずから手放すことはしない。エマはフェイの言葉から別れ話を切りだすためのヒントが得られることを期待し、相手が口を開くのを待った。

「ミス・コステロ、さっきあなたは、ラグズデール卿がトランプの賭けゲームであなたの年季奉公契約書を手に入れたとおっしゃったわね」フェイが言った。「彼がそんなに骨の折れることをするなんて考えられないわ。だって、トランプゲームはすごくエネルギーを使うじゃない」

「ええ、たしかに」エマはそう応じたものの、トランプゲームは骨が折れると考える女性のものぐささにあきれ返った。なるほどフェイはラグズデール卿にお似合いの女性だ。「でも正直なところ、侯爵はあなたが考えているほど怠け者ではないんじゃないかしら」

エマはマカロンを手に持ったまま、なぜわたしはラグズデール卿の弁護なんかするのかしらといぶかしんだ。ほんとにばかげている。彼女はマカロンを口へ入れた。

「あら、彼は怠け者よ」フェイは反論し、ぱっと立ちあがって室内を歩きまわり始めた。「あの人は〈ホワイツ〉で飲み騒いだ疲れをとるために、ここへ眠りに来るの」立ちどまって優雅なポーズをとり、先を続ける。「少なくとも最近はそうよ。眠りに来るだけ。つまり、愛を交わすみたいな骨の折れることは――」

「ええ、わかります」エマは頬を赤らめ、慌ててさえぎった。

フェイ・ムーレはうなずいてふたたび室内を歩きまわった。そして、さっきの若い男がまだ表の通りにいるか確かめるように、ちらちらと窓の外を見やった。「彼がちっともかまってくれないから、ときどき寂しくなって……弟に来てもらうの」

わたしが信じていないことを、あなたはわかっているんでしょ。エマはそう思いながらもうなずいた。「兄弟がいたら気晴らしになりますものね」作り話につきあうことにしたが、不意に生死のわからない兄弟のことが頭に浮かび、マカロンの皿を脇へ押しのけた。それから紅茶をすすり、フェイの目を見て言う。「わたしがここへ来たのは、あなたと交渉をするためなの、ミス・ムーレ。まず問題点を洗いだしましょう」

エマがフェイ・ムーレの家を出たのはたそがれどきで、顔には笑みが浮かび、おなかはマカロンでいっぱいだった。低く垂れこめた雲から今にも雨が降ってきそうだ。降られないうちに帰り着こうと、彼女は足を急がせながら、自分のしたことについて考えた。わたしのおかげであなたの生活は一大転機を迎えたのよ、ラグズデール卿。交渉術に長《た》けたわたしが国の外交使節になれないのは本当に残念だわ。たいした努力もなしにあなたから愛人を厄介払いし、そのうえ取引であなたに一杯食わせてやった。これほど首尾よく運ぶなんて、だれが予想したかしら。少なくともわたしは予想しなかった。

欺瞞《ぎまん》行為とはいえ、ニューゲートの鉄格子のなかへ収監されたり、オーストラリアへ流刑になったりするようなたぐいのものではない。わたしはただフェイに、ラグズデール卿が愛人に若い男ができたことをうすうす感づいているとほのめかしただけだ。フェイはわあわあ泣きだして、今にもひきつけを起こしそうだったので、ラグズデール卿は疑っているだけでたしかな証拠は握っていないと話し、安心させてやった。

その気になれば、フェイにすべて終わったと告げることもできた。そうしたらラグズデール卿の愛人は黙って荷造りをし、ほかの男と侯爵が鉢合わせをして修羅場が演じられなかったことを感謝して、さっさとどこかへ立ち去っただろう。ラグズデール卿は一ペニーたりとも出す必要はなかったのだ。しかし、彼には有り余るほど金がある。エマは心のなかでにんまりし、ラグズデール卿に頼まれたことを忠実に実行しようと考えた。

「ミス・ムーレ、わたしはラグズデール卿からあなたとの交渉を一任されています」エマは言った。「実際のところ、侯爵は進んであなたに提供を……」言葉を切り、小さく咳払いをする。「このような別れがあなたにもたらす悲しみを償うために、それに見合うだけのものを提供するつもりでいます」

室内は少し寒かったにもかかわらず、フェイは扇子で盛んに顔をあおいでいた。金髪の巻き毛が風にゆれる。「あら、わたし、悲しんでなんかいないわ！」叫んだあとで慌てて口をつぐみ、エマが言ったことについて考えをめぐらした。すると目が悲しそうな色を帯び、両肩が力なく垂れて、さも自尊心を傷つけられたかのような様子を示した。エマはフェイの演技力に舌を巻いた。「たぶん少しは悲しんでいるわ」フェイは言いなおした。「なんといってもわたしの人生の数年間を……。で、彼はなにを提供するつもりでいるの？」

エマはフェイの背後の壁に視線を据えて言った。「ラグズデール卿は、あなたが生活していかれるだけのものを提供するのは自分の義務だとおっしゃっています、ミス・ムーレ」エマは膝の上で手を組んだ。「内容を決めるのはあなたです。彼はどうしたらあなたがいちばん満足するかを、わたしにきいてこいと命じました」

フェイは体を前へかがめて膝に肘をつき、しとやかな女性に似つかわしくない姿勢をとった。そして火格子の上で燃えている石炭を見つめた。フェイがあまりに長いあいだ黙っているので、眠りこんでしまったのではないかとエマは思い、軽くふれてみようとした。だがその寸前にフェイが顔をあげてエマを見た。その目には、先ほどの悲しそうな表情にかわって歓喜の色が浮かんでいた。

「思いついた！」フェイは大声をあげた。「帰って侯爵に伝えてちょうだい。わたしがバースに婦人帽のお店を開きたがっているって」

「まあ、それにはものすごくお金がかかるわ」エマも負けずに大声をあげた。その声に賞賛の響きがこもるのを抑えられなかった。「品物をそろえるだけでも大変な費用なのに、お店をかまえる費用や、住まいだって必要なことを考えると」

「もちろん住まいは必要よ」フェイは勢いよく立ちあがって暖炉のそばに立った。「貧弱なものはだめ。わたしはハーフムーン・ストリートの生活に慣れているんですもの。そうでしょ？　それに流行の最先端をいく土地に店をかまえなかったら、成功はおぼつかないわ」

「ええ、そうですとも」エマは同意した。「バースは流行の先端をいく街で、人々はかなり贅沢な暮らしをしていると聞いています。それにしてもずいぶんお金のかかる提案ですね」

「こんな提案、侯爵は聞き入れてくれないと思う？」フェイが不安そうにきいた。

「別れるにあたってあなたを喜ばせるためなら、ラグズデール卿はなんでもするのではないかしら」エマはそう答えたあとで、なんてことを言うの、と自分をたしなめた。フェイと同じように、わたしも作り話をしている。そしてフェイもそのことに気づいているのでは？相手の目に浮かんでいるずるそうな光から、エマはそう悟った。

ふたりは互いに目を見交わしていたが、やがて大声で笑いだした。エマがそんなに大笑いしたのは久しくなかったことだ。それからしばらくのあいだ、ふたりはラグズデール卿をだしにして冗談を言いあい、楽しく時間を過ごした。あまりに笑いすぎて、エマは横腹が痛くなり、椅子の背にぐったりもたれなければならなかった。一度、メイドがなにごとかと居間をのぞいたが、フェイが手を振って追い払った。

先に冷静さを取り戻したのはフェイだった。「ミス・コステロ、それはひどい話よね」

「ええ、そう思うでしょう？」エマは袖で涙をぬぐって言った。「だけど、あなたは本当に……その、職業を変えたいと考えているの？」

フェイは思案するようにじゅうたんを見つめた。「今の自分に未来があるとは思えないの。ほかの男性もジョン・スティプルズみたいな人たちばかりだし」顔をあげて言う。「残念ながら、男はみんな似たり寄ったりよ」フェイはエマの目を見て続けた。「それにわたし、帽子の作り方を知っているわ！　それをあなたに見せてあげる」

それからの一時間を、エマはフェイの部屋で彼女の手腕をほれぼれと眺めて過ごした。フェイがボンネットの装飾に才能を有しているのはたしかだった。「わたしはこの近辺のお店で最高のものを買うことにしているの」

「請求書を見ました」エマは口をはさんだ。

フェイがくすくす笑った。「最高のものを買ってきて、わたしに合うよう手直しするのよ。ここにリボンをつけたり、こちらの余分な飾りをとったりして」つばの高い麦藁のボンネットをエマの頭にかぶせ、緑色のサテンのひもを耳の下で結ぶ。「ほら、鏡を見てごらんなさい。わたしの言っている意味がわかるから」

鏡をのぞいたエマは、フェイの努力の成果を見て喜んだ。「わたしの目がいっそう緑色に見えるわ」体の向きをあちこち変えて自分を眺め、帽子のもたらす効果に感嘆した。この前わたしが帽子をかぶったのはいつのことだろう。エマは名残惜しい思いで帽子をとった。

「あなたならきっとバースで成功するでしょう。ラグズデール卿にはそう話しておきます」

フェイがエマを抱きしめた。「ありがとう。あなたはとても親切な方ね。ラグズデール卿がよこしたのが、あの陰気くさいデーヴィッド・ブリードローだったら、わたしは絶縁状を渡されただけで、ほかにはなにひとつもらえなかったでしょう」エマの表情を見て眉をひそめる。「でも聞くところによれば、彼はもうすぐ流刑地へ送られるそうじゃない。だとしたら、死人の悪口を言うべきじゃないわね」

エマは身震いした。「オーストラリアへ送られるからって、死人の仲間入りをさせるのはひどいわ！」大声をあげて、フェイの抱擁から逃れた。そしてすぐに感情を爆発させた自分を恥じ、栄養のいいフェイの顔に驚きの表情が浮かんでいるのを見てうろたえた。あふれそうになる涙を必死にこらえる。フェイがわたしの涙を見たら、どう思うだろう。

けれどもフェイはエマを見つめたまま、ふたたび彼女の両肩に手を置いただけだった。

「じゃあ、本当に流刑地へ送られるのね？」そっと尋ねる。「まったく英国人ときたら！ときどきわたしはギロチンのほうがずっと慈悲深いと思うわ。こうなったら、ミス・コステロ、英国人のラグズデール卿からできるだけたくさんお金をむしり取ってやりましょう。これは一種の復讐《ふくしゅう》よ」

エマは薔薇《ばら》のにおいがするフェイのハンカチで涙をふき、またマカロンをいくつか食べた。そのあとで、フェイと頭を寄せあって、帽子店を開店するのに必要な品々のリストを作成した。別れのキスをして家を出るとき、エマの手にはフェイからもらったキッド革の手袋がはめられ、リストを記した紙がしっかりと握られていた。この程度の出費はあなたにとってなんでもないでしょうけどね、ラグズデール卿、無力なふたりの女に大きな満足感を与えてくれるのよ。エマは足を急がせながらそう考えた。フェイには未来の生活が与えられ、わたしには……わたしにはなにが与えられるの？

カーゾン・ストリートに入る前に雨が降りだしたので、エマはリストが濡れないようにドレスの胸元へ押しこんだ。ラグズデール卿はフェイの要求をのむにちがいない。それどころか、こうも簡単に愛人を厄介払いできた自分を幸運だと考えるだろう。侯爵は馬を買い、散財し、結婚したあとでまた別の愛人をつくるかもしれない。エマは雨のなかではたと足をとめた。ジョン・スティプルズはわたしが英国人について憎んでいるもののすべてを代表している。あの人の家には帰りたくない。でも、帰らなくては。契約を果たすまで、わたしには彼に仕える義務がある。

エマは玄関前の階段をのろのろとあがった。なかにいる人々と顔を合わせたくなかったし、彼女が食事をしようと使用人用の食堂へ現れたとたんに漂う沈黙や、つっけんどんな皿洗いメイドと一緒の寒々しい部屋のことを考えると、なかへ入るのが怖かった。玄関先に立ったまま、ドアのノッカーへ手をのばすのをためらい続けるうちに、ウィックローでの最後の日の恐ろしい出来事が、またもや脳裏によみがえってきた。あの日もちょうどこんな天気だった。ちがうのは、あのときのエマは窓の内側にいて、ひとりの人物が家へ近づいてくるのを眺めていたことだ。「そしてわたしは、あなたを家に入れてしまった」ノッカーへ手をかけてつぶやいた。「ああ、入れなければよかった。たとえあなたがロバート・エメットであっても」彼女はいやな味がするかのように名前を吐き捨てた。「アイルランドの英雄だからって、ああ、わたしはなぜあんなことをしたのかしら？　なぜ？」

そのときドアがさっと開いたので、エマは小さな叫び声をあげた。シャツ姿のラグズデール卿が立って彼女を見つめていた。エマが動こうとしないのを見て、腕をつかんで彼女を引き入れる。

「きみの帰ってくるのが二階の窓から見えた。ばかだな」ラグズデール卿が言った。「アイルランドではドアにノッカーがついていないのか？　たとえ見たことがなくても、使い方くらいわかるだろう、エマ」

エマは自分の顔が暗く沈んで見えませんようにと願った。腕を振ってラグズデール卿の手から逃れた彼女は、侯爵をそこへ残して廊下を逃げ去りたかった。けれどもただ体を震わせ、彼の目を見てこう言うにとどめた。

「アイルランドにもドアのノッカーはあります」

エマの様子がただごとではないと感じたのだろうか、ラグズデール卿がふたたび彼女の腕をつかんだ。「どうしたんだ？」彼は身をかがめ、エマの顔をのぞきこんで尋ねた。

彼女は驚いてラグズデール卿を見つめ返した。なぜわたしのことを気にするの？　最初はそう問い返したかったが、やがて侯爵に、あるいは話を聞いてくれる人ならだれにでも、自分のみじめな気持ちを洗いざらい打ち明けたくなった。そうしたらもう胸は痛まなくなるかもしれない。ラグズデール卿にすべてを話したら、助けてもらえるのでは？　エマが口を開いたとき、居間のほうからレディ・ラグズデールの明るい声が聞こえた。

「ジョニー、もう支度はできた？　あなた、約束したでしょ」

エマは口を閉じた。もう少しでわたしは愚かな無駄話をするところだった。ラグズデール卿なんかに相談したところで、肩をすくめておしまいにされるのが落ちなのに。ありがとう、レディ・ラグズデール、気づかせてくれて。これはわたしがひとりで背負わなければならない重荷なのだ。エマは深く息を吸って、ドレスの前からフェイのリストを出した。

「ミス・ムーレはこのような条件を提示しました」

ラグズデール卿はリストを受け取った。「きみが言おうとしたのは、このことではないだろう」彼は穏やかな声で言って、リストに目を通した。

「ええ。でも、けっこうです」エマは正直に答えた。「わたしたちは理性的に話しあい、あなたの申し出を提示して、どうしたらいちばん満足してもらえるかを彼女に尋ねたのです」

エマは階下へと通じる階段に向かって廊下を進みだした。侯爵がぶらぶらついてくる。

「そうしたらフェイは帽子店を開きたいと答えたのか。女って不思議だね、エマ」

「男の人ほどじゃありません」エマは深く考えずに言った。

ラグズデール卿は笑った。「確かな筋から聞いたところでは、男は単純な生き物だとか」

「だれがそんなことを言ったか知りませんが、その人は頭に藁がつまっているのでしょう」

「言ったのはフェイだ。かわいいフェイ、真ん丸い目に、大きなお尻をし、それでいながら尻の軽いフェイだよ」ラグズデール卿はエマが赤面したのを見て、おかしそうに笑った。「エマ、きみはもう顔を赤らめる年ではないだろう」彼女の腕をとって立ちどまらせる。「なあ、教えてくれ。きみを幸せにするのはどんなことだ？」

わたしの父や兄の居場所を見つけることよ。でも、あなたには教えてあげない。エマは廊下に立って雨のしずくを垂らしながら思った。「自分のベッドがあって、ときどきミサに出られることです」

ラグズデール卿はうなずいた。「きみがぼくの愛人でないのが残念だ。ぼくにとって大変な倹約になることを考えてごらん」

「なんてことを！」

彼は笑い声をあげ、殴られるのを防ごうとするように両手で顔をかばった。「ほんの冗談じゃないか。アイルランド女と寝るくらいなら、悪魔にキスするほうを選ぶよ」

あなたなんかアイルランド女のほうがお断りよ。エマはそう思ったが、口から出たのはちがう言葉だった。「忘れないでください、あなたは品行方正の模範になるのですからね。もっとも、あなたの矯正が成功したらの話ですが」

「もちろんだ、エマ、忘れるわけがないだろう」ラグズデール卿はささやいたあとで顔をしかめた。「さて、そろそろ気を引き締めてかからないとね。母やいとこに付き添って〈オールマックス〉へ行くことになっているんだ」ラグズデール卿はため息をついた。

「……そこには非の打ちどころのない女性が大勢いるのでしょう。よりどりみどりではありませんか」エマは言った。「なかにはあなたを好いてくれる女性がいるかもしれませんよ」

「エマ、ぼくは妻にどんな人を選んだらいいのかさえわからないんだ」

「ジョニー！　まだ支度ができていなかったの？」居間から出てきたレディ・ラグズデールが息子を見て言った。彼女は足早に廊下をこちらへ歩いてくる。

「エマのせいなんだ」ラグズデール卿は責任を転嫁した。「玄関先で雨に打たれて震えていたんだよ。ドアのノッカーの使い方も知らないなんて、アイルランド人の無知さかげんにはまいってしまう。仕方ないから、ぼくがドアを開けて入れてやった」

「この恥知らず！」エマは小声でささやいた。驚いたことにラグズデール卿は耳に手を添えて彼女のほうへ身をのりだした。

「ん？　なんだって？」

　エマが使用人用の階段に向かって歩きだすと、侯爵がついてきた。「エマ、明日は十時に起こしてくれ。ぼくの妻にどんな女性がふさわしいか、きみの意見を聞きたい。それからフェイのリストに署名して、きみに渡さなくてはならないし。そうしないと銀行は支払いができないからね」

レディ・ラグズデールが追いついてきたので、エマは膝を折っておじぎをした。息子の腕をとったレディ・ラグズデールが悲鳴をあげた。彼が眼帯を外してにたりと笑いかけたのだ。

「母さん、今夜はこれをしていかないほうがいいかな？　だって、上流階級向きではないからね」

笑いを必死にこらえているエマをレディ・ラグズデールは見た。「この子をそそのかしてはだめよ、エマ。ジョニー、あなたには本当にいらいらさせられる。さあ、わたしの我慢が限度に達しないうちに支度を済ませなさい」

ラグズデール卿はわざとらしく身震いし、母親に廊下を引っ張られていきながら、エマに笑いかけた。「明日の朝十時だよ、エマ。メモ帳と鉛筆を忘れないように。それはそうと、いい手袋をしているね」

「ええ、そうでしょう？」エマは応じ、冷たい視線と孤独が待ちかまえている夜に向かって階段をおりだした。

10

何年もダンスをしたことがなかったので、〈オールマックス〉の夢を見ても、ジョンはたいして驚かなかった。楽しい夢だったが、次第に音がやかましくなって場面展開が目まぐるしくなり、ついに耐えられず目を覚ました。頭はワルツと退屈な会話でくらくらしている。

彼は頭の下で手を組みうつらうつらしながら、女性たちとの会話は実にくだらないと思った。

「寛大になれ」ベッドの中央に仰向けになったまま自分をしかりつけた。そして寛大とはなにかと考察を始めたが、すぐにやめた。社交界デビューした女性たちはみな、相手をするのがためらわれるほど若くて愛らしく、そして自分の考えをまったく持ちあわせていない。ダンスをしているときは、あまり会話をする必要がなかった。実際、カントリーダンスのときには、ほとんど言葉を交わす機会がなかった。ワルツとなれば話は別だ。ひとつの曲が続くあいだ同じ美しい胸を見おろして楽しんだことは否定できないものの、少しでも知性のある女性と会話ができたら、すべてがもっと楽しいものになっただろう。実際のところジョンは昨晩、天候についてひじょうに多くのことを学んだのだった。

彼はさらに少し寛大な気分になった。会話のこつを忘れたのは、このぼくだった可能性もある。それについては、あとでエマの意見を聞いてみよう。ジョンはそう考えてのびをし、ふたたび目を閉じた。

仰向けに横たわって軽く額をもんでいるうちに、昨夜帰宅して、書斎が暗いのを見たときの落胆を思いだした。彼宛に届いた手紙を仕分けしたり書類を整理したりしているエマの姿はなかった。せっかく彼女に〈オールマックス〉での出来事を話して聞かせようと思ったのに。トランプ用の部屋で、静脈の浮きでた赤い鼻をし、そびえるように高いターバン状の帽子をかぶったレディ・シオドシア・マクスウェルが、ホイストでごまかしたと夫をなじり、おとなしい小柄な夫を杖《つえ》でぶった。あとで、その晩ぴか一の若い女性とワルツを踊っているときに話してやったら、彼女は手袋をした手で口を隠して忍び笑いをしただけだった。エマなら大笑いをして、こっけいな話を聞かせてやったぼくに応えてくれただろう。

ジョンはエマが来ないことにじりじりし、ナイトテーブルの上から懐中時計をとった。すでに上階担当メイドが朝の石炭と、湯の入ったバケツを持ってきた。ハンリーにはひげそりや着替えを手伝う必要はないと言ってある。あとはエマが朝の紅茶と、ベッドを出るのにじゅうぶんな理由を携えてやってくるのを待つだけだ。

ほら、来たぞ。ほかの使用人のようにドアをこするようなたたき方ではなく、しっかりしたノック。あれはエマだ。

「遅いじゃないか、エマ」ジョンは閉まっているドアに向かって言った。

「あなたの時計が進んでいるのです」エマの声がして、ドアが開いた。「それに今朝は郵便配達人の来るのが遅くて、手紙の仕分けに手間取ったんです」ベッドへ歩いてきて彼の膝の上にトレーを置く。「見てください。招待状が何通も来ています。レディ・ラグズデールにおききしたところ、どれもりっぱなお屋敷からのものだそうです」

ジョンは彼女を見て顔をしかめた。「エマ、ぼくはもうオルジェーや下手くそなホイストにうんざりしたよ。それも〈オールマックス〉へ行ったのは昨日がはじめてだというのに！」

エマは窓へ行ってカーテンをさっと開けた。「あなたは人生に退屈しているのです」しっかりした口調で言う。「わたしの力でどうこうできるものではありません。あなたがなにかの職業に就いていたらよかったのに。だって、ものぐさな外見の下に、有り余る精力を隠し持っているようですもの」

ジョンはにっこりして紅茶をすすった。ああ、ぼく好みのいれ方だ。「エマ、ほめるのとけなすのを同時にできるのは、ぼくの知る限り、きみしかいない。それはアイルランド人特有の才能なのか？」

エマは考え込むような表情をした。「ええ、たぶん」

ジョンはもう少しエマをからかいたかった。言葉による勝負を挑まれたとき、彼女の顔に浮かぶ生き生きした表情が好きだった。ぼくは朝から頭が冴えていると感じたいのだ。彼がそう思って見ていると、エマはふたたびてきぱきした実務的な態度を取り戻した。彼女が注意を引こうとして咳払いする。

「ここにあるのは未払いの請求書です。署名をしていただければ、わたしが銀行へお届けします」エマは積み重なった別の手紙の山を指さした。「こちらは招待状です。あなたのお母様がすでに目を通されて、出席したほうがいいと思われるものには、すみに小さくしるしがつけてあります。そこのパーティでサリーやあなたの結婚相手が見つかるかもしれないとおっしゃって」

ジョンはいちばん上の招待状をとりあげて、ため息をついた。「この家の人たちは退屈きわまりなくて、料理人は腕が悪いし、娘は不器量ときているんだぞ」

エマは彼の言葉を無視し、トレーに載っている別の手紙の山をぱらぱらめくった。ジョンが手にしている招待状でエマの手首をぶつと、彼女は動きをとめて彼の目をまっすぐ見た。「だったら少々忍耐力を発揮し、あまり食べないようにして、いいほうの目に眼帯をすればすむことです」エマは眼帯を彼に手渡した。「それはともかく、これをしてください」

ジョンは眼帯をトレーに置いた。「ぼくの目が気になるのかい？」できるだけさりげない口調で尋ねる。一方で、なぜ彼女にどう思われるかを気にするのだろうといぶかしんだ。

「母はすごく気にするんだ」

エマは別の手紙を引き抜いた。「わたしはあまり気になりません」どうでもいいとばかりに言う。「もっとひどいものをたくさん見ましたから。そんなことより、これはとても重要な手紙のようです。目を通されたほうがよいのではないでしょうか」

ジョンは不思議なほど寛大な気分になって手紙を受け取った。本気で信じてしまうよ、きみはぼくの目が気にならないのだって。「きみはぼくを気づかってそう言ったんだね」

彼女はけげんそうな面持ちでペーパーナイフを差しだした。「なんのことでしょう」そう言ったあとで、エマは彼女の笑顔の特徴であるえくぼを見せた。「さあ、その手紙を開けて。レディ・ラグズデールはノーフォークの領地の土地管理人から来たものだとおっしゃっています」

ジョンは言われたとおりに封を切って手紙をトレーの上に広げ、ぬるくなった紅茶をすすった。それは例によって小作人たちの家の現状を書き連ねたマナリングの手紙だった。どの家も修繕が必要な状態で、これ以上は待てないとあるが、ジョンは三年間もほったらかしにしてきた。最大の理由は興味を引かれなかったからだ。

「小作人の家の屋根がどうとか書いてある」彼はそう言って手紙を脇へほうった。

エマがそれを拾いあげた。「あなたの土地管理人によれば、三年ものびのびになっているようですね」そう言って手紙の上端越しにジョンをにらんだ。「雨もりする屋根をほうっておいたために、腐りだした床があるとも書いてあります。土地管理人はすぐにでもあなたにノーフォークへ来てもらいたがっています」

「そんな面倒なことをやっていられるか」ジョンはぴしゃりと言った。「ぼくがわざわざ行かなくても、そいつが手配をすれば済むことだ」

「あなたがた領主はみな同じですね！　きっと地獄には、あなたがたのために特別の場所が用意されていることでしょう」エマは彼に向かって大声をあげ、手紙をたたんでエプロンのポケットへ突っ込んだ。

ジョンは驚いてエマを見つめた。彼女がいきなり感情を爆発させたことに、怒りよりも興味をそそられた。「きみはぼくがそこへ行くべきだと思うのか？　いや、地獄にではなくて、ノーフォークにさ」

「そこはあなたの領地ですもの、行って、人々の頼みを聞いてあげるべきです」エマは冷静さを取り戻して言った。怒りにわれを忘れたことを恥じているようだ。彼女はベッドのそばの椅子に腰をおろし、さっきの手紙をポケットから出した。「領地を訪れて彼らの家の屋根を新しくしてあげれば、次の晩餐《ばんさん》会のとき、隣に座った若い女性に、あなたが小作人たちに施してやった善行の話をして感銘を与えることができます」

口調があまりにもたんたんとしていたので、エマ・コステロがジョンを軽蔑していることが、突然、火を見るよりも明らかになった。上流階級に対する嫌悪の情を声や態度によって表す必要はなかった。どんなに善意から出た行為でも――彼に善意があるとしてだが――

結局は打算によるものだ。彼女の事務的な言い方のなかに、英国貴族に対するそんな軽蔑の念がはっきり表れていた。

「なにかをさせるのに、いちいちぼくの機嫌をとらなければならないのが、いやでたまらないのだろう。ちがうか、エマ?」ジョンは彼女の無表情な顔を見て穏やかに尋ねた。「ぼくには地獄に特別の場所など必要ない。もうきみにそこへ落とされたのだから」

ジョンは言葉をひとつひとつ区切って静かに話した。エマが答えるとは思わなかったし、事実、彼女は答えなかった。答える必要はなかった。彼は黙ったまま眼帯をとりあげて目にあてた。おかしなことに自分の裸体を隠そうとして、それに完全に失敗したような気分だった。ぼくは秘書によってはかりにかけられ、能力に欠けると見なされたのだ。その秘書は、アイルランドの道端で血を流しているぼくを見つけたら、きっと道路の反対側へ移るだろう。ところが現実は、好むと好まざるとにかかわらず、彼女はぼくに仕えなければならない。彼女にとってはなんという屈辱だろう。そしてそれを当然と考えたぼくは、なんと恥ずべき人間だろう。

「出ていってくれ、エマ」ジョンは額をもみながら静かに言った。「一時間以内に支度をする。そうしたら一緒に銀行へ行こう」

エマはひとことも口をきかず、ちらりとも振り返らずに部屋を出ていった。

ジョンはトレーを持ちあげてドアへ投げつけようと振りかぶったところで、考えを変えた。

そうした愚かな行為は、自分がいやな性格の持ち主であることを証拠立てるだけだ。彼はトレーをベッドの端へ置いて立ちあがり、十五分でひげそりと着替えを終えた。それから机に向かって座り、エマが仕分けした手紙に目を通し始めた。

母親には二ブロック向こうの家の退屈な食事会や、その四ブロック先の家の嘘八百が並べ立てられる茶会や、遠い親戚の近しい知人が四、五百人は集まるという舞踏会に、サリーともども出席するよう命じられている。ああ、なんとくだらない生活だろう。エマの言うとおりだ。ぼくはものぐさで、人生に退屈しきっている。そして自分でもそれをどうしたらいいのかわからない。

いつでも出かけられる支度を整えてから、ジョンは自室にとどまって全部の手紙に目を通した。小作人たちの家に関する土地管理人の手紙には、すぐ修繕にとりかかれという旨の返事を出すようエマ宛のメモを書いた。興味を引かれたふたつの招待状には、やはりエマに返事を出しておくようメモをつけた。大量の手紙をひとつひとつ調べていったジョンは、無料配達印のある手紙のところで手をとめた。父親の古い友人であるサー・オーガスタス・バーニーからの手紙だ。バーニーの領地はノーフォークのラグズデール家の領地と境を接している。この手紙には今夜じゅうに返事をしたためて、まもなくそちらへ行くことを知らせておこう。ジョンはラスカーと二、三分立ち話をし、書斎で請求書や書類を検分してから、メイドがハムエッグを片づける前に朝食室へ行った。

窓辺に立って外を眺めながら食事をした。今年はなかなか春の気配が感じられない。

「立って食事をしてはいけません。だいいち消化に悪いでしょ」入口のほうから母親の声がした。

ジョンは顔をほころばせて振り返った。「母さんはぼくが四十や五十になってもしかるつもり？」

レディ・ラグズデールは腕にマントをかけて戸口に立ち、息子に投げキスをした。「あなたが結婚しなければ、きっといくつになってもしかるでしょうね。わたしの代わりにあなたをしかってくれる妻を早く見つけてほしいものだわ」

ジョンは頭を振った。「そう簡単にはいかないよ、母さん。昨晩の〈オールマックス〉でも、ぼくは若い女性たちにあまりいい印象を与えられなかったみたいだ」

母親は同意してうなずいた。「ありがたいことに社交シーズンはまだ先が長いわ。失敗を取り戻す機会はいくらでもあるでしょう」

彼はその考えにぞっとし、内心ため息をついた。「たぶん母さんの言うとおりだろうね。ぼくはもう少し物腰を洗練させなきゃいけないようだ」そうしたらあの秘書だって、ぼくに我慢できるようになるかもしれない。

レディ・ラグズデールが室内へ入ってきてマントを差しだした。茶色の地味なマントだが、重たくて厚そうだ。「さっき婦人服仕立屋から最初の品がいくつか届いたの。これ、エマのためにと、あなたに頼まれたものよ」

　母親からマントを受け取ったジョンは、それがずっしりしているので喜んだ。「あたたかそうだ。これならいくらロンドンの冬が長引いても大丈夫だろう」彼女にキスをする。「ありがとう、母さん。今日はこれからエマと銀行へ行くことになっているんだ。彼女はなんとしてもぼくを矯正する気でいるらしい」

　馬車でシティへ行くあいだ、エマはだんまりを続けるだろうか。ジョンは首をひねりながら書斎へ歩いていって、なかをうかがった。

　さっきはいなかったエマが机に向かって座り、帳簿の上に身をかがめて記帳をしていた。ジョンが入っていくと、エマは顔をあげ、ブリードローがいつもしたように椅子の横へ立ちあがった。ブリードローが敬意を表して立ちあがるのは当然だと感じていたが、エマがそうするのはなぜか場ちがいに感じられた。きみには使用人という立場が身についていないのだね、と思って彼女を眺めた。なあ、エマ、ここへ来る前、きみはなにをしていたんだ？

　愚かにもジョンはあやうくその質問をしそうになって思いとどまった。主人は普通、使用人の私生活について尋ねたりしない。私生活を秘密にしておくのは、使用人に許された特権のひとつだ。彼は差し障りのない話題を選んだ。

「今朝の手紙をそこに置いておいたよ」ジョンはエマの前の手紙の山を指さした。「座りなさい、エマ」

「ありがとうございます」彼女は言った。「土地管理人宛の手紙の下書きを作成しました。午後には署名を頂けるようにしておきます」

ジョンは机をまわっていってエマの肩越しにのぞいた。彼女が手紙の書き方を心得ているのは認めざるを得なかった。文体がしっかりしていて、いかにも侯爵が書いたかのように適度な命令調になっている。ブリードローもなかなかのものだったが、彼女はもっとうまい。

「順調に進んでいるね」ジョンは言った。「数日中にはそちらへ行くと書いておいてくれ」

エマは驚いて彼を見あげ、かすかにほほ笑んだ。そして侯爵の言葉をメモ書きし、帳簿の記帳を続けた。ジョンは机の端に腰かけて、エマの仕事ぶりを見るともなく見ていた。やがて彼女が吸取紙を使い、帳簿を閉じたので、彼は腕にかけていたマントを差しだした。

「これを。外出するたびに秘書がぶるぶる震えていたのでは、こちらがたまらないからね」

エマが言葉を失ったのを見て、ジョンは内心ほくそえんだ。今朝、ぼくにつらくあたったことを後悔しているのかい？　ほんのり顔を赤らめたのは、罪の意識からではないのか？

彼はそう思いながら、彼女がマントを受け取って肩へかけるのを眺めた。

「ありがとうございます」エマはささやいた。

「どうってことないよ。あのぼろマントはハントリーに頼んで燃やしてしまいなさい」ジョンは命じた。「まだニューゲートのにおいがする」

エマはうなずいた。「すぐに燃やしてもらいます」彼女はそれがサテンででもあるかのように、きめの細かいウールの生地をなで、彼に向かってにっこりした。

ぼくに対するいらだちの痕跡《こんせき》がまだ残っているだろうかと、ジョンはエマの顔を探り見たが、みじんも残っていないようだった。彼女は贈り物をもらった子供のように顔を輝かせ、彼の前でくるりとまわってみせた。早く鏡の前へ行って、マント姿の自分を映してみたがっているようだ。女性というのは、なんと変わりやすいのだろう。ただのマントではないか。それもたいしてりっぱなものではない。だが、それでぼくに対する機嫌をなおしてもらえたなら、なにも言うことはない。

「銀行へ出かける用意はできているかい?」ジョンはきいた。「あと一度行けば、きみは経理の仕事に慣れるだろうから、あとはひとりでできるね」

エマはうなずいて、請求書の束を手提げ袋に入れ、キッド革の手袋をした。たぶんぼくの愛人からもらったのだろう、とジョンは推測した。ボンネットももらってくればよかったのに。彼女の緑色の目を引き立たせ、顔を囲うようにカールしている赤褐色の髪をいっそう魅力的に見せるボンネットを。もちろんぼくが買ってやることもできるが、今はやめておくほうがいいだろう。一度にあまり気前のいいところを示せば、なにか魂胆があるのではないかと邪推されかねない。

ロンドンの通りを進んでいくあいだ、馬車のなかは沈黙が続き、馬のひづめの単調な音が聞こえるだけだった。目の端でこっそりエマを眺めていたジョンは、彼女が何度か口を開きかけたことに気づいた。きっと謝罪の言葉を考えているのだろう。彼はそう思い、心のなかで忍び笑いをした。

銀行の前で御者が馬の歩みをゆるめたとき、ついにエマが口を開いた。「今朝は失礼な口をきいてすみませんでした」言葉が一気に転がりでる。「とても恥ずかしく思っています」

ジョンはうなずいた。「たしかに失礼だった。取るに足りないアイルランドの生意気な小娘に、ぼくの小作人たちに関することで指図を受けるとは思わなかったよ。それに最近は、ぼく自身を除いてだれからも、おまえは地獄行きだ、などと言われたことがなかったし。身の程知らずとは、きみのことだ」

エマは表情を曇らせたが、なにも言わずにまっすぐ前方を見据えていた。御者が踏み段をおろしてドアを開けたときに、やっと彼女は言った。「すみません」あまりに小さな声だったので、ジョンは耳を近づけなければならなかった。「口を開く前によく考えなさいと、母に何度も言われました」

「きみのお母さんは賢明な女性だったのだね」ジョンは言って、御者の手をとろうと前かがみになったエマの腕にさわった。「しかし、領地や小作人たちをほったらかしておいたぼくも悪い。これからは気をつけるよ。もうその話はこれきりにしよう」彼が言い終えたのは、ふたりが歩道に降り立ったときだった。

エマは黙ってうなずき、ジョンに従って銀行へ入った。守衛が駆けてきて、彼らを奥へ案内した。エマは行き届いた使用人の例にならって侯爵の数歩後ろをついてくる。長い廊下を進んでいくとき、彼はエマが鼻をすする音を聞いた気がした。一時間前だったら、エマが泣いているのを知って喜んだだろうが、今は彼女の肩に腕をまわして慰めたかった。しかし、そんなことはしないぞ。彼女に少し後悔させてやるほうがいいのだ。ジョンはそう思ったものの、外套のポケットからハンカチを出して、後ろ手に渡した。エマが大きな音をさせて鼻をかんだので、彼はにやりとした。鼻にハンカチを軽く押しあてて涙をこらえる上品な作法はエマに似つかわしくない。

程なくフェイ・ムーレに支払う分の署名と封印がなされ、午後には為替手形を彼女に送付するという約束を、銀行家のエイモス・フォザビーからとりつけた。「あなたがご自分でお届けしたかったら、それでもかまいませんよ」フォザビーが言った。

「とんでもない！」ジョンは椅子の背にもたれて言った。「彼女とはもう縁を切ったんだ。フェイがあの家を引き払ったら、次の借家人を探すよう不動産仲介人に連絡してほしい」

「ほらね、エマ、ぼくは着実に更生しつつあるだろう」銀行を出たところで、ジョンは言った。「ぼくはフェイ・ムーレの人生を好転させてやった。もうすぐぼくは尊敬すべき人物の手本になるだろう。女性たちはこぞってぼくに好かれようとするはずだ」

彼はエマがどう思っているだろうかと横目で見た。彼女はなにか言いたそうだったが、結局こういっただけだ。「ええ、そうですね」

「おい、おい」ジョンはたしなめた。「きみは今ほかのことを言おうとしただろう」

御者が馬車のドアを開けて待っていたが、ジョンはドアの前に立ちはだかった。「なにを言おうとしたのか話すまでは乗せないよ」口元に笑みが漂う。「さあ、話してごらん」

ジョンは腕組みをし、エマは口を真一文字に結んで、互いにじっと見つめあっていたが、やがて彼女はため息をついた。

「ええ、いいですとも！　あなたはあまりにも海賊そっくりなので、とうてい尊敬すべき人物の手本には見えないと言うつもりだったのです」エマがそう言ってほほ笑んだので、ジョンは安堵の吐息をもらした。よしよし、少しずつよくなっていくぞ、と彼は彼女を馬車へ助け乗せながら思った。エマ、ぼくたちは仲よくやっていかなくてはならないのだからね。

「ケンジントンの美術館へやってくれ」ジョンは御者に命じて馬車に乗りこんだ。

不審そうな顔をしているエマに、彼は笑いかけた。「きみには今朝の無作法の償いとして、ぼくと美術館へ行ってもらう。実は〈オールマックス〉で知りあった若い女性とサリーを美術館へ連れていこうと思ってね。そのためには下見をしておいたほうがいいだろう。さもないと……海賊みたいに無教養な男と思われてしまう」

エマはそれを聞いて安心したと見え、うなずいて言った。「入口で案内書を買えばいいのです。それを頭にたたきこんでおけば、若い女性たちに、無教養で、怠け者で、目的もなく生きているぐうたら人間と思われないですむでしょう」

ジョンがエマに向かって指を振ると、彼女は顔を赤らめた。「言葉に気をつけたまえ！白髪頭の歯抜けばあさんになる前に年季奉公を終わらせたかったら、少しはぼくを好きになったほうがいい」

彼はエマの困惑した表情を見て満足し、馬車の座席にゆったりともたれた。さてと、ここで最後の一撃を見舞ってやろう。「そうそう、もう少しで言い忘れるところだった。今朝ラスカーに命じて、きみだけの部屋を用意させることにした」

「なんですって？」エマは目を丸くして叫んだ。

ジョンは彼女の表情豊かな顔が驚きと不審の色を交互に浮かべるのを見て、大声で笑いだしそうになった。「きみは自分のベッドがあったら幸せだと言っただろう。ただし、垂木に頭をぶつけないよう気をつけなくちゃならないよ」

それだけ言うと、ジョンは窓の外の景色に集中しているふりをした。悩むなら悩むがいい、エマ、自業自得というものだ。彼女がジョンのハンカチで音高く鼻をかむのを聞いて、彼はますます愉快になった。どうだ、これでも無作法な態度をとりたかったら、とってみろ。

11

　なぜエマと美術館へ行きたいと思ったのだろう。理屈では説明できない。ジョンは馬車の窓からぼんやり外を眺めて考えた。自分で考えている以上に弱い者いじめが好きなのだろうか。それとも自分では気づかなかったけれど、芸術を愛しているのだろうか。今朝、家を出るときは、銀行での仕事を片づけてエマを書斎へ連れ帰ることしか頭になかった。女性の涙に弱いつもりはないが、エマが無作法な態度を悔いて泣いているのを見たときは、不思議なほど心を動かされた。最近、なぜか彼女に興味を覚え始めている。

　それに、とジョンは理由づけをした。美術館を下見しておきたいとエマに話したことは、まったくの出任せではない。母やエマが言うように、妻を見つける必要がある。目星をつけた若い女性とふたりきりで過ごすのに、美術館は格好の場所ではなかろうか。それをまずエマで試してみるのだ。求愛をするのにふさわしい場所だとわかったら、今後に生かすことができる。

　エマはまだ気持ちの整理がつかないようだったので、話しかけてますます混乱させるのはまずいと思い、ジョンは外の景色を眺めていた。馬車はちょうど法曹学院の前を進んでいるところで、かつらをつけた法廷弁護士たちが、すぐ近くの裁判所へ行くために馬車へ乗りこもうとしていた。英国法はすばらしい法律だ。彼がそう思ってエマを見ると、彼女も法廷弁護士たちを見ていたが、その表情はまるで唾棄《だき》すべきものを見ているかのように険しくてこわばっていた。

「英国法」ラグズデール卿が声に出したとたん、言葉が空疎に響いた。

「いやなことを思いださせないでください」エマはそうささやいて反対側の窓を見やった。

なんて奇妙だろう、と彼は思った。同じものを見ても、ぼくとエマとでは正反対の考えを抱く。それは彼女が女性だからなのか、それともアイルランド人だからなのか。たぶん、その両方だろう。

ジョンは次第に沈黙が我慢できなくなりだした。口をつぐんでいることには慣れていない。彼が多くの時間を過ごした応接室や、トランプ用の部屋や、居酒屋などは、どこも会話を義務づけられている場所だ。しかしエマは沈黙が苦手ではないと見える。後悔はしていても、まだ彼に話しかける気にはならないらしい。それとも恥ずかしがり屋なのだろうか。彼女は優秀な秘書の片鱗《へんりん》を示しているものの、ふたりの関係は異常なものといえるだろう。なんといってもエマは女性だ。そう、まさしく女性だ、とジョンはたいした理由もなく考えて、ひそかにほくそえんだ。

彼はエマがなにを考えているのか知りたいと思い、そう思った自分自身に驚いた。これまで女性がなにを考えているのかなど気にしたことがない。フェイ・ムーレと一緒にいるときでも、なにを考えているのか尋ねたことはなかったし、尋ねる気にさえならなかった。どうせなにも考えていないだろうと思ったのだ。それなのに、いったいどうしたというのだろう。ことエマに限っては、彼女がなにを考えているのか知りたい。

ジョンは馬車や人の行き交う道路を見るともなく眺め続けた。エマがぼくのことを考えているとしても、どうせいいふうではあるまい。彼はエマにちらりと視線を投げて額をもみ、なぜぼくは彼女にどう思われているのかを急に気にし始めたのだろうといぶかしんだ。彼女はぼくを好事家で、のんだくれで、ごろつきで、役立たずの人間と見なしている。実際、そのとおりだから仕方がない。そのうえぼくは英国人だ。ジョンはガラスに映った自分の顔に笑いかけた。英国人である事実は変えようがない。彼女がいちばん気にしているのは、その事実だけかもしれない。なんとかしてエマ・コステロを理解したいものだ。

美術館は閑散としており、エマと同程度の服装をした清掃員の女性がひとりいるきりだった。掃除をしている箇所をふたりがよけていくとき、ブラシとバケツから目をあげた清掃員は、ひと目で貴人とわかる身なりのいい男性と、質素なマントを着て破れた靴を履いた女性が連れだっているのを見て、驚きの表情をした。

侯爵にとって残念だったのは、エマも清掃員の表情に気づいたことだ。「わたしはここにふさわしくありません」彼女は顔を赤くしてささやいた。「お願いです……わたしは外で待っています」

穏やかに、ジョン、穏やかに接するのだぞ。そう自分に言い聞かせ、エマの肘にそっとふれると、美術館のなかでもとりわけお気に入りの部屋へ導いた。「ばかなことを言うんじゃない、エマ。ここは一般人がだれでも入れる公共の場だ。さっき話しただろう、ぼくは若い女性をここへ連れてきたいのだと。きみはその練習台なのだからね」

ジョンはわれながらわざとらしい言い訳だと思いながら、エマをベンチに座らせた。彼女は信じただろうか。エマをちらりと見て反応を知ろうとしたジョンは、表情豊かな彼女の顔に承認の色がよぎったのを見て安心した。

「ええ、そうですとも！　わかりました、協力しましょう。あなたが更生してりっぱな結婚相手を見つけるのが早ければ、それだけ早くわたしを厄介払いできるんですもの」

彼は神経質になっていたにもかかわらず笑い声をあげた。「エマ！　ぼくといるのがそんなに苦痛か？　さあ、正直に答えてごらん」

ほっとしたことにエマはほほ笑んだ。ジョンは彼女を見て、ほほ笑むだけでなく笑い声をあげたらいいのにと思った。きみの笑い声は妙《たえ》なる楽の音だ。ああ、しかし、今回はやめておこう。たぶん別の日に。彼は背中へ両手をやってぶらぶらと絵のほうへ歩いていった。これはフェルメールにちがいない——最後にこの美術館を訪れたのは何年も前のことだから、記憶が定かではないが。

館内はしんと静まり返っている。ジョンは静寂のなかで緊張がほぐれるのを感じた。ここは特別の人を連れてくるのにふさわしい場所だ。そう考えて、絵から絵へと移動していった。惜しむらくは、ここにある絵の数々を黙って鑑賞できるだけの教養を備えた女性が知りあいのなかに見当たらないことだ。

ジョンはちらりとエマを振り返った。彼女は侯爵に指定された場所を離れるのが恐ろしいのか、ベンチに座ったきりだ。彼は腕組みをして壁に寄りかかり、じっくりとエマを眺めた。

例によってエマはジョンに注意を払わなかった。彼女は背すじをのばして座り、破れた靴が見えないように両足を後ろへ引っ込めている。〝靴を作ってやらなくては。それと、母に頼んだドレスはいつ届くのだろう?〟。エマは正面の絵を見つめている。ジョンが見守っているうちに、彼女の肩の緊張がほぐれて顔の表情がやわらいだ。一度、エマがため息をつき、それがジョンのところにまで聞こえた。彼女の目が夢見るようになり、顔から警戒するような表情が消えた。そんなことは、ふたりが知りあって以来はじめてのことだ。

エマが見ているのは、ラファエロが描いた数多い聖母子の絵のひとつだった。絵筆でそっとなでるように描かれた聖母マリアの顔は、幼いわが子への慈愛に満ちたやさしい表情をしている。エマは子を抱く母親の絵にほほ笑みかけ、ベンチを立ってその絵のほうへ歩いていった。絵の前に接近を阻む柵《さく》がなかったので、彼女は手をのばして幼い子をなぞった。

じゃあ、きみは子供が好きなのか、エマ？　きみと一緒にいるあいだ、ぼくは絶えずきみの過去がどんなであったか想像して過ごすのだろうか。たぶん主人が使用人に私生活のことを尋ねたりはしない。きみがぼくを好いていないことは、お互いに了解済みだ。きみには好いている人が、だれかいるのだろうか。あるいは愛している人が。

いわれのない嫉妬《しっと》に駆られたジョンは、自分の愚かしさを大声であざ笑った。ラファエロの聖母子をうっとり眺めていたエマがびっくりして絵から飛びすさり、ベンチへ戻って腰をおろした。穏やかに、穏やかに、と彼はふたたび自分に言い聞かせてエマにうなずき、のんびりした足取りで絵の鑑賞を再開した。そして、彼女も絵を見てまわればいいのにと願った。

エマはそうしなかった。三十分後、欲求不満がつのってきたジョンは、ベンチへ戻って彼女の横に腰をおろした。エマはわずかに彼から遠ざかって座り直した。ひと声かけたら脱兎《だっと》のごとく逃げていきそうだ。彼はエマが先に口を開くかもしれないと思い、黙って待った。とうとう彼女が咳払いをして言った。

「あの、できたらわたしは、ここであなたの古い書簡を読み終え、サー・オーガスタス・バーニー宛の手紙を書き始めようと思うのですが」

「それはかまわないが、ただここに座っているのはつまらないのかい？」

エマが答えなかったので、ジョンはため息をついて立ちあがった。エマもさっと立ちあがったが、彼女が歩きだす前に、彼は腕をつかんで自分のほうを向かせた。

「なあ、ここは本当に若い女性を連れてくるのにふさわしい場所だろうか？」

エマの目をのぞきこんだジョンは、そこに浮かんでいる表情を見てたじろぎ、彼女の腕を放して後ずさりした。かつてそれほど激しい恐怖を見たことがない。この恐怖は、ぼくが引き起こしたものだろうか。ぼくが腕をつかんだから？　彼は視線をそらし、エマが冷静さを取り戻す時間を与えた。じゃあ、エマ、きみはつかまれるのが嫌いなのだね？

ジョン自身も混乱していたので、ただエマにうなずきかけて美術館の出口のほうへゆっくりと歩きだした。彼女がすぐ斜め後ろをついてくる。「驚かせるつもりはなかったんだ」彼は言った。「まじめな話、きみはどう思う？　若い女性をここへ連れてくるべきだろうか？」

「いいえ」エマが落ち着いた声ですらすらと答えた。「若い女性はおしゃべりをしたがり、あなたは静かに絵を鑑賞したがるでしょう。ここはあなたと女性との関係を深めるのにふさわしい場所とは思えません」

「さすが女性だけあって、同性のことはよくわかっているね」ジョンはささやき、エマが乗るのに手を貸そうともせず、さっさと馬車へ乗りこんだ。「しかし、きみは美術館のなかで死んだように黙りこくっていたじゃないか」彼女が座席に座るのを待って言う。「ぼくの連れていく女性がおしゃべり好きの脳足りんだって、なぜわかるんだ？」

エマはマントをしっかり身にまとった。「だって、あなたの好意に応えようという女性なら、あなたとおしゃべりをしたがるに決まっていますもの。ええ、わたしならそうします」

そうか、だからきみは黙っていたんだね。一本とられたよ。ジョンはそれで話を切りあげ、座席の背にもたれて目を閉じた。

エマがそれ以上なにか言うとは思えなかったので、彼はうとうとし始めた。そのとき、彼女が口を開いた。「あの、ひとつお願いがあるんですけど、聞いていただけませんか?」

「いいよ。ただし、あまり骨の折れることならお断りだ」ジョンは冗談で応じた。

「いいえ、そんなことではありません」エマの口調は真剣そのものだった。

きみは冗談の通じる女性だと思ったのに、とジョンは不満だった。「なんだい、話してごらん」ためらっている彼女に言った。

エマはいつまでたっても黙っている。「どうした?」彼は促した。「なあ、エマ、そんなに黙っていたら、なにか途方もない頼み事をされるんじゃないかと恐ろしくなるよ」

「いいえ、ちがいます」彼女はきっぱり言ったが、顔に心配そうな色が浮かんでいた。「そんなに大それたことじゃありません。ただ、週に一度のお休みを頂けないかと思いまして」

それだけか? ジョンはそう思ったが、黙っていた。

「ロンドンですることがあるんです」彼がなにも言わないので、エマは早口で続けた。「お願いです、週に一度でかまいません。仕事は休みの前日までに片づけます」彼女は懇願口調になった。彼女はロンドンでなにをするのだろうと思い、ジョンはそれを尋ねたかった。

「一日がだめなら、半日はどうでしょう? お願いします」エマは彼の顔を見て頼み込んだ。

　ジョンは自分が恥ずかしくなった。きみに卑屈な態度をとらせるとは、ぼくはなんて卑劣な男なんだろう。彼は座席へまっすぐ座りなおした。

「一日だ、エマ」ジョンはきっぱり言った。「ミスター・ブリードローの休みが一日だったから、それが公平というものだろう」前に身をのりだす。「で、いつからとりたいんだ？」

「明日です。差し支えなければですが」エマは少し息を切らして答えた。

「それまでにサー・オーガスタス宛の手紙を仕上げられるのか？」彼は時間稼ぎに尋ねた。「それに今夜ぼくはノーフォークの土地管理人宛の手紙を口述するが、それも仕上げなくてはならないよ。二日後には出発するつもりでいるからね」

「大丈夫です」エマは言った。

「じゃあ、明日を休みにしよう」ジョンはそのあとにつけ加えた。「きみがロンドンでなにをするのか見当もつかないが」

　打ち明けるきっかけを与えたつもりだったが、エマは乗ってこなかった。もちろん彼女は打ち明けないに決まっている。おまえはどうしようもないばかだな、ジョン、と自分をあざけった。休みを与える見返りに聞きだそうとするなんて、見下げ果てた男だ。デーヴィッド・ブリードローに一度でも休日のことをきいたことがあるか？　くそっ、今にして思えば、やつにこそきくべきだった。ここにいるエマ・コステロは無力で害のない貧しい女性だ。なにをたくらんでいるにせよ、ロンドンに害を与えることはできないだろう。

「ありがとうございます」エマに感謝されて、ジョンは顔をしかめた。

「別に礼を言われるほどのことではない」彼はぶつぶつ言った。「きみがどんな悪だくみをしているのか気になるが」ああ、言ってしまった。返ってきたのは彼女のほほ笑みだった。

「心配でしたら、わたしが家を出る前に銀器を鍵のかかるところへしまっておくほうがいいですよ」エマは目をかすかにきらりとさせて言った。

「おい、エマ、ぼくが心配しているのは、そんなことではないんだ」ジョンがそう言ったとき、馬車が家の玄関前でとまった。彼は夜のことを考えてため息をついた。「さて、気を引き締めてかかるとしよう。今夜は行儀よく食事をしてダンスにつきあわなくちゃならないんだ」エマを馬車から助けおろしたが、必要以上に長く肘をつかんでいないように気をつけた。

「できればきみと書斎にとどまって、原簿や複式簿記の検討をしていたいよ」

「心にもないことをおっしゃって」並んで玄関前の階段をあがりながら、エマがささやいた。

ジョンはにやりとした。「きみが思っているほど誇張ではないよ」彼は出迎えたラスカーにうなずいた。執事は玄関ドアの覗《のぞ》き穴からふたりの様子をうかがっていたにちがいない。

「エマ、右や左だけでなく、テーブル越しにまで愛らしい女性たちと会話を交わさなければならないのは気疲れするものだよ。彼女たちがどんな魅力を秘めているか気になっても、あまりあからさまに見つめないよう心がけなくちゃいけない。ありがとう、ラスカー」ジョンは執事に外套を渡した。「それに彼女たちが横目でちらちら見る視線にも耐えなくちゃならないし。みんなぼくの薄っぺらな外見の下にちゃんと中身があるか探ろうとするんだ」

エマがあげた高らかな笑い声を聞いて、ジョンはこれこそ聞きたかったものだと思った。

「それはつまり、あなたの中身は外見よりも劣るとおっしゃっているのですか？」

いつも冷静沈着なラスカーが喉のつまったような音を出したので、ジョンは笑いたくなった。執事は背を向けて、震える手で花束をなおし始めた「うーん、それに関しては、自分でもわからないいんだ。きみのおかげで、ぼくはかなり向上した気がするけどね」ジョンは書斎へ向かって歩きだした。「このところクラブに足を踏み入れていないし、ワイン貯蔵庫にはずっと鍵がかかっているし、母にしかめっ面をされる回数がめっきり減った」忍び笑いをもらす。「若い女性たちがぼくの母を見習ってくれさえしたら……」

「きっとそうなります」エマは断言して、マントを脱ぎ、机に向かって座った。「あとは妻にどのような人が望ましいかをご自分で決めて、それを一心に追い求めればよいのです」

一心に追い求めるだって？　ジョンは鉛筆と紙を探しているエマを見て考えた。きみはそれを、暴徒から父親を守ることさえできなかった男に要求するのか？　そもそもぼくはなにかを最後まで追求することができる人間なのか？　破滅への道を突き進むことすら最後までやり通せそうにないのに。

「あの、すみません」エマが尋ねていた。「ノーフォークの土地管理人宛の手紙を口述なさりたかったんじゃありません？」

「ああ！　そう、そう、そうだった」ジョンは背中で手を組んで窓辺へ歩いていった。「今夜ぼくが帰宅するまでに、きみはサー・オーガスタス宛の手紙も仕上げておくのだよ」

「もちろんです、ラグズデール卿」

ジョンと呼んでくれと口まで出かかったが、理性が働いて黙っていた。手紙の口述はすぐに終わり、いつまでも書斎でぶらぶらしている口実がなくなった。こうなったらいやでも二階へあがり、もう一度ひげをそって服を着替え、鏡をのぞいてパーティに出かける心の準備をしなければならない。別に女嫌いというわけではない、とジョンはハンリーにネッククロスをしてもらいながら考えた。それどころか、その逆だ。ただ妻を見つける努力をしなければならないのが面倒なだけだ。木になっている女性たちのなかから好きなのをもぎとるだけでよいのなら簡単でいいのに。

薄青のモスリンのドレスをまとったサリー・クラリッジはとても魅力的だった。金髪を頭のてっぺんでまとめているのが、ことのほか愛らしい。すれちがう男たちは振り返って彼女を見るだろう。ジョンは階段をおりてくるサリーの形のいい足首をほれぼれと眺め、彼女と結婚するのはどうだろうかと、とりとめのない考えにふけった。彼を見た瞬間、サリーの目に浮かんだ恐怖の色――彼女は身に備わった行儀のよさから、すぐにそれを隠した――が彼女とつきあってもたいして楽しくないだろうとジョンに確信させた。たとえ一時的には楽しくても、遅かれ早かれサリーは口を開いて彼をうんざりさせ、酒やアヘンへと追いやるにちがいない。そのどちらが先になるのか知らないが。

やってきた母親が同じようにほれぼれした目つきでサリーを眺めた。「まあ、今夜のあなたはとりわけすてきだわ！」レディ・ラグズデールは感嘆の声をあげて姪の頬にキスした。

「ジョン、あなたの馬丁がサリーの背中を穴の開くほど見つめないよう注意しなくちゃ」

「そうだね」彼は同意した。「ぼくの金が無駄な使われ方をしていないのを知ってうれしいよ」その軽率な言葉を聞いて、サリーはふたたび恐怖の色を浮かべ、母親は舌打ちをした。

「身内のために金を使えて喜んでいるんだ」自分のひとことで、パーティが始まる前に楽しい気分が損なわれたらまずいと思って言いなおした。

母親はすぐに機嫌をなおした。彼女もまた息子の財産に負担をかけていることを気にしていたのだ。「だったらいいわ。サリー、ちゃんとダンス用の靴を履いてきたでしょうね？レンウィック卿は今夜の催しのために立派なオーケストラを招いたそうよ」

靴。靴。それだ。「ちょっと失礼するよ、母さん、サリー。書斎に忘れ物をしてきた」ジョンはそう言って廊下を急いだ。

彼がノックもせずにドアを開けたので、エマ・コステロが驚いて顔をあげた。「あら、どうしたんです。まさかおじけづいて……」言いかけて羽根ペンを置いた。

「ちがう、そんなんじゃない」ジョンは言った。「紙を二枚と鉛筆をくれ」指を鳴らし、彼女が差しだした紙を受け取って床へ置く。「靴を脱ぐんだ、エマ」

彼女はためらった。「さあ、早く」ジョンは強い語調で促し、鉛筆を受け取った。「ぐずぐずしていると遅れてしまう。いくら退屈きわまりないパーティでもまずいだろう」

「ずいぶん悲観的な見方をなさるのね」エマはぶつくさつぶやきながら靴を脱いだ。とっくの昔に焼き捨てているべき見るも無残なぼろ靴だ。

「スカートをあげなさい」ジョンは命じ、床にひざまずいてエマの足首をつかんだ。彼女は

靴下に包まれた足首にふれたとたん、エマがびくっとしたのが伝わってきた。彼女は片手片手をそっとジョンの肩に置き、鉛筆で足の型をとられるあいだじっとしていた。

「今度はそちらの足だ」

エマが反対側へ体を傾ける。ジョンはもう一方の足首をつかんだ。なんて形のいい足だろう、と慎重に線を引きながら思った。小さな足ではない。肩にかかる彼女の重みがなくなっていくぶんがっかりした彼は、描いたばかりの紙を見おろして尋ねた。「で、どんな色の靴が欲しい？」

「黒か茶の実用的なのを。それと、できたら靴に合う靴下もお願いします」その口調から、エマが自分たちのした親密な行為に困惑しているのが感じ取れたので、ジョンは彼女が靴を履くあいだ目をそらしていた。

「ヴァージニアのきみの主人たちが、そんなぼろ靴を履かせて平気でいたとは驚きだ」ジョンは紙を手にして立ちあがり、エマの顔を見た。彼女の頬はまだピンクに染まっている。

子に座った。

「仕方がありません。ロバート・クラリッジが作った借金の支払いに追われ、家族の生活費を捻出《ねんしゅつ》するのさえ大変だったんですもの」エマは穏やかな声で説明し、ふたたび机の前の椅子に座った。

玄関広間のほうから母親の呼び声が聞こえたが、ジョンは無視して机に歩み寄った。「じゃあ、きみのことは二の次だったということか」

「わたしやほかの使用人たち、みんなです」エマはそう言って、羽根ペンの先をインク瓶につけた。そして彼の反応を推し量ろうとするかのように、じっと顔を見て続けた。「それに正直なところ、わたしははだしで歩くのが好きなんです。特に夏なんかは。だから哀れんでもらう必要はありません、ラグズデール卿」

エマはふたたび手紙の作成にとりかかり、この家のあるじを書斎から追いだそうとした。ジョンは彼女のずうずうしさに苦笑いをもらし、部屋を出た。

ドアの前でラスカーがうろうろしていた。どうやらレディ・ラグズデールに息子を急がせるよう命じられて来たのだが、声をかけるのをためらっていたようだ。「心配するな、ラスカー。今日はおとなしく出かけるよ」その言葉に執事が珍しくほほ笑んだので、ジョンは気分をよくした。「母がいつも頼んでいる靴屋にこれを届けて、丈夫な茶色の靴を一足作らせてくれ」廊下を玄関のほうへ歩きだし、途中でくるりと振り返って顔じゅうに笑みを浮かべて言う。「モロッコ革の軽い舞踏靴も一足頼む。おやすみ、ラスカー。起きて待っている必要はないよ」と言い添えた。たとえそう言われても、あのラスカーのことだ、ここのあるじ一家がひとり残らず帰宅してドアに錠をおろすまで、玄関広間の椅子のひとつに背すじをのばして座っているだろう。

実際、真夜中をかなり過ぎて彼らが帰宅したときも、ラスカーは寝ないで待っていた。ジョンは二階へあがっていく母親とサリーにおやすみの挨拶をし、エマがまだ待っていることを期待して書斎へ向かった。今夜会ったサー・エドマンド・パートリッジの美しい娘、クラリッサ・パートリッジのことを話したい。クラリッサは彼の相手をするのがうれしそうだったし、話してみるとなかなか機知に富んでいることがわかった。そのクラリッサとは今から――ジョンは懐中時計を出して時間を確かめた――八時間後に気球揚げを見にいく約束をしてある。そのこともエマに話したかった。

だが、書斎は暗かった。ジョンは手にしたろうそくを机の上にかざした。そこにはエマが清書したサー・オーガスタス・バーニー宛の手紙と、ノーフォークの土地管理人宛の手紙が載っていた。土地管理人宛の手紙をとりあげたジョンは、ざっと目を通して、自分の口述した文章にエマがいくつか変更を加えたことを知った。もう一度読み、手が加えられたことによって文章が数段よくなったことを認めた。「あーあ、エマ」彼は部屋を出ながら声に出して言った。「きみがいたらクラリッサ・パートリッジのことを話してやれたのに。この求愛を成就させるために、ぼくはどんなことでもしなくちゃだめなのか?」

まあいい、朝になったら話そう。ジョンはそう思って階段をあがりだし、半分ほど来たところで立ちどまった。明日はエマの休日だから、晩まで会えない。明日、休みを与えるなんて、まったく早まったことをしたものだ。ふたたび階段をあがりだした彼は、エマのことを頭から追いだして、気球揚げを見にいくにはどんな服装がいいだろうかと考えた。

次の日の夕方、ジョンは居間の窓の前を行ったり来たりしながら、エマの帰りを待っていた。今日一日が文句なしの大成功だったとは思えないが、少なくともエマ・コステロは早めに帰宅して、ぼくの話に耳を傾けるくらいの思いやりを示してもいいではないか、と彼は腹立ちまぎれに理屈に合わない考え方をした。

ジョンはまずクラリッサ・パートリッジの外見をエマに言葉で描写してやろうと決めていた。クラリッサはとてもきゃしゃな容姿に、さえずるような笑い声、そして大きな青い目をしていた。その目は彼に、昔飼っていたスパニエル犬の目を思いださせた。気球乗りたちが空高く上昇するころには、彼は軽い頭痛に見舞われていたが、もちろんそれをクラリッサの絶え間ない質問のせいにすることはできない。ジョンはただ、そんなにも小柄で、ばら香水のにおいを漂わせている、愛らしい女性の相手をすることに慣れていなかったのだ。クラリッサは彼の言葉のひとつひとつを真に受け、スパニエル犬の目で見つめてきた。

「おい、エマ、いくら休みをもらったからって、こんなにのんびりしていていいと思うのか」ジョンは小声でつぶやいた。いらだちをつのらせた彼は、エマが帰ってきたら小言のひとつも言ってやろうと思い始めた。日が落ちたあとのロンドンは危険な街で、悪者どもがひとり歩きの女性を狙っているのだぞ。とりわけその女性が美人とくれば。

それ以外にエマをしかる理由はなにひとつ考えつかなかった。今朝、目が覚めたときは、手紙がすぐジョンの目にとまるよう、寝室の小さなほうのテーブルに載せてあった。彼はそれらの手紙に署名をし、朝届いた請求書に頭文字で署名をした。それから新聞のノーフォークに関する記事に丸がつけてあるのを見て感心した。エマ・コステロよりも優秀な秘書は、ちょっとやそっとでは見つからない。

それにしても、彼女は今どこにいるのだろう？　ジョンはいらだって両手をばしっと打ち合わせた。こうして窓の前を行ったり来たりしているあいだにも、頭を殴られて気を失ったエマがデットフォードの突堤に停泊中の白人奴隷船へ運ばれていく場面が思い浮かぶ。ぼくの気持ちが彼女にはわからないのか。そこがアイルランド人の困ったところだ。

そのとき、通りを近づいてくるエマの姿が見えた。この屋敷とその住人たちを怖がっているかのような、のろのろした足取りだ。ジョンが見ていると、エマは何度も立ちどまった。ロンドンの最も豪奢な屋敷のひとつに入るのが恐ろしくてならず、必死に気持ちを奮い立たせているかのようだ。

「なにをそんなに怖がっているんだ」ジョンはカーテンの陰から様子をうかがいながらぶつ

ぶつ言った。「ここよりはるかに劣る屋敷でも、使用人として雇ってもらいたがる者はごまんといるのに……」

たぶんぼくの考え方が身勝手なのだ、とジョンはとぼとぼ歩いてくるエマを眺めて思った。肩を落としてうなだれた様子から、明らかに意気消沈していることがわかる。幾度か目頭をぬぐったように思えたが、定かではなかった。彼は玄関ドアがノックされるのを待ったが、いつまでたってもノックの音はしなかった。ばかだな、ジョン、彼女は路地を抜けて使用人用の入口へまわったにきまっているじゃないか。ようやくそのことに気づき、ベルを鳴らしてラスカーを呼んだ。

「エマ・コステロに話があるので来るようにと伝えてくれ」ジョンは執事に命じた。

「一日休みをやるとは言ったが、夜も休んでいいと言った覚えはない」数分後、ジョンは居間へやってきたエマに文句を垂れていた。

彼女は聞き取れないほど小さな声で、すみません、シティから歩いてくるのに思いのほか時間がかかってしまいまして、とかなんとか言った。

エマがあまりにもしょげ返っているので、しかりつけるこちらが悪者みたいに思えた。彼女の目に浮かんでいる苦痛の色を見て、ジョンはショックを受けた。ひどい靴のせいで足が痛むのだろうか、と一瞬考えたものの、エマの目に浮かんでいるのはちがう苦痛だと悟った。片手を背中へやってエマの前に立ち、体を前後にゆすっていると、彼は農奴をしかりつけている痛風病みの老貴族になった気がした。

「次の休日には、このようなことは起こらないものと信じている」厳しい口調でそう言った
ジョンは唐突に、エマが抱えている問題を打ち明けてくれたらいいのにと痛切に思った。

エマはおとなしく同意するだろうというジョンの期待は裏切られる運命にあった。彼の手厳しい言葉を聞いて、エマはかえって気持ちを奮い立たせたようだ。

「たぶん次も、そしてその次も、同じことが起こるでしょう」エマは一語一語を区切り、アイルランド訛りをいつもよりいっそう際立たせた。「この部屋にいるだれかさんとちがって、わたしは簡単に不運に屈したりしません」

「くそっ、なんて強情な女だ！」ジョンは思わず怒鳴った。その反響が残っているうちに、なぜぼくは仕事を完璧にこなし、なおかつこれほどしょげ返っている女性を責めたりしたのだろうかと首をかしげた。彼はみじめさと怒りを交互に覚えながら、彼女が話すのを待った。

エマはなかなか口を開かなかった。彼女もまたジョンが感情を爆発させたことに驚いているようだ。その目に警戒の色がよみがえったのを見て彼は、この一日か二日でなんとか築いたもろい信頼関係を自分が壊したことを知った。ぼくは英国人で、きみはアイルランド人。結局はそこへ行き着くのだ、とエマを見つめて思った。

やっと彼女が口をきいたとき、その声が実に穏やかだったので、ジョンはますます気分が滅入った。「ご迷惑をおかけして申し訳ありません」

かけられた迷惑を、ジョンはなにも思いつけなかった。ひとつあるとすれば、せっかくクラリッサ・パートリッジとのデートの話をしてやろうと勇んで帰宅したときに、エマがいなかったことだ。彼が幼い少年だったら、手足をばたばたさせて駄々をこねただろう。

「もうよろしいでしょうか？」エマが尋ねた。

引きとめる理由がなかったので、ジョンがうなずくと、エマはドアへ歩いていった。そしてノブをつかんだまま、しばらく立っていた。「強情な女でなかったら、ラグズデール卿、わたしは五年前に死んでいたでしょう。おやすみなさい」

彼女はドアを静かに閉めて去った。ジョンはこのところ覚えたことのなかった自己嫌悪に襲われ、ふたたび窓の前を行ったり来たりし始めた。これと同じ会話をした記憶がある。そう、朝帰りをして父の前に呼びだされたときだ。厳しく叱責されてしょげているぼくを、母は、お父様はあなたを愛しているからこそ心配するのですよ、と慰めたものだ。

ラグズデール卿は歩くのをやめてドアを見つめた。エマが戻ってくればいい。そうしたら謝ることができる。いつか息子や娘ができたときのために、今感じているこの気持ちを忘れないでいよう。彼は窓枠に寄りかかって考え続けた。なんとかして使用人に対する行いを改めなければならない。だが、どのようにしたらいいのかわからない。

ぼくはきみを助けたいのだ、エマ。本気でそう考えていることを、どうやったらきみに納得させられるだろう。ジョンは頭を振って悲しげにほほ笑んだ。やれやれ、それを実行するとなると、えらく骨が折れそうだ。きみがここに勤めているあいだ、ぼくはものすごく酷使され続けるだろうね、エマ・コステロ、この厚かましいアイルランド人。できるだけ早く妻を見つけたほうがいい。そうすればきみを年季奉公から解放して、縁を切ることができる。

ジョンは暗い窓の外を眺め、早く春になればいいと願った。ぼくには変化が必要だ、人生のつらさをやわらげる変化が。彼はふたたびクラリッサのことを考え、窓ガラスに映った自分の顔に笑いかけた。「お嬢さん、きみはほんとにかわいらしい」声に出して言った。今日はクラリッサと気球揚げを見にいって数時間を一緒に過ごしたが、うれしいことに彼はほんの数回しかあくびをしなかった。今夜は母親とサリーに付き添ってコヴェントガーデンの歌劇場へ行くことになっている。そのときにオペラグラスをパートリッジ家の仕切り席へ向けて、遠くからクラリッサをたっぷり眺めてやろう。

ノーフォーク滞在は短期間で切りあげよう。あそこには幽霊がいるだけだ。それと雨もりのする小作人たちの家。ぼくの秘書を土地管理人に引きあわせ、ふたりに対策を練らせればいい。隣のサー・オーガスタス・バーニーへの訪問は挨拶程度で済ませ、あとはあたたかい暖炉の前に座って足をテーブルに乗せ、のんびりクラリッサ・パートリッジのことを考えて過ごすのだ。それでだれもが幸せになれる。エマでさえ賛成するだろう。もっとも、彼女がぼくと話をする気になればだが。ああ、まいった。謝らざるを得ないかもしれない。なんとぼくらしくないことか。

12

ラグズデール卿を絞め殺してやりたい。エマは憤懣《ふんまん》やる方ない思いで服を脱ぎ、ベッドへもぐりこんで寒さに身を震わせた。そうしてはじめて、皿洗いメイドとまだベッドが一緒ならよかったと思った。あのメイドはいびきをかいたが、少なくともベッドの一部をあたためてくれた。けれども今では、ひとりの部屋を与えられたかわりに、こうして冷えきった体が自然にあたたまるのを待つしかない。

疲れているはずなのに、なかなか眠れなかった。長くてつらい一日を、エマは〈犯罪取締局〉の寒い待合室で、いつになったら上級事務官のミスター・ジョン・ヘンリー・キャパーに面会できるのだろうと思いながら、ずっと立ち通しで過ごしたのだ。彼女はふたたびため息をつき、古い枕をたたいてやわらかな部分を探そうとした。最初の問題は、どうやってあの見下げ果てた受付係に通してもらうかだ。エマは貧弱な体つきをした卑劣な受付係の男を思いだし、もういちど枕を力任せに殴りつけた。

自分では精いっぱいうやうやしい態度で彼の机へ近づいたつもりだ。英国人がアイルランド人に求めると思われる服従の態度まで示して。彼女の要求は、ミスター・キャパーに短時間でいいので面会したいという、なんら害のないものだった。ヴァージニアで親しかった使用人のひとりが、流刑者について調べるなら、ぜひ有名なジョン・ヘンリー・キャパーに会うべきだと教えてくれたのだ。エマはたったそれだけの情報にすがって、アメリカでの年季奉公、イングランドへのつらい船旅、さらにはラグズデール卿の屋敷での監禁生活に耐えてきた。

今考えれば、あの受付係の目つきから、彼が延々と引きのばすつもりでいることを悟ってもよかった。エマがミスター・キャパーとの面会を求めると、受付係はわざとらしく机の上の書類をかきまわし、ようやく顔をあげて彼女を念入りに見た。そしてあたりを見まわし、連れがいないことを知って、顔をにたにたさせた。「座って待つんだね」彼は言った。「ほかのみんなと同じように、順番が来るのを待たなきゃいかん」

そこでエマは、ほかの人たちが次々にミスター・キャパーの部屋へ入っては帰っていくのを見ながら、殺伐とした待合室で一日じゅう待ち続けた。午前中はまだいくぶん期待もあったが、午後になって失望が頭をもたげだした。窓から差しこむ日の影が長くなって、室内の寒さが身にこたえだすころには、今日はもうミスター・キャパーに会わせてもらえないのではと半分あきらめ気分になった。時間がたつごとに受付係に通してもらえる可能性は減り、待合室の人数が少なくなって、とうとう彼女ひとりになった。

エマがそこをあとにしたのは、もう閉めるから帰れと受付係に追いだされたからだ。彼女は誇りを捨てて、昔父親に氷をも溶かすと言われた明るい笑みを顔じゅうに浮かべ、いつならミスター・キャパーにお会いできますかといんぎんに尋ねた。受付係はさも驚いたようにエマを見た。二時間前から待合室には彼女しかいなかったのに、まるではじめてそのことに気づいたような顔つきだった。

「あれ、お嬢さん、まだいたのかね？　気の毒だが、今日はミスター・キャパーに会えないよ」

エマは怒りの言葉を浴びせたかったが、なんとか涙と一緒にのみこんだ。「来週はお会いできるでしょうか？」答えは聞くまでもなかった。受付係は数分たってやっと机から顔をあげた。

「来てみなくちゃわからんよ」受付係はそう言って、見下したように彼女をあざ笑った。

ああ、悔しい！　父が元気だったら、あの無礼な受付係を足腰が立たなくなるまでむち打たせただろう。そしてわたしがもっと若かったら、とエマは悲しい気持ちで考えた。あんな場所へひとりでは行かず、兄たちが一緒に行って守ってくれただろう。それよりなにより、わたしは母と家にいて、求婚者たちの訪問を受け、そのなかのだれかと結婚して、平凡ながらも幸せな生活を送ったにちがいない。エマはベッドの上へ起きあがって枕を抱きしめ、変転きわまりない自分の運命を嘆いた。ああ、それにしても父や兄は今どこにいるのだろう。

ふたたび横たわったエマは、少しでも寒さを防ごうとできるだけ小さく体を丸めた。調べた結果、父と兄の死亡が判明したとしても、それによって心のけじめをつけることができる。ここでの年季が明けたらヴァージニアへ戻り、ミスター・クラリッジの助けを借りて、リッチモンドあたりでなにかの仕事を見つけられるだろう。どんなに大きな悲しみも時がたつにつれて薄らぎ、なんとか耐えられるようになることを経験によって学んだ。

で、もしも父と兄が生きていたら？　あらゆる手を使って彼らのところへ行く。たとえその道がどんなに険しくて、何年かかろうとも。そしてその道がヴァン・ディーメン島の監獄や、オーストラリアでの厳しい苦役につながっていようとも。「たぶんオーストラリアは、みんなが噂するほどひどい場所ではないわ」エマは声に出して言った。窓から差しこむ月の光が床の上を少しずつ移動していくのを見ているうちに、気持ちが次第にゆったりしてきた。オーストラリアは少なくともここよりあたたかいにちがいない。

きっといろいろな面であたたかいわ。今夜のラグズデール卿の叱責は、不愉快な一日の総仕上げにぴったりだった。なぜ彼は、帰ってきたわたしをあれほど冷たく迎えたのかしら。エマは疲れた頭で彼の激昂の理由をあれこれ考えているうちに、とうとう眠気に屈した。

翌朝、寝坊をした彼女が慌ててベッドを出たときは、レディ・ラグズデールの部屋へ来るようにという呼びだしが待っていた。エマは急いで服を着替えながら、ラグズデール卿がまだ寝ていて、手紙を待っていませんようにと願った。息を切らせて階段を駆けおりた彼女は、玄関ドア脇のテーブルの上から引ったくるように手紙をとり、階段へ戻ろうとした。二階へあがって、まずレディ・ラグズデールの部屋へ顔を出し、そのあと手紙を仕分けしてラグズデール卿の部屋へ持っていくつもりだった。ところがエマが階段を目指して急いでいるとき、朝食室からラグズデール卿が出てきた。エマの慌てぶりに驚いたふりをし、壁にへばりついて彼女をやり過ごす。

「どこかが火事になっているのなら、ぼくにも教えてくれるべきじゃないかな」彼がからかった。

エマは立ちどまって歯ぎしりした。この人はまだ怒っているのかしら。彼女がそう思って侯爵を見ると、驚いたことに彼がウインクをした。エマは思わずほほ笑み返し、手紙を差しだした。

ラグズデール卿は壁にもたれたまま手紙を受け取った。「昨日はずいぶんひどいことを言って悪かったね」彼はあっさり謝った。「きみが心配だったんだ。夜のロンドンの街は、危ない連中であふれているからね」

ラグズデール卿はそう言ってエマにうなずき、びっくりしている彼女をしりめに手紙を開けながら廊下を歩いていった。だが、エマが落ち着きを取り戻す前に、笑い声をあげて引き返してきた。「こんなに愉快なことを、ぼくだけ知っていてもつまらない。これはフェイ・ムーレからの手紙だが、彼女はぼくの寛大な措置に感謝すると述べたあとに、こんなことを書いてよこした。ぼくが結婚したら、新しいレディ・ラグズデールのためにボンネットを作ってくれるんだと！　愛人にこれほど気前のいい申し出をされた男がいるだろうか、エマ。きみはどう思う？」

わたしだって別れるに際してあんなに大金をもらったら感謝するわ、とエマは思い、フェイ・ムーレがラグズデール卿の新妻にボンネットを贈るだけでなく、寝室での彼がどんなであったか話して聞かせる場面を想像しておかしくなった。

「実際にそのようなことになった場合、あなたはよほど上手に立ちまわらないと大変な目に遭うかもしれませんよ」そう答えたエマは、フェイと一緒になってラグズデール卿を欺いたことにかすかな良心の呵責《かしやく》を覚えた。「フェイのことはあなただけの秘密にしておくほうがいいでしょう」

「ぼくもそう思う」ラグズデール卿は少し心配そうな目つきになって続けた。「エマ、今日はぼくがいなくてもかまわないだろう？」

「明日ノーフォークへ発《た》つ前に、領地の経費報告書を検討しておく必要があります」エマはラグズデール卿の愉快な気分を壊したくなかったので、穏やかに言った。

「それは今夜でいいだろう。今日はタターソールズへ新しい馬を買いにいき、そのあとウィットコム・ストリートへまわって、クラリッサ・パートリッジを訪問しようと思うんだ」ラグズデール卿が打ち明けた。

「それはとてもいい考えです」エマは眉をつりあげて口をはさんだ。

「それが済んだら、きみの許可があろうとなかろうと、〈ホワイツ〉に寄って昼食をとり、そこの読書室で昼寝をしてから、紳士らしくポートワインを一杯やる。断っておくが、一杯だけだ」ラグズデール卿は書斎へ歩いていきながら断言した。「なにしろぼくは尊敬すべき人物の鑑《かがみ》になるつもりだからね」

エマは侯爵の後ろ姿を眺めて頭を振った。男性というのはなんて不思議な生き物かしら。きっと彼は恋をしているのだ。エマがそう思って見ていると、ラグズデール卿は手紙を持って書斎に入り、ドアを閉めた。あれは、昨晩わたしを険しい顔でしかりつけた人ではない。きっと歌劇場でなにかすばらしいことがあったのだ。エマは軽やかな足取りで階段をあがった。あの人とクラリッサとの仲がうまく進展したら、わたしの年季は予想よりも早く明けるかもしれない。

ええ、そうよ、きっと恋をしているのだわ。エマは物思いにふけりながら廊下をレディ・ラグズデールの部屋へ歩いていった。彼は三十歳だと言った。男の人ならだれでも真剣に結婚や家族のことを考える年齢だ。エマは大いに喜ばしい気分でドアをノックした。

レディ・ラグズデールはまだベッドのなかだった。新聞の上端越しにエマを見てほほ笑む。

「ああ、来たのね。そこにジョンに頼まれたドレスがあるわ。あなたのよ。昨日サリーのと一緒に届いたんだけど、午後になるまで気がつかなかったの」

「わたしの？」エマは問い返し、椅子にかけてあるドレスに歩み寄った。

「ええ、あなたのドレスよ、エマ。そんなにびっくりしないで！　ジョンはあれでけっこうやさしいところがあるの。もっとも、だれかがあの子に必要なものを気づかせてあげればだけど」

「でも、わたしはドレスが必要だなんて言った覚えはありません」ドレスを手にとったエマは、深緑色をしたウールのやわらかな手触りにうっとりした。椅子の上にはレースの襟やカフス、それに彼女が着ている擦り切れたものよりはるかにいいペティコートが載っている。

「あら、そう？　だとすると、ジョンは人から言われなくても、こんなに気がきくようになったのかしら」

「ええ、きっとそうです」エマは言った。もう一着は黒のドレスで、彼女の赤褐色の髪や青白い肌によく映えるはずだ。「どうかお礼を申しあげておいてください」

「あなたが自分で言いなさい」レディ・ラグズデールがほほ笑んで言った。「それと、そこの化粧室にペイズリー織りのショールがあるの。わたしはいらないから、あなたが使ってちょうだい。ドアのすぐ内側にかかっているわ」

天にも昇る心地で化粧室へ入ったエマは、レディ・ラグズデールの着付け師によってたちまち地上へ引きずりおろされた。アクトンはドアの陰でふたりのやりとりを聞いていたにちがいない。ショールをエマの手に押しつけ、声を殺してささやいた。「奥様からほかにもなにかもらえると思ったら大まちがいよ」

「なにも期待してはいけないことくらい、わかっているわ」エマはささやき返した。「わたしが身の程知らずのふるまいをしたら、注意しようと待ちかまえているのね、アクトン」

ショールは深緑色のドレスによく似合った。エマは膝を折ってレディ・ラグズデールに感謝の言葉を述べ、部屋を出た。そして階段を駆けおり、書斎のドアをノックした。

「エマ、ノックする必要はないよ」なかからラグズデール卿の声がした。「アヘンを吸ったり二階担当のメイドといちゃついたりはしていないからね。少なくとも今のところは」

あなたって、ほんとにとんでもない人ね、と思ってエマはにっこりした。ドアを開けてなかへ入ると、急に恥ずかしくなった。「ドレスのお礼を言いたかったのです」

きれいに書きこまれた帳簿に目を通していたラグズデール卿が顔をあげて言った。「きみに似合えばいいが」

あれらのドレスが自分に似合うことを、エマは着るまでもなくわかっていた。「きっと似合います」ラグズデール卿が見つめ続けるので、彼女は先を続けるのをためらった。なぜわたしは、この人に恩を着せられるのをいやがるのだろう。侯爵は椅子の背にもたれて、ふたたび帳簿を調べだした。「あの、わたしなんかのためにこのような出費をする必要はなかったのです」

ラグズデール卿は帳簿を閉じて、机の横の椅子を指し示した。「ぼくにはたくさん欠点があるが、使用人にみすぼらしい身なりをさせて平気でいるような人間ではない。使用人もせめてぼくの半分くらいは立派に見えないとね」

エマが笑い声をあげると、侯爵も一緒になって笑った。「そりゃ、きみにぼくと同じくらい高貴な容貌を求めはしないよ。しかし、一緒に仕事をするなら、ぼくの求める水準に達していなくちゃならないことは、きみも認めるだろう？」

「ええ、認めます」エマは目をきらめかせてうなずいた。「ただし、わたしにも求める水準があります。あなたのおっしゃったことからすると、わたしがあなたのベストやズボンを気に入らなかったら、あなたはわたしの言うとおりに変えるのですね？」

エマが英国人相手にそれほどの軽口をたたくのははじめてだった。ラグズデール卿にもそれがわかったと見えてふたたび笑い声をあげ、手をのばして彼女の腕にふれた。「ああ、変えるとも。昔から立派な服装はたくさんの性格上の欠点を覆い隠すと言うからね。いくらでもぼくの悪いところを直してくれ」

ラグズデール卿を見ているうちに、エマは突然、まったく予期しなかった哀れみの感情にとらわれた。あなたは自分に欠点があることを確信している。なんて悲しいことでしょう。それにわたしが英国人に哀れみを覚えるとは、なんて奇妙なことかしら。

「きみはなにかとても深刻なことを考えているね」ラグズデール卿が言った。「どんなにりっぱな服やブーツを身につけても、ぼくの欠点は覆い隠せないほどひどいものかな？」

「ご自分で思っているほど欠点はありません」エマは早口で言った。じっくり考えていたら、なにも言えなくなるような気がしたのだ。「それから……昨夜は気にかけてくださってありがとうございました。わたしがしかられるのは当然です。これからは休みの日に出かけても、必ず暗くなる前に帰ります」

ええ、そうよ、あなたはどう受け取るか知らないけれど、わたしは本気で言っているのよ。エマはそう考えながら当惑して椅子に座っていた。なんだか胸の重しがとれた気がした。このような気持ちになったのははじめてだ。年季が明けるまでラグズデール卿の下で働くのも、それほど悪いことではない気がしてきた。彼女は真剣な目で侯爵を見つめた。

ラグズデール卿が同じように真剣な目でエマを見た。「そうか、ありがとう。きみが本気で言ったと信じるよ」

「本気です」エマは即座に言って立ちあがった。「あなたがお出かけになっているあいだにしておくべきことを教えてください。さっそくとりかかります」

ラグズデール卿は笑みを浮かべてしばらく彼女を見ていたが、やがて仕事の指示にかかった。いろいろすべきことがあるので、明日ノーフォークの領地へ旅立つまで、エマが遊んでいる暇はなさそうだ。「午後ぼくが戻ったら、きみにも厩へ来て新しい馬を見てもらおう」

侯爵は立ちあがって机の前の椅子をエマに譲り、ドアのほうへ歩きだした。「相当な出費になるだろうから、覚悟しておいてくれ。うちの家計費を抑えたいと考えているのなら、秘書や財政顧問がするように、ぼくに向かって渋い顔をすればいい」

エマはほほ笑んだ。「あなたのお金ですもの、どう使おうと、わたしがとやかく言うべき筋合いはありません」きっぱりと言う。「ええ、あなたがこのまま更生して、いつか結婚をなさるのなら。それが契約です」

「ああ、そうだったね」ラグズデール卿は同意し、いったん開けたドアをまた閉めて、ドアに背中をもたせかけた。「最初に緑色のドレスを着るのだろうね？」

エマは頬を赤く染め、机の上の書類をせわしなくいじりながらぼそぼそと答えた。

「聞こえないよ、エマ。ぼそぼそつぶやくのは、きみの悪いくせだ」

「いいですとも、あなたのおっしゃるとおりにします」エマは断言した。「それはそれとして、さっきからおききしたかったんです。昨夜、歌劇場でなにかいいことがあったのですか？」

「今朝はぼくの機嫌がやけにいいから気になるのだろう？」ラグズデール卿は洞察力を発揮して問い返した。「実を言うと、昨夜はぼくの仕切り席からオペラグラスで気づかれないようにクラリッサの魅力をたっぷり楽しみ、残りの時間を、どうやってきみに謝ろうかと考えて過ごしたのさ。じゃあ、出かけるよ」

エマは机に向かって座り、ラグズデール卿を見送ろうとした。彼はふたたびドアを開けて振り返った。「それとね、きみがなにか問題を抱えていて、ぼくに打ち明けたくなったら、いつでも相談に乗るから。もしかしたらきみが驚くような解決策を見つけてやれるかもしれない」

あの人は本気であんなことを言ったのかしら。エマは午前中を書斎で過ごすあいだ、何度もそれについて考えた。しかし、これまで約束を守った英国人には会ったことがない。彼女はラグズデール卿の申し出について考えるのをやめ、手紙の返事を書くのに専念しようとしたが、侯爵の言葉が繰り返し頭に浮かんだ。

朝、机の上にあった大量の招待状のひとつひとつに、エマはラグズデール卿の指示に従って断りや受諾の返事を書いた。そして、わたしなら退屈な痛風持ちの侯爵家の晩餐会よりも野外での食事会のほうがいいわ、などと考えたりした。たぶん侯爵は、馴染《なじ》み深い煙草の煙のほうが蟻《あり》よりも好きなのだ。これらの催しのどれかに、わたしが彼のかわりに出向いたら、その家の人たちはどんな顔をするかしらと考えて、エマは忍び笑いをもらした。父によく言われたものだ――おまえの落ち着いた優雅な身のこなしなら、どのような社交の場に出てもりっぱに通用する、と。もちろんロンドンで通用するには、アイルランド訛りを直したり、くだらない社交界の決まりごとを学んだりしなければならない。

エマの考えはクラリッサ・パートリッジのことに及んだ。「相手にしているのがどのような男性なのか理解できるくらい、あなたが聡明であればいいけど。ラグズデール卿はこちらの手腕次第で、いい形にも悪い形にもなる粘土みたいなもの。正しく導いてあげれば、りっぱな人物になれる素材よ」

夕方になってエマの目がしょぼしょぼし始めたころ、侯爵が書斎に現れた。怠惰な人間にとってはかなり骨の折れる一日だったはずなのに、彼は少しも疲れたように見えなかった。一日じゅう座りっぱなしだったエマは、顔をあげたとたん首筋に鋭い痛みが走ったので、顔をゆがめた。

「なんでしょう?」彼女はきいた。今までこんなにうれしそうな顔をしているラグズデール卿は見たことがなかった。

侯爵の目は生き生きと輝き、少年みたいにそわそわして、体じゅうからエネルギーがあふれ出そうに見える。エマはふと弟のことを思いだし、かすかな胸の痛みを覚えた。

「エマ、ぼくの馬たちを見てくれ!」

「馬たちって、何頭も買ったのですか?」彼女は尋ねた。

「うん、一頭だと思ったのかい?」ラグズデール卿が応じた。「すばらしい馬がいっぱいいて、我慢できずに二頭買ったんだ」

「二頭ですって?」エマはまた問い返した。「すばらしい馬がたくさんいたのはわかるけど、それにしても……」彼女はやめた。「本当に二頭だけですね?」

「ああ」ラグズデール卿は断言し、エマの腕をとって立たせた。「デヴォンのコヴェンデンホールに住んでいるサー・バートラム・ウィンスイッチは、よく借金をこしらえて首がまわらなくなり、そのたびに仕方なく馬を何頭も手放すのだという。今日馬市場へ行ったのは運がよかった。エマ、手紙はあとにしろよ！」

エマはインク瓶に蓋《ふた》をし、ラグズデール卿に導かれるまま母屋を出て厩へ行った。侯爵は心底馬好きとみえて、運よく手に入った馬たちの美点を次から次と並べたてた。

「その馬たちは空を飛べるなんて言いだすんじゃないでしょうね」エマは彼にせかされて足を急がせながらつぶやいた。

「飛べても不思議じゃないほどだ」ラグズデール卿は応じ、いちばん大きな馬房の前で立ちどまった。「ほら、どう思う？　これならりっぱな投資だろう？」

エマは否定できなかった。ラグズデール卿が馬房の横棒に両肘をつくと、奥にいた馬が近づいてきた。それは目の肥えた博労がよだれを垂らしたくなるほど魅力的な栗毛の雄馬で、とても背が高く、気高そうな面立ちに、厚い胸板と、どこまでも駆けていかれそうなたくましい脚をしていた。しかも紳士のように行儀がよく、人間の言葉を理解できるのではないかと思えるほど利口そうな顔をしている。

エマは横棒へ近づいて馬の鼻面をそっとなでた。「まあ、なんていい子なの」とささやきかける。「ラグズデール卿、ほんとに今日は運のいい一日でしたね！」

彼はうなずいた。「そのとおり。そう言ったじゃないか。知っているかい？　今日の午後はトランプでも勝ったんだよ。しらふのときのほうがうまくプレーできることがわかった。

そのあとクラリッサ・パートリッジを訪問したんだ」

「ミス・クラリッサは紅茶とマカロンを頂きながら、地の果てまでもあなたについていくと誓ったんじゃありません?」エマはからかった。

侯爵は笑った。「そこまでは誓わなかったが、来週ぼくが戻ってきたら、一緒にコヴェントガーデンの歌劇場へ行くと約束してくれた」

「やりましたね!」エマは拍手した。

ラグズデール卿はふざけておじぎをしてから、エマの肩越しに視線を向けた。「そこにもう一頭すてきな馬がいるよ」

エマが通路の反対側の馬房を振り返ると、さっきの馬よりも小さな葦毛《あしげ》の雌馬が興味深そうにふたりを見ていた。まるで彼らの会話を聞いていたかのように、耳をこちらへ向けている。エマはその馬の優雅なたたずまいに感嘆し、また手をのばして鼻面を軽くなでた。そして馬にほおずりしながら、侯爵は馬のことをよく知っているのだと思った。脳裏に父親の厩が、後悔や悲しみと無縁の楽しい記憶となってよみがえった。

「ああ、ラグズデール卿、あなたに父の厩を見せてあげたかったわ」エマは自分の置かれた立場を忘れて言った。「ここにいる馬に勝るとも劣らない糟毛《かすげ》の馬がいて……」そこで話すのをやめた。ラグズデール卿がこちらに注目していることに気づいたのだ。「でも、そんなことに興味はありませんよね」彼女は言い終え、当惑して雌馬から離れた。

ラグズデール卿が馬に注意を戻したので、エマはそれ以上気まずい思いをせずにすんだ。

「エマ、きみは貧乏なアイルランド人なんかじゃないのだね」侯爵は彼女を見ないで言った。「ぼくにはわかる。きみのお父さんはきっとりっぱな厩を持っていたにちがいない」

わたしが家族の話をしたところで、ラグズデール卿が興味を示すはずないわ。エマはそう思うと、いつも英国人に対して覚えるあきらめの念を抱いた。「ええ、そうです。でも、その話をしてあなたを退屈させるつもりはありません」彼女は葦毛の馬を見て話題を変えようとした。「これは女性の乗る馬ですね。こんなことは言いたくありませんが、ミス・クラリッジのために買ったのだとしたら、がっかりすることになります。彼女は馬に乗りません」

ラグズデール卿はエマをまじまじと見つめた。いつまでも見つめ続けるので、彼女は不安になった。この人はわたしの心の傷口を広げるような質問をするのではないかしら。ああ、お願い、話題を変えてちょうだい。

侯爵はエマから視線をそらし、葦毛の馬の耳をもてあそんだ。「この馬を買うときにぼくの頭にあったのは、将来のことだ」ラグズデール卿はためらったあとで説明した。「いつかクラリッサがこの馬に乗りたいと言いだすかもしれない」

まあ、やっぱりあなたは恋をしているのね。エマはそう思うと同時に、侯爵が話題を変えたことを感謝してほほ笑んだ。「ええ、そうですとも。さてと、もうよろしければ、わたしはまだ仕事が残っていますので」

ラグズデール卿はエマに向かってほほ笑み、ポケットに手を入れて馬の代金の領収書を出した。「いいとも。じゃあ、これを記帳して銀行へ送ってくれ」金額を見た彼女が驚愕の表情をしたので、侯爵はにやりとした。「その程度の金はいくらでも支払えるんだから、文句を言わないでくれ！」

エマは頭を振った。ラグズデール卿が道楽で買った二頭の馬の代金で、小都市の人口を養えそうだ。彼女はじっと金額を見つめた。これだけあったら、侯爵の領地の小作人ばかりか、近隣の小作人全部の家を建て替えられるだろう。彼がノーフォークへ行って家々の屋根や垂木の状態を調べるときも、これくらい気前がよかったらいいけれど。

エマはもう一度美しい二頭の馬を見てから厩を出た。ラグズデール卿が彼女の歩幅に合わせて一緒に母屋へ向かった。

「当然ながらあの二頭を馴らさなくてはならない。エマ、明日ノーフォークへ行くとき、きみがあの雌馬に乗っていってくれ。きみは馬に乗れるのだろう？」

馬に乗るのは得意よ、ラグズデール卿、とエマは胸のうちでささやいた。アイルランドにいたころは、兄たちと競争でウィックロー県をすみからすみまで乗りまわしたものだ。まるでウィックロー県全部がわが家の地所であるかのように。でも、今ではそれがまるで他人の人生だったように思える。

「乗りたいのはやまやまですけど、乗馬服を持っていません」エマは口実があることを喜ぶ一方で、なぜわたしは乗れないことを喜ぶのかしらといぶかしんだ。

「そのことなら問題ない」ラグズデール卿がきっぱり言った。「母がきみに合う乗馬服を持っているだろう。母はもう馬に乗らないんだ。少々流行後れかもしれないが、気にしないだろう？　ぼくと馬に乗っていこう」

それは命令ではなかったので、断ろうと思えば断れた。エマはためらった。

「もちろんきみが母やサリーやアクトンと一緒に馬車で行きたいんだったら、そうしてもかまわない」侯爵がなめらかな口調で言い添えた。

アクトン。あの冷たい目をしたがみがみ女と、一日半も馬車に閉じこめられて過ごさなくちゃならないの？　考えただけでぞっとする。「いいえ、いいえ」エマは慌てて言った。「あなたと馬で行きます」


レディ・ラグズデールの乗馬服は少し体に合わなかったが、ブーツはぴったりだった。翌朝、侯爵に横乗り用の鞍の上へ抱えあげてもらったエマは、彼から乗馬鞭《むち》を受け取って、革製のブーツをとんとんたたいた。鞍の座り心地もブーツの履き心地も申し分なかった。たったひとつ不安なのは、これから一日じゅう並んでいくからにはラグズデール卿と会話を交わさなければならないことだった。

彼らは四輪馬車を従えて早朝のロンドン市街を通り、まもなく郊外へ出た。垂れこめた雲と、一年を通してロンドンを覆っている霧のために、太陽は顔をのぞかせていなかった。彼らが着実な足取りで北東の方角へ進んでいくうちに、やがてイギリス海峡へ向かって吹く風が霧を払い、雲間に美しい青空が見えた。

エマがほっとしたことに、ラグズデール卿は話しかけてこなかった。並んで進みながらも彼が黙りこくっているので、ノーフォークへ行くことにしたのを早くも後悔しているのかしら、とエマはあやしんだ。昨夜、荷造りを手伝っているときにレディ・ラグズデールが打ち明けたところによれば、父親を一族の墓地へ葬ったとき以来、侯爵はノーフォークの領主館を一度も訪れていない。

「お葬式のときでさえ、あの子を担架に乗せて礼拝堂へ連れていかなければならなかったの」レディ・ラグズデールは言った。「あれ以来、ジョンは一度もノーフォークに足を踏み入れていないわ」ため息をつき、手にしたペティコートに視線を落とす。「わたしたち、それについて話さないことにしているの」

エマはラグズデール卿の横顔を眺め、少なくともあなたは父親が埋葬されている場所を知っているのだわ、と考えた。わたしのように夜中眠らずに、父は生きているのだろうか、それとも死んだのだろうか、などと悩まないですむ。

「なんだ、エマ？」

不意に声をかけられて、エマはびっくりした。「わたし……わたし、なにも言いませんでしたけど」彼女は口ごもった。

「しかし、なにか言いたそうな顔をしていたよ」

エマはかぶりを振った。「あなたの思いちがいです」

「そうか」ラグズデール卿は穏やかに言ったきり、また黙りこんだ。

それからの長い道のりを、ふたりは口を閉ざして進んだ。エマは沈黙が少しも気まずくないことに気づいた。わたしはこうして静かにしているのが好きだけれど、侯爵はわたしを退屈な道連れと考えているのではないかしら。だってこの人は、トランプ用の部屋や社交クラブ、応接室、茶会、舞踏会など、にぎやかなところに慣れている貴族ですもの。わたし相手に退屈して居眠りし、馬から転げ落ちなければいいけれど。エマはそう考えてにやにやした。

「どうした？」ラグズデール卿がきいた。

彼女はびっくりして笑いだした。「あなたは頭の後ろにも目がついているのですね」

「いや。左側にひとつついているだけだ。しかし、ちゃんと役割は果たしている。なにがそんなにおかしいんだ？」

秘密にしておくほどのことではなかった。「わたしが話し相手にならないから、あなたが退屈して眠りこんでしまい、馬から落ちて、仰向けに地面へ倒れている場面を想像したんです」

ラグズデール卿は頭を振った。「退屈なんかじゃないよ。それどころか、きみが黙っているのに感謝していたんだ。きみは知らないだろうが、今年の社交シーズンが始まってからというもの、くだらない会話の相手ばかりさせられてうんざりしていた。みんな自分は機知に富んでいると思いこんで、だれもが同じ話を繰り返す。きっと粘土板かなにかに書いてあるのだろう」エマの目を見て続ける。「きみはぼくを完全に更生させるかもしれないね、エマ。長い沈黙や理知的な会話の信奉者になったぼくは、そのあとどうなるのだろう？　友人たちが受けるショックを想像してごらん」

エマが笑うと、侯爵も一緒に笑った。「もうすぐ昼食だというのに、この長い時間、きみは天候や流行や最新の噂話などについて、ひとことも話さなかった」

「あなたはなんの話をしたいのです？」とうとうエマは尋ねた。「天候ですか？　それとも流行？　あるいは噂について？」

ラグズデール卿が手綱を引いて馬をとめたので、エマもとめざるを得なかった。

「ぼくの父についてだ」

13

「でも……でも……お母様の話では……あなたはお父様のことを話したくないのだと……」

エマは言いよどんだ。雌馬が彼女の突然の動揺を感じ取ったのか、わずかに興奮して足踏みをした。エマは馬の首をそっとたたいてなだめ、適切な言葉を探した。「だって、あなたのお母様も、担当の銀行家も、そしてデーヴィッド・ブリードローさえもが……みんなわたしに、その話題は持ちださないようにと忠告したんです」

ラグズデール卿が馬に話しかけ、彼らはふたたび進みだした。「みんな思いちがいをしている」馬車とかなり距離が開いたところで、ようやく侯爵は言った。「たしかに一時期はそうだったが、最近になって、自分の胸だけに秘めておくのはかえってつらいことだとわかった」

彼の言葉は飾りけがなく、しかも感情がこもっていたので、エマの心にまっすぐ届いた。彼女は並んで馬を進めながら、これまでと同じ目でラグズデール卿を見ることは二度とできないだろうと思った。彼女は息もできないほど強烈な感動を受けた。わたしはこの人にどう言えばいいのだろう？　なにも思いつけない。侯爵はなにかを期待するようにエマを見ている。言うべき言葉を必死に探しているうちに、口数が少なくて思いやり深かった母親のことがエマの頭に浮かんだ。母親は悩んだり悲しんだりしているエマを見ると、〝話してごらん〟とやさしく声をかけてくれたものだ。

「話してください」エマはそれだけ言った。

「今でも、父ほどりっぱな人間はこの世にふたりといないと考えている」ラグズデール卿は母親に聞かれるのを恐れるかのように背後を振り返った。馬車ははるか後方の点にすぎなかった。侯爵は咳払いをして悲しそうにほほ笑み、視線を鞍へ落とした。「しかし、問題はそこにあるのではないかと思う」手をのばしてエマの腕にふれる。「きみは理想の人物に負けない人間になろうとしたことがあるかい？」

その質問について考えをめぐらしたエマは、はじめてラグズデール卿が理解できたと思った。彼にほほ笑みかけて頭を振る。「コステロ家の人間はみな、理想的というよりも普通の人たちでした。わたしは……ひとり娘で、兄弟たちはわたしのことなど重要視していませんでしたし、わたしが彼らと全然ちがうことを喜んでいました」

ラグズデール卿はうなずいた。「活気にあふれた家族だったんだろうね、エマ。いつかきみの家族のことを話してもらおう」

「ええ、いつか」話すことは絶対にないと思いながらも、エマはそれを悟られないように言った。「でも、わたしたちが話題にしているのは、あなたのお父様のことでしょう?」

「ああ、そうだ。父は善良で、礼儀正しく、円満な性格と、あらゆる美徳を備えていた。ありがたいことにぼくは次男だったので、完璧な人間になることを求められはしなかった。そうした期待を背負っていたのは兄のクロードだ。クロードは父にそっくりだった」

ラグズデール卿は口を閉ざした。エマは賢明にも沈黙を破らなかった。わたしは知恵を身につけつつあるのだと思いながら、心の中で葛藤《かっとう》を続ける侯爵を見守る。

「クロードが死んだのは、ぼくがハロー校へ行っているときだ。父は兄にかけていた期待を、そっくりぼくに向けた」

ふたたび長い沈黙が続いた。静かにしているのよ、エマ。彼女はそう自分に言い聞かせ、どこまでも黙ったまま馬を進めた。やがてまたラグズデール卿が口を開いた。「それまで父がぼくに関心を示さなかったというんじゃない。だが、期待と関心とはちがう」彼は頭を振った。「ぼくの言っていることは、つじつまが合わないかもしれないね。しかし、ともかくそうなんだ。クロードが熱病で急死し、一夜にしてぼくが一家の期待を担うことになった」

侯爵はエマを見た。「跡継ぎには学ばなければならないことがいろいろある。ところがぼくは出来が悪くて、そうしたものを学んでこなかった」

二週間前だったら、いや、一週間前でも、エマは侯爵に同意しただろう。なんて奇妙なのかしら。自分を責める彼を、わたしは弁護したがっている。好いてさえいないのに。エマは空を見あげた。太陽は相変わらず雲の背後に隠れていたから、奇妙な考えを日に当たりすぎたせいにすることはできない。続いて頭に浮かんだのは、あまり好ましい考えではなかった。あまりにも長いあいだ憎悪を心にはぐくんできたため、相手が友達になろうとしていることに気づけないのだろうか。最後の友達を思いだすことすらできない。

それはぞっとする考えだった。少し前のエマなら即座にその考えを退けただろうが、今の彼女はそうしなかった。それについてじっくり考察してみる必要がある。そして気持ちの変化を受け入れるのだ。それが思慮深いやり方だろう。わたしが負債を返済し終えたと侯爵が見なすまで彼に仕えなければならないことは、明白な事実なのだから。彼女はそう考えてうなずいた。

「いったいきみはなにを考えているんだ？」

穏やかな質問の声が、深い物思いにふけっていたエマを現実へ引き戻した。答える必要のない質問だと思った。だが、ラグズデール卿を見ると、こちらが腹立たしくなるほど気抜けしていたはずの顔に真剣な表情が浮かんでいたので、ぜひ答えなければならないと感じた。彼女は手綱を引いて馬をとめた。

「あなたの友達になれたらと考えていたのです」

エマはそう言ったあとで、自分の厚かましさに息をのみ、彼女を見つめるラグズデール卿の視線にいたたまれなくなった。わたしときたらほんとにばかね。侯爵に友達づきあいを求めるなんて、身の程知らずもいいところよ。いつになったら口を閉ざしていられるようになるの？

「あの……ごめんなさい」侯爵がいつまでも黙っているので、エマは謝った。「身の程をわきまえずに失礼なことを言いました。お許しください」

こうしていつまでも凝視されていたら、恥ずかしくて死んでしまう。エマはパニックに陥りそうだった。侯爵が背中を向けて先へ進んでいってしまったらどうしよう。もっと悪いことに、わたしに馬からおりて、あの鬼みたいなアクトンと馬車に乗っていけと命じたら？

「すみませんでした」エマはもう一度小声で謝った。

「謝ることはない」ラグズデール卿が言った。「よし、握手をして友達になろう。友達ができるのはすごくいいことだ」

彼女は驚いて侯爵を見た。自分の顔が真っ赤になっているのがわかった。ラグズデール卿が馬を近づけて手を差しだした。エマは息をつめて彼の目を見つめ、本能的に手を差しだして握手した。そして深呼吸をひとつし、勢いこんで言った。「こうして友達になったんですもの、心配は無用です。あなたやお父様についてどのような話を聞かされようと、非難するようなことはしません」

侯爵がにっこりすると、顔からすさんだ表情が消えた。「友達として非難はできないのだね？」とささやく。「もう少し先へ行こう」彼が馬に拍車をかけて駆けさせたので、エマもすぐ後に続いた。

馬車との距離がかなり開いたところで、ラグズデール卿は速度を落とし、鞍に片方の足を乗せて、ゆったりした歩調で馬を進ませた。「次男だったぼくは軍人の道を歩むことになっていたが、クロードの死によってすべてが変わった。ハロー校を出たぼくは、ブレイズノーズ校へ進んだ」彼はため息をついた。「ぼくはいい学生ではなかった。学寮長はいまだにぼくをよく覚えているよ。さんざん悪いことをしたからね。ぼくに厳しくあたったように、彼はいとこのロバート・クラリッジにも厳しく接していることだろう」

「お父様はあなたに怒りを爆発させたり、しかりつけたりなさった？」エマは尋ねた。「わたしの父ならきっとそうしたわ」

ラグズデール卿は首を横に振った。「父はやさしかったから、そんなことはしなかった」

それをやさしいと言えるのかしら、とエマは首をかしげた。時として父親と息子の真剣な口論ほど愛を雄弁に語るものはないのでは？　よく覚えているけれど、わたしの父と兄は何度も激しい口論をした。あなたの父親は本当にあなたが考えているほどりっぱな人だったのかしら。あやしいものだわ。エマはすぐにその考えを引っ込めた。ラグズデール卿はわたしなんかよりもはるかに自分の父親を知っているのだ。わたしは彼に会ったことさえない。

「父はよくオックスフォードへ来て、ぼくの情けなさにため息をついては、一家の未来がぼくにかかっていることを思いださせたものだ」侯爵は言った。「もちろん父は正しかった」

「あなたがお酒を飲んだり娼婦《しょうふ》と交わったりし始めたのはそのころから?」エマは唐突に尋ねた。

ラグズデール卿はしばらく黙って彼女の質問に考えをめぐらせていた。「たぶんそうだろう」ゆっくりと言う。「それ以来ずっと大量のジンと女性の肉体に溺れ続けている気がする」彼は赤面もせずにエマを見た。「ただし賭け事だけはやみつきにならなかった」

エマは笑った。侯爵も一緒に笑ったが、すぐに笑うのをやめて、鞍に乗せていた足をあぶみへ戻し、馬をゆっくり駆けさせた。エマも後に続いた。

「父はイーストアングリア歩兵連隊の指揮官で、九八年に反乱を鎮圧するためにアイルランドへ送られた」彼は続けた。「前々から軍人になりたかったぼくは、ブレイズノーズ校から自由にしてくれとしつこく父に頼み、ようやく願いを聞きいれてもらって、アイルランドのコークで父の軍隊に合流したんだ。それがあんなことになるとは、ああ、エマ」

彼女はそのあとに続いた沈黙を破るようなことはしなかった。エマ自身が一七九八年へと連れ戻されていたからだ。当時、彼女は十五歳で、地所のなかを暴徒がうろついたり軍服姿の兵士が通ったりするときは、用心して家から出ないようにしていた。食事時に父親はテーブルをこぶしで殴っては兄たちに向かって指を振り、他人の喧嘩《けんか》に首を突っ込むような愚かなまねはするなと警告したものだ。だから一家は厄介事に巻きこまれないよう用心深くふるまい、一七九八年の反乱にはかかわらなかった。だが、それで結局どうなったというのか。

母とティムは死に、ほかの人たちはいまだに行方が知れない。彼女は侯爵を見て、遅かれ早かれ家族に関する質問をされることを悟った。

「きみの家族もかかわったのか？」

エマは嘘をつかないですむことにほっとし、首を横に振った。「かかわりませんでした。わたしたち一家が住んでいたのはエニスコーシーから……それとヴィネガーヒルから、あまり遠くないところだったのですが」

「あれほどひどい場所はない」侯爵は言った。「なぜきみたちはかかわらないですんだのだ？」

エマはまっすぐ前方に視線を据えて答えた。「父はプロテスタントの地主だったのです。あれはわたしたちの戦いではありませんでした」

「本当にそうなのか？」侯爵が静かに尋ねた。

「本当です」その言葉に嘘はなかった。ラグズデール卿がヴィネガーヒル以外にアイルランドのことを知らなければ、彼がほかのつながりを考えつくことはないだろうし、エマは一七九八年の夏以降のことを追体験しなくてすむだろう。侯爵を見るのが怖かったので、視線をそむけたまま反撃に出た。「でも、わたしたちが話しているのは、あなたのことです。軍隊に入れて、あなたはうれしかったのですか？」

ラグズデール卿はかぶりを振り、馬の手綱を操って道路からそれた。エマはどうしたのだろうとあやしみながらも後に続いた。侯爵は馬をおりて、彼女を助けおろした。「そこに座ろう」彼は言った。「馬車が来たら、手を振って先へ行かせればいい」

エマは馬をおりられてうれしかったけれど、ラグズデール卿と一緒に木へ歩いていくときは、体の節々が痛くて顔をゆがませた。

「体がこわばってしまったね」侯爵は少し愉快そうに言った。

「一八〇三年を最後に、馬に乗ったことがないんです」エマはそう言ったあとで唇をかんだ。

「ふーむ、その年にはなにかあったような気がするな。なんだっただろう?」ラグズデール卿は自分自身に尋ねるように言った。

エマは息をつめた。

「まあ、いい、気にしないでくれ」侯爵は木の根元に腰をおろして幹に背中をもたせかけた。エマは手綱を馬の頭越しにほうり、彼と並んで座った。二頭の馬は道端の草を食べだした。

「どこまで話した? ああ、そうか、軍隊に入ったところだ」彼は額をもんだ。「入ってみたら、軍隊は学校と同じくらい性に合わないことがわかった」顔をしかめる。「軍隊もくだらない規則ばかりなのさ。父がぼくに大尉の地位を買ってくれたが、正直な話、ぼくほど無能な将校はふたりといなかっただろう」

「でも、あなたは軍隊に入りたくて入ったんですよね」エマは言った。秋に落ちた枯れ葉が土にまじって朽ちていくにおいがする。彼女はそのにおいをかいでうっとりし、これがさわやかに晴れ渡った日で、ふたりのしているのが楽しい会話なら、ピクニック気分になれるのにと思った。

「軍隊をいいところだと考えていたが、その幻想は長続きしなかった」ラグズデール卿は振り返って彼女を見た。「エマ、将校の地位を金で買える制度がどれほどばかげているか、考えたことがあるかい？　イーストアングリア歩兵連隊の無学な一兵卒でさえ、ぼくよりも兵隊の動かし方や戦いの仕方を知っていたくらいだ」ため息をつき、放心した様子でエマの手をとる。「あそこでぼくらを取り囲んでいたのは、貧困にあえぐ人々、ぼくらを憎んでいる人々だった。戦争は巷《ちまた》で噂されるほどかっこいいものではない。軍服はすぐ汚くなるし、だれもが悪臭を放ち始める。そして人が大勢死ぬ。ああ、エマ、人間なんて簡単に死ぬんだよ」

ラグズデール卿は握っていた手を離し、それきり黙りこんで眼帯の上の額をもみ続けた。

「父がヴィネガーヒルで死んだのは、ぼくが無能だったからだ。あのりっぱな人があんな死に方をするなんて！」

突然、ラグズデール卿が大声で言ったので、エマはびっくりした。彼は肉体的に接触していないと先を続けられないかのように、ふたたびエマの手を握った。彼女が握り返すと、侯爵はもごもごと謝って、すぐに手を離した。

「あれは輝かしい戦いだったと自慢できればいいが、実際は戦いとさえいえないものだった。

何人かの暴徒が哨戒線《しょうかいせん》の近くで一頭の牛を殺し、大鍋《なべ》で煮るために、いくつかの塊に切り分けた。彼らが死にそうなほど飢えていたのは明らかだったから、ぼくはただ哀れみしか感じなかった。つまりぼくらは、ただ立って眺めていただけなのだ」

ラグズデール卿は話すのをやめたが、エマは待ちきれずに先を促した。「それからどうなったのです？」

「なぜかわからないが、部下のひとりが哨戒線から飛びだして丘を駆けあがり、牛肉の大きな塊をつかんだ」いまだに不思議でならないかのように、侯爵は首をかしげて言った。「たしかにぼくらの食料配給は数日前から半分に減らされていたが、それにしても、なぜだ？まったく理屈に合わない衝動的行動だったとしか思えない」

エマはふたりの肩が触れそうなほど体を傾けた。「わたしには理解できない。それがなぜあなたの過ちになるの？」

「ぼくが悪かったんだ」ラグズデール卿は暗い声で答えた。「ぼくはその部下のすぐ横に立っていたのに、彼が丘を駆けあがるのを見てしたことといえば、どうしたらいいか尋ねるために軍曹を探したことだ！　やっと軍曹を探しあてたのは、暴徒がどっと丘を駆けくだって、父を馬から引きずりおろしたときだった。父はそれまで彼らに背を向けていたから、なにが起こったのか知らなかっただろう。それほど突然の出来事だったんだ」てのひらにばしっとこぶしを打ちつける。「ぼくはなんの役にも立たなかった！」

今度はエマのほうから手を握ったが、ラグズデール卿は振り払って立ちあがり、すたすたと歩いていって馬にまたがった。急いで後を追ったエマが鞍へ腰を据えたときには、侯爵は道をかなり先へ進んでいた。馬車がすぐ背後に迫っていたものの、エマは御者に手を振っただけで馬を疾駆させ、ラグズデール卿を追いかけた。そして、ちっぽけな行為が往々にして大事件へと発展するものだと考えた。親切心でひとりの旅人に一夜の宿を提供したために、一家が破滅することだってあるのだ。でも、そんなことを考えてはだめ、とエマは自分をたしなめ、馬に拍車をあてた。

二キロ近く先でようやくラグズデール卿に追いついた。侯爵は馬をおりて歩いていた。汗だくの馬が大きな犬のように従っている。エマは彼と並んで馬を進ませながら、この人はわたしがいることに気づいているのかしらといぶかしんだ。彼はそれほど一心に前方の道路を見据えていた。

「ぼくは父を取り戻そうと丘を駆けあがったが、無駄だった」ラグズデール卿は道路を見据えたまま単調な声で話を再開した。「彼らが父を捕まえてからぼくが負傷するまでの時間は、せいぜい一分程度だったにちがいないが、永遠だったような感じがする」そしてエマを見る。「ぼくは四六時中そのことばかりを考えているよ。一時間に一度はそれが思いだされるんだ」

そうでしょうね。あなたがそのことばかり考えているのは当然だわ。エマはそう思って胸がいっぱいになった。毎日することもなく、ただぶらぶら過ごしているんですもの。わたしみたいに年季奉公の身になれば、少なくとも二時間は思いださないでいられるでしょう。エマは彼の苦しみが理解できると言いたかったけれど、口をつぐんでいた。ええ、そうよ、そんなことを言ったら、なぜきみがそのような苦しみを知っているのかと問い返されるだろう。わたしにはまだそれを話す勇気がない。

ラグズデール卿が立ちどまってエマのほうへ両手をあげ、さも自分は無力だというしぐさをした。「父の姿は、つるはしや熊手《くまで》やこん棒を持った男女の群れのなかに消えた。ぼくはつるはしで目を殴られ、血で見えなくなった。そのあとのことは覚えていない」

「たぶんそのほうがよかったんだわ」エマはそう言って馬をおりた。

「ああ、たぶん」ラグズデール卿は同意したものの、確信がなさそうだった。「ほかの人たちもそう言うよ。ぼくはただちに傷病兵輸送車でコークへ運ばれたから、切断された父の首がヴィネガーヒルのてっぺんで熊手に刺さっているのを見なくてすんだ」彼は身震いした。「埋葬するために故郷へ運ぼうにも、父の死体はほとんど残っていなかったそうだ」

「まあ、なんてこと！」エマは叫んで、侯爵の腕をとった。突然、ラグズデール卿が彼女の指に指を絡めてきて、ふたりは手に手をとって歩きだした。しばらく行ったところで、彼が握りあっている手を見おろした。

「だれかがぼくらを見たら、楽しいピクニックをしていると思うかもしれないね」侯爵はそう言って手を離した。「ピクニックなんか、いつしたのか思いだせないほどだよ」

「きっとこれからはしょっちゅうすることになるでしょう」エマは励ますように言った。「ロンドンへ帰ったら、クラリッサ・パートリッジの居間で紅茶を頂いたり、一緒に美術館へ出かけたり、ピクニックに行ったり、なんでも好きなことをすればいいのです」彼女は立ちどまってふたたび彼の腕をとった。「ご自分を責めてばかりいてはいけません。なにかあなたにふさわしい職業に就けば、つらい思い出にさいなまれなくなるかもしれません」

「馬に乗せてあげよう、エマ」ラグズデール卿は彼女を鞍の上へ抱えあげ、自分も馬にまたがって進みだした。「問題がある。ぼくが軍人に向いていないのは明らかだ。オックスフォードだってやっと出られたんだ。信心深くないから司祭には向かないし。母はぼくに働く必要はないと言うが、ただだらだらと生きていたら、気が変になってしまう。世のために役立つ仕事をなにか見つけなくては」

「ご自分の領地を管理することだって重要な仕事ですもの、じゅうぶんに生きがいを感じられるんじゃないかしら」エマは言った。

ラグズデール卿は眉根を寄せた。「そうは思えないよ。今さらぼくが手を出さなくても、領地は文句をつけようがないほどりっぱに管理されていて、毎年、膨大な収入をもたらしてくれるんだ」

エマは侯爵を元気づける言葉を必死に探した。「きっとあなたはもうすぐ結婚して父親になります。暇をかこってなどいられないでしょう」

彼はにっこりした。「うん、そうだね。非の打ちどころのないクラリッサ。彼女はとても愛らしいんだ。ぜひきみに会わせてあげたい。でも率直なところ、朝から晩まで子育てに専念することはできないよ。こんなぼくでもね。それにクラリッサはあまり子供が……」途中で話すのをやめ、エマにほほ笑みかける。「そうとも、ぼくには職業が必要だ。忙しくて、くだらない考えにふけっている暇を与えてくれない職業が」

エマは言うべき言葉を思いつけなかった。わたしの母なら、自分のことにかまけているこの人をしかりつけただろう。でも、ラグズデール卿の苦しみがわたし自身の苦しみに重なって、なにも言えない。わたしもまた暇な時間にはつらい思い出にさいなまれ、後悔ばかりしている。一八〇三年のあの恐ろしい日に戻って、もう一度やりなおせたら、と。あの日を取り戻すことさえできたら、ちがう結末になるだろう。

そのあとは、旅のあいだも宿へ着いてからも話すことはなかった。夕食後、ラグズデール卿が散歩をしてくると一同に告げた。その口調から、ひとりで散歩にいきたがっているのが感じられた。エマがベッドへ入ってろうそくの火を消したときも、侯爵はまだ帰ってこなかった。わたしの分も歩いてきたらいいわ、と彼女は眠い頭で考えて目を閉じた。

一行がラグズデール卿の領地へ着いたのは、翌日の昼近くだった。まるで奇跡が起こったかのように、太陽がイーストアングリアの海岸を照らしていた。青い空と切り立った白亜の断崖《だんがい》の対照が目にまぶしい。さわやかな風が頬をなでていく。侯爵と馬を並べて海辺の道をたどっていたエマは、イングランドへ来てはじめて強烈な懐郷の念を覚え、たちまちこの土地が好きになった。ここにはウィックロー県のようななだらかな丘はなく、草木はまだ芽吹いていないけれど、春になればきっと美しい田園風景が展開するだろう。彼女の心は空高く舞いあがるひばりのように軽くなった。

ラグズデール卿にはエマの考えが読めたようだ。「たいていの人々にとって、ここの気候は快適というには厳しすぎるようだよ」彼女の顔を見て言った。

「わかる気がするわ」エマは応じた。「今はこんなに穏やかだけど、時には風が激しく吹きすさぶのでしょうね」

侯爵はうなずき、昔を思いだしたのか、顔をほころばした。「雨が横殴りに降るから、草は濡れもしないんだ」

領主館はエマの予想よりもずっと小さかった。建物は灰色の石造りで、窓枠は白く、前庭の芝生のところどころに低木が生えている。それら低木や、本来なら高くなるはずの数本の木々が、絶えず強風にあおられて同じ方向へ曲がっていた。エマはいささか驚いてラグズデール卿を見た。

「大きな家はどこにあるのかと不思議に思っているのだろう?」侯爵がきいた。「祖父が増築を控えたせいか、父もまったく手を加えようとしなかった。少々小さすぎるとは思うが、ぼくが増改築しようとしたら、きっと母が反対するだろうな」

　土地管理人が玄関先でふたりを出迎えた。彼らは一列に並んでおじぎをする使用人たちの前を通って玄関広間へ入った。エマは家政婦にマントを脱がしてもらいながら、賛嘆するように家のなかを見まわした。ラグズデール卿は帽子と外套を家政婦に渡し、着古した革製の服を着ている頭のはげた男性を手で示した。

「エマ、こちらは土地管理人のエヴァン・マナリングだ。エヴァン、こちらは……」

　土地管理人が歩みでてエマにおじぎをしたので、彼女はうろたえた。「結婚なさったとは知りませんでした、だんな様。教えてくだされればよかったのに」土地管理人はラグズデール卿の紹介が終わらぬうちに言った。「努力がみごとに実を結ばれたのですね。おめでとうございます」

　エマはあえぎ声をもらし、続いて笑い声をあげた。「まあ、あなたは誤解をなさっているのです」

「彼女はぼくの秘書だ」侯爵が顔を赤くし、慌てて言った。「おいおい、そんなにびっくりしないでくれよ。雇ったいきさつを話せば長くなるが、断言してもいい、このエマ・コステロは手紙を書くのが上手で、ぼくの財政状況をよく把握している。エマ、こちらはミスター・マナリングだ」

　ふたりは握手をした。土地管理人は口ごもりながら勘ちがいを謝り、おかしそうに忍び笑いをもらした。そして、てかてかした頭を手でなで、エマをじろじろ見た。「これはとんだまちがいを。おふた方があまりにも仲むつまじそうでしたので」歩み寄って侯爵の耳元でささく。「本当にだんな様の秘書ですか？」

「ああ、そうだ」ラグズデール卿は断言した。「ほら、きみも認めるだろう、彼女はろくでなしのデーヴィッド・ブリードローよりもずっと見た目がいい。それに不正を働いて、ぼくをだますようなことはしないしね」

エマはフェイ・ムーレのことを、そして彼女の帽子店を開くために、ふたりで相談して侯爵に出させる手切れ金の額を必要以上に膨らませたことを思いだし、頰を赤らめた。知らないでいれば傷つきはしないんだもの、黙っているほうがいいわ、とエマは後ろめたい気持ちで考えた。

ラグズデール卿が片手をエマの肩に、もう一方の手を土地管理人の肩に置いた。「できたらさっそく書斎へ移って、秘書にここの状況を教えてやってもらいたい。長年、ほったらかしておいたから、大変なことになっているだろう。エマが数字や提言をまとめ、わかりやすい形でぼくに示してくれるにちがいない」

「承知しました」土地管理人が疑わしそうに答えた。

「うん、頼む。ぼくは母といとこの到着を待つとしよう。もうそろそろ着いてもいいころだ。それからミセス・マナリングに昼食の用意をするよう頼んでもらえないか」

「すでにそちらの手配は済んでいます」土地管理人が言った。「それとご存じでしょうか？サー・オーガスタスがディナーに来られるとおっしゃっていました」

ラグズデール卿はにっこりした。「ちょうどいい。来なかったら、こちらから挨拶に出向こうと考えていたんだ。よかった、よかった！」彼は両手をこすりあわせて廊下を居間のほうへ歩きだした。

ミスター・マナリングは主人が居間へ入ったのを見届けてささやいた。「だんな様を最後に見たのは十年前だが、あのころとは見ちがえるほどお元気な様子をしておられる」エマを促して書斎へ向かう。「当時は青白くやせこけて、風が吹いただけでも倒れそうだった。もしかしたら生きながらえることさえ無理ではないかと思えたほどだ」

「あの方は十年間、一度もこちらへ来られなかったのですか？」エマはきいた。

土地管理人はうなずいた。「ただの一度も。レディ・ラグズデールはよく来られて、霊廟《れいびょう》のベンチに腰をおろされては、亡きだんな様をしのんでおられたが、ラグズデール卿は一度も来られなかった。さあ、お嬢さん、そこに座って。わしは書類をとってこよう」

最初、ふたりのあいだにあったぎこちなさは、たちまち消えた。たぶんわたしが会計に通じていて、この土地に関する説明を理解できることが、この人にわかったからだわ、とエマは思った。馬車が到着するまでのあいだ、ふたりは頭を寄せあい、過去十年間の領地に関する記録を調べて過ごした。ざっと見ただけで、エマは領地がりっぱに管理されていることや、数字が正しくつけられていることを知った。土地管理人は最後に書類を脇へ押しやり、ため息をついた。

「書類はきちんとなっているがね、お嬢さん、小作人たちの家は惨憺《さんたん》たる状況なんだよ」

「どの家も？」

「そう。何度も修繕を重ねてきたが、もはや修繕程度でどうこうなるものではない。海辺の過酷な気象で、建物は早く傷む。建てなおすとなれば、ものすごい費用が必要だ。侯爵の承認なしに、わしの一存でそんな大金を出すことはできん。実際のところ、わしは土台から新しい家を建てることを提案しているが、侯爵がこの土地を避けていたのでは、わしになにができるだろう？」

「侯爵はここへ来ているのです、ミスター・マナリング」エマは言った。「説得して家を建てなおすことがきっとできます」

ミスター・マナリングは椅子に背中を預けた。「もしそうなったら、わしの記憶にある限り、彼が代々のラグズデール侯爵のなかで、他人のために骨を折った最初の侯爵になるだろうよ」

エマは信じがたい思いで土地管理人を見つめた。「でも、あの方のお父様は……あの人の話では……先代の侯爵は完璧な人間だったと。当然、人々のために尽力されたのでは？」

「とんでもない！」土地管理人は笑い声をあげ、ふたたび書類を手元へ引き寄せた。「どうやらあの若だんなは十年かけて神話を作りあげたようだね」エマを見てあごをなでる。「つらくて長い年月を生き抜くには、そうするしかなかったのかもしれん。なにしろあの息子が父親を見殺しにしたのだと、至るところで噂されていたからね。あまりに何度も同じことを聞かされれば、それが真実になってしまうものだ」

「あの方はお父様の悪口を聞かされても絶対に信じないでしょう。たとえあなたが話したとしても」エマはささやいた。

ミスター・マナリングは眼鏡をかけ、その縁越しに彼女を見た。「わかっている。しかし、あんたの口から聞けば信じるのではないかな、お嬢さん」

14

言うはやすく行うはかたし。昼食後、ラグズデール卿にふたたび鞍の上へ乗せてもらっているとき、エマが考えていたのはそのことだ。静かな昼食だった。レディ・ラグズデールもサリー・クラリッジも一日半の長旅で疲れきり、どうにかスープを一杯飲んだだけだった。なんてか弱いのかしら、とエマは、青白い顔をしているふたりを見て思った。どうやらこの一族は骨の折れることを苦手としているらしい。

エマはテーブルの上座で食事をがつがつむさぼっているラグズデール卿に視線を移した。二週間前だったら、あなたが真っ先に音をあげるだろうと考えたでしょう。でも、旅のあいだ、あなたは一度も弱音を吐かなかった。

「エマ、これから領地を見てまわらないか」ラグズデール卿が誘った。彼の母親といとこはアクトンの手を借りて、それぞれの部屋へ引きあげたところだ。「ぼくがないがしろにしてきたせいで、どれほどひどい状態になったか見てまわろう」

そうして今ふたりは馬に乗り、領主館の裏庭の向こうに見える一群の小さな家へ向かっているところだった。他人の幸せなど眼中にない怠惰な貴族に、あなたは自分で思っているほどひどい人間ではないと、どうやったら説得できるだろう。エマは侯爵と馬を並べて進みながら首をひねった。自分が考えていたよりもいい人間だと知ったら、彼は気分をよくするだろうか。ああ、だれもわたしになにひとつ期待しなければ、もっと楽なのに。エマはともかくやってみることにした。

「ラグズデール卿、ミスター・マナリングからとても興味深いことを聞きました」彼女は綱渡りをしている気分で始めた。

「よかったじゃないか」侯爵はからかうような調子で応じた。「なぜって、ぼくはそのためにきみに給料を払っているのだからね」

エマはこれから自分がすべきことに不安を覚えながらも、彼が冗談を言える状態にあることをうれしく思って笑った。「真剣に聞いてください」彼女は言った。

「ほう?」

「ミスター・マナリングが領地の記録を見せてくれました」エマはそこでためらい、深く息を吸ってから、思いきって先を続けた。「あなたのおじい様の代から、だれひとり小作人たちの家を改善しようとはしませんでした」

ラグズデール卿はエマの言葉の意味をじっくり考え、そして彼女が恐れたとおり、認めることを拒絶した。「きみは考えちがいをしている」反論を許さぬ強い語調で言う。「ぼくの父ほどりっぱな領主はいなかった」

「お父様がりっぱな意図をお持ちだったことはたしかでしょう」エマはこの話題を持ちださなければよかったと後悔し、言葉を濁した。

「きみは自分がなにを言っているのか、わかっていないんだ」ラグズデール卿はまっすぐ前方を見据えて言った。「きみは父を知ってさえいない。たいして知りもしないことに口出しするのは、やめたほうがいい」

侯爵の口調にたじろいだエマは、なぜわたしはこの問題にかかわってしまったのだろうといぶかしみ、これからは口をつぐんでいようと決意した。うっかり口を滑らせて勤めを棒に振るのはばかげている。ラグズデール卿をちらりと見やり、その顔に険しい表情が張りついているのを認める。エマが馬をとめると、侯爵がいつもの癖で馬をとめた。

「ジョン・スティプルズ、なぜあなたはご自分をそんなに悪い人間だと考えたがるのです？」彼女はやっぱり口をつぐんでいられなかった。「あなたがこれからしようとしていることを、お父様がなさらなかったからって、それでお父様の値打ちがさがるわけではありません。彼もまたわれわれと同じ普通の人間だったというだけのことです」

「黙れ、エマ」ラグズデール卿は馬に拍車をあてて駆け去った。エマはその後ろ姿を見送りながら、どうしてわたしはよけいな口出しをしたのかしらと、またもやおのれを責めた。侯爵が自分をどう考えようが、ほうっておけばいいではないか。

他人の頑固さに対するこの奇妙な怒りは、エマが何年も抱いたことがない新しい感情だった。ゆっくり馬を進めながら、海から急に湿っぽい風が吹きだしたのを感じたが、マントのなかの体を縮めただけで深くは考えなかった。わたしがこれに近いいらだちを覚えたのは、一八〇三年よりも以前のことだ。あのころ、わたしたち家族は激しく口論しあったけれど、互いに愛しあっていた。あの特別な痛みを伴う怒りを、わたしはすっかり忘れていた。なぜかわからないが、侯爵にもっとよくなってほしいと願っている。

エマはラグズデール卿が走り去った方角を見つめて思った。ああ、あなたの両肩をつかんでゆさぶり、分別を取り戻させてあげたい。なぜあなたは自分をろくでなしと思いこんで生きていかれるの？

「ほかにもいくつか言いたいことがあったのよ」彼女は大声で言った。「今あなたはどこにいるの？」

エマは侯爵が走り去った方角へ馬を駆けさせたが、彼の姿はどこにもなかった。「わたしから簡単に逃げられると思ったら大まちがいよ」むっつりとつぶやく。風がますます強くなり、海と陸の両方から吹き寄せて渦を巻きだしたように感じられた。

やがて降りだした雨がたちまちどしゃぶりになって、前方の道すら見えなくなった。数分後、すっかり濡れそぼったエマは、領主館へ引き戻そうと考えた。でも、館《やかた》はどこ？　振り返っても、見えるのは降りしきる雨だけ。ああ、どうしよう。馬をとめたエマは目を細めて嵐《あらし》のなかを透かし見た。たしかここから遠くない場所に海を見おろす断崖があったはず。彼女は身を前へかがめて馬の首をそっとたたいた。

「そうね、わたしが誤って海へ落ちたところで、だれも悲しみはしないわよね」エマは馬に話しかけた。「だけど、そんなことになってラグズデール卿を喜ばせるのはごめんよ」

「ぼくにどんな喜びを与えてくれるんだって？」

手袋をはめた手が雌馬の手綱をつかみ、彼女の目にかかっている濡れた髪を後ろへなであげた。ほっとした態度を見せてはだめ、と自分に言い聞かせているエマをよそに、やはりずぶ濡れのラグズデール卿が手綱を引っ張って、雌馬を自分の乗っている雄馬と並ばせた。

「あなたに対して、もう怒っていないなどと思わないでください」エマは言った。

「やれやれ、エマ、きみにかかっては聖者でさえいらいらするだろう」ラグズデール卿が穏やかな口調で言った。「ヴァージニアのクラリッジ一家が、もう年季奉公はしなくていいからと、給料を渡してきみを厄介払いしなかったのが不思議だよ」

エマはずぶぬれで気持ち悪かったにもかかわらず笑ってしまった。「だって、あの人たちにはお金がなかったんですもの。ほら、ロバートが全部使ってしまったから」

ラグズデール卿はくっくっと笑った。「ロバートとちがって、ぼくは大金持ちだ。ぼくが契約書に署名しなかったら、といってもあれは強要されてしたわけだが、きみは今ごろ自由の身になって、だれかほかの人間を苦しめていただろうね。さあ、どこか避難する場所を探そう」

ラグズデール卿が一軒の小さな家の前で馬をおりたときには、雨はみぞれへと変わっていた。「ここで休ませてもらおう」侯爵はエマを鞍から助けおろして、ドアをノックした。

家のなかはあたたかくて牛のにおいがした。「まいったな」ラグズデール卿がささやいた。数頭の牛がもぐもぐ口を動かしながら彼を見つめ返した。「どうしたらいいのかさっぱりわからん」

「しっ」エマは小声で侯爵を制し、驚いた顔をしている人たちに向かって言った。「すみません、雨に降られてしまって……」言い終わらぬうちに、親切な手が彼女を家のなかへ引っ張りこんだ。

数分後には、エマはあたたかな牛乳の入ったマグを持ち、毛布をまとって暖炉の前に座っていた。暖炉の脇には彼女の濡れた服がかけてある。エマは牛乳をすすり、かたわらのラグズデール卿を見て笑いそうになった。侯爵も毛布をまとっているものの、体が大きい分、覆わなければならない面積が広い。彼は毛布を引っ張って両肩と脚を同時に覆おうとした。

「数学的に無理があるんですもの、そんなことをしたって無駄です」エマは意見を述べて、また牛乳をすすった。

「なんのことだ？」ラグズデール卿がそっけなく問い返した。

「毛布の面積に比べて、あなたの体表の面積が大きすぎるんです」エマは目を愉快そうにきらめかせて説明した。「わたしは前に一度、あなたの全裸姿を見ていますが、この家の人たちは見ていません。上と下のどちらを覆ってもらいたいか、彼らにきいてみたらどうでしょう。わたしはどちらでもかまいませんけど」

侯爵はエマをにらむと、毛布を腰に巻いて暖炉に近づき、裸の肩をあたためることで問題を解決した。

「きみはどちらでもかまわないって？」ラグズデール卿が牛乳の入ったマグを受け取ったあとで尋ねた。「傷つくことを言ってくれるじゃないか。好みはないのか？」

「わたしはフェイ・ムーレとはちがいます」そう反論したエマは、侯爵が顔を赤らめたので笑いだしそうになった。

「うん、ちがう」ラグズデール卿は言うべき言葉をようやく思いついたと見えて口を開いた。「きみがフェイでないことに感謝して、毎日祈りをささげているよ」侯爵は明らかにこの家のあるじと思われる年上の男を見あげた。男はどうしたらいいのかわからない様子で侯爵のかたわらに立っていた。「どうぞ座って。突然邪魔をしてすまない。あたたかいもてなし、心から感謝する。雨がやみ次第出ていくので、もうしばらく我慢してもらいたい」

男はごつごつした手で額をこすり、椅子に腰をおろした。「ラグズデール卿も奥様も、どうぞ好きなだけいてください」混雑した室内を見まわし、囲いのなかの牛たちに目をやる。「なんと言ってもここはあなたの所有物です」

ラグズデール卿は周囲を見まわした。「うーむ、そうか。仕事の邪魔をしているのでなければいいが。名前を聞かせてもらえるかね？」

「デーヴィッド・ラーチです。父も、そしてその父も、ここで働いていました」男はそう言って立ちあがり、牛のほうを見やった。「乳を搾る時間なので失礼します。だんな様も奥様も、どうぞゆっくりしていってください」

ラグズデール卿はうなずいたが、エマはなぜ男の思いちがいを侯爵が正さないのだろうと不思議だった。彼女は毛布がずれないように気をつけて暖炉のほうへにじり寄った。「わたしたちが結婚していないことを、なぜ教えてあげなかったのです？」侯爵の背中へささやく。

彼はマグを置いてにっこりした。「なに？　きみがぼくの全裸姿を見たと言ったり、あんなふうにぼくをからかったりしたあとで、ぼくらは夫婦ではないと教えるのか？　彼らは信じないよ。ぼくだって彼らを混乱させたくないしね」

今度はエマが頬を赤らめる番だった。不意に侯爵が彼女の濡れた髪を引っ張り、ふたたび火のほうを向いた。「口がきけないでいるきみもすごく新鮮だよ、エミー」彼は家族に聞こえるほど大きな声で言った。

エマがほっとしたことに、ラグズデール卿は立ちあがって牛の囲いのほうへ歩いていき、横棒の上から身をのりだして、この家のあるじと低い声で話を始めた。

「だんな様はやさしい方ですね、奥様」

エマがにっこりして振り返ると、小作人の妻が赤ん坊を抱いて彼女の横に座り、ブラウスの前を開いて乳を与えようとしていた。赤ん坊が満足そうな声を出して乳を飲む光景を眺めたエマは、父親の地所やそこに住んでいたもの静かな人々のことを思いだした。あの人たちも土地を追いだされたのかしら。彼女はラグズデール卿を振り返った。あの人、いい背中をしている。わたしが彼を救ったことを、クラリッサ・パートリッジが感謝してくれればいいけれど。

「ええ、人々にやさしく接するすべを心得ているわ」エマは答えた。

小作人の妻は家の壁に寄りかかり、赤ん坊をいとおしそうに見つめた。赤ん坊は満ち足りたのか、飲むのをやめて目をつぶり、乳房をもんでいる。「だんな様のお父様は……先代のだんな様は、厳格な方でした。悪意はなかったのでしょうが、わたしたちみたいな人間と話をすることなど、絶対にありませんでした」

エマは赤ん坊の髪にさわり、そのやわらかな感触を楽しんだ。「教えてちょうだい、ミセス・ラーチ。亡くなられたラグズデール卿は、あなたがたの家の修理を一度でもしてくださった？」

ミセス・ラーチはその単純な質問がおかしかったのか、にっこり笑って首を横に振った。

「よく領地へ来られては約束しましたけど、実際に修理されたことは一度もありません」ため息をついた。「善意で約束したのでしょうが、約束だけでは雨もりはとまりません」

「ええ、そうね」エマは同意した。そしてラグズデール卿を振り返り、彼にもミセス・ラーチの今の話が聞こえたらよかったのにと思った。ミセス・ラーチも赤ん坊を反対の胸に移して侯爵を振り返った。

「十年前と比べて、だんな様はとてもお元気そうに見えます」ミセス・ラーチは言った。「故ラグズデール卿のお葬式のとき、わたしたち全員が礼拝堂へ参列に行ったのですが、死体は呪わしいアイルランド人たちの手で細切れにされていたんです」

エマは息をのみ、なぜ小作人の妻はわたしのアイルランド訛りにふれないのだろうといぶかしんだ。「なんて恐ろしい。わたしは先代のラグズデール卿に会ったことがないの。当時はまだ今の侯爵のことも知らなかったし」

「そうでしょうとも」ミセス・ラーチは言った。「奥様はまだとてもお若いから。ときどき不思議に思うんですよ、妻をめとるとき、男の人はなにを考えているのだろうって。そりゃまあ、上流階級のすることは、わたしに関係ありませんけど。だから、わたしの言ったことは気にしないでくださいね、レディ・ラグズデール。わたしは今でも、目に包帯を巻かれてなにも言わずに担架に横たわっていた、だんな様の姿を覚えています」身震いする。「それからだんな様は大声で泣き叫びだしたんですよ」小作人の妻は頭を振り、赤ん坊にげっぷをさせると、その子をエマに手渡した。「今ではすっかり元気になられて。ほら、奥様。しばらく抱いていてくださったら、そのあいだに夕食の支度をします。きっとおなかがすいておいででしょう」

ポリッジと牛乳の質素な食事をするあいだ、ラグズデール卿はずっと静かだった。ミセス・ラーチが見つけてくれた布を肩にかけていた。「上の子たちのいいお手本になりますね」彼女が侯爵をからかい、入ってきたばかりの年上の子供たちを見た。夕方の雑用を終えて戻ってきた彼らは濡れて震えていた。

「言葉を慎みなさい」小作人が妻をたしなめ、侯爵にほほ笑みかけてうなずいた。「女ってやつは、甘やかすと、すぐにつけあがるんです」

ラグズデール卿が小作人に注意を向けると、彼の肩がおかしさをこらえているように震えていた。侯爵はエマに笑いかけて言った。「まったくだ。ときどき女というのは、こちらが聞きたくないことをずけずけ口にする」

食事をしているあいだに雨があがった。ミセス・ラーチは雨水のたまったさまざまな鍋を見て言った。「屋根の雨もりにも、いいところがあるんですよ」エマにウインクする。「こうしてためておけば、髪を洗ったり子供をお風呂に入れたりするのに使えますもの」

「だからこの子の肌がこんなにきれいなのね」エマは小作人の妻の冗談につきあい、いちばん年上の娘の頬にさわった。

「あなたの頬もすごくきれいよ」別の娘が口をはさんだ。

「ほんとだね」ラグズデール卿が言って、エマの頬をつついた。そして彼女にウインクし、ましょう」

家のあるじを見た。「ずいぶんお世話になったが、雨もあがったことだし、そろそろおいとまします」

「乾いているかい？」侯爵がエマにそう尋ねたのは、服を着てラーチ一家に別れを告げたあとだった。小作人一家はドアの前に並んでおじぎをし、手を振ってふたりを見送った。

「ええ、ほとんど」エマは答えた。ラグズデール卿が毎日しているかのようにドレスの背中のボタンをはめてくれたことへの当惑から、まだ立ち直っていなかった。「あなたって、根っからのならず者なのですね。どうしてそのことに、もっと早く気づかなかったのかしら。わたしはあなたを単なる大酒飲みだと思っていました」

月の光を頼りに用心深く道をたどりながら、ラグズデール卿はしばらく彼女の言葉に考えをめぐらしていた。「たぶんきみの見方が浅かったのだと思うよ」手をのばしてエマの腕にふれる。「あるいはぼくがおもしろみのない人間だったのか」彼は咳払いをした。「それはそれとして、きみに謝らなければならないことがある」

「あら、無数の不当な仕打ちの、いったいどれを謝るおつもりかしら？」エマは侯爵の気分を引き立てようと軽い口調で応じた。

「父が小作人たちをないがしろにしたことはないと言い張ったことを」ラグズデール卿の声があまりにも小さかったので、エマは彼のほうへ身をのりださなければならなかった。「きみが正しかったよ。デーヴィッド・ラーチが乳を搾りながら話してくれた」

「そんなこと、ちっとも謝る必要はありません」エマは穏やかに言った。「土地管理人の帳簿を見たら、きっとあなたもわたしと同じように気づかれたでしょう。重要なのは、それに対してあなたがなにかをすることです」

「ああ、そうだね。これまで自分のことにしか金をつかわなかったが、これからは小作人たちの新しい家や納屋を建てることにつかおうと思う」

「ぜひそうしてください」エマは同意した。「そうしたからって、ご自分でシャツのほころびを繕ったり、靴墨を塗ったりするほど倹約に努める必要はないのだから」

ラグズデール卿は顔をほころばせ、手綱を握る手に力をこめた。「それを聞いて安心したよ。ひとつだけ心配なのは、無精者のぼくがそれだけの重責に耐えられるかということだ。さあ、家まで馬を駆けさせよう」

ふたりが家へ帰り着くと、サー・オーガスタス・バーニーが居間のなかを行ったり来たりしていた。ディナーの支度はすっかり整って、あとはふたりが帰ってくるのを待つだけだったのだ。ラグズデール卿は顔いっぱいに笑みをたたえて歩み寄り、サー・オーガスタスの手を握った。

「まだ少し服が湿っぽいんです、ガス」侯爵は挨拶を述べたあとで言い訳をした。「エマ、ここへ来て挨拶しなさい。サー・ガスは父の親友だったんだ。きみが頼んだら、ぼくの若いころのとんでもない話をたくさん聞かせてくれるだろう。恐ろしいことに、本人よりもぼくのことを知っているくらいなんだ」

エマは膝を折ってサー・オーガスタスに挨拶しながら、できるだけ早くこの部屋から退散したいものだと考えた。レディ・ラグズデールとサリー・クラリッジはたっぷり昼寝をしたとみえ、すっかり元気を取り戻したようだ。わたしとラグズデール卿が今日の午後を、小作人の家で毛布にくるまって過ごしたと知ったら、ふたりはどう思うだろう。できれば今すぐ地階へ行って服を着替え、書斎で土地に関する数字を検討したい。

「エマ、きみも食事に同席しなさい」挨拶を済ませてドアのほうへそろそろと移動し始めたエマに、ラグズデール卿が声をかけた。「ミセス・ラーチの料理もよかったが、もう少し腹にたまるものを食べたい」彼女にウインクする。「ことに小作人の家で裸になったり暖炉の火で体を乾かしたりと、けっこう大変な午後だったからね」

エマは真っ赤になってラグズデール卿をにらんだ。レディ・ラグズデールが息子の言葉をどう解釈しただろうかと思うと、怖くて彼女のほうを見られなかった。「わかりました。ただし、そのあと書斎で仕事の遅れを取り戻さなければなりません」

サー・オーガスタスがエマに注いでいた視線をラグズデール卿に移した。「そう言えば、ジョン、きみのところの土地管理人が首をかしげていたよ。彼女は本当にきみの秘書なのかね？」

「本当です」ラグズデール卿は年上の男の腕をとった。「エマはぼく以上にぼくの仕事に通じています。といっても、ぼくがなにも知らないのだから、当然といえば当然ですが」客をドアのほうへ連れていく。「エマ、食事のあいだ、サー・ガスの言葉を注意深く拝聴するんだよ。小作人に対する地主の義務について、貴重な意見を述べてくださるだろうからね」

料理の最後の一品が出されたあと、エマは書斎へ逃げこんだ。ラグズデール卿は客とポートワインを楽しみ、女性たちは居間でトランプをしている。彼女は机に向かって座り、地所に関する台帳をぺらぺらめくりながら、ラグズデール卿は有能な土地管理人がいてほんとうに運がいいと考えた。彼女は昨日、侯爵が口にした言葉を思いだした。「ああはおっしゃったけど、これほどきちんとしているのが、かえってお気の毒ね」貸借対照表のきれいに並んでいる数字を指でたどりながらつぶやく。「くだらない考えにふけっている暇がないほど忙しい仕事は、ここでは見つかりそうにないわ」

エマの脳裏に突然、地所に関する仕事で忙しく駆けまわっていた兄たちの姿が浮かんだ。彼らは毎日、快い疲れとともに帰宅したものだ。彼女はまた母親に習った家事のことを思いだした。わたしはいつも自分のすべきことを知っていたわ、と思いながら頬杖をつく。いつかわたし自身と同じような男性と結婚し、夫の土地や子供たちの世話をして、人生を忙しく送ることになるだろう。

「やあ、ちょっといいかね？」

考えにふけっていたエマが驚いて目をあげると、机の前にサー・オーガスタスが立っていた。彼はエマにほほ笑みかけた。「ノックをしたが、聞こえなかったようなので。座っていいかな？」

エマが狼狽して立ちあがると、サー・オーガスタスは手を振って彼女を座らせた。「きみと少し話をしたかっただけだ。ジョンはホイストの用意をするとかで居間へ行った」

彼女はふたたび腰をおろし、机の上で手を組んだ。「どのようなお話でしょう」

サー・オーガスタスはエマの真向かいの椅子に座り、黙って彼女を見つめた。いつまでも見つめられているので、エマは不安になってごくりとつばをのんだ。英国人に対する恐怖が目に表れませんようにと願って、相手を見つめ返す。

「ジョンがあれほど立ち直っているとは考えもしなかった。その功績はひとえにきみにあるようだね」ようやくサー・オーガスタスが口を開いた。

その穏やかな言葉を聞いて、エマはひそかに安堵の吐息をもらした。「わたしが無理やりあの方に同意させたのです。侯爵を更生させるのと引き換えに、年季奉公から解放してもらうって」

サー・オーガスタスは忍び笑いをもらした。「うむ、夕方、きみたちの帰りを待つあいだに、レディ・ラグズデールから話を聞いた」エマのほうへ身をのりだす。「きみはたいした女性だ、敬服するよ。ジョンはもともといい性格の持ち主なのだ」

「知っています」彼女は同意した。「すでにお察しのとおり、わたしはアイルランド人です。

あの人を永久に憎むつもりでしたが、憎めません。ラグズデール卿には立派な結婚をしてほしいと考えています。もうひとつ難しい問題は、毎日する仕事を見つけてあげることです」

サー・オーガスタスは黙ったままうなずき、エマに先を続けるよう促した。

「時間をもてあましたら、あの方はまたすぐお酒に手を出すでしょう。そうなってもらいたくありません」

「なぜかね?」突然、サー・オーガスタスが口をはさんだ。

ほんとになぜかしら、とエマは首をかしげた。サー・オーガスタスが親切な人間であることや、エマに対して害意を抱いていないことを知り、彼女もまた机の上へ身をのりだした。

「あの方が好きなのです。怠け者で、わたしの尊敬していただれとも似ていませんが、それでも好きです。あの人には……その……可能性があると思います」混乱のあまり話すのをやめた。「これ以上うまく説明できません」

サー・オーガスタスは椅子の背にもたれて脚を組み、楽な姿勢をとった。「わたしはアイルランド人の最もすばらしい点は率直さにあると思っているよ。わたしもジョンが好きだから、彼が人生の坂を転げ落ちていくのは見るに忍びなかった」頭を振る。「悲劇的な死に立ち会うのは一度でじゅうぶんだ」

「ええ、そうですとも」エマは同意した。

サー・オーガスタスはゆっくり立ちあがって彼女にうなずきかけ、ドアへ歩いていって振り返った。「きみ自身がジョンに交際を求めようと考えたことはないのかね？」

エマは目をしばたたいた。わたしはサー・オーガスタスの言葉を聞きまちがえたのだろうか。彼女は口をあんぐり開けていたことに気づき、慌てて閉じた。

「そのことを、ぜひ考えてもらいたい。友人たちは驚くだろうが、わたしの記憶にある限り、ジョンが人の考えを気にしたことは一度もなかった」

「本気でおっしゃっているとは思えません」ようやくエマは口をきくことができた。「ラグズデール卿はロンドンでとても魅力的な女性と結婚を前提にした交際を始めたばかりです」

サー・オーガスタスはエマの言葉に考えをめぐらし、おもむろにうなずいた。「ふーむ、きみがそう言うのなら。しかし、さっきポートワインを飲みながらしばらく話をしたが、ジョンは一度もその女性にふれず、きみの能力をほめそやしてばかりいたよ。それから、きみが毎日のように彼を我慢の限界すれすれまでいらだたせるとも言った」

「ほら、ごらんなさい。あなたがおっしゃったように、わたしはあの人をいらだたせるんです！」

「うむ、そのようだね」サー・オーガスタスは認めた。「だが、きみが上手にふるまえば、それを一週間か二週間で愛へと変えられるかもしれない。まだふたりのあいだに愛がないとしてだが。そこのところをよく考えてみたまえ」

「まあ、そんなことは絶対にできません！」エマは大声をあげた。

「絶対に？」サー・オーガスタスが目をきらめかせて問い返した。「時間はたっぷりある、エマ。きみならジョンにとってどれほどいい妻になれるか、考えてみてもいいのではないかね？　じゃあ、おやすみ」

エマはサー・オーガスタス・バーニーの最後の言葉を必死に頭から追いだそうとした。「あなたは霧に包まれた吹きさらしの海辺に長いこと住んでいたから、とっぴな考え方をするようになったんだわ」老人が一礼して部屋を出ていったあとで、彼女はぶつくさつぶやき、閉じたドアに向かって頭を振った。そして銀行家宛の手紙の下書きにとりかかった。

二時間たってもまだ手紙を仕上げられないでいた。くずかごの周囲には丸めた紙が散乱している。なぜたった一通の手紙を仕上げられないのだろうと、エマは首をひねった。そして羽根ペンを削りながら、インクが古いせいだと考えた。それから机の上の書きかけの手紙を見て、綴《つづ》りまちがいばかりしているのはインクのせいなんかじゃない、と考えなおした。

とうとう書くのをあきらめたエマは紙とインクを脇へ押しやった。書けないのは、サー・オーガスタスの言葉によって心を乱されたからだ。彼女は机の上で両手を組み、その問題についてじっくり考えることにした。

「わたしはラグズデール卿を愛していない」エマは声に出して言って、心が肯定するのを待った。だが、心は肯定しなかった。沈黙したままで、心は大声どころか、ささやき声でさえ肯定しなかった。じゃあ、わたしが言ったことは、たぶん真実ではないのだ。「ああ、ちょっと安心したわ」それに対しても、心は肯定の声をあげなかった。

きっと疲れているのだ。エマはそう考えて、床に散乱している紙を眺めた。手紙を書くのは明日にしよう。丸めた紙を床から拾ってくずかごへ入れ、窓辺へ行って外を見た。雨が激しく降っていた。彼女はため息をつき、ランプを吹き消して書斎を出た。

ドアを閉めたエマは、ドア枠に紙が一枚はさんであることに気づいて抜き取った。筆跡で、すぐにラグズデール卿が書いたものだとわかった。〈エマ、明日の朝、一緒に馬で出かけよう。七時に厩で。ジョン〉

彼女はメモをたたんだ。ラグズデール卿がそんなに早起きするつもりでいるなんて驚きだ。居間のほうで笑い声がするから、侯爵はまだ起きている。今からそこへ行って、わたしは書斎で仕事があるのだと言ってやろうかしら。彼女はそう考えたあとで、すぐに考えなおした。おそらくサー・オーガスタスもそこにいるだろう。エマは彼と顔を合わせたくなかった。

「ええ、いいわ、一緒に馬で出かけましょう」彼女はメモにささやいて地階へ急いだ。

翌朝、寝過ごしたエマは乗馬鞭がドアをたたく音で目を覚ました。彼女がベッドの上へ起きあがって毛布を体へ巻きつけたところへ、ラグズデール卿が入ってきた。彼はエマを見て舌打ちをし、頭を振った。

「やれやれ、早起きは美徳だとさんざんほめ称《たた》えたのは、きみではなかったかな？」ラグズデール卿が近づいてきたので、エマは目をむいた。「ひとりでベッドから出られないなら、手を貸してやろうか？　そういえば、だれかさんに朝っぱらから風呂へ入れられたこともあったな」

エマはなにも言えずに口をぱくぱくさせた。侯爵は大笑いしてドアへ戻っていった。「きみはアイルランドを長いあいだ離れすぎていたようだね」肩越しに言う。「言葉につまったきみを見るのはこれで二度めだ」

エマは衝動的にベッド脇の床から靴をつかみあげ、ラグズデール卿めがけて投げつけた。だが靴は閉じたドアにあたって落ちた。

「狙いが外れて残念だったな」ドアの反対側で声がした。「十分だ、エマ。それだけ待って来なかったら、ベッドから引きずりだしにくるよ」

ラグズデール卿を更生させすぎたから、こんなことになるのだわ。大急ぎでレディ・ラグズデールの乗馬服を着てブーツを履いたエマは、不意に父親の小作人だったパディ・ドイルを思いだして、にやにやした。〝悪魔の飲み物〟――これはパディ本人の言葉だ――から足を洗って完全に更生したパディは、その後の人生を、禁酒の美徳を喧伝《けんでん》して仲間の小作人たちを悩ませることに費やしたのだった。

「ラグズデール卿、あなたは退屈人間になりそうね」十分後、厩前の庭で彼を見つけたエマは、胸のうちでつぶやいた。侯爵は雄馬に餌を与えているところだった。エマは手にしていたブラシで寝乱れた髪をとかした。

「ぼくがとかしてやろう」ラグズデール卿は彼女の手からブラシをとりあげ、かわりに餌の入っているバケツを渡した。「きみも朝食をとったらどうだ」

エマは思わず笑って、バケツのなかをのぞいた。「ひどい人！」髪をとかしているラグズデール卿に向かって叫ぶ。「ほんとに意地悪ったらない。いくらわたしでも、こんなの食べません！」

「勘ちがいするな。どれほど馬面の女性にだって、そんなものを食べさせはしないよ」侯爵が応じた。「そこの柵のところへ行ってごらん。ビスケットとハムが置いてある。きみのために持ってきたんだ」

エマは振り返ってなにか言おうとしたが、ラグズデール卿は彼女の髪をむんずとつかんで柵のほうへ引っ張っていった。「あなたって、ほんとうにどうかしている」彼女はハムに手をのばして言った。「なぜもっと早く気づかなかったのかしら。どうもありがとう」

侯爵は忍び笑いをもらしてエマの髪をとかし終えた。ビスケットを手にした彼女がリボンを渡すと、彼はそれできつく髪を結わえ、出来栄えを確かめようと彼女を振り向かせた。

「これでよし」ラグズデール卿はブラシを置いて言った。「わかったかい、エマ、人を矯正するとはこういうことだ。時には予想以上のものが得られたりする」

エマはビスケットをほおばりながら、にこにこしているラグズデール卿を見た。そのときはじめて、侯爵が眼帯をしていないことに気づいた。なぜ今まで気づかなかったのだろう。

彼女は不思議に思いながら、口のなかのものを飲みこみ、手についているビスケットのかすを払った。たぶん、気にしていないからだ。

ラグズデール卿はエマの視線に気づいた。「きみさえよければ、眼帯はしない。どうせきみ以外の人とは会わないからね」

エマはそのざっくばらんな話し方に接して兄弟のことを思いだし、にっこり笑った。「わたしはかまいません。ちっとも気になりませんもの」

ラグズデール卿がエマの両肩に手を置いた。「本当に気にならないのか？」彼は尋ねた。

エマはそっと侯爵の手の下から逃れた。「ええ、ちっとも。外しているほうが楽なら、しないでおけばいいでしょう」

彼はその言葉をかみしめているようだった。エマが雌馬に鞍をつけるのを手伝ったあと、鞍帯を締めている彼女に向かって言った。「クラリッサはどう感じるだろうな」

「彼女にきいてごらんなさい」エマは分別を働かせて応じ、頭絡を侯爵に渡した。

「きみは常になにごとも白と黒に分けて考えるのかい？」ラグズデール卿が愉快そうな声で尋ね、くつわを馬の口にはませた。

たいていひと目見ただけで、それが白いか黒いかわかったものだ、とエマは思った。だけどそれは、あの男、あの忌まわしいロバート・エメットが小道をたどってわたしたちの家へ来るまでのこと、そしてわたしが取り返しのつかない過ちを犯すまでのことだ。あの日以来、白と黒の区別はつかなくなった。「ええ、もちろんです」彼女は嘘をついた。

ラグズデール卿がエマの顔をじっと見つめた。彼女は顔をそむけて、あぶみへ足をかけるのに忙しいふりをした。

「きみは嘘つきだね」侯爵が穏やかな声で言った。「いつになったらきみ自身について本当のことを話してくれるのだろう」

15

ぎょっとしているエマを、ラグズデール卿が鞍の上へ助け乗せた。彼女は侯爵を見るのが怖くてスカートを広げたりいじったりした。彼の言葉に対してなにも言えなかった。ラグズデール卿はいつまでもエマの顔を見ている。これ以上このままでいたら、きっとわたしは泣きだしてしまう。彼女がそう思い始めたころ、ようやく侯爵は顔をそむけ、雄馬に口笛を吹いてまたがった。

「いつまでも待つよ」彼は馬を横へ並べて言った。「ときどき不思議に思うんだ。立ち直ろうとしているのは、ぼくときみのどちらだろうって」

ふたりは黙って馬を進ませ、厩前の庭を後にした。しばらく行くうちに、次第にエマの気持ちは落ち着いてきた。「わたしのことなど話しても、きっとあなたは興味を抱きません」彼女は自分が口をきく番だと思ってやっと言ったが、侯爵になにを話せばいいのかわからなかった。

「どうしてそう思うんだ?」

エマは厩前の庭を出てからはじめてラグズデール卿を見た。「だって、わたしはあなたの使用人にすぎませんもの」

侯爵はそれを聞いてほほ笑み、手をのばしてエマが乗っている雌馬のたてがみを引っ張った。「きみはただの使用人なんかじゃない。たぶんクラリッジ家の人たちは、船倉で大西洋を渡ってきたばかりの、やせこけた体にぼろをまとった、しらみだらけのきみを、どう理解したらいいのかわからなかったにちがいない。だが、ぼくはきみのような人間を知っている」彼女の腕に軽くふれる。「だれかに話したくなったら、ぜひぼくに話してくれ」

話したところで、あなたになにができるというの？　エマは黙って馬を進めながら考えた。あなたは自分の責務を果たすのさえ、さんざんせきたてられなければならなかった。そして今は求愛するのに忙しい。たとえ今は怠惰でなくても、それは一時的にすぎず、退屈したら、また怠惰な人間に戻るだろう。エマがほっとしたことに、ラグズデール卿は話題を変えて小作人たちの家に関する計画を話しだした。

「彼らの家は、現在のようにあちこち散らばった状態ではなく、一カ所に集めて建てるほうがいいと思うんだ」侯爵は馬を並べて進めながら言った。「たとえば、ここなんかどうだろう。崖《がけ》から離れているので、海からの強風にさらされることはないし、農地までそう遠くないので便利だ」

ふたりは広々とした空き地で馬をとめた。そこは小さな盆地で、両側にノーフォークの沿岸地帯特有の、木々に覆われた低い丘が連なっている。ラグズデール卿は馬をおり、乗馬鞭で指し示した。「見てごらん。きれいな水があって、木材もたっぷりある。家畜を飼っている人たちには近くに家畜小屋を建ててやれるだろう」

ラグズデール卿は両手を差しのべてエマを馬から助けおろそうとしたが、彼女はかたくなにかぶりを振って鞍の上にとどまった。侯爵はエマの雌馬にもたれ、たてがみをぼんやり指でもてあそんだ。「きみはその考えが気に入らないんだ」やっと彼は言った。エマには侯爵がむくれている少年に見えた。育ちがいいので、あからさまにいらだちを示しはしないが、不機嫌な顔はしてみせる駄々っ子といったところだ。

駆け引きよ、エマ・コステロ、駆け引きが重要なのよ、と彼女は自分に言い聞かせた。すでに今朝、寝坊をしてしまっているから、これ以上の失敗は許されない。ここの人々がなにを望んでおり、どうすればそれを与えてあげられるかを、よく考えるのよ。「小作人たちに、彼らがなにを望んでいるのかきいてみたらどうでしょう」

エマは侯爵の顔に浮かんだ表情を見て、彼が今まで小作人に尋ねるという斬新《ざんしん》な考えを、ただの一度も抱いたことがないのを知った。ああ、そうなのだ。こんなに民主的なやり方は、たぶん英国人には耐えられないのだ。彼女はヴァージニアのクラリッジ家とその隣人たちを思いだした。彼らは金持ちも貧乏人も分け隔てなく集まって、熱い議論を戦わし、郡の決まりごとを定めたものだ。賛否両論が出尽くしたところで、多数決によって決着がつけられる。

もちろん全員が満足して帰途に就くわけではない。たとえ大地主であっても意見の通らないことがある。けれどもそこには、全員が自分の考えを述べたことから来る、ある種の調和がみなぎっていた。

「アメリカではそうしています」エマはその考えにわくわくしてきた。「郡の集会では恐ろしいほど激しい論争が起こりますが、最後にはほとんどの人が納得します。みな言いたいことを言うからです」

エマはラグズデール卿が反論するだろうと待った。だが彼はなにも言わず、考え込むように額をこすっただけでふたたび馬にまたがった。「ここはすばらしい場所だ」侯爵が馬を寄せてきて言った。「どうして彼らが反対するんだ？」

エマは深く息を吸い、なぜわたしは知りもしない人たちのために奮闘しているのかしらといぶかしんだ。わたしは小作人のために戦っているのだろうか。それとも、ラグズデール卿が小作人の生活に関心を抱いていることを彼らに知ってもらいたいのだろうか。エマは自分の胸に問いかけたが、答えは出なかった。「たとえどんなにみすぼらしい不便な家でも、人々は無理やり家から追いだされるのをいやがるものです」

「きみのようにかい？」ラグズデール卿が口元に笑みを浮かべ、穏やかに尋ねた。

あなたはどうしてもわたしのことを話題にしたいのね、とエマは考えた。「ええ、わたしのように」エマも穏やかな口調で答えた。「あなたは移転してはどうかと提案し、決断は小作人にさせればいいのです」

「彼らの決定に従ったら、みんなから弱い領主と思われないだろうか？」ラグズデール卿の口調は真剣だった。

「まさか」エマは即座に答えた。「あなたが小作人のことを気づかっていると知って、どこまでもあなたについてくるでしょう」

侯爵はそれについて考えをめぐらし、黙って馬を進めた。「たぶんサー・オーガスタスでさえ、それほど急進的なやり方はしたことがないだろう」しばらくして彼は言った。「隣人たちはぼくを愚か者と見なし、弱い跡継ぎを残した父をあざ笑うにちがいない」

「隣人たちにどう思われるかなんて、なぜ気にするんです、ジョン？」エマは興奮して彼の名前を口走った。「隣人たちはあなたのために働いてはいません。だから、彼らの考えなど気にする必要はありません」遅まきながら失言に気づいて顔を赤らめる。「すみません、出すぎたまねをしました」

ラグズデール卿はほほ笑んだ。「とんでもない！　それにしても、きみはものすごく過激な女性だね」

侯爵の口調が軽かったので、エマはほっとしてうなずいた。「ええ。でも、問題の解決法はいくつもあります。過去のやり方にこだわる必要はありません。新しいやり方を試してはどうでしょう」

ラグズデール卿に考え込むような目で見つめられ、エマは息をつめた。「よし、わかった」侯爵がようやく言ったので、彼女は大きく息を吐いた。「きみの言うとおりにしてみるよ。さあ、館へ戻ろう。マナリングに命じて、今夜、小作人たちを脱穀場近くの古い納屋へ集めさせる。もちろんきみが書記を務めるんだよ」

エマはにっこりして拍手をした。ラグズデール卿が彼女に指を振って言った。「いいかい、ぼくがこんな大それたことをするのは、きみのせいだからな」

「あなたはきっと失望しません」エマは明るく請けあった。

「失望したら困るんだ」ラグズデール卿は彼女を見て続けた。「なあ、きみはほかにもなにか考えているだろう。なにかすごく過激なことを」

エマはうなずいた。そして、こんなことまで提案したらやりすぎかとも思ったが、ともかく賭けてみることにした。「あの、集会に女性も参加させて話をさせたらどうでしょう」

「おっと、それは過激すぎる」ラグズデール卿の口調は冗談と本気が半々だった。「どうしてそこまでしなくちゃならないんだ?」

「新しい住まいに必要なものは、男性よりも女性のほうがよく知っています」エマはきっぱりと言った。「女性たちの意見に耳を傾けてごらんなさい。きっと彼女たちは死ぬまであなたの味方でいるでしょう」

領主館が視界に入ってきた。「わかった、やってみる」ラグズデール卿が言った。ふたりは入口にぶつけないよう頭をさげて厩へ入った。侯爵が馬をおりてエマに腕を差しのべた。彼女を馬からおろしたあとも、すぐには手を離さないで彼女の両肩に置く。

「きみはどうなんだ、エマ？」近づいてくるマナリングを横目に、ラグズデール卿は穏やかな声できいた。「いつかぼくに心のうちを話してくれるのかな？」

エマは悩みをなにもかも打ち明けたい衝動を覚えながら侯爵の視線に耐え続けた。みじめな物語の一部始終を、そしてその中で自分が果たした恐ろしい役割を全部話してしまったら、どんなに心が軽くなるだろう。彼女は迷ったが、頭を振って気持ちを奮い立たせ、危ういところで踏みとどまった。侯爵はエマの肩から手を離して背を向けた。

「いつの日かきっと話してくれるね」ラグズデール卿はそう言い残し、マナリングと厩を出ていった。

その日は絶対に来ないでしょう。エマは侯爵の背中を見送りながらそう思った。

最後の小作人が新しい考えと熱意を胸に納屋を出ていったときは、真夜中を過ぎていた。エマは顔に笑みを浮かべてテーブル上の紙をかき集めた。彼女は四時間余りをそこに座り、議論の内容を慎重に書き記したり、ラグズデール卿が礼儀正しく小作人たちと話すのを、うれしそうに眺めたりして過ごしたのだった。彼女は開け放されたドア越しに、まだ納屋の前庭で熱っぽく語りあっている集団を眺め、尊敬のまなざしで納屋のなかを振り返った。

ラグズデール卿は納屋の外で進行していることに気づいていないようで、あくびとのびをし、外套を脱いで、汗で湿っているシャツとベスト姿になった。外套をテーブルの上へほうり、彼のために用意してあった椅子に、その晩はじめて腰をおろした。

「エマ、こんなに骨の折れることだとは思わなかったよ」侯爵は体を後ろへ傾けて、ブーツを履いた足をテーブルに乗せ、頭の後ろで手を組んだ。「ごしごし洗われて、ぎゅうぎゅう絞られ、日に干された感じだ」彼はエマを見て眼帯を外し、目の周囲をそっともんだ。「体じゅうが痛む」

エマはただほほ笑んで、メモの整理を続けた。「すべて書きとめてあります」紙を侯爵に振ってみせる。「明日の朝ごらんになって、どうするかを決めればよろしいでしょう」

「すでに朝だよ」ラグズデール卿は訂正した。「それに、もう決めた」目を閉じて満足そうなため息をもらす。「羊飼いたちの家は今朝ぼくが示した場所に建てようと思う。それには彼らも同意した。農耕を主とする者たちの家は、これまでどおり海岸沿いの主要道路の両側に建てなおす」侯爵は目を開けてエマを見た。「とりわけデーヴィッド・ラーチは、従来どおり主要道路沿いに建てる利点についてやけに熱弁を振るったな」

エマはうなずいた。「それに、女性たちは住まいの改善点をよく知っていたと思いませんか？」

「うん、そうだね」ラグズデール卿は同意し、腕をのばして彼女の手にふれた。「いい結果が出たのは、きみが女性たちも参加させようと助言してくれたからだ。朝になったらマナリングに場所を指示しよう。建設は彼の仕事だ」侯爵は元気を取り戻したようにまっすぐ座りなおした。「なあ、きみはどう思う？ ラーチをマナリングの助手に任命するというのは」

「大賛成です！」エマは心底感銘を受けて叫んだ。「きっと彼は期待を裏切りません」

マナリングが前庭で議論を続けている一団から離れ、納屋へ戻ってきて椅子に座った。ラグズデール卿がデーヴィッド・ラーチの件を話すと、土地管理人はうなずいて同意した。

「ラーチならりっぱに助手を務めるでしょう」マナリングはにっこりして続けた。「それに、こんなことを申してはなんですが、だんな様はりっぱな領主になられるでしょう」主人のほうへ体を傾ける。「小作人たちがみなそう話しています」

エマが喜んでラグズデール卿を見ると、彼がウインクでこたえた。

「それどころか、彼らはこんなことも話していました」マナリングが言葉を続けた。「だんな様がただうなずいたり、ほほ笑んだり、咳払いしたりするだけでなく、本気で自分たちのことを考えてくださっているのを知ってうれしかったと」土地管理人は立ちあがり、エマに向かってうなずいた。「おやすみなさい、だんな様。明日は朝から忙しくなりそうですね」

「ああ、忙しくなる」ラグズデール卿も立ちあがり、エマの手を引っ張って立たせた。「きみは朝七時から今日のことを書類にまとめてくれ。ぼくがひと目で理解できるようにしておいてほしいんだ。ぼくはサー・オーガスタスを訪問する約束がある。戻ってきたら一緒にこまごまとした問題を片づけよう」

　ラグズデール卿は外套を肩に羽織り、エマがメモをした紙を集め終えるのを待って、土地管理人にランプを消すよう指示した。彼らは連れだって納屋の前庭を歩きだした。侯爵はエマの歩幅に合わせてゆっくり歩いた。

「晴れ晴れとした気分だよ、エマ」領主館の近くへ来たところでラグズデール卿が言った。「これでやっと、いいことをしたという満足感とともにロンドンへ帰れそうだ」そして立ちどまった。「ひとつだけ厄介な問題が残っている」

　エマはけげんな目つきで侯爵を見た。

「母だ」ラグズデール卿はふたたび歩きだした。「明日、領主館に翼棟を増築する計画だと話したら、母は異を唱えるにきまっている」ため息をつく。「母は父が残したとおりにしておきたいんだ。しかしぼくは、海が見える、もっといい寝室が欲しい」

「部屋を増やすのですね？」エマは明るい声できいた。

「将来はここでたくさん時間を過ごそうと考えているんだ。そのときは、きっとひとりではない。母だって変化を受け入れたほうがいいんだ」

　ラグズデール卿が肩に腕をまわしてきたので、エマはまたもや兄たちのことを思いだした。

「ロンドンへ帰ったら、熱心にクラリッサ・パートリッジに求愛しよう。ことにこの古い館に寝室を増築するのだから。きみは賛成してくれるだろう？」

「もちろんです」エマは熱っぽい口調で言った。疲れてはいたものの、さりげなく肩にまわされた侯爵の腕の感触が心地よかった。「そしてあなたが完全に更生したら、わたしを年季奉公から解放してください」

「わかっている。いつもそこへ戻ってくるね」ラグズデール卿は肩にまわした腕に力をこめた。「あの二頭の馬はものすごく高かったんだよ」と思いださせる。「年季が明けるまであと十年か二十年はかかると言ったら、どうする？」

エマにはラグズデール卿が冗談を言っているのだとわかったが、侯爵にさらに十年間仕えるのも悪くないと考えている自分に気づいてびっくりした。「あなたはそんなことをしません」

ラグズデール卿は肩をすくめただけだった。「きみがいなくなったら、だれがぼくに分別ある助言をしてくれるんだ？　ぼくは以前の無益な生活に逆戻りするかもしれない。そうしたらきみはどう思う？」

どう思うかしら？　エマは侯爵と並んでゆっくり歩を進めながら考えた。そして立ちどまり、彼を見て言った。「逆戻りするのは、時間と労力の恐ろしい浪費です。命を捨てるようなことはしないでください。そんなことになったら、わたしはとうてい耐えられません」

エマは声が震えていることに気づいて狼狽し、それきり口をつぐんだ。肩にまわされたラグズデール卿の腕に、いっそう力がこめられたのを感じた。彼はすぐ近くに月光を浴びて立っている。汗をかいて疲れているはずなのに、勝ち誇った様子で。エマが足早に歩きだすと、侯爵は腕を離した。

それにラグズデール卿。わたしはすでに、いくつもの死に責任を負っています。さらにもうひとつの死の責任を、わたしに負わせないでください。


もっと知らなければならない。だが、どうやって？　その後の数日間に、ジョンは幾度となく自分に対して同じ問いかけをした。その気になれば、エマに面と向かって話せと要求することもできる。あれ以来、彼女は友達からふたたび使用人に戻り、ほかの者たちと同じように控えめな態度で、いつもどおり能率よく仕事をこなしてきた。長時間書斎にこもってマナリングと相談し、草稿の準備や仕入れ書の記入をしたり、請負業者や石工や木挽《こび》き職人に今後の仕事について事前説明をしたりしている。エマとマナリングが全部やってくれるので、ジョンは安心して任せ、近隣の知人を訪問したり、サリー・クラリッジや母親の相手をしたりして、のんびり過ごせばよかった。だが、ひとつだけ気になるのはエマのことだった。

「どうしても知らなければなりません」ある晩、サー・オーガスタス・バーニーの屋敷を訪れたジョンは、ついに我慢できなくなって打ち明けた。彼はサー・オーガスタスとブランデーグラスを手に暖炉の前に座り、勢いよく燃える火を見つめていた。

「なぜかね、ジョン？」サー・オーガスタスはブランデーの瓶に手をのばした。

准男爵にブランデーのお代わりを勧められ、ジョンは首を振って断った。「あの監獄が関係しているのはたしかです。一緒にニューゲートへ行ったときの、エマのあの顔！　重い足を引きずるようにしてなんとか監獄を奥へ進んだのは、ぼくのために仕事をしようと決意していたからにほかなりません」

「女性にはまれな特性だ」サー・オーガスタスは自分のグラスにブランデーを注ぎ、ふたたび椅子の背に寄りかかって火を見つめた。

「おっしゃるとおりです」ジョンは前へ身をかがめた。「エマに無理やり話をさせることもできるでしょうが、そんなことをしたら、彼女はぼくの前で泣きだすかもしれません。なにか恐ろしいことがあったにちがいない……」

「だったら、なぜそっとしておかないのかね？」年上の男は静かに尋ねた。「きみは他人のことにあまり関心を抱かない人間だと聞いているよ」

ジョンはブランデーを飲み干し、グラスを暖炉のなかへ投げ入れた。グラスが割れて火の粉が散った。「ぼくはどうしようもないばか者だと、はっきり言ってもらったほうが気が楽です」隣人の腕にさわる。「しかし、知っていますか？　ぼくは変わりつつあるんです」

サー・オーガスタスはブランデーをすすって言った。「知っているよ。エマがきみを叱咤《しった》して更生させているのだろう？　そしてそれは、効果をあげつつあるようだね」

ジョンはうなずいた。「ええ。うまくいけば、社交シーズンが終わるまでに結婚し、夏をここで過ごしに戻ってくるかもしれません」

「そうなれば、エマ・コステロの大手柄というわけだ」准男爵はささやいた。「差し出がましいようだが、きみにふたつ助言をしたい。わたしはきみのお父さんが大好きで、いまだに彼の死を悲しんでいる。だから、きみに幸せになってもらいたいのだ」

ジョンはいつになくまぶたの裏が涙でちくちくするのを覚え、ごくりとつばをのみこんだ。

「どうぞおっしゃってください」

「更生しようと熱心になるあまり、きみが治そうとしているものを回復不可能なまでに傷つけないよう注意したまえ」

ジョンはうなずいた。サー・オーガスタスはため息をついて暖炉の火を見つめている。

「もうひとつ助言があるのでしょう?」准男爵が眠りこんでしまいそうだったので、ジョンはしびれを切らして尋ねた。

老人は火に向かってほほ笑んだ。「さあ、どうだったかな」

「言ってください。ぼくはもう子供じゃない。なにを言われても平気です」

准男爵は立ちあがってのびをした。「では言おう。帰りの道すがら、よく考えてほしい。結婚はふさわしい女性とするように。ふさわしくない女性との結婚は、きみを破滅させるだろう」

ノーフォークで過ごした残りの日々、ジョンはサー・オーガスタスに言われたことをじっくり考えてみた。エマは仕事が忙しくて、話をしたがっているようには見えなかったし、彼のほうでも、クラリッサについてあれこれ考えてはみるものの、これといってエマに話すことは思いつかなかった。そうこうするうちに、ロンドンへ発つ日がやってきた。

エマと馬を並べてロンドンへの道をたどっているとき、ジョンの頭にふと、クラリッサはぼくの気持ちに応えてくれるだろうかという疑問が浮かんだ。彼は道端の野花を観賞しているエマをちらりと見やった。ノーフォークに滞在しているあいだに春が来て、街道沿いに水仙が花を咲かせていた。北海から吹き寄せる風はまだ冷たいものの、草木は芽吹き、野原に色とりどりの花が咲いている。

「エマ、ひとつきいてもいいかい？」ジョンは不意に声をかけた。「自分が恋をしているのかどうか、どうすればわかるのだろう？」

物思いにふけっていたエマは、突然の問いかけに驚いて彼を振り返った。「さあ、それはわたしにはわかりません」

「なあ」ジョンはからかい口調で言った。「きみは恋をしたことがあるにちがいない。ぼくが更生し終えて、クラリッサに愛を打ち明けるつもりなら、そこのところをちゃんと知っておくべきだと思うんだ。で、恋とはどんなものだ？　きみのようにかわいらしい女性なら、一度くらいは恋に落ちたことがあるだろう」

エマの顔が真っ赤になった。赤い頬のせいで、目がいっそう鮮やかな緑色に見える。ジョンはほれぼれと彼女を眺めた。エマ、きみは実に美しい。ほかの男たちがきみと馬を並べているぼくを見たら、心底うらやましく思うだろう。

「白状したまえ」ジョンは迫った。

エマが笑ったので、ジョンはほっとした。じゃあ、これは安全な話題なのだ。そう考えて、彼女が話すのを待った。

「二年前にリッチモンドで恋をしたと言っていいかもしれません」ようやくエマは話しだした。

「それで？」彼は先を促した。

「相手はやはりクラリッジ家の年季奉公人でした」昔をしのんでいるのか、エマの声がやわらかくなった。「スコットランド人で、職業は靴職人です」彼女はジョンを見ようとせずに馬を軽くたたいた。

「どうしてそれを恋だと思ったんだ？」彼はしつこくきいた。

エマがちらりとジョンに視線を投げた。彼の胃をきゅっと縮ませるまなざしだった。ああ、エマ、きみのその視線は危険な武器だ。その武器を用いる相手に気をつけるんだな。

「やけにわたしの過去をほじくり返したがるんですね。ええ、いいですとも、そんなに知りたいのなら話してあげます。その人といると気持ちが安らいで、なにも危険を感じず、落ち着いていられました」エマは道端の花に視線を戻した。「彼がそばにいるだけで、楽しい気分になったのです」

ジョンはクラリッサ・パートリッジのことを考えてため息をついた。「男はまったくちがうふうに感じるのかもしれないな。いや、ただそう思っただけだ」

「ミス・パートリッジといるときに、そう感じないのですか？」エマがきいた。

彼は首を横に振った。「今のところは」

「彼女と知りあって、まだそれほど間がないのでしょう？」

「まあね」ジョンは背後を振り返った。二人の進み方が次第に遅くなっていたので、いつ馬車が追いついてこないとも限らなかった。彼はエマを促して馬をゆるい駆け足にさせ、馬車と距離をとることにした。

「で、どうなったんだ？」ふたたび速度を落としたところでジョンが尋ねたが、エマはなにも答えなかった。「ほら、きみとスコットランド人だよ」

「ああ、それなら、どうにもなりませんでした」彼女はやっと言った。「その人の年季は、わたしよりも早く明けたので」

「それで？」ジョンは促した。「きみは自分のことになるとすごく口が堅いね。ときどき腹立たしくなるよ」

「あなたには関係ないじゃありませんか」エマはそっけなく言ったあとで後悔したようだった。「彼は山脈を越えてカロライナへ行き、土地を開拓しようと考えていました。それには妻が必要だったので、年季奉公ではないほかの使用人と結婚したのです」

「とんでもない男だ」ジョンは感情をこめて言った。

エマは笑った。「わたしは彼と一緒にならなくて運がよかったんです。あれほど自分勝手な人が、わたしの幸せを考えるはずはありませんもの」

「そうだね」ジョンは同意した。「そういう男なら、きみが脚を骨折して役に立たなくなったら、銃で撃ち殺すかもしれないよ」

こうして親しさを取り戻したふたりは残りの道中を楽しく過ごした。ジョンはエマの家族の話にふれないでおけば仲よくやっていかれることがわかった。しかし、それではなにひとつ知ることはできない。それにぼくがクラリッサ・パートリッジを愛しているのかどうか、いまだにわからないし。彼がそう考えているうちに、一行はカーゾン・ストリートの屋敷に到着した。

翌日の午前中、ジョンは鉢植えのすみれを携えてクラリッサを訪問した。エマがすみれは女性が大好きな花だと教えてくれたのだ。眼帯を忘れずにし、ハンリーの手で身なりをできる限り整えて出かけた。すみれを持っていったのは正解だった。

クラリッサはすみれの花をうっとり眺めたり香りをかいだりして、感謝のつもりか、ソファのジョンのすぐ近くに座った。一度か二度、膝がふれあうのを意識した彼は、このところしばらく女性と愛を交わしていないことを思いだした。これほど長いあいだご無沙汰《ぶさた》だったのは珍しい。ジョンはクラリッサのしている道具に大いに興味があるふりをした。やがて彼女が針仕事を片づけようと立ちあがった。彼はクラリッサの形のいいヒップと優雅な歩きつきをたっぷり眺めた。

性的欲望を刺激され、胸のなかでにんまりする。ああ、すばらしい光景だ。

「クラリッサ……クラリッサと呼んでもいいかな？」

彼女は頬を赤らめてくすくす笑った。「もちろんかまいませんわ、ラグズデール卿」その声が息切れしていたので、コルセットがきつすぎるんじゃないか、とジョンは思った。

「ぼくのことはジョンと呼んでくれたまえ」彼は言った。

またくすくす笑い。そして真っ赤な頬。「いいですとも……ジョン」

深呼吸をしたらどうだい？　ジョンは心のなかでささやいた。さもないと着付け師を呼んでコルセットをゆるめてもらわなくちゃならなくなる。もっとも、すぐ近くに座れば、ぼくがゆるめてやってもいいが。「クラリッサ、もしよければ、明日一緒にハンプトンコートへ行かないか？」

クラリッサが行きたがったので、ジョンは大喜びで彼女の家をあとにした。性的興奮状態にあった彼は、まだフェイ・ムーレがバースへ移っていなければいいがと考えた。だがそのあとで、元愛人のところへ寄ったと知ったら、エマは快く思わないだろうと考えなおした。ここは行儀よくまっすぐ家へ帰ろう。

　エマは書斎で忙しそうに仕事をしていた。ロンドンを留守にしていたあいだにたまった手紙を書いているのだ。ジョンが戸口でうろうろしていると、彼女は目もあげずに尋ねた。

「なんですか？」

「喜んでくれ、ミス・コステロ」彼は椅子へ歩いていってどさりと座った。「ぼくらはクラリッサとジョンと呼びあう仲になった。明日は一緒にハンプトンコートへ行くんだ」

　エマはペンを置いて両手を握りあわせた。「よかったじゃありませんか！」きらきらした目を向けられて、ジョンの胃がまたきゅっと縮んだ。「そんなに早く進展したのでは、マナリングが進めている領主館の翼棟の増築が間にあわないかもしれませんね」

　ジョンはうなずいたものの、エマの返事にあまり満足しなかった。そして、なぜ満足できないのだろうと首をかしげた。そのきれいな目をぼくに向けても無駄だよ、と彼女に言いたい。きみはもっと外出して、若い男たちと会えばいいんだ。そう考えたあとで、ジョンは自分をばかだと思った。年季奉公人であるエマが、かってに外出できるわけがない。

　そんなジョンの考えを知るよしもなく、エマは咳払いをした。「あの、明日はわたしの休日です……」彼女が言いかけた。

　ジョンはおうように両手を広げた。「もちろん、もちろん。ただし、今回は帰りがあまり遅くならないように。ぼくだってしかるのは嫌だからね」

「はい」エマはたったひとこと答え、机の上の手紙に目を落とした。ジョンはゆっくりした足取りで書斎を出ながら、明日は彼女が前回より明るい気分で帰宅しますようにと願った。

翌朝ジョンが出かけるときは、エマはもういなかった。ジョンが書斎へ行ってみると、署名すべき書類や、ラスカーに指示して郵便局へ持っていかせる手紙が、きちんとまとめてあった。ジョンは昨日のすみれの領収書に頭文字で署名し、ふと思いついて、花屋宛にもうひとつ鉢植えのすみれを注文する短い手紙を書いた。これはきみへの贈り物だぞ、エマ。彼はすみれの領収書をほかの領収書と一緒に銀行宛の封筒に入れ、花屋宛の手紙をたたんでポケットへ入れた。

天気がよかったので、ジョンは馬丁を家へ残し、みずから馬車を御して出かけた。道路はすいていた。まず花屋へ寄ろうと考え、角を曲がってシティへと通じる道路へ入った。夕方帰宅したエマは思いがけない小さな贈り物を見て喜ぶにちがいない。

花屋へ寄ってからふたたび道路に戻ったジョンは、十五メートルほど先をエマが歩いていることに気づいた。まっすぐ前方に視線を据えて歩道を足早に進んでいく。彼はエマに声をかけて、目的地まで乗せていってやろうかと言おうとしたが、すぐに考えなおした。それよりも、彼女がどこへ行くのか後をつけてみよう。

気づかれずに尾行するのは簡単だった。エマはつけられているとは夢にも思わず、歩き慣れた人間のきびきびした足取りで進んでいく。

やがて両側に政府の建物が立ち並ぶシティの中心部へ入った。そのあたりは人通りが少なかったので、気づかれるかもしれないと考えたジョンは、馬車を縁石へ寄せ、手綱を街灯柱に結わえ、妹を連れた少年に馬車と馬の番をさせることにしたのだ。「なにも起こらないよう見張っていてくれたら、あとで一クラウンやろう」そう言い置いて、ジョンは徒歩でエマをつけた。

前方に内務省の建物が見えた。ジョンはエマがその建物に入ったのを見て、急いで道路を渡り、なかへ駆けこんだ。長い廊下の先に彼女の後ろ姿が見えた。重い足を引きずるようにしてのろのろと歩いていく。ニューゲートの監獄を訪れたときと同じだ。彼が見ていると、エマは開いたドアの前でしばらくためらっていたが、やがて深く息を吸って肩をそびやかし、頭を昂然とそらしてドアを入った。その堂々たる態度に、ジョンは胸を打たれた。

エマが入っていったのはロビーか待合室らしく、ほかにも立って待っている人々がいた。これ以上は後をつけないほうがいい。ぼくを見ても彼女は喜ばないだろう。引き返そうと思って向きを変えたジョンは、袖をまくりあげて忙しそうに歩いてきた男の事務員とぶつかった。事務員の抱えていた書類が冷たい大理石の床に散らばった。

「すみません」事務員は謝り、四つん這いになって書類を拾いだした。

「いや、ぼくが悪かったんだ」ジョンは膝をついて拾うのを手伝った。全部拾い終えたところで尋ねる。「ちょっとききたいんだが、あそこはなんの事務所かね？」ジョンはエマの入っていったドアを指さした。

事務員はジョンから書類を受け取って答えた。「あれは〈犯罪取締局〉の事務所で、責任者はミスター・ジョン・ヘンリー・キャパーです」

ジョンは礼を述べて立ちあがり、ズボンの埃を払って建物の出口へ向かった。おい、エマ、きみは犯罪者たちになんの用があるんだ？

彼は建物の前に立って考えた。ぼくが待合室へ入っていったら、エマはどうするだろう。これはぼくに関係のないことだ。ぼくに話したかったら、彼女はとっくにそうしていただろう。なにしろ幾度となくその機会を与えてやったのだ。そのときジョンはまたもやサー・オーガスタスの助言を思いだした。思いきってきみの傷口をつつくべきだろうか、エマ？ きみはぼくの傷口をつついたが、それは同意のうえでのことだった。ぼくがきみに対して同じことをする権利はない。

それにクラリッサが待っている。「くそっ！」ジョンは大声をあげ、馬車を目指して駆けだした。一度だけ内務省の建物を振り返り、今見たことを心から追いだそうとした。

16

ジョンは幼いころからハンプトンコートが好きだった。両親はめったにロンドンへ出てこなかったが、出てきたときは、たいてい彼をここへ連れてきた。ジョンは両親のしっかりした足音が大広間に響くのを聞くのが好きだったし、建物のなかを連れまわられて円形の浮き彫りを眺めては、歴代の王の尊大さに思いを馳《は》せるのも好きだった。長じては、恋人ができたらぜひハンプトンコートへ連れてきたいと思うようになった。求婚するのに、これ以上ふさわしい場所は思い浮かばなかった。

だが、今日はちがった。今年のロンドン社交界で最も愛らしい美人のひとりが一緒なのに、ジョンは気もそぞろだった。腕にぶらさがったクラリッサがきらきら輝く青い目で彼を見あげる。ほかの日だったら、腕にこすれる胸の感触や、唇をなめる舌の官能的な動きを楽しんだだろう。ところが今日は、クラリッサをおもしろがらせようと首なし幽霊の話をしているときでさえ、頭にあるのは〈犯罪取締局〉の待合室にいるエマのことだった。

うーん、犯罪の取り締まりか。ジョンは気になって仕方なかったが、クラリッサは彼の袖を引っ張っては口をとがらせてみせる。まるでキスをねだっているようだ。ジョンはいらいらして辛辣な言葉を投げたり、腕にしがみついている彼女の手を払いのけたりしたかったが、後悔するとわかっていたのでぐっとこらえた。

「わたしの話をちっとも聞いていないのね、ジョン」クラリッサが言った。

そのとおりだった。彼は盛んにしゃべり続けるクラリッサの言葉の十分の一も聞いていなかった。彼女はさっきからなにをまくしたてているんだ？　現にエマがしていることの半分でも重要なことか？　ジョンはイングランドで一、二を争う美人を伴い、かび臭い大広間をぶらぶら進んだ。そこにはほかにも観光客がいて、彼がときどき寄木張りの床から視線をあげると、男たちがうらやましそうにこちらをちらちら見ていた。ぼくはばかだ。そう考えたあとで、大いに愉快になった。昔からそうなのだから、今さら嘆くことはない。

「ごめん、ごめん、クラリッサ」ジョンは深く悔やんでいるように聞こえることを願って言った。そして立ちどまり、彼女の両手をとった。「どうしても気になることがあるんだ」彼女の鼻にキスをする。「だけど忘れるようにするよ」

しかし、いくらかたわらの美人に全神経を集中しようとしてもできなかった。ジョンは頭痛がし始めた。それだけでなく、眼帯を結わえている後頭部の頭皮がむずがゆくなってきた。知らず知らずのうちに足が速くなる。そうすれば時間の歩みも速くなって、午後はずんずん過ぎ、それだけ早く〈犯罪取締局〉へ引き返せる気がした。どうしてハンプトンコートがあんなに好きだったのか、今では不思議でさえあった。

クラリッサ、クラリッサ、きみをどうしたらいいのだろう？　きみは美しい。そしてぼくはきみを愛している可能性が高い。けれども今はここにいたくない。ジョンは一瞬のあいだにとるべき手段を検討し、唯一の名誉ある行為は嘘をつくことだと考えた。

「クラリッサ、実はシティで至急しなければならない用事があるんだ」ジョンは申し訳なさそうに言った。「ぼくのかかわっている慈善事業のことで……ニューゲートへ行かなければならない」こんな大ぼらを吹くぼくを、きっと神は雷で射殺する。それにしてもなぜ、セントポール大聖堂の孤児や橋の下の貧困者を救うためと言わなかったのだろう。

「ニューゲートですって？」クラリッサの声が不愉快そうに高くなった。「あなたが？」

「そうだ」ジョンはいくぶんむっとした。普段の評判があまりにも悪いので、彼が慈善事業に携わることなどありえないとクラリッサは考えたのだ。ジョンは嘘をついた自分を恥じた。

「あそこにいるのは哀れな連中だ」

その言葉に嘘はない。彼らの悲惨さについてはいくらでも証言できる。ジョンはクラリッサと手を握りあって歩きながらも、なかなか時間が進まないことにじりじりし、懐中時計を出して時刻を確かめたかった。「彼らのために〈犯罪取締局〉でしなければならないことがあって、これ以上のばすことはできないんだよ」自分の胸に手をあてる。「彼らはぼくを必要としているんだ」

ジョンは全能の神が雷を落とすのを待った。なにも起こらなかった。クラリッサはジョンの手をぎゅっと握りしめ、目に尊敬と憧憬《どうけい》の色をたたえて彼を見あげた。

「なんてすばらしい方でしょう」彼女が息を切らせて言ったので、またもやジョンはコルセットがきつすぎるのではないかと考えた。「あなたほど思いやり深い人には会ったことがないわ」

あまりにもこっけいな言いぐさに、ジョンは危うく吹きだしそうになり、下を向いて唇をかんだ。それを謙遜《けんそん》と解釈したクラリッサは、ふさふさの金髪を彼の腕に押しつけた。

「バースへ行って父に会ったとき、犯罪者たちに対するあなたの慈悲深い行為についてぜひ話してあげてちょうだい」

えっ、ぼくはなにか約束したのか？　ジョンは懸命に思いだそうとした。いつバースへ行くと言ったのだろう。歌劇の幕間《まくあい》に彼女の胸に見とれて、うっかりうなずいてしまったのだろうか？　彼は出口へ向かう足を速めた。

「バースとは、なんのことだったかな」ジョンは門衛に馬車をまわすよう頼み、おずおずと尋ねた。クラリッサが唇をとがらせたので、慌てて額にキスし、ほかにもなにか約束したのだろうかと考えた。「悪いが、どういうことだったか思いださせてくれないか」

「おばかさんね」クラリッサがおうようにしかった。「あなたは心配事に気をとられて、わたしみたいな取るに足りない女の言うことなど聞いていなかったのでしょう」

ジョンは機嫌をとろうと彼女の手にキスした。「きみほど大切な人はいないよ」ばかげたせりふだが、相手にわかるはずはない。

「父は痛風の治療でバースにいるの。あなたはわたしや母と一緒に木曜日にバースへ行くって約束したのよ」クラリッサが思いださせた。

そうだったかな？　ジョンは額をたたいた。「ああ、そうだったね。ぼくはなんてばかなんだ」

クラリッサはかわいらしいえくぼを見せ、彼の手を借りて馬車へ乗った。「あなたは父に話があるとおっしゃったのよ」頬を赤らめ、秋波を送る。「どのようなお話か、わたしには考えもつかないけど……」

ああ、そうか、ぼくは結婚しようとしているのだ。寒い日だったにもかかわらず、ジョンの背すじを汗が伝った。彼はわざと時間をかけて馬車の反対側へまわった。落ち着け、落ち着け、ジョン。これはぼくが望んだことなのだぞ。

「きみのお父さんに会えば、きっと話すことはいくらでも考えつくさ」ジョンは冗談を言った。まるで他人が彼の口を借りて話しているような感じだった。「なあ、クラリッサ。もしかしたらぼくの用事は、あと一日かかるかもしれないんだ。そうしたら出発を金曜日までのばせるかな？」

「一日のばすくらいなんでもないわ。あなたがよい行いをしようとしているんですもの、母もわたしも喜んで待ちましょう。ああ、ジョン、わたしがどんな気持ちでいるか、あなたにはわからないでしょうね」

ああ、わからない。ジョンは心のなかで認め、猛烈な速度で馬車を飛ばしたい気持ちを抑えて、馬をゆっくり進ませた。そうとも、これはぼくが望んでいることだ。こうして紳士らしくふるまえば、たぶんエマも誇らしく思ってくれるだろう。だったら、なぜぼくの両手は震えているんだ?

ジョンは一分程度で用事が済むからとクラリッサを説き伏せて一緒に内務省へ行き、ロビーで待たせておいて〈犯罪取締局〉へ急いだ。受付係のところへ行って明朝のミスター・キャパーとの面会を予約するつもりだった。彼に会って話を聞けば、エマがなにをしに来たのかわかるだろう。

待合室へ入ろうとしたジョンは入口で立ちどまった。エマがこちらへ背を向けて立っていた。彼は驚いて室内を見まわした。ほかには机で忙しそうに仕事をしている男の受付係しかいない。奇妙だ。エマは今朝早く来たから、とっくに面会を終えて帰ったと思ったのに。ジョンは足音を忍ばせてその場を離れ、クラリッサのいるロビーへ戻った。

「不気味なところね」彼女はジョンの腕をとってささやいた。「こんなに陰険な顔をした人が大勢いるところに来たのははじめてよ」

「これでもみんなただの事務弁護士にすぎないんだ」冗談を言ったジョンはクラリッサの表

情を見て思った。将来、妻に冗談を言うたびに説明しなくちゃならないようだ。「さあ、きみを家へ送っていこう」

　ジョンは夕食の誘いを断り、明日の午後、一緒に馬車で出かける約束をした。「そのときにバースへの楽しい旅について話しあおう」彼はクラリッサのほうへ投げキスをし、玄関ドアが閉まるやいなや馬車へ飛び乗ってシティへ引き返した。

　がらんとした廊下を息せき切って〈犯罪取締局〉の待合室へ駆けつけたときには、エマの姿はなく、さっきの受付係が机の上の書類をまとめているところだった。

「もう閉めるところです」受付係が立ちあがってジョンにうなずきかけた。「明朝、出直してください」

「その必要はない」ジョンは受付係のほうへ歩いていった。「先ほどまでここにいた若い女性は……結局ミスター・キャパーに会えたのか？」

　受付係は笑って首を横に振った。「まさか、会えっこありません！　アイルランド人をだますのはちょろいもんです」ジョンにウインクする。「あの女が毎週来たって、あのドアを通ることは絶対にできません。そのうちにあきらめるでしょうよ」

　ジョンは男をにらんだ。「いったいなにを言っているんだ？」

　受付係はにやりと笑い返した。「アイルランド人なんか大嫌いだと言っているんです。犯罪者だけでなく、アイルランド人全部を流刑地送りにしちまえばいいのに」

ぼくもかつてはそう思っていた。ジョンは呼吸を整えるあいだに考えた。ぼくもアイルランド人すべてを憎んでいた。だが、今はちがう。彼はもう一度きいてみることにした。「彼女はオーストラリアへ移送されただれかの情報を求めて来たのか?」

「決まってますよ。アメリカがだめになった今、オーストラリア以外のどこへ悪人を送れるっていうんです?」

「ぼくは侯爵のラグズデールだ」ジョンは不意にむらむらと怒りを覚え、険しい口調で名乗ると、男の襟首をつかんで続けた。「ちゃんと答えろ。さもなければ明日から仕事はないものと思え」

受付係はその言葉を信じたと見えて、目をみひらき、服の乱れを直して、薄くなりかけた頭をなでた。「失礼な口をきくつもりはなかったんです」あえぐように言う。「あの娘は……あのお嬢さんは、一八〇三年のアイルランド人蜂起後に流刑に処された者たちの居場所を知りたいと言いました」

ジョンはうなずいた。あの事件については、朝のブランデーを飲みながらロンドンの新聞で読んだ記憶がある。何人も絞首刑になったことを知って、当時の彼は喜びしか覚えなかった。アイルランドが世界における正当な地位を確立するまで、だれも自分の墓碑銘を書いてはならぬと宣言した男は絞首刑に処され、死後に首をはねられた。そうしたアイルランドの思いあがりに、ジョンは大笑いしたものだ。

「で、おまえは彼女をミスター・キャパーに会わせなかったのか？」ジョンは受付係に注意を戻して穏やかに尋ねた。「なんの権利があってそんなことをする？　はっきり言おう、おまえはろくでなしだ」

「ええ……そ、そうです」受付係はつかえつかえ言って、机の後ろへ逃げこんだ。

「どうしてあの女性を辱めるんだ？」ジョンは怒鳴りつけ、机をまわってつめ寄った。

小男は机へ這いのぼって反対側へおり、脱兎のごとくドアへ駆けた。「あの女はアイルランド人ですよ。かまうもんですか！」男は敷居につまずいて倒れたが、ぱっと起きあがり、ジョンを待合室に残して走り去った。

外はすでに暗かった。ジョンは両手をポケットに突っ込んでゆっくり廊下を歩き、夜警にうなずいて建物を出ると、壁に寄りかかって気持ちを静めた。なぜわれわれはこれほど冷酷になれるのだろう。同じ人間を雑草のごとく扱うとは、なんと傲慢《ごうまん》なのか。エマの家族がどこかにいる。だが、だれも探すのに手を貸そうとしない。ぼくにしたところで、エマが愛する家族を探すのに手を貸す力がありながら、彼女にくだらない仕事ばかりさせている。

ジョンは道を急ぐほかの御者たちの罵声《ばせい》を無視し、カーゾン・ストリートの屋敷へゆっくり馬車を進めた。手綱をゆったり握って座席の上で身をかがめ、考えにふける。エマに謝っても謝りきれはしない。謝ろうとすれば、おそらくまた彼女の尊厳を傷つけることになるだろう。

ジョンが家へ帰り着き、階段を重い足取りであがって玄関広間へ入ると、ラスカーがちょうどこれからディナーが始まるところだと告げた。

「ディナーのために着替えなくても、レディ・ラグズデールやミス・クラリッジは理解してくださるでしょう」ラスカーが外套を受け取って言った。

ジョンは立ちどまって真剣な視線をラスカーに向けた。「その言いぐさがどれほどこっけいか、今まで考えたことがあるかい？」驚いている執事にきく。「つまり、ディナーのために着替えるということが。ぼくはすでに服を着ている。ローストビーフを食べるときに正式な服装をしているかどうかなんて、だれが気にするんだ？」

「どういうことでしょう？」ラスカーが尋ねた。

「なんでもない、ラスカー」ジョンはうんざりして手を振った。「ただ、ぼく自身や、ぼくみたいな人々にあきれているだけだ」

「それならよろしいのですが、ディナーには出られるのでしょうね？」執事はしつこく尋ねた。

「食べたくないんだ。それから今夜は〈オールマックス〉にも観劇にも、そのほかどんな催しにも出かけない」ロンドンには寒さと飢えに苦しんでいる家のない人が大勢いる一方で、ぼくみたいにディナーのために盛装したり歌劇を楽しんだりと贅沢が身にしみついた人間がいる。それをラスカーに指摘したかったが、実際はこう言い添えただけだった。「とにかく今夜はどこへも出かけない」

「承知しました」ラスカーは無表情な顔で応じた。

ジョンは執事を見て深々と息を吸った。「ぼくは書斎にいるから、すぐにエマ・コステロをそこへよこしてくれ。だれも邪魔をしないように」

ジョンは驚いている執事を玄関広間に残して書斎へ向かった。そして戸口に立ったまま、しばらくなかへ入るのをためらった。ここはだれかの傷口をついて血を流させるのにふさわしい場所ではない。だが、ほかにどこがあるというのか。ジョンは決意を固めてドアを閉め、暖炉の火をつけた。われながら驚いたことに、両手が震えていた。

机に向かって座り、ぼんやり火を眺めていると、ドアをノックする音がした。

「入りなさい」ジョンは言ったあとで、声が冷淡すぎたような気がした。われわれ英国人がアイルランドという重荷を背負わされているのは、エマのせいではないのだ。「どうぞ」彼は言い添えた。

エマが入ってきて机の前に立った。目をあげたジョンは彼女の目が赤いことや、打ちひしがれた様子をしていることに気づいた。彼はかたわらの椅子を引いた。「座りなさい、エマ」

エマは腰をおろし、ジョンの視線を恐れるかのように少し反対側へ体を傾けた。彼はため息をついて額をもんだ。そして眼帯を外し、机の上へ身をのりだして両手を握りあわせた。

「たった今〈犯罪取締局〉へ行ってきた」エマの小さなあえぎ声が聞こえたが、ジョンは視線を彼女に向けるのを控えた。「そこの受付係が断言したよ、きみはアイルランド人だからミスター・キャパーに面会させないのだと。首にさせるぞと脅したら、受付係は震えあがった。この次はきっとミスター・キャパーに会えるだろう」

エマはさめざめと泣きだした。これほど悲痛な声を聞いたのは、父親の死に際して彼自身があげた苦悶の嘆きを別にすれば、ジョンにとってはじめてのことだ。エマが身をふたつ折りにして泣き続けるのを黙って見ているほかなかった。やがて彼がハンカチを渡すと、エマはそれで顔を隠して身も世もあらぬ嗚咽《おえつ》をもらした。どんな言葉をかけようかと知恵を絞ったあげく、黙っているのがいちばん賢明だと考えて、ジョンは口を閉ざしていた。

ついにエマが泣くのをやめて音高く鼻をかみ、目元をぬぐってジョンのほうを向いた。

「すみません」

「謝るのはぼくのほうだ。すべてを話してくれないか。細かいことまで一切合財。知らなかったら、助けたくても助けてやれないからね」

顔を赤くしたエマは、はれあがった目でジョンを見つめた。「わたしを助けてくださるのですか?」声に疑念の響きがこもっていた。

「ああ、エマ」彼はそれしか言えなかった。

彼女は深く息を吸って体を後ろへ傾けた。「わたしの父はウィックロー県の地主でした。

長老派の信徒で、先祖代々アイルランドに住んできたのです。母はカトリック教徒でしたが、父は母を愛し、宗教のちがいを超えて結婚しました。兄弟は全部で四人。兄がふたりに、わたし、そして弟がひとりいました」

それだけ話すのもやっとのように、エマはひと息入れた。「いつだったかきみが、お父さんはオックスフォードのモードリン校出身だと話したのを覚えているよ」ジョンは彼女をリラックスさせようと砕けた調子で言った。

エマはうなずいてかすかにほほ笑んだ。「兄のイーモンも秋にはそこへ行くことになっていたのです」言ったとたんに思いだしたのか、彼女はふたたび声をあげて泣きだした。ジョンはアイルランドへ出征していた折に聞いた哀哭《あいこく》の叫びを思いだし、うなじの毛が逆立った。彼は椅子から立ちあがりたい衝動をこらえ、エマの手をとってぎゅっと握りしめた。彼女は手がつぶれそうなほど強く握り返してきた。

「なにがあったんだ?」そう尋ねたジョンは拷問をしている刑吏になった気がした。「なぜイーモンはオックスフォードへ行かなかったんだ?」

「秋になる前に死んだからです。ええ、死んだにちがいありません。ああ、ジョン、本当のことはわからないのです。この五年間、イーモンが生きているのか死んでいるのかもわからずに生きてきて、もう気が変になりそうです」何年もたまっていたものを吐きだすように、言葉が一気にあふれ出た。エマはジョンの手を握りしめる力をゆるめたものの、手は離さなかった。彼はもう一方の手を彼女の手に重ねた。

「全部話してごらん、エマ」

彼女はうなずいた。「わたしたち一家はアイルランド紛争に一切かかわりませんでした。父が常々、われわれの戦いではないと言っていたからです。九八年の反乱後、父は統一アイルランド人連盟とのつながりを絶ちました。隣人の一部は連盟に所属していましたが、わたしたち一家は父のかかわるなという命令に従ったのです」

「きみはカトリックなのか?」ジョンが尋ねた。

「はい。わたしとふたりの兄弟はカトリックで、イーモンと父は長老派の信徒でした」エマはジョンの手を放し、濡れそぼったハンカチでもう一度目をぬぐった。彼が引き出しを探り、新しいハンカチを出して渡すと、エマは受け取って口元にかすかな笑みを浮かべた。

「父はそうやって身を低くしていれば、かかわらないでいられると考えていたのでしょう」エマが続けた。「実際、わたしさえ愚かなまねをしなかったら、なにごともなかったはずです」口調が苦々しくなる。「あのとき起こったことは、すべてわたしのせいなのです」

エマは自責の念に耐えられないとばかりにうなだれた。ジョンは近づいて彼女の髪にふれ、その手をうなじから肩へと滑らせた。エマはしばらく彼の手に頬をもたせていた。まるで強さを求めるかのように。このぼくに強さを求めるなんて、とジョンは驚き、いぶかしんだ。エマ、きみの絶望はそれほどまでに深いのか。

「話してごらん」彼は促した。

エマは体をまっすぐ起こしたが、ジョンを見ようとはしなかった。彼は彼女のなかに後悔の念と深い悲しみを感じ、かつてなかったほど心を動かされた。「エマ」ジョンは言った。

「あの日、弟のティモシーは風邪を引いて寝込んでいました。父や兄のイーモンとサムは仕事で出かけており、母はティムをひと晩じゅう看病した疲れで寝ていたので、わたしが家の見張りをあずかっていたのです。ああ、ジョン、もう話せないわ。無理強いしないで」

「話さなくてはだめだ」ジョンはろくでなしになった気分で要求した。

エマは立ちあがって窓辺へ行き、長いあいだ外を眺めていた。ジョンは振り返って彼女の横顔を見た。エマが眺めているのは、彼が普段見慣れている光景ではないのだ。

「あの男が家へ来たのは夕暮れ時でした。時刻をよく覚えているのは、わたしがランプに火をともし、父と兄たちが帰宅するのを待って夕食にする旨をコックに告げた直後だったからです」

「あの男とは、だれのことだ？」ジョンがきいた。

エマが振り返って彼を見た。「ロバート・エメットです」

突然ジョンは思いだした。「ダブリンで蜂起したか」彼は言った。

エマがうなずいた。「エメットはキャッシュから来る途中で馬車が故障したから、ひと晩泊めてほしいと頼みました。それでわたし、わたし……彼をなかへ入れてしまったのです」

エマは窓のほうを向き、まるでガラスを殴ろうとするかのようにこぶしを振りあげた。ジョンは慌てて駆け寄り、彼女が怪我をする前に手首をつかんだ。そしてまた泣きだしたエマを椅子へ連れ戻し、膝の上に抱いて座った。そうやって抱きしめていると、彼女の悲しみが伝わってきて、ジョンは思わず髪にキスした。

「もちろん、きみならそうしたにきまっているよ、エマ。きっといつもお母さんに、困っている人を見たら助けてあげなさいと言われていたのだろう。しかし、エメットが何者なのかは知らなかった。そうだろう?」

エマはうなずいた。「ええ。彼は名前を言いましたけど、わたしはどういう人物か知りませんでした。ひと晩だけと頼まれて、どうぞと彼をなかへ入れたのです」

ジョンはロバート・エメットがダブリンで起こした反乱に関する記憶を探った。

「きみはいくつだった?」ジョンは彼女を落ち着かせようと穏やかに尋ねた。

「わたしは十九歳で、弟のティムは五歳でした」エマはまたしばらく黙りこんだ。ジョンは彼女が少しリラックスしたのを感じ、腰にまわしている腕の力をゆるめた。

「帰宅したお父さんは……」彼は先を促した。

「父も兄たちもエメットを歓迎し、夕食後はポートワインを飲みながら長いこと話をしました」エマは辛辣な笑い声をあげた。「あとで父に聞いたところでは、話の内容は狩りや、釣りや、近くに住んでいるエメットの婚約者のことだったそうです。馬車が故障したとき、そこへ行く途中だったと話したそうです。もちろん父は、キャッシュへ通じる道路上に故障した馬車など見かけませんでした。でも変に思わなかったんです」

エマはジョンの膝に座っていることにようやく気づいて頬に両手をあてた。「すみません。こんな厚かましいことをして！」

彼はエマに笑いかけた。「ぼくがきみを膝に乗せたんだ。もう少しこのままでいよう」

きっと膝から飛びおりるだろうと思ったが、エマはそうしなかった。それどころか、あたたかさを求める子犬のように体をすり寄せてきた。「エメットはひと晩泊まって、翌朝、日が昇る前に出ていきました」まっすぐ前を見つめたまま続ける。「そして、うちの地所の出口で政府軍によって逮捕されました。きっと彼らはひと晩じゅう、わたしたちの家を見張っていたのでしょう」エマはかぶりを振って無力感を示す身ぶりをした。

そのあとになにが起こったのかは尋ねるまでもなかった。ジョンは言葉を失った。いったいなにを言えようか？　国家の罪をどこか遠くの法廷で償わなければならないとしたら、いずれイングランドはこの罪の罰を受けるだろう。

「そして彼らは、きみの家族を共謀の罪で逮捕したんだね」ようやく口がきけるようになったジョンはささやいた。「ああ、なんてことだ」

そのあと、エマは単調な声で話を続けた。彼女のぞっとするほど低い声がジョンに、幼いころにカリブ人の子守り女がしてくれたゾンビの話を思いださせた。「彼らは病気のティムをベッドから引きずりだし、わたしに背負うよう命じました。父とイーモンとサムは一緒に結わえられていたので、わたしと母が交替でティムを背負い、その日のうちにダブリンに向けて二十キロ近く歩かされたのです」エマはいったん話すのをやめ、哀調を帯びた声で言い添えた。「今でもよく覚えていますが、雨が降っていて、わたしは泥に足をとられ、靴を片方なくしました」

「ダブリンまで歩き通したのか？」

「ええ。ティムは途中で死にました」エマは記憶をぬぐい消そうとするかのように手で払うようなしぐさをした。「少なくともわたしはそう確信しています。大変な高熱で、ディッグタウンまで来たとき、護衛隊の隊長がホラディという一家に預けるよう命じたのです。ティムの目は落ち窪《くぼ》み、喉の奥でごろごろと不気味な音がしていました」

ジョンは口を閉ざしたまま、今聞かされた話をじっくり考えた。暖炉のなかの石炭が崩れ、エマはびっくりして体を起こした。ジョンは彼女を胸へ抱き寄せた。

「弟さん以外は全員ダブリンへ着いたのだね？」

「はい。ダブリンに着いたあと、母とわたしは蜂起にかかわった女性たちが集められているマールボロー・ストリートの乗馬学校へ連れていかれ、父とふたりの兄はプレヴォットの監獄へ連行されました」エマの体が震えた。ジョンには理由がわかった。負傷する以前の一七九八年に、彼自身がコークからプレヴォットへ囚人を護送したことがあった。

「お父さんやお兄さんは拷問を受けたのかい?」彼はできるだけやさしく尋ねた。

エマがうなずいた。「でも、父や兄はなにも言おうとしませんでした」彼女は目をみひらいてジョンを見た。「なにを言えるでしょう? だって、なにも知らなかったんですもの!」怒りに任せてジョンの胸をたたき、それから彼の体に腕をまわして泣いた。

ジョンはエマを抱きしめ、そっとささやきかけた。彼女の悲しみや自責の念の深さに、彼自身が打ちのめされそうだった。家族に苦しみをもたらしたのは自分だと思っているのだね、エマ。そんな重荷はひとりで背負いきれない。「なんと痛ましいことだろう。しかし、それはきみのせいではないよ」

「まだ先があるんです」エマが冷たい声でさえぎった。「父や兄がしゃべらないので、英国人たちはわたしをマールボローからプレヴォットへ連れていって、彼らの前で拷問しました」

「なんてことを!」ジョンは恐怖と嫌悪感に吐き気を覚え、大声をあげた。「いくらなんでも嘘だろう!」

エマは左手をジョンの目の前に突き出し、震えないよう右手で支えた。「この指に気づかれたでしょう?」その目には激しい怒りの炎が燃えていた。

「ああ」ジョンはささやいた。「爪をはがれたんだね?」

「ええ」エマは自分の指を見た。爪は生えたものの、醜くねじれている。「悲鳴をこらえようとしても、こらえきれませんでした。唇を噛《か》み切ったほどです」

「エマ、やめてくれ」ジョンは懇願した。

「あなたが知りたがったのですよ」エマが冷静に指摘した。「だから、告白しているのです。彼らはその場でわたしを強姦《ごうかん》すると父に言いました。イーモンが白状したのはそのときです」

「しかし……」

「わたしを助けるために、イーモンは犯してもいない罪を白状したのです」エマは立ちあがった。その姿には威厳と気品が備わっていた。「わたしを駆りたてるものがなにか、これでおわかりでしょう。聞いて気持ちのいいものではありません」

17

そうとも、気持ちのいい話なんかであるものか。ジョンはベッドに入ったものの、いつまでも眠れないで輾転《てんてん》反側するうちにシーツに絡まっていた。東の空が白み始めるころには眠るのをあきらめて窓際の安楽椅子へ移った。そしてはだしの足を窓枠に乗せ、なおも考えにふけり続けた。エマはあれほどの苦しみを耐えてきたのだ。なんと気丈な女性だろう。ぼくは二度と弱音を吐かない。もし吐いたら、神に雷で打たれてもいい。

すすり泣きのせいで途切れ途切れに語られたエマの残りの話はこうだった。イーモンは家族から引き離されて死刑囚監房へほうりこまれた。囚人たちは絞首台が造られたことや、ロバート・エメットが絞首刑に処されたあと斬首されたことを、勝ち誇った看守たちから聞かされた。一家はほかにだれが処刑されたのか教えてほしいと泣いて頼んだが、官憲は一顧だにしなかった。アイルランド人の悲しみなど、彼らにとっては顔の前の蚊に等しかったのだ。

エマはふたたびジョンの膝に座って、その後のいきさつを語った。彼女はさらに一週間プレヴォットに留め置かれたあと突然、ほかの囚人たちと一緒に夕方のダブリン市内の道路を追いたてられるようにしてマールボロー・ストリートの乗馬学校へ移された。

「全員があわただしく移されたのは発疹《ほっしん》チフスが発生したから」エマはジョンの濡れそぼったベストに向かって説明した。「たぶん手抜かりからでしょう、父とわたしは一緒につながれていませんでした。人々が集まっているところを通ったとき、父は護衛の注意がそれたすきにわたしを群衆のなかへ押しやり、近くにいた男性へ〝年季奉公に〟と頼んだのです」

その夜のうちにエマはダブリンの埠頭《ふとう》へ連れていかれ、アメリカや西インド諸島へ向かう船に乗せられた。「そうしてわたしはクラリッジ家に雇われたのです。家族を探す機会が訪れるとは夢にも思いませんでしたが、ミスター・クラリッジがサリーとロバートを英国へやると言いだしたとき、わたしもぜひ同行しなければと考えたのです」

「きみは不当な扱いを受けてきたのだね」ジョンは言った。「しかし、それも明日から変わる。明日一緒に〈犯罪取締局〉へ行こう。必ずミスター・キャパーに会わせてやる」

「わたしなんかのためにそこまでしてくださるの？」エマが驚いて尋ねた。自然に口をついて出たその問いかけが、ジョンをいっそう恥じ入らせたことには気づかなかったようだ。

「もちろんだ」

「もちろんだ」ジョンは夜明けの窓に向かって繰り返した。で、そのあとは？　オーストラリアへ移送された囚人たちの完全な名簿が残っているのだろうか？　それともエマに、さらなる挫折《ざせつ》感と悲嘆をもたらすことになるのだろうか？　率直に言って、これは親切な行為なのだろうか？

一時間後、石炭を運んできたメイドが暖炉に火をおこすのをかすんだ目で眺めているとき、ジョンはやはり親切な行為だと結論づけた。彼の様子はいつもよりもっとひどかったとみえて、メイドはちらちらと主人に視線を投げ、そそくさと仕事を済ませて逃げるように部屋を出ていった。ジョンはふたたび考えにふけった。たとえこれからも事あるごとにエマが落胆し続けようと、少なくとも彼女はできる限りのことをしたのだと納得できるだろう。なにも知らずに一生を送るよりはずっといい。

六時にジョンが服を着替えて階下へおりていくと、ラスカーが驚いた顔をした。「まだ朝食の用意が整っておりません」執事はせかせかと朝食室へろうそくをともしに向かいながら謝った。

ジョンは肩をすくめた。「じゃあ、紅茶を頼む、ラスカー」新聞を手に、なにも載っていないテーブルに向かって座る。ジョンが目をあげて執事を見ると、その顔に物問いたげな表情が浮かんでいた。「エマにここへ来るよう言ってくれ」

「承知しました」執事はためらったあとで続けた。「彼女は昨夜、一睡もしなかったようです。隣室の皿洗いメイドが泣き声を聞いたそうです」

エマ、きみが泣いているのに、ぼくはそばにいてやれなかった。知っていたら、きみを抱きしめてやったのに。どうせ、すぐ下の階でひと晩じゅう眠らずにいたのだ。今のエマにとって親友といえるのはぼくしかいない。不意にその事実に思い至ったジョンは新聞をテーブルへほうりだした。「だったら、エマは起きているんじゃないか？」ふたたび新聞をとりあげる。「ティーカップをふたつ頼む」

数分後、深刻な表情をした青白い顔のエマが入ってきた。ジョンがあつらえさせた新しい深緑色のウールのドレスをまとっている。ジョンが椅子を指し示したが、彼女が座ろうとしないので、彼は目をあげた。

「ここはわたしの座っていいところではありません」

「ぼくがいいと言えばいいんだ。座りなさい」

エマは家族のだれかが姿を見せたらすぐに立ちあがるつもりなのか、椅子の端にちょこんと腰かけた。ジョンはティーカップに紅茶を注いで彼女のほうへ押しやった。エマは心も体も冷えきっているかのように両手でカップを持ち、ゆっくりとすすった。

ジョンはしばらく黙って新聞を読んでいたが、やがてそれをたたんで彼女を見た。「ほったらかしにしていることがあるんだ」彼は言った。

エマが興味深げにジョンを見た。

「いつだったか、きみを幸せにするのはどんなことかと尋ねたことがあっただろう？」

エマはうなずいた。「ずっと昔のような気がします」

「まったくだ。すっかり忘れていたが、今ごろになって思いだした。で、きみは欲しがっていた自分の部屋とベッドを手に入れた」

エマはふたたびうなずいたものの、ジョンが話をどこへ導こうとしているのかわからないようだった。

ジョンは立ちあがり、彼女についてくるよう身振りで示した。「あのとき、きみはたしかミサに出たいとも言った。さあ、行こう」

エマはジョンの腕をとった。「そんなことまでしていただく必要はありません」

ジョンは彼女の手をとって廊下へ出た。「もちろんあるさ。これからきみをセントスティーヴン教会へ連れていく。今行けば、たっぷり告解して、そのあとミサに出られるだろう」

「わたしの身の上を司祭に話して聞かせろとおっしゃるのですね？」エマは尋ねたが、それは質問というよりも意見表明だった。

「ああ、そのとおり」ジョンはラスカーに外套を着せてもらい、エマがマントをとってくるのを待った。「全能の神をぼくが誤解しているのでなければ、きみは許しを求めなければならないようなことを、なにひとつしてはいない。きっと告解でそれがわかるよ」

シティへと向かう馬車のなかで、エマはずっと口をつぐんだきり、まだ人通りの少ない道路をまっすぐ見据えていた。けれどもジョンには、彼女が怒っているのでもなければ、知りあったばかりのころのように、彼に不信感を抱いてむっつりしているのでもないことがわかった。エマは今、彼には見えないものを見ているのだ。彼女の両手は固く握りしめられている。ジョンは彼女の手に手を重ねた。

「心配しなくていい。これまで神は自分の味方だと考えたことがあったかい？」

エマの表情からして、一度も考えたことはないのがわかった。ジョンはそれ以上なにも言わないほうが賢明だと考え、残りの道のりを黙って過ごした。

セントスティーヴン教会は金融街の外れにある小さなカトリック教会で、知っているといっても、ジョンは何度か前を通ったことがあるだけだ。朝が早いために参拝者は少なく、ちょうど一回めのミサが終わったところで、天井の低い礼拝堂のなかは強いろうのにおいが満ちていた。エマは教会特有のにおいを深々と吸ってため息をついた。

「教会なんて何年ぶりかしら」エマはささやき、告解室のドアの脇に立っている司祭のほうへ進みだした。一度、目に恐怖の色をたたえて彼女が振り返ったので、ジョンはついていってやりたくなった。だが、ただにっこり笑いかけるにとどめ、教会の後ろの席に腰をおろした。そして指を組みあわせ、どうか神様が慈悲深くありますようにと祈った。

エマの告解はずいぶん時間がかかったが、話が長くなることは最初からわかっていたので、ジョンは少しもいらだちを覚えなかった。教会の雰囲気が自分の精神をなだめてくれることを願い、深く息を吸う。やがてエマが出てきたので、彼はベンチの上で体をずらして彼女の座る席を空けた。

エマに話しかけたかったが、彼女はすぐにひざまずいて小声でロザリオの祈りを唱え始めた。数珠を持っていないため、連禱《れんとう》の回数を指で数えている。ラグズデール卿は彼女を見て、どこかで数珠を手に入れてやろうと考えた。エマはぼくに多くのものを与えてくれたのだ、数珠くらい買ってやらなくてどうする。

　祈りを唱え終えたエマが横に座ってささやいた。「あなたのおっしゃったとおりでした」

　彼はふたりの肩がふれあうまで体を傾けた。「よかった。苦行を課されたのかい？」

　エマがにっこりしたのを見て、ジョンの心臓がどきんと打った。彼女の笑みは、不安も警戒心も打算もない、心からほっとしたことを示す安堵の笑みだった。「司祭様はロザリオの祈りを唱えなさいとおっしゃいました」彼女はささやき返した。

「小さな苦行だね」ジョンは応じた。エマが熱意に燃えるすばらしい目を、だれかほかの男に向けてくれればいいのに。

　彼女の笑みが顔じゅうに広がった。「信じられるかしら。司祭様はなんとアイルランド人なの」

　ジョンはそこが教会内であることを忘れて笑いだした。何人かが振り返って顔をしかめた。彼は長い脚を祈禱用のベンチに乗せて体を低く沈め、こみあげてくる笑いをこらえた。そのとき脳裏に、面と向かって冗談を言われても理解できないクラリッサの顔が浮かんだ。

　ミサが始まった。ジョンはエマをこづいて話しかけた。「ぼくらは似た者同士だね」

　彼女はジョンと祭壇の司祭に注意を半々ずつ向けていた。「あら、そうかしら？」

「ぼくもきみも長いあいだ罪悪感にさいなまれてきた。ちがいは、きみが罪の意識を耐えてきたのに対し、ぼくは酒でそれを忘れようとしたことだ」

エマはうなずいてため息をもらした。「お金さえあったら、わたしだってお酒に溺れたにちがいありません」

「うーむ。あまり金があるのも考えものだね……」ジョンがウインクすると、彼女は慌てて前へ向きなおった。

前列の女性信者が振り返って唇に指をあてた。ジョンはささやいた。「真っ先に頭に浮かぶのが〈犯罪取締局〉の、あの受付係だ」

「いいことを教えてやろうか。いちばん憎たらしい男を探しだして、ワイン貯蔵庫の中身を全部やろうと考えているんだ」ジョンはささやいた。「真っ先に頭に浮かぶのが〈犯罪取締局〉の、あの受付係だ」

エマが笑い声をあげた。司祭が説教を中断して彼女をにらみつけた。「しっ、静かに」エマがジョンにささやいた。「わたしに悪い影響を与えないで。これではまたすぐ告解しなくちゃなりません。それもあなたのせいで」

そのあと、ジョンはミサが終わるまで行儀よくしていた。許しについて説教した司教の洞察力に驚嘆するとともに、祭壇で聖餐のパンを与えられたエマが戻ってきてベンチの横でひざまずくのを、安らかな気持ちで見守った。彼女が泣いていることに気づいたジョンは、ミサの終了まで手を彼女の肩に置いていた。

「さてと、もうあの受付係に立ち向かう心がまえができたかい？」教会の前で貸し馬車へエマを助け乗せているときに、ジョンがきいた。

「今のわたしはなんにでも立ち向かえます」エマが言い切った。

「あそこへ行っても、なにもわからないかもしれないよ」ジョンは警告した。「出てくるときは、もっと落ちこんでいるかもしれない」

「わかっています」エマは静かに言った。「でも、なにもしないよりはましです」

内務省へ乗りつけたふたりは、手を握りあって〈犯罪取締局〉の受付係の机へ歩いていった。彼らに気づいた受付係は慌てて立ちあがり、ミスター・キャパーにお会いしたいのですねと、へりくだった調子で尋ねた。

「そのとおり」ジョンは縮こまっている男の目をにらんで言った。「おまえだって仕事を失いたくはないだろう。知っているか？　おまえを流刑に処すのはたいして難しくないんだ」

愉快なことに、ふたりはすぐに乱雑な部屋へ通された。「ミスター・ジョン・ヘンリー・キャパーです」受付係は紹介して、そそくさと退散した。

キャパーが立ちあがって、ふたりに机の前の椅子に座るよう手振りで示し、机の上の書類の山を脇へ押しのけてふたたび腰をおろした。

「ぼくは侯爵のラグズデール、こちらは秘書のエマ・コステロです」ジョンは自己紹介をした。「今日来たのは、彼女の話を聞いてもらうためです」そう言って口をつぐみ、エマに一部始終を語るよう促した。そして事務官の表情をうかがい、このような仕事をしていると非情になって、悲惨な話を聞いてもなにも感じなくなるのだろうかと考えた。いや、そうではなさそうだ。キャパーは熱心に聞いている。ときどき質問をはさむが、話の流れを妨げはしない。幾度か目をこすったが、注意をほかへそらすことはなかった。

話し終えたエマが、ジョンの渡したハンカチで音高く鼻をかんだ。キャパーは唇をきつく結んでふたりを交互に見たあと、エマに家族全員の名前をきいてメモ用紙に書きとめた。

「きみのお母さんだが、ミス・コステロ、まだ生きていると思うかね？」

エマは首を横に振り、ふたたびジョンの手をとった。「わたしが拷問を受けるためにマールボローからプレヴォットへ移されたとき、母は重い病にかかっていました」

キャパーが母親の名前に線を引いたのを見て、エマが体をこわばらせた。ジョンは彼女の手をぎゅっと握りしめた。「弟さんのティモシーは？」キャパーが次の名前の上で鉛筆をとめて尋ねた。

「ああ、弟は死んだものと確信しています」エマはため息まじりにささやいた。

線を引く鉛筆の音を聞き、ジョンの神経がちりちりした。

キャパーはイーモンの名前にもさっと線を引いた。「おそらくお兄さんは絞首刑に処されただろう。彼は罪を告白した直後に、きみたち一家から引き離されたのだね？」

エマは青白い顔をしてうなずいた。キャパーはため息をつき、残るふたつの名前を丸で囲んだ。そして、そこから情報が得られることを期待するように、しばらく名前を見つめていたあと、背後の棚から台帳を一冊とりだして机の上で開き、ページをめくって探しだした。

「ミス・コステロ、覚悟しておいてもらったほうがいいだろう。ここでいくら探しても見つからないかもしれない。当時、ひじょうに多くのアイルランド人反乱者が裁判を受けずに直接オーストラリアやヴァン・ディーメン島へ送られた。だから裁判記録も残っていなければ、内務省のどこにも記録が残っていない可能性がある」

「すると彼らは、まるで最初からこの世に存在しなかったかのように消えてしまうのですか？」ジョンはびっくりして尋ねた。

キャパーがうなずいた。「ええ、早い話、そういうことになります」

「なんてことだ。これが生きている人間に対する仕打ちとは！」

「わかっています、わかっています」キャパーは言って、注意をエマに戻した。「ミス・コステロ、ひとつだけ方法として考えられるのは、囚人たちが乗せられた船の乗客名簿を見つけることだ。もっとも、名簿を見つけたからといって、探している名前が載っているとは限らないが」

キャパーはさらに数ページめくり、突然、勝ち誇ったように台帳をたたいた。「ここに船の名前が記載されている」身をかがめ、ふたたびメモ用紙に書きとめる。「一八〇四年の流刑囚移送に六隻の船が使われている」キャパーはふたりを見あげた。「われわれは彼らがオーストラリアへ移送されたのは一八〇四年だとかってに仮定しているが、一八〇五年だった可能性はないのかな？」

エマは首を横に振った。「わたしがプレヴォットへ連れていかれたのは一八〇三年の十月近くだったと思います」

「そうか。じゃあ、次の六隻のどれかだ。ミネルヴァ号、レディ・ペンシン号、フレンドシップ号、コーンウォリス侯号、ブリタニア号、ハーキュリーズ号」キャパーは船の名前を書いてエマに渡し、ジョンに話しかけた。「受付係に案内させるので、内務省の文書保管庫へ行かれてはどうでしょう。役に立つという保証はできませんが、記録がそこにあるかもしれません」

ジョンは立ちあがってキャパーと握手をした。「ご尽力に感謝します」

「いえいえ、たいしたことはしていません」キャパーは言って、エマにうなずきかけた。「きみにもう一度念押ししておくが、たとえ移送されたことがはっきりしても、彼らが生存していることにはならないからね」

「わかっています」エマは手にしている紙を見て言った。「でも、やれるだけやってみます」

キャパーはうなずき、ふたりをドアまで送ってきて、受付係に一枚のメモを渡した。受付係はあたふたとふたりを内務省の文書保管庫へ案内した。長い廊下を進むあいだ、受付係は恐る恐る何度もジョンを振り返った。彼らはせまい階段をあがり、書類のつまった箱でいっぱいの部屋に入った。「〈犯罪取締局〉のものはそのすみにあります」受付係は棚に並んでいる箱を指さして言った。

「ありがとう」ジョンは小声で礼を述べ、早くも頭痛を覚えて額をもんだ。「さあ、エマ」受付係が去ると、彼は言った。「始めようか」

数時間後、頭がずきずきして我慢できなくなったジョンは、仕事の手をとめて周囲の書類の山を見まわした。片方しかない目が痛くてかすむ。これではとうてい作業を続けられないと悟った。エマが書類から目をあげて気づかわしげにこちらを見ているのが、おぼろげながらわかった。

「もう切りあげてください、ラグズデール卿」エマが事務的な口調で言った。まるで紅茶とビスケットを供しながら諭しているようだ。「わたしは慣れているからいくらでも耐えられますが、こんなことであなたのいいほうの目まで視力を失ったら申し訳なくて」

「すまないね」ジョンの言葉を、エマが身ぶりで否定した。

「わたしはもう少しここにいます。あなたはどうぞ家へお帰りください」

「意気地なしになった気分だ。たぶんしばらく横になって目を休めれば……」

「いいえ、いけません」エマは立ちあがって、ラグズデール卿を引っ張り立たせた。「このような骨折りはあなたに向いていません。帰りの馬車賃さえ置いていってくだされば、ひとりで帰ります」

ジョンはポケットから小銭を出してエマに渡した。「明日また来て……」言いかけて、いらだたしげにため息をつく。「くそっ！　明日はクラリッサ・パートリッジとバースへ行かなくちゃならないんだ！」

エマがほほ笑みかけた。「恋をしている男性とは思えないせりふですね。でも、彼女には黙っていてあげます。許していただけるなら、わたしは明日もここへ来ます。あなたはバースへ行ってご自分の運命を決めてきてください」

そんな言い方をしないでくれ、とジョンは言いたかった。エマが彼の目を軽く押さえた。「さあ、もう家へ帰ってください。ラスカーに命じて冷たい濡れタオルを用意させ、目に載せているんですよ。わたしもじきに帰りますので」

「わかった」彼は不満そうにつぶやいた。

せまい階段をおりて表の道路へ出たときも、まだジョンはぶつぶつ言っていた。馬車を呼びとめて行き先を告げたあと、座席にぐったり身を沈めて目を閉じた。御者が鞭を振るう音が聞こえ、馬車が動きだすのが感じられた。母とサリーが今夜どこかの催しに出かける計画を立てていなければいいがと願った。夕食をとりながら彼女たちと礼儀正しい会話を交わす程度ならどうにか耐えられそうだが、外出はごめんこうむりたい。

馬車がメイフェアの方角へ数ブロック進んだころ、ジョンは自分たちが犯したまちがいに気づいた。馬車の側面をたたいて大声をあげる。「馬車をとめろ！」

御者は命令に従って馬車をとめ、驚いた声できいた。「どうしたんで？」

「引き返せ」ジョンは断固たる口調で命じた。「船着場へやってくれ」


二時間後にジョンがふたたび馬車の客となったのは、太陽が沈もうとしているころだった。ひとつしかない目がかすみ、ほとんど見えないありさまだ。きっとエマに雷を落とされるだろう。彼は手にしっかり持っている名簿を顔へ近づけた。「これだ！」勝ち誇った声をあげ、あとは家へ着くまで目を閉じていた。


カーゾン・ストリートの自宅前で馬車をおりたときは目のかすみが治まっていたので、玄関先の階段でつまずくことはなかった。予想どおり、ドアのすぐ内側でエマが待っていた。ジョンはエマの手をとってくるくる回したかったが、彼女の顔を見てやめた。

「どこへ行ってらしたんです？」エマは尋ね、そばに控えているラスカーを無視して、ジョンが外套を脱ぐのを手伝った。「なにかあったのではと気が気ではありませんでした」

泣き腫らした目をしているので、エマが本心から言っていることがわかり、ジョンは感激した。エマは彼を書斎へ連れていってソファへ座らせ、ラスカーに冷たい濡れタオルを持ってくるよう頼んだが、そのあいだも小言を言いどおしだった。

「医者に目を酷使しないようにと言われているではありませんか」エマはジョンの靴を脱が

せて両脚をソファに乗せ、仰向けに横たわらせた。そしてジョンに軽い毛布をかけて、ラスカーが持ってきたタオルをそっと目に載せた。暗くなって気持ちが安らいだジョンは、そのまま眠りこんでしまいそうだった。そうだ、名簿！　彼が起きあがると、エマがふたたび寝かせようと押さえつけた。

「エマ、やめるんだ」ジョンは抗議した。「ぼくの外套を持ってきてくれ。きみに見せたいものがある」

彼女は外套を持ってきて渡した。ジョンはタオルを目にあてたまま外套の内ポケットを探り、書類の束を出して掲げた。「馬車で家へ向かう途中、突然ひらめいたんだ。船着場の海運事務所を調べるべきだって。ぼくらは問題を見当外れの方角から見ていたんだよ！」彼はエマに書類を渡し、ふたたびソファへ仰向けになった。

「まあ、これは名簿ですね！　しかも三冊！」彼女の声は驚きに満ちていた。

ジョンはにやりと笑った。「棚の上で埃をかぶっていたよ。時には囚人たちが英国海軍と契約した船や、植民省が手配した商業用船舶によって移送されたことがあるのを、ミスター・キャパーは忘れていたと見える。ぼくの出した結論は、一八〇四年は海軍ではなくて植民省が雇った商業用船舶が使われた年だということだ」話すのをやめて目からタオルをとる。「ずいぶんよくなったよ」彼は起きあがって肘をついた。「悪い知らせがある。レディ・ペンシン号は暴風雨に遭って沈没し、全員が死んだ」

エマはソファのジョンのかたわらに腰をおろし、たった今もたらされた情報について考えた。「父や兄はその船には乗っていなかったと信じます」静かに言って手にしている書類に視線を落とす。「ありがとうございます」

「どうってことない」ジョンは言った。「きみが調べ終えたら、その書類を返さなくてはならない。それを借りだすのに、領地の半分と、最初に生まれてくる息子をかたに差し出さなくちゃならなかったんだ」

エマはほほ笑み、名簿を見た。「残るはハーキュリーズ号とミネルヴァ号ですね。それらの名簿は手に入らなかったのですか？」

「ああ」ジョンは認めた。「しかし、どこかにあるはずだ。だれかの所有船にはちがいないからね」

エマがうなずいたところへ、ラスカーが入ってきた。「なにか？」彼女は執事に尋ねた。

「できればラグズデール卿をそっとしておいてほしいの、ラスカー」エマはジョンの肩に手を置いて続けた。「とても大変な一日だったから」

「申し訳ないが、大変ついでに、もうひとつ大変な話をさせてもらおう」なんとなく聞き覚えのある声が言った。「ラグズデール卿、きみのいとこがオックスフォード大学を崩壊させる前に、お返ししなければならなくなった」

18

ジョンはエマの抗議を無視してぱっと起きあがり、目からゆっくりタオルをとった。視力が正常に戻っていますように、そしてにやにや笑っているのがロバート・クラリッジではありませんようにと願う。

だが、そこにいるのはロバートだった。しかも彼の横には、いつもよりもっと厳しい顔つきをした、ブレイズノーズ校の老学寮長が立っている。ジョンが見つめているうちに、ロバートの笑みが顔じゅうに広がった。年上のいとこに会えたことを心底喜んでいるかのようだ。

「やれやれ」ジョンはつぶやいた。この学寮長は決してブレイズノーズ校の外へ出ることはない。ましてやロンドンへ足を踏み入れることなど絶対にない。昔からそう信じこんでいた。それなのに、その学寮長がここにいて、ぼくをにらみつけているとは。ああ、これが現実であるはずがない。ジョンはふたたびソファへ仰向けになり、両目にタオルを載せた。「どうやらぼくは幻覚を見ているようだ、エマ。一時間か二時間して、そこのふたりが消えたころに起こしてくれ」

もっともな頼みをしたつもりだったのに、次の瞬間には、学寮長がソファの背もたれの上から身をのりだしてジョンを見おろしていた。「ラグズデール卿、ただちにそのタオルをとって、わたしの話を聞きなさい！」学寮長はちっぽけなタオルの背後に逃げこもうとしているラグズデール卿に厳しい口調で命じた。

ジョンは命じられたとおりにした。オックスフォードでの二年間を、彼はこの学寮長に苦しめられ続けた。もっとも原因は自分にあったのだが。ここは従順にふるまっておこう。必要ならば、学寮長の前にひれ伏してもいい。今はそうすべき場合のようだ。ジョンは狙いたがわずタオルをくずかごへ投げ入れて立ちあがった。そしてよろめき、ふたたびソファへ座りこみそうになったところを、エマに支えられた。彼は謝ろうと口を開けたが、思いもしなかったことに、小さな秘書が先に言葉を発した。

「すみませんが、出ていってください」彼女は学寮長に負けない厳しい口調で言った。「ラグズデール卿はひじょうにつらい一日を過ごされたのです。今日はこれ以上わずらわせないであげてくれませんか？」

ぼくはつらい一日を過ごしたのだろうか、とジョンは考え、エマに対する評価を一段階あげた。エマ、きみは心配のあまり今にも破裂しそうに見える。ぼくを心配してくれているのか？　ジョンは弱音を吐いたりひれ伏したりはすまいと決意し、学寮長のほうを向いた。エマが弱音を吐かないのなら、ぼくも吐かない。さもなければ、この数ヵ月間なにも学ばなかったことになる。

「どうぞおかけください」ジョンは学寮長に椅子を勧め、ふたたびソファへ腰をおろした。「出来の悪いいとこがなにをしでかしたのか、お聞かせください。それによってやつをむちで引っぱたくか、監獄送りにするか、軍隊へ入れるか、それとも岩につないではげたかに肝臓をついばませるかを決めようと思います」

ジョンが満足したことに、学寮長は目をぱちくりさせて椅子に座った。「いや、そこまで深刻かどうか……」ジョンの率直な物言いに出ばなをくじかれたようだ。けれどもすぐに立ち直り、ふたたび厳しい目つきをして身をのりだした。「きみのいとこはオックスフォード大学の輝かしい歴史に泥を塗るような、実にけしからん行為をしでかしたのだ」学寮長はどうだと言わんばかりにふんぞり返り、ジョンの反応を待った。

「まさか、嘘でしょう」ジョンはいとこをちらりと見て、すらすらと言った。「ロバートはそれほど頭が切れないから……えーと、どれくらいたつんだったかな……そうそう、六百年以上の歴史を有する大学に泥を塗るような大それたことはできるはずがありません。ぼく自身、いろいろと悪ふざけをしたものです。例えば大勢の仲間を語らい、素っ裸になって巡業サーカスに押しかけるとか。もっと詳しく話してください」

「いや、あなただったのですか?」ロバートが目を丸くして口をはさんだ。「今でもブレイズノーズ校の語り草になっていますよ」

「ほう、そうかい？」ジョンは愉快になって問い返した。エマが喉のつまったような音を出したが、彼は気をつかって聞こえなかったふりをした。彼女は窓辺へ行き、彼らに背を向けて立った。

「トランプだ、ラグズデール卿、トランプ！」学寮長が憤慨して言った。「まさにきみが警告したとおりだった」

ああ、そういうことか、とジョンはうんざりした。すると約束どおり、この愚かな若者を軍隊へ入れなきゃならないのか？　こいつも気の毒に。ジョンがアメリカ人のいとこを振り返って見ると、ロバートはまだ戸口に立っていた。「こっちへ来て座れ。ぼくの見えるところに座るんだ。そして、しでかしたことを残らず話せ」

ロバートはすたすた歩いてきて、ジョンと並んで腰をおろした。悪いことをして連れてこられた割には、ずいぶん生意気な態度だ。しかも相変わらず顔に愛らしい笑みをたたえ、目に夢見るような表情さえ浮かべている。

「ジョン、一生に一度の大きなチャンスだったんで我慢できなかったんです。そりゃ、必死に努力しましたよ。だけど想像してみてください。どのホールや中庭も、かもになりそうな男たちでいっぱいだったんです。だから、その……」ロバートは困ったように両手をあげた。

「言葉が出てこないや」低い声でつけ加えた。

「なら、わたしが説明する！」学寮長が言って、ロバート・クラリッジに指を突きつけた。

「この男はカレッジからカレッジへ移っては行う〝移動ポーカーゲーム〟なるものを考えだし、最後には大学全体を巻きこんだ。なんたる恥ずべき行為だ！」

「大学全体？」ジョンは普段より一オクターブ高い声で尋ねた。「オール・ソウルズ校の、あのお堅い連中も？　ああ、そういえば、オール・ソウルズ校はあなたの出身校でしたね」

「そう、とりわけそこの連中を」ロバートが愉快そうに言った。「彼らは楽しい遊びに誘ってくれたと、えらく感謝してましたよ」次第に顔色が青ざめていく学寮長にちらりと視線を投げる。「実際のところ、彼らにもっと外の世界を見させるべきだと思いますね」

学寮長はぱっと立ちあがって空中を指さし、またぐったり椅子に座った。すっかり老けこんでしまったようだ。エマが船の名簿を手にとって、慰めの言葉をささやきかけながら学寮長をあおぎだした。やがて血色の戻った学寮長は手を振って彼女をさがらせた。

「巨額の金が絡んだことを知っておいてもらおう」学寮長は重々しい口調で言った。

ジョンはため息をついた。「そうでしょうね」かすむ目でいとこを見据える。「なにか言いたいことがあるか？」

「もう二度と同じことは起こらないでしょう」

他人事みたいなロバートの言いぐさに、ジョンと学寮長が同時にため息をつき、長い沈黙に陥った。その沈黙を破ったのはロバートだった。

「あの、もうぼくにはブレイズノーズ校にいてほしくないですよね？」彼は期待のこもった声で学寮長に尋ねた。

「当たり前のことをきかないでくれ」学寮長がきっぱりと言った。「きみのせいで学生たちは勉強に身が入らなくなった。元へ戻るのに一学期はかかるだろう」ジョンに向かって尋ねる。「で、きみはそこの不品行な男をどうするつもりかね？」

おい、そのばかなにやにや笑いをやめるんだ、とジョンはいとこを見て思った。「なにか恐ろしい処分を考えておきましょう」学寮長に言う。「サーカスに押しかけた素っ裸の男たちも青ざめるような処分を」

学寮長は期待するように待っていたが、ジョンはただほほ笑んだだけで立ちあがり、手を差しだした。「学寮長みずからロバートをお連れくださったことに感謝します」

「それ以外の方法はとりたくなかったのでね」学寮長が応じた。「なにも知らない人間に、このアメリカ人を任せたくなかったのだ！」

ジョンはうなずいた。「ご心配はもっともです。次回はもっといい状況でお会いできるといいですね」

学寮長はジョンと握手をし、もったいぶった足取りでドアへ向かった。魔法のようにドアが開いて、まったく無表情のラスカーが立っていた。学寮長はロバートを振り返って身震いし、捨てぜりふを吐いた。

「今後われわれが会うことは二度とないだろう、ラグズデール卿。仮に運悪くきみと結婚する女性がいて、男の子が生まれたとしても、オックスフォードの数キロ圏内に入れさせないでもらおう」

ジョンはそれを聞いているあいだ、エマと目を合わせるのを避けていた。彼女の目に同情が浮かんでいたら、屈辱のあまり生きていられない気がしたのだ。「いいですとも、学寮長殿、よくわかりました」さも悔やんでいるように言う。「ぼくが結婚を考えている女性の一族はみなケンブリッジ出身です。だから、二度とあなたを煩わせることはないでしょう」ジョンは学寮長のためにドアを支えているラスカーを見た。「ラスカー、学寮長殿はまだ気が動転しておられるようだから、おまえが代わってドアをたたきつけるように閉めてあげなさい。うん、それでいい」

建物じゅうに大音響が鳴り渡るのを聞いて、ジョンは大笑いしたかったが、わざと苦い顔をしてロバートを振り返り、ソファに腰をおろした。

「今度はいくら損をしたんだ？」ジョンはちらりとエマを見た。「心配するな。持ちこまれたのが、金で解決できそうな問題だから喜んでいるんだ。嘘ではないぞ、ロバート」

ロバートがジョンをまじまじと見た。「あなたは変わりましたね」大声で言った。

「そりゃ、変わりもするだろうよ」ジョンは自分の変化に気づいた人間がいることを喜んで言った。「さあ、だれにいくら払えばいいのか教えてくれ」

ロバートは口を閉ざしてしばらくじゅうたんを見つめていた。顔をあげたときは、ふたたびにやにや笑いが浮かんでいたので、ジョンはいとこの首を締めあげたくなった。ぼくが大金を払わなければならないのがそんなに愉快なのか？

「どうやら、事態をまったく理解していないようですね」ロバートが慎重に言葉を選んで言った。

「ほう、そうか？」

「ええ、あなたはまったくわかっていない」ロバートは身をのりだし、学寮長がまだ近くにいるかのように周囲を見まわした。「今回は勝ったんです」ロバートはエマを見た。「七千ポンドも勝ったんだよ、エマ！」

ジョンは目を閉じた。エマはあえぎ声をもらし、ソファの彼の横に座った。ジョンは手をのばして彼女を軽くたたいた。「今のはそら耳だったのかな、エマ。目が見えなくなったばかりか、耳までおかしくなったようだ。次はどうなることやら」

「そら耳じゃありません」ロバートが断言した。「正々堂々と勝負をして勝ったんです」目をみひらく。「そりゃ、英国人がまだポーカーをあまり得意としていないからでもあるけど」椅子をソファへ引き寄せる。「で、あなたに折り入って話があるんです」

ジョンは目を開けた。「借金を返したいのか？」

「ええ、まあ」ロバートはあいまいに答えた。「なんならあなたに借金を返してもいいし、エマを年季奉公から解放してやってもいい」後悔しているような口ぶりで続ける。「せめてそのくらいはしてあげたいんだ、エマ。きみにはずいぶんつらい思いをさせたからね」

「たいしてつらくはありません」エマはあっさり言って、手にしている船の名簿に目を落とした。

「そうしたいのなら、すればいいさ」ジョンはロバートに言った。そして突然、ロバートのやつ、まだオックスフォードにいればよかったのにと思った。ポーカーなんかで大もうけをしなければよかったのだ。あと一週間かそこら待てなかったのか？　ぼくは今、生まれてはじめてやるべきことが見つかって、充実した日々を過ごしているのだぞ。

だが、ロバートの話はまだ終わっていなかった。エマが目をあげるのを待って言う。「エマ、ぼくがもうけた金でなにをしようと考えているか教えてやろうか？」

エマはうなずいて名簿を脇へ置いた。彼女の緊張を感じたジョンは、そばへにじり寄って肩をふれあわせた。

「金を全部持って故郷へ帰り、父の許しを請うて、借金を少しずつでも返そうと思う」ロバートは真剣な表情をしてジョンを見た。「賭け事には二度と手を出さないつもりです。あなたはぼくにどうしてもらいたいですか？」

金を持ってさっさとどこかへ行ってもらいたい、とジョンは言いたかった。ぼくとエマのことはほうっておいて、ヴァージニアの家へ帰るがいい。ジョンはエマを見た。彼女はさっきのロバートと同じように、唇をかんでじゅうたんを見つめていた。

「エマの身の振り方は自身に決めさせるべきではないかな、ロバート」ジョンはやっとのことで言った。「今回の件でいちばんつらい思いをしたのはエマなのだし――」

「いいえ、ちっともつらくありませんでした」エマがさえぎった。顔を赤らめてロバートに両手を差しだす。「わたしは覚悟をしていました。いえ、こうなることを望んでさえいたんですもの、全然つらくありませんでした。それに多くのことを知ることができたし」

ロバートが彼女にほほ笑んだ。「ジョンの言うとおりだよ、エマ。きみのことは、きみ自身が決めるべきだ。きみはぼくにどうしてもらいたい？」

お願いだ、エマ、ぼくを残して行かないでくれ、とジョンは思った。きみがいなくなったら、きっとぼくはクラリッサに求婚する勇気を出せないだろう。きみが言ったように〝自分の運命を決める〟ことなど、とうていできやしない。ぼくは使用人たちを不当に扱ったり、酒に手を出したり、手紙もろくに書けない秘書を雇ったりするかもしれない。

「きみが決めるんだ、エマ」ジョンは平静を装って言い添えた。

エマはふたたび名簿を手にとり、ジョンを見て、次にロバートを見た。「お金を持ってヴァージニアへ帰ってください、ミスター・クラリッジ」穏やかに言う。「お父様はきっとお喜びになるでしょう」彼女はジョンの手にさわった。「ラグズデール卿は結婚したらわたしを解放すると約束しました。もう結婚したのも同然ですもの、わたしはまもなく自由になります。ですから、わたしのことは心配しないで家へお帰りなさい、ミスター・クラリッジ」

ロバートがぱっと立って、エマを引っ張り立たせ、彼女が放してくれと頼むまでくるくるまわした。それからエマの両頰にキスし、ぎゅっと抱きしめた。彼女の肋骨《ろっこつ》が折れるのではないかと、ジョンが心配したほどだ。

「エマ、きみはほんとに見あげた女性だ！」ロバートが言った。「よし、きみに旅費を渡しておくから、ヴァージニアへ来たくなったら、いつでも来ればいい。きっと父が教師か保母の仕事を見つけてくれるだろう」ドアへ歩いていく。「早くサリーに会って、この話をしてやらなくては」彼はドアにもたれかかった。「ふたりとも、ありがとう。こんなにすばらしい人たちだってことに、どうしてもっと早く気づかなかったのだろう」

「たぶんぼくらはそれほどすばらしくないからだろう」ロバートが去ったあとでジョンはつぶやき、エマを見た。「きみが望むときに、いつでも年季奉公から解放するよ」

エマはソファの上で楽な姿勢をとり、靴を蹴り脱いだ。「わたしたち、取り決めたことをまだ果たしていません」急に立ちあがって机のところへ行く。「さっそくミス・パートリッジに手紙を書いて、明朝一番にお伺いする旨をお知らせしてはどうでしょう。そうすれば、明日にでもバースへ出発できます」

ジョンは机へ行って椅子に座り、羽根ペンをとりあげた。「彼女はぼくに恐ろしいことをさせるだろうな。例えば結婚を申しこませるとか」彼はぶつぶつこぼした。

「そうなったら、あなたにとって最高ではありませんか」エマが言った。「書き終えたら、わたしがラスカーに渡して、今夜じゅうにだれかに届けさせます」

　ジョンはエマの助言でいかにも恋文らしい手紙を作成し、飾り書きで署名をした。「これがうまくいったら、ぼくは矯正され、改心し、結婚して、おそらくだれから見ても退屈きわまりない人間になる。そして子供たちに、母さんはなにを考えてこんな男と結婚したのだろうと、不思議がられるにちがいない」

　エマはほほ笑んだ。「それでいいのです」その声には以前の辛辣さがかすかに感じられた。

彼女がジョンから手紙を受け取ってドアを開けると、まるで待ちかまえていたようにラスカーが立っていた。「これをハンリーに渡して、ウィットコム・ストリートのパートリッジ家へ届けさせてちょうだい」エマは指示した。

「コーヒーを頼む、ラスカー」ジョンがソファへ戻りながら言った。「今夜は長い夜になりそうなんだ」

「ベッドに入って目を休めなさいと言ったじゃありませんか」エマはそう言ってから、顔を赤らめて言い添えた。「どうかそうしてください」

　ジョンはソファのさっきと同じ場所に座った。「ぼくは出ていかないよ。さあ、きみもここに座りなさい。一緒に調べよう」

　数時間後、エマは名簿を二冊調べたところで敗北を認めた。ぼくだったら一冊調べただけでやめただろう。ジョンはそう思って目をつぶった。

エマはジョンの目を気づかって読む役を引き受け、名簿に書かれている名前を声に出してゆっくりと読み進んだ。彼の目を煩わせたのは、文字を判読できなかったときだけだ。

ジョンはソファに寝そべって目を閉じ、彼女の声に耳を傾けていた。そしてエマが読むのをやめるたびに息をとめ、彼女が息をのむ音を聞いて二、三度起きあがったが、そのたびに期待は裏切られた。どの名簿にもデーヴィッド・コステロやサミュエル・コステロの名前はなかった。

「ひょっとしたら政治犯の名前は載せないことになっているんじゃないのかな？」ある時点でジョンが疑問を口にした。「だって、巡回裁判の記録がないんじゃ、船の乗客名簿に載せられないだろう？」

期待を砕く意見だったが、夜明け前というのは得てして暗い考えが浮かぶものだ。エマはジョンの言葉について考え、すぐにそれを退けた。「いいえ、乗客名簿に載せないなんてありえないわ。船に何人乗っているのかわからなかったら、部屋の割り当てや、どのくらい食料を積んだらいいのかわからないもの」

「きみの言うとおりだ」ジョンは彼女の考えに喜んで賛成した。

エマは判読しづらい文字を書いた船長に文句を言いながら、なおも読み進んだが、次第に声が小さくなり、時計が三時を打ったときには、とうとう名簿を下に置いた。「ここにはないわ」

エマは床に座ってソファにもたれた。ジョンが彼女の肩に手を置いた。「彼らは本当にアイルランドを離れたと思うかい？」

エマはしばらく黙って彼の手に頬を載せていたが、やがて言った。「ええ。ふたりとも健康だったから。それに、なにもかも白状したのはイーモン……」彼女は口ごもった。「イーモンだったの」両膝を抱えてあごを載せる。「仲間の名前を教えろと迫られて、イーモンは墓地にある一族の名前を片端からあげたんです」エマはジョンを振り仰いだ。「いいえ、イーモンは生きているほかの人を巻き添えにはしませんでした。警察には父やサムを殺す理由がなかった。そう、理由はひとつもなかったのです」

「そうか。じゃあやっぱりミネルヴァ号とハーキュリーズ号を見つけなくてはならないね」ジョンは言った。「立たせてくれ、エマ」

彼女は立ちあがって腰の後ろをもみ、ジョンに手を貸して立ちあがらせた。「それは、あなたがバースからお戻りになってからでもかまいません」エマは名簿を机に載せた。

「きみが船着場へ行って調べてもかまわないよ。ただし、ハンリーを連れていきなさい。それと賄賂《わいろ》用の小銭を持っていくんだ。そうだ、明日、その名簿を返しておいてくれないか」

エマはうなずいた。「使ったお金は、ちゃんと領収書をもらっておきます」

「その必要はないよ」ドアを開けたジョンは廊下が真っ暗なことに驚き、家人も使用人もとっくに寝たことを思いだした。「ああ、疲れた」彼はだれにともなく言った。

　ふたりは並んで階段をあがり、二階へ達したところで、エマがおやすみなさいと言って、使用人部屋のある三階への階段をあがりだした。不意にジョンは彼女を引きとめたくなった。エマ、今夜はぼくと一緒にいてくれ。夜明けまで二、三時間しかない。それまで、気持ちの沈んでいるぼくのそばにいてくれ。

　ジョンは頭を振ってその考えを払いのけようとしたが、それはしつこく居座って彼を悩ました。きみになにかしようというんじゃない。疲れているから、したくてもできはしない。ただきみを腕のなかに抱いていたいだけだ。

「あの」エマの声がした。

　ジョンは期待のこもった目で見あげた。もしかしたらエマはぼくの考えを読んで、それに応じる気になったのだろうか。

「ん、なんだい？」彼は低い声で尋ねた。

　暗くて姿は見えなかったが、エマの忍び笑いが聞こえた。「今朝、教会でもうひとつ別の告解をしたことをお教えしておこうと思って」

　エマの口調は陽気だったが、なまめかしさはなかったので、ジョンは自分の不埒《ふらち》な考えを退けた。「言ってごらん」

　スカートのこすれる音がしたから、きっとエマは階段に腰をおろしたのだろう。彼女の低い声がした。「フェイ・ムーレの住まいへ行ったとき、わたしたちは……わたしは、あなたをだますように彼女をそそのかしました。彼女が帽子店を開くのに必要だとしてあなたに渡した請求書は、実際に必要な金額を大幅に水増ししてあったんです」

「エマ、このいたずら者」ジョンは愉快になった。これがひと月前なら、きっと怒りだしただろう。「きみはぼくに金を使わせたかったのだね」

「あなたが嫌いだったんです」階段の暗がりからエマの静かな声がした。「だって、あなたは英国人ですもの」

ジョンは手探りで手すりまで行き、階段の支柱に腕を載せた。彼女がどのあたりにいるのかわからなかった。「で、司祭はどんな苦行をきみに課した？」

エマが笑って立ちあがった。彼が考えていたよりも遠いところにいるのがわかった。「わたしが話したことを覚えていません？　司祭様もアイルランド人だったんです。あなたの魂のために祈りなさいとおっしゃったわ。でも、いやなら祈らなくてもいいんですって」

ジョンはエマと声を合わせて笑った。「それで、きみはどうした？」笑いが収まったところで、彼は尋ねた。

「もう祈りました」エマはあっさり答えた。ジョンの質問に驚いたようだ。「では、おやすみなさい。明朝わたしは書斎にいます。お出かけ前に指示することがあったらどうぞ」

エマはそれだけ言うと、階段を足早にあがっていった。まもなくドアの閉まる音がした。

19

断頭台へ引き立てられるフランス貴族もこんな気持ちだったのだろうか？　バースへ向かうパートリッジ家の馬車のなかで、ジョンは考えた。沿道に集まってはやしたてている群集の姿さえ脳裏に浮かびそうだった。

だが、そんなのはばかげている。ジョンはクラリッサ・パートリッジにほほ笑みかけた。彼女はわがもの顔でジョンの手を握り、太腿を彼の太腿に軽く押しつけている。ぼくが板に縛りつけられてギロチンの刃の下へ入れられ、クラリッサと夫婦になったと宣告されたら、世の男たちはうらやましがるだろう。彼らはロンドンのクラブというクラブに集まってぼくのために乾杯し、ぼくの運のよさを不思議がるだろう。ジョンは身震いしたあとで、体が震えたのは足が冷えきっているためだと考えることにした。

いいか、ジョン。おまえは理由もなくおびえているだけだ。どんな男でも自由を失うときは、そして妻との生活という現実を前にしたときは、少しばかり恐怖を覚えるものだ。ふたたびクラリッサに視線を戻したジョンは、つやつやした金髪と、しみひとつない肌を賛嘆の目で眺めた。クラリッサ、もしもきみの顔にエマ・コステロみたいなそばかすができたら、たぶんきみはドアに錠をおろして暗い部屋に閉じこもるだろう。だが、そんな心配をする必要はなさそうだね。きみは女性ならだれもがそうなりたいと願う美しい肌をしているもの。

「あなたは反対なの、ジョン？」

なんだ？　なんだ？　クラリッサは憧憬ともいえるまなざしを彼に向けて、明らかに返事を待っていた。「きみに反対できるわけないよ、クラリッサ」ジョンは彼女を納得させられることを願って言った。それはともかく、いったいぼくはなにを承知したのだろう？

クラリッサがジョンの腕を軽く握りしめたところからすると、どうやら彼女は今の返事で納得したようだ。注意を払っていなくちゃだめじゃないか、とジョンは自分をしかりつけたが、相変わらずクラリッサの声は風のささやきのように頭の上を通り過ぎていく。彼は今朝の出発前の出来事を思いだした。

朝食室へ現れたサリー・クラリッジは、ロバートと一緒にヴァージニアへ帰ると宣言してジョンを驚かせた。紅茶を飲んでいた彼はちょっとむせてから、英国に残る利点を説いて聞かせた。きみに求婚したがっている若い男が大勢いる。現にぼくは、持参金などいらないからきみと結婚したいという男を何人も知っている。けれどもサリーは、通りしなにほほ笑んでジョンに投げキスをしただけだった。

「やっぱり家へ帰ります」レディ・ラグズデールにこちらへとどまるよう説得されたときも、

サリーは言い張った。それからジョンとロバートにほほ笑んで言った。「みんながわたしのためを思ってくださるのはわかるけど、本当に家へ帰りたいんです」

プライドを傷つけられたジョンはロバートの説得にかかった。「わかっているだろうね、ロバート。きみ自身がよく知っている理由から、サリーはこちらにいたほうが条件のいい結婚ができるってことを」

ロバートは少しも役に立たなかった。彼は頭を振ってハムエッグをつついた。「そちらこそわかっているでしょう。女性と言い争っても無駄ですよ」

「そりゃ、まあ、そうだが……」ジョンは口ごもった。

クラリッサが大きな目をして彼を見た。口がとがりかけている。ジョンはうっかり考え事を声に出していたことに気づいた。「あなたはわたしが馬車を御しても、はしたない女とは思わないわよね」彼女が言っていた。「お父様が手綱の操り方を教えてくださったの」

「ああ！　思うわけがない」ジョンは同意した。「きみならなにをしても、はしたないとは思えないさ」ちゃんと聞いていろ、このばか、と自分をしかりつけたものの、すぐにクラリッサのことを忘れた。

サリーは頑として考えを変えなかった。「ヴァージニアの家へ帰ります」ジョンが英国に残ったほうがいい理由を並べあげたあとも、彼女はきっぱりと言った。「わたしたちクラリッジ一家がどんなに貧乏であろうと、そしてお兄様の浪費癖のために、わたしたち一家がへンライコ郡の人たちにいくらあざけられようと、かまいません」ロバートにほほ笑む。「お兄様は本気で変わろうとしているし、それよりなにより、家族と一緒にいたいのです。そこがわたしのいるべき場所です」

もちろんサリーは正しい。それからしばらくのあいだ、辛抱強くクラリッサの話に耳を傾けた。ジョンはそう思った。それからしばらくのどかな春の田舎道を進んでいく馬車のなかで、今年の社交界に関するたわいのない話をしたあとで、彼女が来月は舞踏会と披露宴の楽しい催しがふたつあると言った。おそらくぼくたちの披露宴だろう。うなずくべきところでうなずきながら聞いていたジョンは、やっとクラリッサの目が閉じて、愛らしい頭が彼の腕にもたれかかってきたときは、ほっとした。彼女の母親がジョンにやさしくほほ笑んで、レース編みの作業に戻った。

そんなわけでサリーとロバートの帰国を承諾したジョンは、朝食を済ませたあとエマが待っている書斎へ行き、彼女の指示に従って手紙に署名をした。そのとき、父や兄が本当にオーストラリアへ流刑になったと知ったら、エマはきっとそこへ行くにちがいないという考えを強く抱いた。

その考えはジョンを大いに悩ませた。彼はソファに座って、書類仕事を片づけているエマを眺めた。彼女は若くて、健康で、強い。しかし、あのような場所へは行かせたくない。任地のオーストラリアから帰国した陸軍将校たちが集まるクラブで耳にする話は、どれも恐ろしいものばかりだった。エマのように愛らしく、前途有望で、生き生きしている女性は地球の裏側なんかへ行くべきではない。もしも行ったら、彼女とぼくは二万キロ以上も離れてしまう。月へ行くのも同然だ。

秘書を失うという考えはジョンを悩ませた。立ちあがった彼は、エマがきれいな文字で記帳している帳簿を彼女の肩越しにのぞきこんだ。年季奉公契約書を盾にエマを手元に置いておくことだってできる。しかし、それは心ない仕打ちというものだ。ぼくがこの春発見したのは、自分には心があるということだ。心は煩わしいものだが、あるのだから仕方がない。

それはさておき、エマを受刑者たちのなかへやるのか？　過酷な気候の土地で、彼女に生活の糧を稼がせるのか？　エマをあんな遠くへ？　もう考えるのはよそう。彼女の家族の消息はさっぱりつかめない。ひょっとしたらレディ・ペンシン号と一緒に海の藻屑《もくず》となったかもしれないのだ。ジョンはため息をついてかたわらのクラリッサの頭にキスし、座席にもたれて目をつぶった。そして、なぜ去り際にエマにキスしたのだろうといぶかしんだ。

ふたりはそれまで何カ月も交わしてきたような平凡な会話を書斎で交わしたあとだった。エマは船着場へ行って家族の行方を調べることや、間近に迫っている銀行の会計監査に立ち会うこと、二週間たってもジョンが戻らなかったら、レディ・ラグズデールと一緒にノーフォークの領地を訪れて建築の進捗《しんちょく》状況を確かめることを約束した。

たぶんエマの肩に腕をまわしたのがいけなかったのだ、とジョンはごろごろ進む馬車のなかで考えた。兄として——あるいはやさしい叔父になった気分で——彼女の肩に腕をまわしただけだ。そうして書斎の戸口へ向かっているとき、エマがぼくの腰に腕をまわしてきたが、ぼくはあまり驚かなかった。正直な話、この一週間にそのようなことはたびたびあった。

しかし、なぜエマにキスを？　彼女のほうから誘ってきたのではない。彼女はただ夢中でしゃべり続けるぼくを見あげただけだ。ぼくは無理やりバースへ行かされるはめになったことや、行ったら結局はクラリッサに求婚するはめになることへの不満を並べたてていた。そのときのエマの目がきらきら輝いていたのは、ぼくの責任ではない。実際、彼女が足をとめ、ぼくの肩に片手を置いてネッククロスを直さなかったら、なにも起こらなかっただろう。

エマが悪かったのだ。ぼくは自然の衝動に従っただけだ。更生する前のぼくは、女性とあんなに接近したら必ずキスをしたのだから、エマにキスしたのは必然の成り行きだった。水を河床に注げば必ず流れる。ぼくを女性のそばへ置けば必ずキスする。「水力学の法則だ」ジョンはつぶやき、レース編みの手をとめて不思議そうに見あげたレディ・パートリッジにほほ笑んだ。

数カ月前のぼくだったら、その説明で納得しただろう。エマにキスしたことをすぐに忘れ、ほかの女性を口説きにかかったはずだ。だが、今はちがう。今のぼくにはわずかながらも分別がある。そしてその分別は、ぼくがエマ・コステロとキスしたがっていると告げている。

エマのあごに手を添えて唇を重ねるとき、愛の行為に慣れているぼくは思考力をまったく必要としなかった。あのときのぼくを動揺させ、今も額に汗を噴きださせるのは、エマの唇と抱擁の感触だ。

ジョンはクラリッサを起こさないようにそっとポケットから懐中時計を出して時刻を確かめた。今朝の七時半まで、見返りを期待するキスしかしたことがなかった。受け取る以上のものを与えたいと考えてキスした相手は、エマがはじめてだ。彼女を気づかっている人間が世のなかにいることを、エマに教えてやりたい。ぼくの強さを彼女に分けてやりたい。たった一度のあのキスは、ぼくをそれまでよりもいい人間にしてくれた。

馬車の窓からのどかな春の景色を眺めたジョンは、わが家の書斎へ戻りたいと願った。そして、もう一度別れの場面を演じられたら、自分はどうするだろうかと想像したが、あれ以外の場面は思い描けなかった。やっぱりエマ・コステロにキスしただろう。その考えに彼は魂をゆさぶられ、目頭が熱くなるのを感じた。なぜ、よりによってあんな愚かなまねをしたのだろう。なぜエマに恋してしまったのだろう。

一行はジョンの主張に従ってマーケット・クウェイヴァーズに一泊した。「なぜレディングで一泊できないのかしら」クラリッサがいつもよりいっそう唇をとがらせて抗議した。「だって、いつもレディングに泊まることにしているのよ」

そりゃ悪かったね。しかしぼくと結婚したら、これまでのやり方は変えてもらうよ。ジョンはそう言いたかったが、ぐっとこらえて恋人の額にキスした。「明日の朝、ここの銀行で手続きをすることがあるんだ」クラリッサの腕をとって宿屋〈クウェイル・アンド・コヴィ〉の入口へ導いていきながら説明した。

クラリッサはおとなしく入口までは来たが、そこでふたたびジョンの考えを翻させようとした。それがうまくいかないとわかるや、探るように彼の顔を見て言った。「わたしの心を傷つけるようなことはしないでほしいわ」

「きみなら許してくれると信じているよ」ジョンはにっこり笑って応じたが、内心いらいらし、自分も以前はこういう空疎な人間だったのだろうかと首をかしげた。いや、もっとつまらない人間だったと気づき、ますます気分が落ちこんだ。

普段の旅程を変更させられてむくれているクラリッサをなだめるために、ジョンはもっと詳しく説明せざるを得なくなった。「元秘書の姉のミセス・メアリー・ロニーのために年金の手続きをしたいんだ。それだけだよ、クラリッサ」

虐げられた者に対するぼくの親切さに、きっとクラリッサは大感激し、欺かれながらも、その家族にこれほどの慈愛で応えるぼくを、気恥ずかしくなるほどほめ称えるだろう。ジョンはそう期待して待ったが、クラリッサの口から出てきたのは意外な言葉だった。

「あなた、正気?」彼女の声は冷たかった。

「もちろん、正気だ」ジョンは話がどちらの方角へ進んでいくか怪しみながら答えた。

「元秘書はあなたのお金をくすねたのでしょう？　そんな人のお姉さんを本気で助けようと考えているの？」

彼はうなずいた。「デーヴィッド・ブリードローは困窮しているお姉さんを助けたくてお金をくすねただけだ。彼のために、せめてそのくらいはしてやりたい」

「ジョン、監獄はなんのためにあると思う？」クラリッサは地団太を踏んで尋ねた。「使用人が主人のお金を盗むなんてとんでもないことだわ」

「その主人が、使用人が困っていることにさえ気づかないほど愚かな怠け者であってもかい？」ジョンの声が思わず知らず高くなった。「元秘書は地球の裏側へ流刑になって、そこで死ぬかもしれないんだ。それも、ぼくがたった二十ポンドやるのを渋ったせいで」

急にジョンがわめきだしたので、クラリッサは目を丸くして彼の腕から腕を引き抜き、母親のかたわらへ急いだ。「あなたのお金をあまり貧乏人に恵んでやらないでほしいわ」

たとえ恵んでやっても、きみにリボンや帽子や靴を買ってやる程度の金は残るさ、とジョンは思った。「この前、囚人たちに対する慈善事業の話をしたら、きみは喜んでくれたんじゃなかったかな？」彼は数日前の作り話を持ちだした。

「囚人たちのために慈善事業にかかわるのと、彼らにあなたのお金をやるのとでは大ちがいよ。さあ、お母様、なかへ入りましょう。わたし、頭痛がしてきたわ」

その晩、ジョンはひとりでのんびり夕食をとった。気難しい母娘《おやこ》がいないせいか、料理がことのほか美味に感じられる。食後、腹ごなしに村へ散歩に出た彼は、畑のなかの道をたどっているときに、クラリッサ・パートリッジに求婚するのはよそうと半ば決意した。けれども帰りにその道を通ったとき、それは不可能だと悟った。

クラリッサは求婚されるものと信じている。それをやめたら、ぼくは紳士でなくなってしまう。結婚すればぼくの更生は完了し、エマは年季奉公から解放される。父や兄が実際にオーストラリアへ移送されたことが判明すれば、彼女はそこへ行くだろう。ジョンは道に立ちつくし、村の家々に明かりがつくのを眺めた。仮にエマが去らないとしても、無責任このうえないぼくとかかわりを持ちたいとは思わないだろう。

いや、やはり明日バースへ着いたら、クラリッサの父親と話をして結婚を申しこみ、彼女がびっくりするようなダイヤモンドを贈って申し分のない夫になろう。ぼくが秘書に恋しているることをだれかが知ることは永久にない。しかし、このぼくがエマの家族の捜索に手を貸してやるとは、なんとばかげていることか。行方が判明すれば、エマはぼくの元を去るときまっているのに。

「かつてのラグズデールなら、絶対にそんなことはしないだろう」ジョンは柵のなかの牛に話しかけた。「めそめそと弱音を吐くだけで、他人のために骨折ることはなかっただろう。とりわけそれによって自分のチャンスがつぶれるとなれば。ぼくはばかだ」

ジョンは宿屋に向けてゆっくり歩を運びながら、エマを愛するようになったのはいつからだろうと考えた。たぶん、トランプの結果に自分の運命を委《ゆだ》ねて立っている彼女を見た、あの夜に、胸になにかが芽生えたのだ。ぼくが希望のない服従と見なしたものは、実際は、ぼくのちっぽけなものさしでは測れないほど大きな勇気だったのかもしれない。自分のなかのなにかが、エマ・コステロの大切さを理解し始めたのは、そのときからではなかろうか。

宿屋へ帰り着いたジョンは入口の前に立って、運命のなせる業について考えをめぐらした。もしもちがう状況下で出会っていたら、エマ、きみはぼくを愛してくれたかもしれないね。国民同士が際限なく争いあっているのはなんと不幸なことだろう。きみは誤解され、傷つけられ、嘘をつかれ、事あるごとにもてあそばれてきた。ぼくにできるのは、きみがもはやぼくを憎んでいないことに感謝することだけだ。

翌朝、クラリッサはやけに機嫌がよかった。ジョンが銀行での用事を済ませて帰ってくると、彼女は愛想よく彼の腕をとって一緒に馬車へ歩いていった。彼はクラリッサを馬車へ助け乗せて、自分も乗りこんだ。

レディ・パートリッジはまだ宿屋のなかだった。湿っぽい寝具のことで、宿屋の主人にさんざん文句を垂れているのだ。ジョンは今こそチャンスだと思ってクラリッサのほうを向き、深く息を吸った。

「クラリッサ、きみは知っているよね、ぼくがきみとのつきあいを楽しんでいることを」彼はここで手をとるほうがいいと考えて、彼女の手をとった。「そこでお願いするのだが、ぼくにきみの夫となる名誉を与えてくれないか」

ほら、ちっとも難しくなかった。無理やりひねりだしたせりふだが、クラリッサの反応から、的を射ていたことが判明した。彼女が手を握りしめたので、ジョンは握り返した。

「レディは一回めの求婚を断らなくてはいけないのよね」クラリッサの言葉を聞いて、ジョンの胸に一瞬、希望が膨らんだ。「でも、わたしは断らないわ。だって、あなたを落胆させたら悪いもの。ええ、わたし、あなたの妻になります。あなたの乱れた生活に規律をもたらすのは、わたしにとってこのうえない幸せでしょう」

それを聞いて、ジョンの希望は一挙にしぼんだ。必死に落胆と怒りをのみこむ。規律？規律だと？　彼はわめきたかった。ぼくは今でもじゅうぶんに規律正しい人間だ。グリニッジはぼくの行動を基準に時刻を定められるくらいだぞ。きみはぼくを今以上の堅物に、鼻持ちならない退屈人間に、子供たちから疎まれる父親にするつもりなのか？　ぼくにも少々羽目を外した、愉快な人間だった時期があることを、子供たちは知らずに育つだろう。

「よかった、うれしいよ」ジョンはそう言ってクラリッサにキスした。

それは本当のキスではなくて試しのキスだった。そしてジョンは失望した。クラリッサの唇はエマと同じくらいやわらかく、押しつけてくる胸はエマよりも豊満だったが、彼は健康な男ならだれもが覚える欲望以外になにも感じなかった。ヴォクソールの老売春婦とキスしても、同じくらいの欲望は覚えただろう。クラリッサはエマではない。そしてぼくはクラリッサを心から愛してはいない。

折よく未来の義母がやってきたので、無理をしてそれ以上の喜びを表さずにすんだ。クラリッサは顔を真っ赤にし、息も絶え絶えといった風情で喜ばしい知らせを母親に伝えた。レディ・パートリッジはジョンに輝くような笑顔を向け、社交シーズンの残りを最高にすばらしい結婚式の手配にささげると請けあった。

バースまでの残りの行程を、ジョンは黙って耐え抜いた。早くもクラリッサと彼女の母親は、どのような銀器や陶磁器をそろえようかとか、カーテンはダマスク織りのものにしようか、などと相談している。母娘の話が新婚旅行の行き先へ移ったころ、天の恵みのようにバースの街並みが見えてきた。ジョンはほっと安堵の吐息をもらし、母娘の注意を眼前に迫っている未来の義父との対面に向けようとした。「きみのお父さんにどのように接したらいいだろうね」彼は新婚旅行のことを考えたくなかったので、母と娘のおしゃべりをさえぎった。

「お父様はきっとお喜びになるわ」クラリッサが断言した。「でも、お父様の足にぶつかったり、シェリー酒を頼んだりしないでね。医者から酢とちょうじをまぜた鉱泉水しか飲んではいけないと厳しく言い含められているの」

「おやおや」ジョンは言った。それがぼくの未来でもあるのだろうか？　痛風になって、鉱泉水を飲んで過ごすのが？

残念ながら、一行がパートリッジ家へ到着する前にブリストル海峡から津波が押し寄せて、彼らを海へ押し流してはくれなかった。サー・エドマンドは書斎で、包帯をぐるぐる巻きにした足を台に載せ、苦虫をかみつぶしたような顔をしていた。ジョンは深呼吸をひとつしてなかへ入り、廊下に立っているクラリッサに投げキスをしてドアを閉めた。

「サー・エドマンド」ジョンは挨拶をした。「お久しぶりです。今日は折り入ってお話ししたいことがあってお伺いしました」

ラグズデール卿にキスを許したからって、自分を責めはしないわ、とエマは書斎で彼に指示された仕事をこなしながらつぶやいた。あのキスに分別を失うほど喜びを覚えたのは、わたしが年をとって——まもなく二十五歳になる——ああいうことに影響されやすくなっているからだ。父や兄の問題が片づいたら、結婚して家庭を持つことを考えようかしら。

だからといって、未来の夫がラグズデール卿みたいな男性であってほしいわけではない。エマは自分にそう言い聞かせ、小さな震えをこらえた。そして、あなたのような人とだけは結婚しないと言ってやったら侯爵はなんて言うかしら、と考えてほほ笑んだ。

けれどもすぐに、それは嘘だと気づいて顔をしかめた。数カ月前だったら、真実だったかもしれない。だが、今はちがう。エマは羽根ペンをとりあげてインク瓶につけた。ミス・クラリッサ、と暗い気持ちで考えた。わたしが更生を助けた模範的な男性を評価してあげてね。そして機転を働かせ、しかるべきときはしかって、りっぱなことをしたときは大いにほめてあげてちょうだい。エマはため息をついた。ラグズデール卿の扱い方の手引書を作成して、あなたに渡しておこうかしら、ミス・クラリッサ。なぜかわたしは、あなたが彼の扱い方を知らない気がしてならないの。

その考えは何日もエマを悩ませたが、従者のハンリーと一緒に何度かデットフォードの船着場へ足を運ぶうちに、次第に薄れていった。ふたりはそこの海運事務所で賄賂を使って聞きだそうとさえしたが、ミネルヴァ号とハーキュリーズ号のことを知っている者はいなかった。それをロバート・クラリッジに話すと、彼は真剣に受け取り、わざわざポーツマスまで出向いて行方不明の船の消息を探ってくれた。エマは週の後半を内務省の埃っぽい文書保管庫で過ごしたが、そこでも二隻の船に関する情報は見つからなかった。

「最初から存在しなかったのではと思えてきました」エマはサリーの部屋で荷造りを手伝いながらロバートに打ち明けた。

「ぼくらと一緒にヴァージニアへ帰らないか」ロバートが誘った。「ラグズデール卿は気にしないと思うよ。それにどうせ今ごろは婚約しているのだろう?」

エマはうなずいて、手にしているシュミーズを小さくたたみだした。「ええ、たぶん」手のなかの丸まったシュミーズを見おろし、振って広げて、もう一度たたみだす。「ラグズデール卿にはほかに考えがあるかもしれません。お帰りになるまで待っています」

そこでサリーとロバートだけが帰国することになった。エマはレディ・ラグズデールと並んで玄関先に立ち、ポーツマスに向けて旅立つ兄妹を涙ながらに見送った。彼らはそこで船に乗ってアメリカへ発つ。旅立つ前夜、ロバートは親切にもエマにヴァージニアまでの旅費を渡して言った。「もうじゅうぶんに調べ尽くしたと思えたら、帰ってくるといい」

兄妹がいなくなって寂しがっているレディ・ラグズデールの気分を引き立てようと、エマは彼女を連れてノーフォークの領地へ建築の進み具合を見にいくことにした。マナリングとラーチの協力関係がよく、建築は順調に運んでいたので、エマはうれしかった。羊飼いたちはすでに新しい家へ移り、作物の植えつけが終わり次第、農耕者たちの家の建築にかかることになっている。

「レディ・ラグズデール、わたしたち庶民のことをこんなによく考えてくださるなんて、ほんとにだんな様はりっぱな方です。みんな感謝しているとお伝えください」ノーフォークで過ごす最後の晩、掘ったばかりの家の土台の周囲を歩いているときに、ミセス・ラーチがエマに言った。

「ミセス・ラーチ、わたしはラグズデール卿の妻ではないのよ」エマは慌てて否定した。「わたしは秘書なの。はじめてここを訪れたとき、なぜあの方はあなたがたの勘ちがいを正さなかったのかしら。わたしは言いだしづらくて黙っていたの」

ミセス・ラーチは目を丸くしてエマを見た。「そんなの、信じられません！」彼女は土地管理人と話しあっている夫のデーヴィッドを見た。「うちの人も言っていたんですよ、あなたがたふたりは何年も前からご夫婦だったように見えるって」

まあ、なんてことかしら、とエマは胸のなかでつぶやいた。わたしが考えていたよりもずっと厄介だわ。「たぶんラグズデール卿はあなたがたの勘ちがいを愉快に思ってそのままにしておいたのでしょう。どうか許してあげてくださいね」

ミセス・ラーチは気にするどころか、こう言った。「でも、残念です。あなたならラグズデール卿のすばらしい奥様になれるでしょうに」

「まあ、ありがとう」エマは言った。奇妙なものね。数カ月前だったら、わたしはいきり立ってミセス・ラーチの言葉を否定しただろう。もしかして我慢強くなったのだろうか。

翌週早々、エマは馬車代を渡そうとするラスカーに首を振り、徒歩で銀行へ向かった。その日はラグズデール卿の口座の、月に一度の会計監査の日だった。彼女は道すがら、我慢、我慢、と自分に言い聞かせた。クラリッサ・パートリッジと冷静に話をしたかったら、そうとうな我慢が必要だ。

その日の朝、クラリッサと会ったエマは、歩かずにはいられなくて徒歩で出かけたのだった。ノーフォークから戻ったのは、クラリッサから手紙が届いたからだ。手紙を読んだレディ・ラグズデールは顔をほころばせ、エマに手紙を差しだして言った。「ここでの滞在を切りあげるしおどきね」

エマは短い手紙を読み、クラリッサが話をするときと同じく息切れしたような文章を書くことを知った。そこには断片的な文章で、ラグズデール卿の求婚に対する喜びと、互いに関連のない話題が六つほど、一枚の紙のわずか半分のスペースに書かれていた。エマは紙を裏返してみたが、そちらにはなにも書いてなかった。

　それから わずか数日後、ラグズデール卿の婚約者本人がレディ・ラグズデールの居間に座って紅茶を飲んでいた。愛らしい金髪娘の指には、エマの目に悪趣味としか映らないダイヤモンドの指輪がはまっていた。レディ・ラグズデールに、息子は一緒でないけれど、どこにいるのかしらと問われ、クラリッサは肩をすくめた。

「バースへ着いた三日後に、突然どこかへ行ってしまったんです」クラリッサの表情は、口をとがらせているようにも作り笑いをしているようにも見えた。「急ぎの用事があるとかおっしゃって。あら、ありがとう」エマが差しだしたトレーからマカロンをとる。「あんなふうに唐突な行動に走るなんて。今度会ったらひとこと注意しなくては」

「あの方の場合は、突然ひらめいたときにいい仕事をなさるようです」エマが口をはさんだ。

「まあ、そんなことはありえないわ。わたし、あの人にそう言ってあげるつもり」クラリッサは強い語調で宣言し、エマをじろじろ見た。「それと結婚したら、ほかのお友達のように、ちゃんと男の秘書を雇いなさいとも言ってあげるつもりよ」

　どうぞ、ご勝手に。エマは銀行への足を速めた。どうせラグズデール卿が結婚すれば――今朝の会話から察するに、結婚式はかなり早い時期に執り行われそうだ――わたしは自由の身になるのだ。わたしがイングランドに残る理由はない。アイルランドへ行ったところで仕方がないし、アメリカへ帰ろう。

銀行の会計監査は帳簿の数字を照合するだけの退屈な作業で、ときどきエマはぼうっとしていないようにと注意された。「エマ、いつものきみらしくないね」

年配の銀行員にしかられ、エマはぼんやり見つめていた羽目板から机の上の帳簿へ視線を戻した。彼女はバースから送られてきた領収書を手渡され、ラグズデール卿が婚約者に贈ったダイヤモンドの指輪の値段を見て目をむいた。まあ、なんてことでしょう。きっと彼は分別を失うほど恋しているのだわ。それとも、ものすごく悪趣味なのかしら。彼女は首をひねりながら合計金額を記入した。

次の支払伝票を見たエマは目をあげて尋ねた。「マーケット・クウェイヴァーズのメアリー・ロニーというのは?」

鼻の先に眼鏡を乗せた銀行員は帳簿の上へ身をのりだした。「ラグズデール卿は未亡人になったデーヴィッド・ブリードローの姉に年金を支払うことにしたらしい」銀行員は愚かな金持ちのために特別にとってある冷ややかなまなざしを彼女に向けた。

まあ、そういうことだったの。エマは記帳を終えて帳簿を小脇に抱えた。あとは結婚さえしたら、あなたの更生は完了するのだわ。彼女はカーゾン・ストリートの家へ歩きだしたところで考えを変えた。「いいえ。お祝いをしましょう」自分に語りかけ、通りへ歩みでて馬車を呼びとめた。

「ケンジントンへやってちょうだい」エマは御者に行き先を告げ、座席にゆったり身を沈めてため息をついた。前回ラグズデール卿に連れられていったときは怖くて見られなかった絵を、ゆっくり見てまわろう。もちろん侯爵が一緒なら、絵の説明をしてもらえるからもっといいけれど。

エマはロバート・クラリッジがヴァージニアへの旅費にと渡してくれた金のなかから入場料を払い、美術館のなかをのんびり歩きまわった。館内が静かなせいか眠くなったので、座り心地のよさそうなベンチを見つけた。ここに座って将来のことを考えよう。彼女はベンチに腰をおろして目を閉じた。

なぜ目が覚めたのかわからなかったが、目を開けると床にあたる日差しが長くのびていた。もう帰らなくては。体をまっすぐ起こしたエマの目が、ラグズデール卿の目と合った。彼女ははっと息をのんで帳簿を落とした。

「いつになったら目を覚ますだろうと思って、ずっと見ていたんだ」画廊の向かい側の椅子に座っているラグズデール卿が言った。「ひとつしかないこの目で」

エマは当惑して顔を赤らめ、帳簿を拾って立ちあがろうとした。侯爵が片手をあげて制止し、画廊を横切ってきた。

「そこに座っていなさい。驚くべき知らせを持ってきたから、座ったまま聞いてもらうほうがいい。ところで、ぼくの留守中すべて順調に運んだだろうね？」ラグズデール卿は尋ね、外套のなかへ手を入れた。

「もちろんです」エマは即座に答えた。「たぶん、あなたがいるよりも順調に」冗談を言ってにっこりした。

ラグズデール卿が小さな包みを出してエマの膝の上へ落とした。「ぼくからの贈り物だ、エマ。向こうで簡単に手に入った」

彼女が包みを開けると、なかから出てきたのは数珠だった。「まあ、ありがとうございます！」

「どうってことないよ」侯爵はふたたび外套のなかへ手を入れた。「渡したいものがほかにもあるんだ」書類の束を出してエマの膝の上へほうる。

ラグズデール卿はさりげない口調を装っていたが、エマは彼の疲れた外見の下に興奮がひそんでいるのを感じ取った。

「ぼくの思いちがいでなければ、きみはそこに知っている人の名前を見つけるはずだ」

彼女は膝の上の名簿を見おろした。手をふれるのが怖い。

「おいおい、そんなに息をつめていたら窒息するぞ」侯爵の声がはるか遠くでしているようにエマには思えた。「ミネルヴァ号とハーキュリーズ号を見つけたんだ！」

20

エマは衝動的にラグズデール卿の顔を両手ではさみ、額に額を押しつけた。「なぜか、あなたがきっと見つけてくれるだろうと思っていました」

侯爵は名簿のひとつをとりあげて彼女の手に置いた。「彼らが乗ったのはハーキュリーズ号だ。ぼくが最初に調べたのはミネルヴァ号の名簿だったけどね」名簿の二ページめを開き、慣れた手つきで二段めの名前の欄に指を走らせる。「ここだ」

エマは彼が指さした名前を見て、ふうっと大きく息を吐いた。「デーヴィッド・アプトン・コステロ」声に出して読む。「わたしの父だわ」

「そうだと思った。今度はここを見てごらん」ラグズデール卿が欄の下のほうを指し示した。

「コステロというのがいくつかあった。サミュエル……その次のミドルネームはAで始まっているが、判読できない」

「エインズワース」エマは名前に指をふれて言った。そして慎重に名簿を閉じ、侯爵の肩に寄りかかって目を閉じた。

「彼らを乗せたハーキュリーズ号は一八〇四年四月に出航した」ラグズデール卿がエマの肩に腕をまわして言った。「これでわかったね」

突然、彼女は疑問でいっぱいになり、目を開けて座りなおした。「でも、どこで？　どのようにして？　どんな魔法を使ったのです？」

侯爵は声をあげて笑い、エマの攻撃を防ごうとするかのように両手をあげた。「ぼくらはけっこう聡明な人間だと思いこんでいたが、これに関する限りは、まったく頭が働かなかったようだ」

「教えてちょうだい！」エマは子供のようにラグズデール卿の袖を引っ張った。

「バースに着いて三日めの夜だった。眠れずに寝返りばかり打っていたんだが……そうそう、きみにお祝いを述べてもらわなくては。もうすぐ結婚するんだ」侯爵は説明を中断して報告した。

「それはおめでとうございます」エマはそう言ったあと、鋭い目で彼を見た。「でも、婚約をして天にも昇る心地だったでしょうに、なぜ眠れずに寝返りばかり打っていたんです？」

ラグズデール卿がすぐに答えなかったので、エマは尋ねたことを後悔した。「ベッドが変わって眠れなかっただけさ」帽子の下の彼女の髪を引っ張る。「それはきみにも、これから説明しようとしていることにも関係ない！」

「そうですね。続けてください」

「ベッドのなかで不意に、アイルランド人流刑者を乗せた船なら、真っ先にアイルランドを調べるべきだという考えが浮かんだのだ」ラグズデール卿は、口をぽかんと開けているエマに笑いかけた。「どうだ、ぼくを見直したかい？」

わたしのために、わざわざアイルランドまで行ってくださったの？　たしかあなたは、湯でいっぱいの浴槽でさえ船酔いを起こすとおっしゃったのでは？　骨の折れることが苦手だったはず。「見直したどころではありません」エマは静かに言った。「ラグズデール卿、あなたはすばらしい方です。前にわたし、そう言いませんでした？」

侯爵は答えるかわりにエマの手をとってキスした。「いいや、今はじめて聞いた。うれしいよ。で、急用ができたと嘘をつき、クラリッサをなだめるために悪趣味なダイヤモンドをプレゼントして――」

「見ました」エマは口をはさんだ。「あなたのおっしゃるとおり悪趣味です」

「コーク行きの船に飛び乗った」ラグズデール卿は胃のあたりを押さえた。「なぜみんな船旅なんて恐ろしいものに耐えられるのか、つくづく不思議に思うよ。いくらきみのためでも、あんなことは二度と……」

「本当に感謝しています」エマはきらきら輝く目で彼を見て、名簿を抱きしめた。

「コークへ着いたあと、二隻の船に関する情報を求めて波止場じゅうを聞きまわったが、手掛かりは得られなかった。仕方なく郵便馬車でダブリンへ行くことにしたんだ」美術館員が閉館の時刻であることを身ぶりで示したのに、侯爵が気づいた。「もう閉めるようだ。出よう」

エマはラグズデール卿の腕をとって前庭へ出た。そして足をとめ、彼を見あげた。「わたしがここにいるって、どうしてわかったのです？」

侯爵はエマの腕をとり、待たせてある二輪馬車のほうへ連れていった。「簡単さ。銀行へ行ったら、監査に立ち会った行員が、きみが馬車に乗りこみ、御者にケンジントンへ行くよう告げたのを聞いたと教えてくれた」庭の花を見まわす。「この前きみを連れてきたときよりもきれいだ」彼はエマをベンチに座らせた。「さっきの話に戻ろう」

「でも、早く帰ったほうがいいんじゃありません？　ミス・パートリッジが今朝パーティがどうとか話していました」

「どうせパーティなんかしょっちゅうやっているんだ」ラグズデール卿は婚約者の話が出たことを不快に感じたようだった。「ぼくはここできみに話したい」

「じゃあ、お願いします」エマは不思議に思って言った。

「ぼくはダブリンへ行った」侯爵は言葉を切った。どこまで話すべきか悩んでいるようだ。

エマは彼の頬に手をやった。「なにもかも話してください。あなたは全部話すとおっしゃった。だからわたしは待っているのです」

「もちろん話すよ」ラグズデール卿はつらそうな口調で先を続けた。「プレヴォットで記録を調べたところ、きみが思ったとおり、お母さんは発疹チフスで亡くなっていた」

　エマは衝撃が襲ってくるのを待ったが、穏やかな安らぎしか覚えなかった。じゃあ、母は長く苦しまなくてすんだのだ。ええ、そうよ、母はもう兵士たちに煩わされることもなく、安らかに眠っているのだ。

「イーモンは？」エマは尋ねた。

　ラグズデール卿がふたたび彼女の肩に腕をまわした。「彼は十月にプレヴォット監獄の中庭で絞首刑に処された。ロバート・エメットが処刑されたのと同じころだ」侯爵が手を握ってきたので、エマは握り返した。「統一アイルランド人連盟をはじめとする反乱者で、処刑された者たちの遺体はすべて共同墓地へ葬られた。今では一種の聖地になっている」彼は思いだし笑いをした。「英国兵がいくらやめさせようとしても、次から次に花がささげられるんだ」

「できればわたしもささげたい」エマはささやいた。

　ラグズデール卿が彼女の手にキスした。「もうささげたことにしておいてくれ。番兵の目を盗んで、ぼくが花をささげてきた」

　エマの目から涙があふれた。ラグズデール卿は彼女の背中を軽くたたき、彼女が泣き続けるのをそっとしておいた。それは清めの涙だった。やがて泣きやんだエマは、侯爵が渡したハンカチで音高く鼻をかんだ。二度とこのような泣き方はしない、と心に誓う。イーモンのことは永遠に忘れない。でも、兄を思って嘆くのはよそう。アイルランド人すべてが兄を悼んでくれているのだ。

ラグズデール卿が空を見あげた。「話の続きは帰りがてらしよう」立ちあがってエマに手を差しのべる。「ダブリンで船の乗客名簿が見つかるだろうと考えた。実際にそのとおりになったよ」侯爵は彼女を馬車へ助け乗せた。「二隻ともダブリンに登記所があった」手綱を振るい、カーゾン・ストリートへ向けて馬車を進めた。「ひと晩をハーキュリーズ号の船長と過ごしさえした。船長の話では、オーストラリアへの航海中に死亡した者はほとんどいなかったそうだ。もちろん、たしかなことはオーストラリアへ行ってみないと……」声が途切れる。「エマ、そこまでは遠いよ」

「わかっています」

ふたりはしばらくのあいだ口をつぐんでいた。「ぼくは急いでバースへ戻らなければならなかった」ラグズデール卿が話を再開し、肩でエマの肩をこづいた。「ついでにフェイ・ムーレの帽子店に寄ってみたよ。いい店だ。きみたちふたりにだまされたことを感謝しなくては」きまり悪そうなエマの顔を見て大笑いする。「きみに渡してくれと上品なボンネットをひとつ預かってきたが、クラリッサにどう説明しようか悩んでいるんだ」

エマも一緒になって笑った。「結婚の贈り物として、どうぞ彼女にあげてください」

ラグズデール卿はうなずいた。「きっと未来の妻は喜んでかぶるだろう」それから謎《なぞ》めいた言い方をする。「しかし、アイルランドの話はまだ終わりじゃないんだ」

「ほかになにがあるんです？」エマは不思議に思って問い返した。「家族全員のその後が明らかになったんです」

「全員ではないよ」侯爵は混雑し始めた道路に注意をとられて話を中断した。

どういう意味？　エマは首をかしげた。わたしには秘密の身内なんかいない。

「ぼくはコークへ戻ろうと郵便馬車に乗った」ラグズデール卿が話を再開し、エマを見た。

彼女は侯爵の視線に胸騒ぎを覚えた。でも、あなたの顔に浮かんでいるのはやさしい表情だもの、悪い知らせであるはずないわ。きっといい知らせよ。「早く教えてちょうだい」エマはせかした。

「そしてディッグタウンで馬車を降りた。きみがティムを置き去りにしたのが、そこだったことを覚えていたんだ」

エマは口をきくのが怖くて、ただうなずいた。彼女の胸の奥にかすかな希望の光がともった。

「きみに完璧な報告ができるように、弟さんの墓を見つけようと思ったのだが、ティモシー・コステロの墓はどこにもなかった。三つの墓地を残らず探したんだけどね」

エマはラグズデール卿の腕をとった。「いいんです」侯爵の声が興奮してきたのを感じ、なだめるように言う。「あなたがわたしの問題を全部引き受ける必要はありません」

「ああ、エマ」彼がかぶりを振った。「ぼくはね、きみが弟さんを預けた一家の名前を必死に思い出そうとしたんだよ」

「ホラデイです」彼女は反射的に言った。

「そう。別の郵便馬車へ乗った直後に、その名前を思いだした」ラグズデール卿は忍び笑いをもらした。「ぼくが突然、馬車を飛び降りて、脱兎のごとく町へ駆け戻ったから、ほかの乗客はあっけにとられただろうな」

「教えてください」エマは懇願した。「弟の死体は標識もない共同墓地にほうりこまれたんじゃないでしょうね。もしもそうだったら、とうてい耐えられません」

「きみならどんなことにでも耐えられる」ラグズデール卿がささやいた。「そこがきみの不思議なところだ。それはともかく、その家を探し当ててドアをノックした。断っておくが、かなりりっぱな家だったよ」エマの手に手を重ねる。「ドアを開けた少年は、きみにそっくりだった」

彼女は驚きのあまり口をあんぐり開けてラグズデール卿を見た。

「ティムは生きているんだ」

ティムは生きている。エマはラグズデール卿の手を握りしめて目をつぶり、胸のなかで何度も繰り返した。ティムは生きている。わたしは降りしきる雨のなか、熱の出たティムを背負って二十キロ近く歩いた。エマはそのときのことを思いだして身震いした。ティムの気管があげるぜいぜいという音、泥にとられてなくした靴、肌に張りつく服、疲れて歩みが遅くなるたびに速く進めとこづく兵士たち。

「そんなこと、ありえないわ」彼女はささやいた。

「じゃあ、ホラデイ家にいた少年はだれだったのだろうな？　ぼくになかへ入るように言って、ドアを支えていた少年は？」ラグズデール卿が穏やかな声で言ったとき、馬車がカーゾン・ストリートの屋敷の前でとまった。「その少年は愛らしいそばかすに、すばらしい緑色の目、そして人の話を聞くときは首を横へ傾《かし》げる癖があった」

「ティムです」エマは認め、膝の上で両手を握りあわせてつぶやいた。「こうなったらアイルランドへ帰らなくては」

ラグズデール卿はほほ笑んで頭を振り、もう一度エマの手をとった。「そんな必要はないよ。ぼくが何者なのかを名乗り、彼の家族になにがあったのかを話したら、ティムはぼくと一緒に行くと言って聞かなかった」

エマは侯爵を見あげてごくりとつばをのんだ。なにか言おうにも、言葉を思いつけない。

「ティムは家のなかにいる」ラグズデール卿が握っている手に力をこめた。「なかへ入るまえに教えておきたかったんだ。弟さんの目の前で気絶したりヒステリーを起こしたりされてはかなわないからね。ティムは女性のそういうみっともない場面を見たくないそうだ。きみはそんなことにならないと、彼に請けあっておいたよ」

　エマは黙って座り、感謝の気持ちをどのように表そうかと考えながら、侯爵を見つめた。最初、英国人だからという理由であなたを憎んだ。そして今は、あなたを心から尊敬し、大切に思っている。わたしはどうしてもあなたの欠点を指摘してしまうのに、あなたはわたしの欠点を寛大な心で受け入れてくれた。たとえ年季奉公から解放されて何千キロも遠くへ旅立とうと、わたしは永久にあなたへの恩義を忘れない。

「エマ、ハンサムとはほど遠いぼくをそんなに長いこと見つめないでくれ。眼帯が反対の目にかかっているのかい？　歯に菜っ葉がはさまっているのかい？」ラグズデール卿がからかった。「さあ、しっかりしなさい。きみはこれから弟さんに会うんだ。きっと彼は窓からこちらの様子をうかがっているんじゃないかな」

　エマは侯爵の手を借りずに馬車を飛び降り、スカートをつまみあげて家へ駆けこんだ。廊下にティムが立っていた。なんて大きくなったのかしら！　彼女は玄関を入ったところに立って弟を見つめ、腕で抱きしめる前に心で抱きしめた。

　ティムがゆっくり歩いてくる。まるで五歳のときに別れた姉の面影を彼女のなかに探し求めるかのように。「エミー？」ようやく弟が声を発した。

　エマはなにも言わずにティムを抱きしめた。すぐに弟の両腕が彼女にまわされる。首筋が涙で濡れるのを感じたエマは、弟の顔を両手で囲ってキスを浴びせた。

「迎えにくるのをずっと待っていたんだよ」ティムがすすり泣いて言った。「ずっとずっと待っていたんだ」

「まるでじょうろみたいだな」ラグズデール卿が冗談を言って、ふたりにそれぞれハンカチを渡し、三枚めのハンカチで目元をぬぐった。「こんなに涙を流したのは何年ぶりだろう」

侯爵はティムに笑いかけた。「しかし、ぼくは片目しかないから涙を倹約できる」

ティムは笑って鼻をかんだ。ラグズデール卿が彼を抱きしめた。

「この子はたいしたものだ」侯爵はふたりの肩に腕をまわして書斎のほうへ歩きだした。

「知っているかい、エマ？　ティムは船酔いしないんだ」ラグズデール卿が親しみのこもった手つきでティムの髪をくしゃくしゃにしたので、エマは顔をほころばせた。「船酔いなんかで死にはしないと、ぼくに言うのさ。こんなに苦しむくらいなら身投げしてやると脅しても相手にしなかった」

「そんなこと言わなかったくせに！」ティムが大声で否定した。

「しっ！」ラグズデール卿はまじめさを装って言った。「これから仲よくやっていくつもりなら、ぼくが話に少しばかりひねりを加えるのを見逃してくれなくちゃだめだよ」

「パパみたいだ」ティムが言った。

「ええ、そうね」エマは同意する一方で、なぜわたしはそのことに気づかなかったのだろうといぶかしんだ。

書斎に入ったラグズデール卿は改まって椅子に座り、机の引き出しをかきまわした。「たしかここにあるはずだが。きみがぼくの私物まで徹底的に整理したのでなければ」侯爵は言った。

「そんなことはしません」エマは抗議し、ティムの手を握った。「実際のところ、あなたのすることにあまり口出ししないよう、クラリッサに助言するつもりだったくらいです。あなたは自発的に行動したときに、いちばんいい仕事をするんですもの」

「やっとそれに気づいてくれたんだね、うれしいよ」ラグズデール卿はささやき、一枚の書類を出した。「ここにきみの年季奉公契約書がある。明日これを銀行へ持っていかせて、ここに公証人の署名をもらったら、きみに渡そう」机の上で手を組む。「額に入れて飾っておけばいい。そうしたらいつか子供や孫たちに、トランプの賭けゲームのせいで、ある堕落した貴族の年季奉公人になったことや、その貴族を更生させたことを話してやれるだろう」侯爵はティムにウインクした。「アイルランド人にふさわしい物語だ、ティム」

エマは書類を受け取って目を通し、机の上へ戻した。「できればお給料を頂いて、これまでどおりここで働きたいのですが。弟とわたしがオーストラリアへ渡る旅費を稼がなければなりません」

「残念ながら、それはできない。クラリッサに何度も男の秘書を雇うように言われたのでね」

エマは今朝のクラリッサとのやりとりを思いだしてうなずいた。「でしたら、人物証明書を書いていただけませんか？」

ラグズデール卿がエマにほほ笑みかけた。「人物証明書なら、きみを探しにいくまえに書いておいた。たぶんそれでじゅうぶんだろう。ほら、持っていきたまえ。幸運を祈る」

エマは紙片を受け取ってティムと一緒に読んだ。そして、侯爵はふざけているのにちがいないと思った。「これはラクラン・マクォーリー宛になっています」彼女は目を近づけた。

「オーストラリアの総督……」

「総督は喜んできみに植民地での仕事を提供すると約束した。うれしいことに、彼は次の補給部隊と一緒にオーストラリアへ渡るそうだ。どうやら植民省は、不運なウィリアム・ブライの後釜にマクォーリーが適任だと考えたらしい。ブライ艦長は海でも陸でも反乱を抑えられないと見えて、つい先ごろもオーストラリアで反乱が起こった」

「でも――」エマは眉をひそめた。「まさか、わたしにオーストラリアへ行くのを思いとどまらせようとして、そのようなことをおっしゃったのではないでしょうね」

「そんなことはしない！」ラグズデール卿はさも傷ついたように叫んだが、ティムにウインクしたおかげで効果が台なしになった。

「ふざけないでください！」エマはいきりたって言った。「この人物証明書はよくできていますが、旅費をためるために、わたしはイングランドで仕事を見つけなければならないのです。おわかりでしょう？　オーストラリアまで泳いでいけっこないのですから！」

「きみなら泳いでいけるんじゃないかな」侯爵が言った。「しかし、ティムに泳いでいかせるのは酷だから、ぼくがふたりの旅費を出してやろう。もっとも、ティムがぼくと一緒にノーフォークへ行くのなら話は別だ」

「それはできません」ティムが言った。

「お姉さんとそっくりの口をきくんだね」ラグズデール卿が穏やかに言った。「もともと一緒に連れていけるとは考えていなかったよ」

「旅費を出してくれと頼んだ覚えはありません」エマは抗議しながらも、侯爵はしたいようにするだろうと思った。

「わかっている。出したいから出すんだ。そんなふうに口をとがらせないでくれ。このところさんざんクラリッサにそういう顔をされているんで、うんざりしている。きみにまでされたくない」ラグズデール卿はきっぱり言った。

そして、話しあいはもう終わりだといわんばかりに立ちあがった。そういうことならいいですとも、とエマは思った。わたしたちの関係はふたたび変わったのだ。改心して威厳を取り戻したあなたがすべてを取り仕切っている。なるほどわたしは、あなたをそのようにしようと奮闘してきたけれど、少々ならず者だったころが懐かしい。エマは手を差しだして侯爵と握手をした。

「ありがとうございます」

「かまわないよ、エマ」ラグズデール卿はティムのほうを向いた。「すぐにディナーを始めてほしいと、ラスカーに伝えてくれないか。今日はきみたちにも同席してもらおう」

「まあ、そんな必要はありません」エマは言い、ティムが侯爵ににっと笑いかけた。

「ぼくがそうしたいんだ、反対しないでくれ。補給部隊を乗せた船はあと十日ほどで出港する。ぼくが新しい総督を訪問したときに――」

「総督を訪問したですって？」エマがさえぎった。

「当たり前だ！」今度のラグズデール卿の声は本当に憤慨しているようだった。「ぼくが事情をよく調べもしないで、きみを危険な船旅に出すと思うのか！」

「そこまでしてくださるなんて」エマは感動してささやいた。

侯爵はティムに訴えた。「きみのお姉さんがどんなにぼくを悩ませるか、これでよくわかっただろう？　家でもこんなふうだったのかい？」

「あまり覚えていません」ティムは応じ、顔を輝かせた。「でも、兄たちはそうでした」

エマは笑って弟を抱き寄せた。「わかりました！　あなたのご厚意ということでしたら、わたしとしてはなにも言うことはありません。さあ、ティム、ラスカーに伝えにいきなさい」

「そうとも、文句を言われる筋合いはないよ」ティムが出ていったあと、ラグズデール卿は落ち着きを取り戻して言った。「新総督のマクォーリーの話では、視察長官も同行するそうだ。女性のきみは船の上でずいぶん目立つだろうから、礼儀作法を磨いておかないといけないね」

「あなたはわたしに貸しをつくらなければ気が済まないのですね」エマは笑って抗議した。

「もちろん」侯爵は機嫌よく認めた。「だれかれかまわず貸しをつくるのが好きなんだ」

一生かかってもこの借りを返せないだろう、とエマは思った。でも、こういう重荷なら喜んで背負っていかれる。彼女は部屋を出ようとドアへ向かったが、衝動的に引き返して侯爵にキスをした。

なぜわたしはこんなことをしているの？　エマがそう考えているうちに、ラグズデール卿が彼女に腕をまわして抱きしめた。ふとした拍子に始めたキスなのに、いったん始めると、やめるのは難しかった。エマは侯爵の髪に手をやった。以前からふさふさした髪を見ては、見かけどおりに手触りもいいのかしらと考えたものだ。実際によかったので、彼女はうれしかった。どうやら彼もうれしかったと見え、ため息をついてキスを続けた。

キスをやめなくては、とエマは最初のうち考えたが、次第に考えなくなった。意識にあるのは、激しく打っている心臓の鼓動と、ラグズデール卿がもたらす喜びだけだ。なんてたくみなキスなのかしら。この前もよかったけど、今はもっとすばらしい。

書斎のドアをノックする音がしなかったら、ラグズデール卿はいつまでもキスを続けそうだった。侯爵はエマを放してネッククロスを直し、いまいましそうにつぶやいた。「ちぇっ！」

エマは窓辺へ歩いていって外を眺め、侵入者があまり洞察力の鋭い人ではありませんようにと願った。頬が燃えるように熱いから、きっと真っ赤になっているだろう。わたしったら、なんて無鉄砲なことをしたのかしら。一刻も早く年季奉公を終わりにしなくては。ラスカーがドアを開けてすばやく室内を見まわし、ディナーの支度が整った旨を告げて姿を消した。

「なんてこと」室内が不気味なほど静かに感じられだしたとき、エマはつぶやいた。

「まったくだ」そう言ったラグズデール卿の声が、エマには息切れしているように聞こえた。「年季奉公から解放されたことをきみがどう感じるか知っていたら、一日に一回、いや二回は契約書に署名しただろう」

エマは自分がしでかした軽率な行為の重大さを考えて、息もできないありさまだった。窓からドアまでの距離を目測し、なぜドアがあんなに遠くに感じられるのかしらと不思議に思った。わたしは理性を失いつつあるのだわ。侯爵はと見れば、真っ赤な顔をして目をきらめかせている。

「わたし、あなたにどう思われたかしら」エマは恥ずかしさのあまり消えてなくなりたかった。でも、本当に恥ずかしがっているの？　実のところ、ラグズデール卿がドアに錠をおろして、ソファの上でさっきの続きをしてくれることを願っているんじゃない？

「なんてこと」エマはさっきよりもっとか細い声でささやいた。

ラグズデール卿は近づいてこないで、ただ考え込むような顔で彼女を見つめている。エマはだんだん気まずくなってきた。侯爵がにっこりしたときは、ますます恥ずかしくなった。

「不思議だね」ラグズデール卿が机の端に腰かけて言った。「きみはぼくを更生させようと奮闘したが、それに成功したのだろうか」ぼうぜんとしているエマにほほ笑みかける。「たぶんそれは、きみの目的がなんだったかによるだろう。きみの本当の狙いは、ぼくにきみを愛させることだったんじゃないか?」

エマは侯爵の言葉に仰天してかぶりを振った。「わたしは頭がどうかしていたんです」

「いいや、そうは思えないな。きみは最初からよく考えて、それに従って行動したんだ」ラグズデール卿はもう一度ネッククロスを直した。

エマはそろそろとドアのほうへ移動した。「わたしがしたことは忘れてください」

侯爵は首を横に振った。「ぼくはいろんなことをよく忘れるが、きみとのキスを忘れられるほど忘れっぽくはないよ」

「わたしがいけなかったんです」

「たしかにそのとおりだ。しかし、ちっとも気にならないのはなぜだろう?」ラグズデール卿の問いかけは、エマにではなくて自分自身に向けられたように聞こえた。

わたしはこの人になにを言えるだろう、とエマはみじめな気持ちで考えた。今すぐ船に乗って出港できたらいいのに。彼女が悩む必要はなかった。だれかがドアをノックしたのだ。

「ほっといてくれ、ラスカー」ラグズデール卿がいらだたしそうに言った。「料理が冷めたからって死にはしないよ」

この会話がこれ以上続いたら、わたしは死んでしまうわ。エマはそう思ってドアへ行き、さっと開けた。侯爵に名前を呼ばれても振り返らなかった。気がついたときは、彼に腕をつかまれていた。

「エマ、お願いだ」彼が言った。「ぼくらは話しあう必要がある」

「なにも言うことはありません」エマは秘書の堅苦しい態度を取り戻して言った。「お忘れではないでしょうね、あなたはクラリッサと婚約中なのですよ。わたしはまもなくオーストラリアへ発ちます。おやすみなさいませ。わたしとティムは地階で食事をします。危うく身の程を忘れるところでした」

21

わたしは臆病者《おくびょう》だ。その晩、エマはティムと一緒に地階で食事をしながら、ホラディ家での生活ぶりについて語る弟の話に耳を傾けた。食後、弟の体に腕をまわして座り、自分の体験を語っているうちに、彼女は少しずつ気持ちが落ち着いた。ラグズデール卿が夜の催しに出かけたのがわかったあと、エマは屋根裏部屋の床に藁布団を敷き、ティムをそこへ連れていった。そして間近に迫った航海のことを話しあっていると、書斎での出来事をほとんど忘れることができた。

これがわたしの人生の現実なのだ、とエマは自分に向かって言った。わたしと弟は未知の世界へ旅立つ。そこでなにを見つけることになるのかわからない。まわりは兵士と受刑者ばかり。彼女はため息をついて、眠そうな目をしている弟を見おろし、肩にふれてから毛布を上のほうまでかけてやった。死んだと思っていた弟に会えた喜びがまたもや胸にあふれる。この子を恐ろしい旅に同行させるのはまちがっているのではなかろうか。侯爵はティムをノーフォークへ連れていってもいいと言った。

「エマ、答えてよ」ティムが言っていた。

「なに？　どうしたの？」ほかの考えに気をとられていたエマは後ろめたさを覚え、慌てて問い返した。

「姉さんが怖がっているのかどうか知りたいんだ」何年も別れていたのに、姉に対するティムの口調は昔と変わらなかった。

「前は怖かったわ」エマは弟に嘘をついても無駄だと思って正直に答えた。「でも、あなたが一緒に行くんですもの、怖いものなどひとつもないわ」

「だけど、パパやサムが死んでいたら？」ティムはエマの手を握り、いやな考えを振り払おうとするかのように目をつぶった。

「そのときはそのときで、どうするか考えましょう。さあ、眠りなさい」

ティムは穏やかな眠りに就いたが、姉の手を放そうとしなかった。エマは床に座って弟の安らかな寝顔を見つめ、考えにふけった。今夜は眠れそうにない。わたしの良心があなたと同じくらい清らかだったらいいのにね、ティム。わたしは欠点だらけの人物を矯正しようと努力してきたけれど、欠点だらけなのはわたし自身であることにまったく気づかなかったの。

とうとうエマは服を脱いでベッドへもぐりこんだが、目がさえて天井ばかり見つめていた。やがて全員が眠りに就いたと見えて、家のなかが静かになり、彼女の目も閉じがちになった。ええ、そうよ、とぼんやりした頭で考えた。ばかみたいに人を愛するほうが、激しく憎むよりもずっといいわ。今のわたしが以前よりも賢明で思いやり深い人間になっていたらいいけれど。

翌朝、エマはティムを起こさないよう静かに服を着て、こっそり部屋を出ると、ラグズデール卿が朝早く起きて話をしようと待ちかまえていなければいいがと願いながら、玄関へ郵便物をとりにいった。

郵便物はなかった。彼女はラスカーを探した。

「ラグズデール卿がすでに目を通されて書斎に置いていかれた」執事が言った。「だんな様はミス・パートリッジとその母親を伴ってノーフォークへ発たれたよ」

エマは安堵のため息をついて書斎へ行った。いつものように指示を列挙した一覧表と、たたまれた手紙が一枚、机の上にあった。彼女は手紙を広げて読んだ。〈エマへ。クラリッサが領地を見たがったので行くことにした。彼女はぼくの金のもっと有効な使い道を探りたいのだそうだ。帰ってくるのは、きみが出発したあとになるだろう。旅の無事を、そして旅の終わりによい知らせが待っていることを祈る。どうかぼくの無作法を許してくれ。ジョン・ステイプルズ〉

読み返すまでもなかった。行間に隠された意味がないことははっきりしている。エマは薄ら笑いを浮かべ、愚かな自分をあざけった。女性と見ればだれかれかまわずキスしたがるラグズデール卿ですもの、変な期待を抱いたわたしがばかだったのだ。侯爵はわたしとキスしたことなどすぐに忘れるだろう。まだ忘れていないとすればだが。

　ラグズデール卿が留守にした数日間に、エマは侯爵の親切をいくつも知ることになった。たとえば彼に指示された仕事を果たしに銀行へ出向いたときのことだ。ラグズデール卿の資産運用に携わっている財産管理人たちから、エマが二百ポンドもの大金を受け取ることになっていると告げられた。彼女は信じられなかったので、なにかのまちがいでしょうと言ったが、彼らは互いに目を見交わしておかしそうに笑っただけだった。

「ラグズデール卿はきっとときみがそう言うだろうと話していたよ」財産管理人のひとりが含み笑いをもらして言った。「最近の侯爵はきわめて良識的なので、われわれもわずかな金額のことであれこれ文句をつけないことにしているんだ」

　わたしは怪物をつくりあげたのだわ、と思ってエマは愉快になった。「そういうことでしたら、わかりました、お受け取りします。わたしが反対したところで無駄ですもの」

　レディ・ラグズデールがこれから衣装店へ行って、モスリンの服地や絹の靴下や実用的なボンネットを買いましょうと言いだしたときも、反対したところで無駄だとわかった。「ここで買っておかなかったら、どこで買えるっていうの？」レディ・ラグズデールは言い張り、美しい赤ワイン色のウールの生地の前で立ちどまった。「これなんかどう……」

「いいえ、奥様」エマは急いで言った。「たぶんオーストラリアはあたたかいでしょうから、モスリンだけにしておきましょう」

「とてもすてきなのに」レディ・ラグズデールが残念そうにため息をついた。「オーストラリアだって、たまには舞踏会や音楽会があるのではないかしら」

このやさしい女性に向こうでなにが待ちかまえているかを話すことなどできない。エマは近くの薄黄色の絹の反物をものほしそうに眺めているレディ・ラグズデールを見て思った。わたしたちが行くのは、厳しい規則に縛られた流刑者たちのいる土地だ。そこでの暮らしがどれほど過酷であるか知ったら、温室育ちの彼女は震えあがるだろう。話すのはよそう。

「あの、おっしゃるとおりかもしれませんね」エマは慎重に言葉を選んで言った。「絹なんかふさわしいのではないでしょうか」

「わたしにはわかっていたわ！」レディ・ラグズデールは勝ち誇って言った。「じゃあ、その絹と、それにふさわしいモロッコ革の上靴も。きっとあなたによく似合うでしょう。それからわたしのペイズリー織りのショールをあげるわね」彼女は気前よくつけ加えた。

「こんなにたくさんのもの、どこへつめればいいの？」エマは幾度となくティムにこぼした。それからの数日間、レディ・ラグズデールがあれこれ思いついてはいろんな品を持ってくるので、船旅用のトランクの数が次第に増え、それらの蓋を閉めるのにハンリーとラスカーの力を借りなければならなかった。「もうじゅうぶんです。これで最後にしてください」カーゾン・ストリートの屋敷で過ごす最後の夜、別のナイトガウンを手にしたレディ・ラグズデールに、エマは言った。

「そうね」レディ・ラグズデールは同意した。「またなにか思いついたら、あとで送ってあげればいいんですもの」

エマは笑いをかみ殺した。レディ・ラグズデール、あなたには地理の概念がまったくないのですね。エマはナイトガウンを受け取って、おやすみなさいの挨拶をし、最後の片づけをしに書斎へ行った。ティムとハンリーが三階からトランクをおろす音がした。明朝いちばんに運びだせるよう、すでにラスカーが荷馬車を手配してある。

そうしたらすぐにわたしたちはここを出ていくのだわ、とエマは思った。船着場の事務所から郵便で、船出は午後一番になると知らせてきた。彼女は窓辺へ行き、夕方のにわか雨で濡れて光っている道路を見おろした。わたしたちはもうすぐこの街を後にし、何カ月も波にゆられて過ごすことになるのだ。「硬いパンや虫のわいた食べ物しかない船の上で」エマはつぶやいて窓を開け、窓台に置かれた植木鉢の花のにおいをたっぷりかいだ。「長い旅の末に、いったいなにが待ちかまえているのかしら」

エマはラグズデール卿が帰ってきたときに、どこになにがあるのかすぐわかるように室内を整頓した。そしてランプを消そうとしたとき不意に、別れの手紙ひとつ残さないで出ていくのはよくない気がした。もう二度と会えないかもしれないんだもの、最後にわたしの気持ちを表したって悪いことはないわ。ええ、ちっとも悪くない。エマは机に向かって座った。

侯爵への感謝の念を紙に書き連ねるのは簡単だった。彼女に心を取り戻させてくれたこと。彼女が憂鬱な気分に陥らないよう、ときどきわざと怒らせてくれたこと。家族を見つけてくれたこと。エマは心のすべてを書き表したくて一心にペンを走らせた。〈わたしがどの程度あなたのお役に立てたかわかりませんが、あなたは弟を取り戻してくださいました〉そこまで書いてためらった。あなたを愛していると書くこともできる。愛しているというのは真実だ。おそらくわたしが今まで書いたなかで、いちばんの真実だろう。エマは羽根ペンを置いて頬杖をついた。わたしはこれからずっとあなたを求め続けるだろう。でも、もうすぐ結婚生活に入る男性に、そんなことを言っていいのかしら。

「幸い、わたしは遠くへ行ってしまう」エマはささやき、ふたたび羽根ペンをとりあげた。「あなたの脅威にはなり得ないんだから、クラリッサ・パートリッジ、むくれないでね」それからエマはすらすらとペンを走らせ、ラグズデール卿に対する愛を余すところなく文章にした。なにを書いても大丈夫だ。だって、侯爵がノーフォークから戻ってくるころには、わたしは大西洋上にいるんですもの。エマは手紙をとりあげて読み返し、なぜかまだじゅうぶんでない気がして眉をひそめた。

やがて理由を悟ると、笑い声をあげ、羽根ペンにもう一度インクをつけて書き加えた。〈わたしはあなたを愛しているだけではありません、ラグズデール卿、あなたが好きです〉

文章にしてみると、まるで子供や学生が友達に向かって言う言葉のように思われた。エマは手紙を破ろうとした。こんな子供じみた手紙を読まれたら、ばかな女と思われるにきまっている。彼女は長々と手紙を眺めてため息をつき、机に置いて文鎮を載せた。そしてランプを吹き消し、最後にもう一度室内を見まわして部屋を出た。

別れは考えていたよりもはるかにつらかった。レディ・ラグズデールは泣きっぱなしで、従者のハンリーは終始悲しそうな顔をしているし、執事のラスカーでさえどことなく寂しそうだった。ラスカーはエマを馬車へ助け乗せて、御者に船着場へやるよう命じた。振り返ったとき、エマは執事が目元をぬぐうのを見た気がした。だが、見まちがいだったかもしれない。その日は風が強くて、空中を石炭の燃え殻が舞っていたからだ。

「わたしたちは未来に向かって旅立つのよ。きっとすばらしいことがいっぱい待っているわ」エマがティムに話しかけると、弟はにっこり笑った。

「まるで自分自身を納得させようとしているみたいに聞こえるよ」ティムは姉をからかった。

彼女は弟の観察力の鋭さに驚いた。そう、ともすれば沈みがちになる気分を、わたしは必死に引き立てているのだ。

ふたりがデットフォードの船着場に到着したときは、潮が満ちるまでまだ時間があった。海からかなり離れているものの、ロンドンのテムズ川は潮汐《ちょうせき》の影響が大きいので、船は引き潮に乗って海へ出る。埠頭に横づけされたアトラス号は、七カ月の船旅に要する食料のほかに、今もって本国の援助なしには餓死者の出かねない流刑植民地への食料を満載し、重たそうに浮かんでいた。エマは船をじっくり見て眉根を寄せた。もうすぐ船出だというのに、やけに閑散としている。船長がひとり、なにかの書類を見ながら甲板の上を歩いているだけだ。

ティムも奇妙な静けさに気づいたようだった。「ねえ、エマ、ほんとに今日なの？　明日とまちがえたんじゃない？」

エマが口を開く前に、アトラス号の船長がふたりに気づき、手すりへ歩いてきて甲板上から大声で呼んだ。「ミス・コステロ、家へ帰りなさい。都合の悪いことが起こって、今日は出港できなくなった」

「なんですって？」エマは叫び返した。あんなに大騒ぎをして家を出てきたのだ。今さらどんな顔をして帰れというのか。

「昨夜、視察長官が亡くなった。船出は週末になるだろう」

出港の直前に亡くなるなんて、視察長官も軽率なことをしたものだ。少しはほかの人のことを考えなさいよ。エマは恨めしかったが、仕方なくカーゾン・ストリートへ引き返すことにした。あの別れの場面をもう一度繰り返さなければならないのだと考えると気が重い。彼女はティムと話す気も起こらず、座席を指でとんとんたたき続けた。

カーゾン・ストリートへ近づくにつれ、これは神の計らいなのだという気がし始めた。少なくとも書斎へ残してきた手紙を回収して、もっとありきたりの手紙に替えることができる。

次第に膨らんできた希望が、道路の角を曲がったとたん、いっぺんにしぼんだ。玄関先にとまっているラグズデール卿の馬車が見えたのだ。

「ああ、なんて間の悪い」エマはあえいだ。

ティムが驚いて姉を見た。「ラグズデール卿にさよならを言えるのがうれしくないの？　ぼくはうれしいな」

「わたしはそうでもないわ」エマは馬車から飛び降りて船着場へ逃げ帰り、船が出るときまでそこに隠れていたかった。

ティムが姉の顔をうかがうように見た。「あの人が好きじゃないの？　あんなにいろいろお世話になったのに？」

エマは首を振り、ばかな自分をあざけった。わたしがいなくなった今、侯爵が元の無精者に戻って、書斎へ行く気を起こさなければいいのに。「もちろん好きよ」

「よかった」ティムが言った。「ラグズデール卿は姉さんのことを好きだと言ったよ」

エマはうめいて目を閉じた。あの言葉がわたし自身を苦しめるなんて。彼女はそう思って弟を見つめた。「なんですって？」

「あの人、お姉さんが好きなんだって」ティムは兄弟が救いがたいほど頭の鈍い姉妹を見るときの、意味ありげな視線を向けて繰り返した。「好きなことは見てればわかるよってぼくが言ったら、侯爵は笑ってた」

そう。でも、今は笑っていないでしょうね、ラグズデール卿。胸のうちでそうつぶやいたエマは、頭が混乱して御者に多すぎるチップを渡した。侯爵はわたしをとんでもない愚か者と考えているでしょう。

エマはこっそり裏へまわって使用人用の出入口から入ろうと考えたが、彼女が忍び足で歩きだしたとたん、玄関ドアがぱっと開いて、にこにこ顔のラスカーが出てきた。

「ミス・コステロ！　気が変わったんだ！　ラグズデール卿、だれが戻ってきたか想像できますか？」

エマがうろたえているところへ、今度は口をぽかんとあけた侯爵が出てきた。「てっきり今ごろは船に乗って……」

「あなたがこんなに早くお戻りになるとは思いませんでした」エマが同時に言った。

ティムは笑い声をあげて家のなかへ駆けこんだ。エマは玄関先の階段をゆっくりあがりながらラグズデール卿の表情をひそかにうかがったが、嫌悪感も憤慨の色もそこにはなかった。ただ眉間《みけん》のしわが深くなったのと、ノーフォークへ発つ前には気づかなかった倦怠感《けんたいかん》が見て取れた。エマを前にして、侯爵は空元気を出そうとしていた。

「気が変わったのか、エマ？」ラグズデール卿は彼女のためにドアを支えた。「気にしなくていい。ぼくだったら最初から行く気を起こさなかった」と身震いする。「七カ月も波にゆられ続けるなんて考えただけでぞっとする！　考え直したのは賢明だった」

　エマはかぶりを振って廊下を歩きだした。侯爵が並んでついてくる。彼女がこっそり書斎のほうへ視線を走らせると、ドアは閉まっていた。ラグズデール卿のトランクはまだ階段の下に置かれたままだ。

「お戻りになったばかりですか？」エマは期待のこもった声できいた。

「ついさっき」侯爵は認めた。「それよりもきみは、ぼくの質問に答えていない」

　よかった、彼はまだわたしの手紙を見ていないのだわ。エマはほっとして説明した。「視察長官が急に亡くなったらしくて、出港が何日か延期になったのです」

　ラグズデール卿はくっくっと笑ったが、あまりおかしそうではなかった。「思ったとおり、あの男は過酷なオーストラリアへ行けるほど強い人間ではなかったんだな。たぶん船が出てしまうまで死んだふりをしているんじゃないかな」

　エマはラグズデール卿がそれを期待しているのだと気づいて笑った。さあ、早く二階へあがりなさいよ。書斎のほうへ行ってはだめ。彼女はそう願ったが、すでに侯爵の手は書斎の取っ手にかかっていた。

「できれば船が出るまでの数日間、この家に置いていただきたいのですが」エマは、ドアの取っ手を握ったまま彼女を見つめるラグズデール卿に言った。お願い、なかへ入らないで。

「好きなだけいればいい」侯爵はそう言ってドアを開け、なかへ入ってドアを閉めた。

　あの手紙を読まれたら、恥ずかしくて死んでしまう。エマは息をつめてドアを見つめた。

ラグズデール卿は部屋を飛びだしてきて手紙を振りかざし、どうしてこんなばかなまねをするのかと、わたしをしかりつけるのではないかしら。だが、なにも起こらなかった。彼女は大きく息を吐き、静かに階段をあがっていった。

エマは午後の残りをベッドに横たわり、壁を見つめて過ごした。ティムはかたわらに丸くなって眠っている。彼女は階段をあがってくる足音がするたびにびくびくし、暗くなってだれかがドアをノックしたときは文字どおり飛びあがった。

「ぼくだよ」ラグズデール卿の従者の声がした。

「どうぞ、ハンリー」エマはほっとしてドアを開けにいった。ティムが目をこすりながら起きあがった。

「レディ・ラグズデールが、きみやティムと一緒にディナーをとりたいんだって」ハンリーはエマがためらっているのを見て言い添えた。「ひとりで食事をするのは寂しくていやなんだってさ」

「ラグズデール卿がいらっしゃるでしょう?」エマはきいた。

従者は首を横に振った。「それがだんな様ときたら、どんな急用か知らないが、泡を食ったように飛びだしていったんだ!」

いったいなにがあったのかしら。エマは不思議に思いながら、ティムを促して部屋を出た。クラブへ酒を飲みにいったのでなければいいが。悪い習慣に逆戻りされたくはない。

一階へおりたエマは、ティムとハンリーを先に行かせた。自分は書斎へ向かい、聞き耳を立ててからなかへ入って机にそうっと歩み寄った。手紙は置いたときのまま文鎮の下にあった。彼女は手紙を取りあげて丸め、暖炉のなかへほうって灰になるまで眺めていた。

心が軽くなったエマは、夜中まで愛想よくレディ・ラグズデールの相手をすることができた。トランプゲームは好きでなかったにもかかわらず、エマはうなずいたり、ほほ笑んだり、ときどき意見を述べたりして、レディ・ラグズデールが手をごまかして勝ちを収めても気づかないふりをした。そのあいだずっとラグズデール卿が帰ってくる音がしないかと耳をそばだてていたが、真夜中過ぎに三階へ寝にいくときも、玄関広間のテーブルの上でろうそくが侯爵の帰りを待っていた。

翌日になってエマは、ラグズデール卿が彼女を避けるのは、やはり手紙を読んだからだと考え始めた。その日も彼はエマが起きる前にどこかへ出かけ、夜遅くまで帰ってこなかった。「いったいどうしたのかしら」その晩もエマ相手に延々とトランプをやったあとで、レディ・ラグズデールはラスカーにシェリー酒を注ぐよう合図をして言った。「きっとクラリッサのところにいるのだわ。結婚式は六月はじめの予定だから、今から計画を立てているのでしょう」

「ええ、わたしもそう思います」エマはその話を早く切りあげたかったので、立ちあがってあくびとのびをし、レディ・ラグズデールにおやすみなさいの挨拶をして階段をあがりだした。今夜もわたしは寝たふりをして、ラグズデール卿のことで悩みながら朝までまんじりともせずに過ごすのだわ。侯爵が元の悪癖を取り戻してしまったら？　でも、その可能性はなさそうだ。ハンリーによれば、ラグズデール卿の様子に普段と変わった点は見られないという。わたしはなんでもないことで気をもんでいるのだ。

翌朝、エマはぼうっとした頭で起きあがり、立ちあがる元気がわくまでベッドに座っていた。ティムの姿はすでになく、藁布団はきちんとたたんで部屋のすみに置いてある。立ちあがった彼女は、乱れたシーツを見おろして頭を振った。

エマがベッドを整えているとき、ティムが部屋へ駆けこんできた。

「アトラス号から知らせが届いたよ！　出港は今日の正午だって！」

「まあ、よかった」エマは本心からそう言った。ここを去るのは早ければ早いほどいい。

一時間後、前回と同じように涙ながらの別れの場面が演じられたあと、ふたりはカーゾン・ストリートの屋敷を出た。エマが廊下を忍び足で玄関へ向かうとき、ラグズデール卿の部屋のなかで足音がしたので、彼が家にいることがわかった。馬車へ乗りこんでから、彼女はうっかり家を振り返るという過ちを犯した。エマが狼狽したことに、ラグズデール卿が寝室の窓辺に立ってこちらを見ていた。それどころか、窓を開けて身をのりだし、手を振って投げキスをしている。

エマは手を振り返したが、投げキスは返さなかった。心は千々に乱れて後ろ髪を引かれる思いだったものの、先に待ちかまえている長旅のことに考えを集中した。

今回はアトラス号の甲板上を大勢の人が右往左往していた。エマとティムの船室は中甲板にあった。ふたりはくじ引きをして、勝ったティムが上段のベッドを手に入れた。エマは下段のベッドに腰かけてせまい船室内を見まわし、これから六、七カ月のあいだ、ここがわたしたちの家になるのだと考えた。長い船旅の先には敵意に満ちた土地が待っている。そこから戻った人はほとんどいない。でも、それがどうだというの？　もうアイルランドに家はない。ヴァージニアは楽しかったけれど、仮の生活にすぎなかった。そしてイングランドは今でも敵の国だ。

エマはベッドへ仰向けに寝そべって頭の下で手を組んだ。いいえ、それはちがう。ノーフォークや、そこの人々のことを考えてごらんなさい。それにラグズデール卿はイングランドにいるのよ。目から涙が伝い落ちて髪を濡らした。「ああ、クラリッサ、お願い、あの人のすばらしさを理解してあげてね」エマはささやいた。「あなたは自分がイングランドでいちばん幸運な女性であることをご存じ？」

エマはティムに気づかれぬよう涙をぬぐい、甲板へ行こうと誘う弟に、あとで必ず行くと請けあった。遠ざかっていくロンドンを眺めていたって、楽しいことなどなんにもない。ロバート・エメットが家へやってきた翌日に襲われた感覚の麻痺《まひ》に、今また襲われていた。エマは目をぎゅっとつぶり、それに抵抗しようとした。

ティムのためにも、わたしがしっかりしなければ。エマはそう思って起きあがった。シドニーへ着いたあと、たとえ父やサムを見つけられなくても、わたしはティムのことを考えなければならない。彼女はドレスの乱れを直して、甲板へあがる昇降口へ行った。

そこはたくさんのトランクや箱で足の踏み場もないほどだった。船の乗客係がすまなそうにエマを見て言った。

「悪いね、お嬢さん。それは新しい視察長官の荷物なんだが、どこへ置いたらいいのやら、こっちも困っているんだ」

エマは途方に暮れている乗客係に頭を振り、荷物をよけて甲板へあがったが、そこも荷物やロープや樽《たる》でいっぱいだった。早くもティムは水夫たちと仲よくなったと見え、彼らにまじって錨《いかり》巻き上げ機を回している。弟がうれしそうに笑いかけてきたので、エマはほほ笑み返した。この船旅は少年にとって天国になるだろう。わたしにとってはどうなるだろうか？

船長と一等航海士があちこち走りまわって、帆桁《ほげた》の上に乗っている男たちに大声で指示を出している。エマは、手すりのそばでおしゃべりをしている乗客とおぼしき一団に視線を向けた。そのなかに、りっぱな身なりの女性がひとりまじっている。すぐ隣に立っている男性が、たぶん新しい植民地総督だろう。あの女性は使用人を必要としているにちがいない、とエマは考えた。自己紹介をしてお近づきになろうかしら。

けれども気後れがしてそばへ近づけなかった。これから七カ月も旅をするのだから時間はたっぷりあるわ、とエマは自分に言い訳をした。それから下の船室へ戻ろうと歩きだしてすぐ、足をとめてあたりを見まわした。名前を呼ばれた気がしたのだ。

ティムを見ると、弟は錨の巻き上げ機を回しながら、風をはらんでゆっくりと膨らみつつある頭上の帆に注意を向けている。きっとそら耳だ。エマはそう思ってふたたび昇降口のほうへ歩きだした。

「エマ、こっち、こっち、こっちだよ」ふたたび名前を呼ぶ声がした。ラグズデール卿の声だ。まちがいない。

ぱっと振り返ったエマは驚きのあまり口をあんぐり開けて立ちつくした。手すりのそばの一団からひとりの男性がこちらへゆっくり歩いてくる。まるでこの船は自分のものだといわんばかりの悠然たる足取りだ。彼女は甲板にへなへなと座りこんだ。

「大変な混乱状態だね」ラグズデール卿は甲板上を見まわして顔をしかめ、エマの横に座った。「船長の話では、リオに寄港して食料品を補給したり、オーストラリアへ連れていく家畜を乗せたりするそうだから、そのあとの船旅は楽しくなるだろう」

エマの心は甲板以上に混乱状態だった。この人のほうを見たら消えてしまうにちがいないと思ったので、懸命に目をそらしていた。侯爵に消えてもらいたくない。もうしばらく彼がここにいるふりを続けよう。

だが、その心配は無用だった。ラグズデール卿が手を握ってきたので、本物だとわかった。

エマは絡みあっているふたりの指を見おろし、ぎゅっと目をつぶって彼の肩によりかかった。そして頼もしさを覚え、ため息をついた。

「エマ」しばらくしてラグズデール卿が頼りなさそうな口調で言った。「認めたくはないが、きみがせっかく更生させてくれたのに、ぼくはその努力を無駄にしてしまった」

エマはほほ笑んだが、目は開けなかった。「怒り狂った女性がひとり、ロンドンにいるんじゃないかしら。捕まったら、あなたは拷問台に縛りつけられて、さんざんいたぶられるでしょう」

「うん、そうかも。きみたちアイルランド人は怖いことを言うね」

彼女はくすくす笑った。「なにをなさったの、ラグズデール卿?」

侯爵はエマの手を口元へ持っていって指にキスした。「あんなことをしたんじゃ、数年はロンドンへ帰れないだろうな。オーストラリアとヴァン・ディーメン島の視察長官の職にありつけたのは運がよかった」

エマはあえぎ声をもらし、目を開けて侯爵を見た。「信じられない! 嘘をついているのでしょう」

「なぜ嘘をつかなきゃならないんだ? 本当のことだ、エマ、信じてくれ」

ラグズデール卿は彼女を抱きしめて唇にキスした。エマは侯爵の心臓が自分の心臓と同じくらい激しく打っているのを感じた。彼女はシドニーに着くまで、そのまま抱きあってキスしていたかったが、彼は急にキスをやめ、帆桁の上ではやしたてている水夫たちを見あげた。

「続きは船室でしたほうがよさそうだ」ラグズデール卿はささやいた。「大勢の観客の前で愛の行為を繰り広げるのは、ぼくの趣味ではないんだ。上品ぶるつもりはないけどね」

「そんなこと思わないわ」エマはきっぱりと言った。

「そう、よかった」と侯爵。「きみも上品ぶった女性ではないからね。それにしても、きみが机の上に残していった手紙は最高だった」

エマは顔を赤らめた。「読まれる前に取り戻したかったのに」

「そうならなくてよかったよ」ラグズデール卿がささやいた。「ぼくは手紙を読んですぐに家を飛び出した。あれほど自発的に行動したのははじめてだ。クラリッサ・パートリッジは騒動や挑戦や計画の変更を好まない」エマの頭にキスする。「オーストラリアなんかへ行ったら、彼女は退屈のあまり死んでしまうだろう」

「あの手紙のせいだったと？」エマは尋ねた。

「そうともいえるし、そうでないともいえる。数週間前、ぼくはきみを愛していることに気づいたが、たとえ求婚しても受けてもらえないだろうと考えた。だから、最初の計画どおりクラリッサと結婚するつもりでいたんだ。きみが去ったと確信できるまで、ノーフォークから戻りたくなかった」ラグズデール卿は忍び笑いをもらして頭を振った。「亡くなった視察長官に感謝しなくちゃならないね」

「求婚しても受けてもらえないなんて！　わたしはあなたを愛しているのよ」エマは強い語調で言った。「あなたのほうこそ、わたしのことを真剣に考えていないのだと思ったわ。もう二度と会うことはないと思ったからこそ、あのような置き手紙を書いたのよ」

「ああ、わかっているよ」ラグズデール卿は静かに言ってかすかにほほ笑み、エマの横に立っているティムを見た。「おい、ティム、おかしな顔をしているが、なにか言いたいのかい？」

「大人は理解できないって言いたいだけ」ティムが正直に答えた。

「理解できないのはぼくも同じだ」侯爵は白状し、またエマにキスした。「きみにぼくがどれほど善良な人間であるのか示すために、あちこち駆けずりまわらなくちゃならなかった。ぼくがきみの子供たちの父親としてふさわしい、勤勉で正直な人間であることを示すために。ぼくが無職のまままきみと一緒にオーストラリアへ行ったら、きみのお父さんはあまり喜ばないだろう。ちゃんとした男を義理の息子にしたいと思うのは当然だ」

「それもこれもすべてわたしが〝あなたを愛している〟と書いたからなのね」エマはあきれて言った。「そんな言葉は飽きるほど聞いたでしょうに」

「そりゃ聞いたよ」ラグズデール卿は悪びれもせずに認めた。「フェイ・ムーレなんか会うたびに愛していると言った。つまり本気ではなかったということさ」口調が真剣になる。

「実際のところ、だれもぼくに言わなかったのは〝あなたが好き〟という言葉だ」

「わたしはあなたが好き」エマはあっさり言って、彼の頬にキスした。

「ありがとう」ラグズデール卿の声は穏やかだった。

「ところで、本当に視察長官になったの？」エマは尋ねた。「いったいどうやって？」

「簡単だったよ。送別のディナーの席上で急死した元視察長官には、いくら感謝してもしきれないほどだ」

「あなたって、ひどい人」エマは笑いをかみ殺して言った。

「そんなの、とっくにわかっているじゃないか。それはともかく、ぼくはヒステリーを起こして泡を吹き始めたクラリッサを残し、〈犯罪取締局〉へ駆けつけた。あの受付係は、ぼくを見てやけに興奮していたが、あのあとで今後数年間はぼくに会わないで済むと知って大喜びしただろうな」

「そんなことはいいから先を話してちょうだい」エマは促した。

「受付係はすぐにぼくをミスター・キャパーの事務所へ案内した。そうしたらミスター・キャパーが一緒に植民省へ行ってくれて、そこの職員がぼくを内務省へ案内した。まったくお役所ってのはたらいまわしが好きだ。あれなら、ぼくは優秀な政治家になれそうだよ」

「さっきも言ったように――」エマは言いかけたが、ラグズデール卿にキスで口をふさがれた。

「きみをおとなしくさせるにはキスをするに限る」侯爵はささやいた。「もっと大変なことをさせるには、なにをしたらいいのやら！　おっと、先を続けなくちゃならないんだった」

「ええ、そうよ」

「だれかが近衛騎兵隊にいたころのぼくの経歴を調べようと考えたらしいが、ぼくは片目と引き換えに愛国心豊かな人間の評判を得ていたようだ。というのは、あちこちの待合室で待たされたあげく、結局は推薦状と一緒に内務省へ送り戻されたからね」

「そこまでしてくださったの」エマはつぶやいてティムのほうへ手をのばし、かたわらへ座らせた。帆が風をはらんで船が動き始めていた。

「実際、したかいがあった。嘘か本当か知らないが、内務省の高官の話によれば、首相のスペンサー・パーシヴァルが〝なんと目新しいことだ。みずから困難な任務に志願する人間がついに現れたのか？〟と言ったそうだ」

「首相のおっしゃるとおりよ」エマは言った。「いつだったかミセス・ラーチが、あなたは人の扱い方が上手だと言ったことがあったわ」

「ぼくが凶悪犯や殺人者や悪党や怒りっぽいアイルランド人を上手に扱えるかどうかは、今後を待たねばわからないよ。ただし、これだけははっきり言える。ぼくは古い考えをひとつ用いるごとに、新しい考えをふたつ思いつくんだ」ラグズデール卿はポケットからなにかの書類を出した。「そんなわけで、ぼくはもうひとつ骨を折った。ほら、見てごらん、エマ。これは特別結婚許可証だ。手に入れるのに大金を払ったから無駄にはしたくない」

エマは書類に目を通して侯爵に返した。「ずいぶん倹約家になったのね、ラグズデール卿」

「そのとおり。これからは倹約が大切なのだよ、エマ。ところで、ぼくのことはジョンと呼んでくれ。もうすぐだれよりも近い関係になろうってのに、いつまでもラグズデール卿と呼ばれたんじゃ、よそよそしくてかなわない」

「わかったわ、ジョン」エマはそう言って顔を赤らめた。

「倹約といえば、デーヴィッド・ブリードローを見つけられなかったら、新しい秘書を雇わなければならないし、ぼくには妻が、子供たちには母親が必要だ。今回の旅で使える金額は限られているから、その三つをひとつにまとめて倹約しなくちゃならない」

エマはジョンに向かってほほ笑み、ティムをこづいた。「この人、ちょっと取り乱していない？」

ティムはうなずいた。「ラグズデール卿は姉さんに求婚しているんだと思うな」

「鋭いじゃないか、ティム」ジョンがうれしそうに言った。「で、どうなんだ、エマ？　ぼくと結婚してくれるのかい？　大変だろうが、なんとかやっていけると思うんだ」

「もちろん結婚するわ、ジョン」彼女は即座に答えた。「だけどお忘れかしら、わたしたちはもう埠頭を離れてしまったのよ」

「そうだね。しかし運のいいことに、植民省は今回、国教会の教区司祭をオーストラリアへ派遣することにした。あそこで早くも船酔いをしている人が司祭だ。カトリックでないのがきみには不満かもしれないが、ぼくらを正式の夫婦にしてくれるだろう」ジョンはティムを見て話を続けた。「船室はきみひとりになるが、かまわないだろう、ティム？　ぼくは船酔いをするし、献身的な夫になるつもりだから、きみはあまり見ていたくないんじゃないかな。たぶんエマは愛情深い妻として、吐いてばかりいるぼくの世話をせっせとしてくれるにちがいない」

ティムはにっこり笑って頭を振った。「姉さんにやさしくしてくれるのなら、ぼくはちっともかまわないよ」

それを聞き、ジョンは笑うのをやめて真剣な表情になった。エマは弟の言葉にほろりとして目に涙を浮かべ、ジョンの手を握りしめた。

「約束するよ、ティム」ジョンがそっと言った。「ぼくと結婚したことをエマに後悔させることは絶対にない」ジョンはエマの手を放して彼女の肩越しに腕をのばし、ティムの肩に手を置いた。「向こうへ着いて、万が一お父さんが見つからなかった場合、きみをぼくの息子として育てさせてもらうよ。きみさえよければだが」

「うん、いいよ」ティムも真剣な表情をしてささやいた。

「じゃあ、これで決まりだ！」ジョンはエマとティムを見て言った。「ふたりとも、なんて暗い顔をしているんだ！」芝居じみた手つきで自分の額をたたく。「そうか、うっかりしていたよ、エマ。きみがなぜそんな顔をしているのかわかった。いつだったかきみは、自分のベッドがあることほど幸せなことはないと言ったよね？」

エマは大声で笑った。わたしは一生のあいだに、この桁外れに騎士気取りの侯爵に慣れることができるだろうか。たぶん一生かかっても無理だわ。彼女は愛情のこもった眼差しをジョンに注いだ。「ええ、たしかにそう言ったわ」

「きみはまたベッドを共有しなくちゃならない。気の毒だが、ぼくはなにがなんでも同じベッドで寝るからね」

訳者あとがき

舞台は十九世紀初頭のロンドン。侯爵のラグズデール卿は愛人を囲って毎日酒を飲み、自堕落な生活を送っています。そんな彼のところへ、ある日、アメリカから年下のいとこたちがやってきます。彼らにはエマというメイドが付き従っていますが、彼女にはメイドとは思えぬ気品が備わっていました。しかし、エマがアイルランド人と知って、ラグズデール卿は思わず怒鳴りつけてしまいます。彼は父親を目の前でアイルランドの暴徒に虐殺されたため、アイルランド人すべてを憎んでいたのです。彼が酒浸りになったのは、父親の死は自分が無能だったせいだという自責の念からでした。

一方のエマも、英国人に対して憎悪を抱いています。彼女の家族をアイルランドの反乱者と見なして拘束し、離散させたり死なせたりしたのが英国軍だったからです。

本書はこのふたりをめぐるロマンスであると同時に、彼らが心の底に抱えている深い罪の意識からの解放と救済の物語といっていいでしょう。過酷な運命に投げこまれた主人公たちが、どのようにして新しい人生に踏みだすのかを、作者はあたたかな筆致で描いています。

　エマはアイルランドの地主の娘でしたが、現在の身分は年季奉公人。十七～十八世紀のアメリカでは労働力不足を補うために、ヨーロッパ、とりわけイングランドやスコットランド、アイルランド、ドイツなどから大勢の渡航者を募りました。それに応募する者の多くは貧困者や元犯罪者などで、船賃や食費さえなかったため、到着先の雇い主にそれらを払ってもらうかわりに、二～七年の年季奉公契約を交わしました。船が入港すると、船主は年季奉公人が売りに出される旨の広告をしばしば新聞に載せたのです。

　本作品中で、エマがクラリッジ家に雇われたのが五年前で、あと二年ほど残っているとあるので、彼女の年季は七年だったことになります。この年季奉公はとりわけ女性にとって過酷で、雇い主に陵辱されたり、時には死に至るような暴力を受けたりしたそうです。

　年季奉公人は奴隷と同じように売り買いされましたが、奴隷とのちがいは、契約期間が過ぎると、なにがしかの金や土地などを与えられて自由の身になれたことです。本書を読む限り、クラリッジ家に買われたエマはあまりひどい扱いをされなくて運がよかったといえそうですね。

　そもそもエマがアメリカへ渡る原因になったのは、アイルランドにおける反乱でした。早くからイングランドによって植民地支配をされてきたアイルランドでは、十八世紀になって民族意識が高まり、反乱が頻発するようになります。とりわけアメリカ独立戦争やフランス革命の影響は大きく、アイルランドでも独立の気運が高まって、一七九八年に秘密結社ユナイテッド・アイリッシュメンが蜂起します。しかし、反乱は英国軍によってたちまち鎮圧されます。本書に登場するロバート・エメットは実在の人物で、一八〇三年に独立を計って蜂起を試みるも、直後に捕まって絞首刑に処されます。

ここで作者カーラ・ケリーの経歴を紹介しておきましょう。彼女は一九四七年の生まれで、父親が海軍士官だったために外国やアメリカの東西海岸地帯で育ち、ユタ州プロヴォ市のブリガムヤング大学で歴史、とりわけ米軍事史を学びました。リージェンシー・ロマンスの作者として知られる彼女ですが、初期のころに手がけたのは、米史におけるインディアン戦争に題材をとった数々の短編で、二度のスパー賞を受けています。リージェンシー・ロマンスを書くようになったのは、ナポレオン戦争に関心を抱いたのがきっかけだそうです。ヒストリカルの分野ではRITA賞をはじめ、数々の賞に輝いています。

そんなカーラ・ケリーの読者が、この作品をきっかけに増えることを願ってやみません。

二〇一〇年二月

大空はるか

Lavender Books
16
放蕩貴族を更生させるには

2010年3月25日 初版発行

著者
カーラ・ケリー
訳者
大空はるか
発行人
石原正康
編集人
菊地朱雅子
発行所
株式会社 幻冬舎
〒151-0051 東京都渋谷区千駄ヶ谷4-9-7
電話 03-5411-6211(編集) 03-5411-6222(営業)
振替 00120-8-767643
幻冬舎ホームページアドレス http://www.gentosha.co.jp/

印刷・製本所
凸版印刷株式会社
ブックデザイン
鈴木成一デザイン室

検印廃止

Printed in Japan ISBN978-4-344-41446-4 C0193 L-6-2

この本に関するご意見・ご感想をメールでお寄せいただく場合は、
lavender@gentosha.co.jpまで。